世界は説話にみちている

小峯和明

世界は説話にみちている

東アジア説話文学論

岩波書店

目　次

序章　説話への招待

説話は世界をとらえ、世界をあらわす

説話とは何か。説話にふれるたび、昔と今が不思議に交錯し、現実を激しくゆさぶるエネルギーに撃たれる。たんに過去にひき戻されるだけではなく、過去から反転してさらに未来をも巻きこむような躍動感に襲われる。近代の小説や虚構の作り物語とはまたひと味違う、断面をえぐる切り口の鋭さが説話にはある。

（小峯『説話の森』）

もう三十年以上も前に書いた本の書き出しで、今となれば気負った若書きの気恥ずかしいものだが、そのいわんとするところは今も変りはない。

「説話」とは何か、あらためて問い直してみよう。「説話」という言葉の歴史や研究状況との関連は後で述べるとして、まずは「説話」とされるものの内容や世界からのぞいてみよう。たとえば、「浦島太郎」で有名な龍宮城とはどんな所だろうか。誰も行ったことはないのに、皆それとなく、海の彼方の海底にある宮殿で宝物やご馳走にあふれ、何の不自由もない理想郷のようなイメージを持っている。それは浦島太郎のような龍宮に行って戻ってきた人の「話」を通して知っているからにほかならない。

あるいは死後の世界の地獄や極楽がどんな世界か、これも死んでみなければ分からないし、死んでし

まえばもう何もないから、生きている人は真相を知ることはできないはずだが、それでも地獄がいかに恐ろしい所か皆知っているのも、地獄に行って戻ってきた人の「話」を聞いてそれとなく了解し、イメージができているからだろう。

それらの日常と異なる非日常の世界は「異界」と呼ばれ、そこには鬼や龍などの「異類」がいる。これに異域や異国も含めて、未知の世界や人間以外の存在と出会って、そのことを伝える「話」、それが「説話」だ、と言えるであろう。

ことはそうした異界や異類に限らない。特定の人物や文物、あるいは事件や出来事、事象など、ありとあらゆることの由来や起源を語ったり、ものごとの原理を説明するために、何らかの譬えや例を使って語ったりする「話」、それも「説話」だと言える。これは、仏教でいう「譬喩《ひゆ》」(寓話)や「因縁」(由来)に相当する。「話」は「物語」と言い換えてもいいが、要するに誰がどうしたか、何がどうなったか、を語ったり説明したりする行為であり、その内容をも概括して指示する用語である。

これらを総じて言えば、「説話」とは世界をとらえるために、何らかの「話」を用いてあらわす行為であり、あらわされた世界そのものの喩えでもある。「あらわす」という行為は、漢字を宛てれば、「表」「現」「顕」であるから、見えないものや正体不明の真相の分からない物事をはっきり形にして見えるようにする、輪郭が分かるようにすることである。まさに「説話」は見えないものを見えるようにする行為であり、そのあらわされた言説内容そのものだ、ということになる。その意味で「説話」は世界の喩えである、と言えるだろう。

つまり「説話」とは、人が今、ここで、生きていくためになくてはならない生活の知恵や処世術、人生のあり方や指針を示すものである。それと同時に、物事の起源や由来、人のうわさや歴史上の出来事の秘話など、話そのもののおもしろさを楽しんだり、共感したり、感動したり、哀感を誘ったり、感激させるものでもある。逆に非難したり、憤慨したりするものもあろう。「話」を語ったり、聞いたり、伝えたり、広めたり、という言語行為の根本でもある。だから、「説話」はよく言われるように、基盤としての文学であると同時に、世界をとり込み、含み込み、あらゆるものに関わり、つながりあうものでもある、と言えるだろう。

「説話」の基本は、もとより音声や文字の言語によるものだが、同時に、しぐさや身ぶり、所作の身体芸であらわされたり、絵画や造形でもあらわされる。あらゆる媒体と結びつくものでもある。

『今昔物語集』に代表される「説話集」ジャンルを中心にした文学系の「説話文学」研究は、日本の古代や中世を中心に展開してきたが、「説話」そのものは江戸時代以降の近世や近代、現代にも及ぶ。人間の共同体がある限り、いつの時代社会でも、地域を問わずどこにでも遍在する。説話集ジャンルだけに限定されないし、あらゆる文学ジャンルに関わる。さらには文学のみに限定されない。しかも長い話（「長物語」）から短い諺や故事成語のように凝縮されたものまで、伸縮自在であり、形があってないような、変幻する「言説」としか呼びようのない、アメーバーや粘菌の生命体のごときものである。つまりは、人間社会にとって普遍的に共有されるものである。言いかえれば、何でも「説話」になってしまうし、説話世界には何でもあり、ということになる。だから、「説話」を対象に研究するには何でもやらなければならない、大変な時代になったとも言えるのである。

説話という言葉の歴史

ここで、あらためて「説話」という用語自体の歴史をかんたんにたどっておこう（詳細は結章）。その歴史は古い。中国では現代語でも「説話」と言えば、普通に「話をする」の意味で使われているが、その起源は八世紀以降、唐から宋の時代にさかのぼる。しかも、そこでは主に話を語る芸能の「話芸」を意味する言葉であった。話芸の専門家は「説話人」と呼ばれた。その語彙は中国に渡った学僧によって日本にも伝わったが、日本ではさほど浸透しなかった。明清時代の白話小説に用例が増えるのを受けて、次第に江戸時代から明治期にかけて一般化し、やがて研究用語として定着していく、という経過をたどる。

それらをふまえて一般化すれば、「説話」とは、先にも述べたように、何らかの「話」そのものと、「話」をする行為をも指す言葉である。では、その「話」とは何か。これは人の行為や何らかの出来事や事件、人・物に関するいわれや由来を語るものとしか言いようがない。つまりは〈物語〉にほかならない。「話(し)」という言葉そのものの起源が、そもそも中世の室町時代以降からで、「放し」(「離し」)からきているとされる。「咄」「噺」の表記もその頃からで、「話し」「話す」という用法は実はそれほど古くはないのである。

「説話」と「物語」は基本は同じである。違いは「説話」は外来語の漢語、「物語」は用例が『万葉集』にまでさかのぼれる和語である点だろう。「説話」がどことなく堅苦しいのに対して、「物語」にはどこかゆかしい、なじみやすいイメージがあるのもそのためである。同じものを指していても、用語の成り立ちや由来、たどってきた歴史が異なるから、語感や言葉の響きが違ってくる。ジャンル論的に「説話」と「物語」はどう違うかといった厳密な相違にこだわる必要はないだろう。中世の「説話」の用例に「モノガタリ」と訓がついたり、近世に出版された書名の「説話」に「ものがたり」という読み仮名がつくように、「説話」という漢語を和語に翻訳すれば、「物語」なのである。

ただ、「説話」の文学としての出発点が、近代の学問の草創期(二十世紀初頭)に、大作の『今昔物語集』に定められたことも関係して、『日本霊異記《にほんりょういき》』『宇治拾遺物語』『沙石集《しゃせきしゅう》』等々、個々の短い話を集めて部類編纂された形態の作品群である「説話集」が着目され、「説話文学」という文学ジャンルとして学界で認知される。当初は外国に比して自国特有の文学の意義を見出そうとする世界文学への指向性があったが、次第に国文学という内部に逼塞し、『源氏物語』など虚構の物語(作り物語)ジャンルと異なる意義や文学性をもとめる方向に転位していく。

その一方で、日本の民俗学を創始した柳田國男の提唱した「口承文芸」の基幹に「説話」が位置づけられる。口で語って耳で聞く口頭言語による「話」の文芸こそ「説話」の基本だとする立場が提唱された(「耳の文芸」とも)。西洋のグリム童話をはじめ、口頭伝承の世界が注目される動向の影響があった。その内容は、昔話、伝説、世間話などである。

しかしながら、「説話集」を基本とする「説話文学」系と口頭言語を基本とする「口承文芸」系とでは、同じ「説話」を標榜しながらも対象が微妙にずれており、研究の方法論にも随分隔たりがあった(一方は説話文学会、他方は口承文芸学会というように学会組織も異なり、学会レベルではほとんど交流がない)。それがいっそう「説話」概念の曖昧化を招く結果をもたらしたと言える。

こうして、説話の研究は二極化したまま進展してきたが、口承文芸系は、今日では既視感の強い「口承文芸」よりも「口頭伝承」という用語の方が使われる傾向にあり、「説話」が正面にすえられることは少ないように思われる。一方の文学研究側の定義から着目されるのは、「説話」の「説」を重視し、話の結びに教訓や意味づけを施す「説示」を本質とみなす立場であり、現在ではこの今成元昭説が最も説得力を持ち得ている。「説」に対する「話」は、「物語」と同義であり(今成説では「素体」と名付けるが)、それを前提に、さらに教訓や批評など何らかの意味づけをする「説」を重視し、それが「説話」だとする見方で、たとえばイソップ寓話のように、話題は動物たちであっても、必ず最後に人間社会への身近な教訓がつくような例に典型的である。

これは「説話」を事の由来や縁起やいわれ、あるいは何かの例証、例《ため》しとして提起する規定とも対応する。仏教でそれぞれを「因縁」と「譬喩」と呼び分けて、仏の説法として重視する例(『法華経』など)にも相当する。

これに加えて、私は第三極の立場として、中国の唐・宋代の起点に立ち返り、それが明治期近代の落語や講談、講演、学校教育等々に復活、甦生する現象をもとにした話芸論から再検証すべきという立場を最近主張している(結章参照)。

総じて言えば、「説話」は、話し語り聞く口頭言語と、聞いて書く、あるいは文字を見て書く書記言語との相克、反発、融合、交響等々から生み出され、「物語」(「話」)を自在に語る行為とそれを意味づける説く(解く)行為との緊張、融和など相互の関係性から成り立つのが「説話」の言説である、と規定できるだろう(旧著『説話の言説』参照)。諺や故事成語は「説話」の最も縮約された形態であり、それをほぐして開いて語れば「物語」となる、伸縮自在、開閉無碍の言説である。たとえば、「臥薪嘗胆」という成語の背後にある物語を例にすれば分かりやすいが、そういう自在な生態系や運動体のような存在とみることができよう。

今、なぜ東アジアか

こうした「説話」について、日本だけに限定せずに、東アジア世界にも広げてみていきたい、というのが本書の立場であるが、何故、今、東アジアなのであろうか。まず振り返っておこう。従来の日本文学は、いわば日本人の日本語による日本文学という意味をもっていた。日本が近代国家として自立するために(特に欧米に対抗して)、日本独自の拠るべきものを探し、自己認識や独自性を見つめ直す営みの一環として確立したものであった。日本の歴史(国史)、文学(国文学)、美術など、学問分野としてその意義が追究されてきた。

基本は江戸時代の「国学」の路線を引き継ぐもので、「国学」は現在で言えば、人文学総体に匹敵するほど言語、哲学、思想、文学、歴史、美術、民俗等々の広い分野にまたがるが、そこから『古今和歌集』や『源氏物語』などを主とする古典学も確立し、一方で『今昔物語集』の再発見などを契機に「説話文学」もこの路線に次第に組み込まれていく。

特に戦後の民主主義や民衆、大衆文化を重視する路線に応じて、民俗学も脚光を浴びるようになり、「説話文学」の研究も活発化するようになる。これらは総じて、外国に対して、日本の内部から自国の意義を見出そうとする内向きの自己完結型のものだったと言える。その点、説話研究は比較的、世界と共有されるものが多く、国際性や学際性を備えていたとは言えるが、研究の方向性は和漢比較研究の面はありつつも、日本内部に集約されがちであったように思う。

しかし、二十世紀の末から二十一世紀になって、経済、文化をはじめ国際交流が活発化する、いわゆるグローバル化の時代になると、従来の自己完結的な、日本のことを日本だけでやっているやり方ではどうにもならないことにおのずと気付かされるようになった。少子高齢化や外国人留学生の増加、英語の世界言語化、学問分野の細分化と共に広域化、学際化が進み、日本文学を世界にどう開いていくかが喫緊の課題となってきたのである。

これに対して、英語の世界言語化に応じた日本学の英語化を推進させる動きが一方にあり、それに対抗して日本の根幹をアジアとの関係から見直す動きももう一方にある。いわば、日本の足下を見直すのに日本だけではなく、アジア、特に東アジアから見直さなければならない、という立場であり、それが東アジア研究の潮流を生み出してきている。私もその立場をとる。

こうして、旧著『説話の森』の時点では思いもよらなかった東アジア世界に踏み出していくことになったのである。

東アジア・〈漢字漢文文化圏〉の世界へ

近年、国際化時代に応じて、さまざまな分野で東アジアの名を目にするようになったが、東アジアとは、どこの何をさすのだろうか。そもそもアジアとは何か。東アジアと言われるからには西アジアもあるだろうし、北も南もあるだろう。日本は極東と呼ばれるし、東南アジアもあるし、最近では北東アジアという呼び方もある。一般的には、東アジアは中国、朝鮮半島、日本を指すが、たんに地域が隣り合っているからだけではない。地理的な括り方にとどまらず、地政学にかかわる歴史的、文化的な長く深いつながりが当然、前提にあるだろう。

「東アジア」という用語は今に始まったわけではない。かつて「東亜細亜」と漢字で書かれ、「東亜」と略称され、「大東亜戦争」などと呼ばれた。その名には植民地や戦争の記憶が今も強く生き続けているから、今は漢字で使われることはない。しかし、東アジアの歴史文化はもっと根深く、前近代からの長い歴史の積み重ねがある。太古の時代、大陸から切り離され、次第に日本列島が形作られ、そこにすでに住んでいた人や移住してきた人々によって「日本」が形成されるが、それは中国や朝鮮半島との関係性から姿をあらわすようになる。

つまり、「日本」が関係概念であるように、「東アジア」もまた関係概念である。交流、融和、拮抗、対立、影響、相補等々、複雑で多層多重の関係の厚みがある。そうした長いつながりの歴史の営みをいつも念頭に置く必要があり、その歴史文化の基本はまず言語、言葉である。

しかし、東アジアと括ってしまうには、あまりに日本語、韓国語(朝鮮語)、中国語は異なる。その一方で重なる面もあり、今日にまで続く漢語の浸透力におのずと文化交流の深い痕跡をうかがわせる。何より同じ漢字漢文を使っているところが重要な意義を持つだろう。東アジアを括る根拠は、まさにこの漢字漢文にある。よく「漢字文化圏」と言われるが、注意すべきは漢字という文字だけにとどまらず、漢字を使った漢文という文章体そのものの共通性、共有圏にあることだ(金文京、二〇一〇年)。したがって、厳密には〈漢字漢文文化圏〉と呼ぶべきであり、ここでもその用語につく。

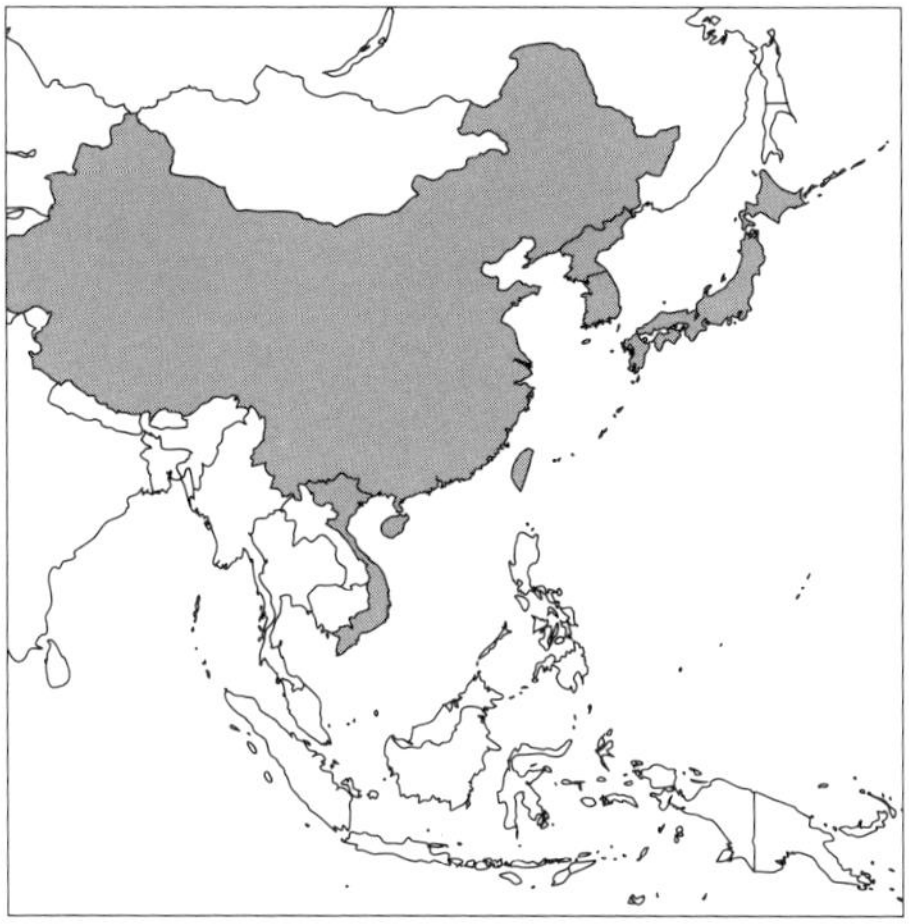

図 0-1 〈漢字漢文文化圏〉

とりわけ、中国、朝鮮半島、日本は十九世紀以前のいわゆる前近代には、共通の〈漢字漢文文化圏〉にあったことが重視される。しかも、前近代に限れば、沖縄は琉球王国という別の国であり、日本とは異なる歴史を歩み、独自の文化を形成してきた。これも同じ文化圏に括られる。

しかも、〈漢字漢文文化圏〉といえば、これだけではない。実はベトナムもまた十九世紀までは同じ文化圏にあったことが忘れられがちである。古くは越南、安南、交趾など様々な呼称があるが、呼び名はともかく、現在のベトナムに相当する地域、国家が東アジア共有の文化圏にあったことはまぎれもない。つまり、今は東南アジアに含まれるベトナムは、もともと〈漢字漢文文化圏〉に含まれ、その最南端に相当する。その先のカンボジアやタイなどにはもう漢字はない（ベトナム華僑がタイのバンコクに移住して創建した寺院には漢訳仏典など漢文文献が残っている例などはあるが）（図0-1）。

その一方で、チベットやモンゴルなどは、もともと〈漢字漢文文化圏〉にはない。十七世紀に清朝を樹立した満州族（女真族）も、本来は別の文字を持っていた。民族の差異なども関連し、決して一枚岩ではない。台湾は、先住民族は文字を持たず、日本でもアイヌは文字を持たなかった。〈漢字漢文文化圏〉を基軸とする東アジア観にはおのずと偏差が残るが、前近代の歴史文化を対象とするには、まずは文字文化を前提にせざるをえない。

そして何より〈漢字漢文文化圏〉の持つ意義は、たんに文字だけではない。漢字漢文に拠って形成された漢籍、漢文学、漢詩文、あるいは儒教や仏教や道教の聖典等々、古典として意義を持ち続けたおびただしい文献の蓄積がある。とりわけ漢籍と漢訳仏典の周縁に与えた影響は絶大であった。たとえば、『法華経』など書写された漢訳仏典は、装幀や筆蹟などからは、それが中国のものか朝鮮半島か日本か、判別しにくい場合がある。これらは決して一国だけのものではなく、まさに東アジアの文化圏の共有財産とみなすべきものであり、要するに〈漢字漢文文化圏〉とは、文字だけではない、文化・文学の共有圏を意味するのである。

〈漢字漢文文化圏〉は中国に始まり、アジア各地域に広まったが、その背景には冊封朝貢《さくほうちょうこう》体制という、中国を主とする政治・経済・文化の権力支配体制や政治的、文化的なイデオロギーが強くかかわっていた。文字を持つことは権力につながり、文明が高い所から低い所に流れるように伝流していった。仏教や儒教の広まりも、東アジア共通の国家統制の方策として導入された。

この〈漢字漢文文化圏〉の特徴は、仮に言語は通じなくとも、筆談でコミュニケーションがとれるという一見奇矯な環境が形作られていた点にある。音声言語は異なっていても、文字言語なら通じ合えるわけで、民族も言語も似かよっているヨーロッパの文化圏とは基本的な相違がある。しかも東アジアの文化圏は、筆や墨、硯を使って書く文字だけではない。箸を使って米を食べるとか、笛や琴などの楽器を使うとか、いくつもの共通点がある。そもそもモンゴロイドの黄色人種と言われ、欧米でよく中国人、韓国人、日本人が見間違われるように、顔もよく似ている。

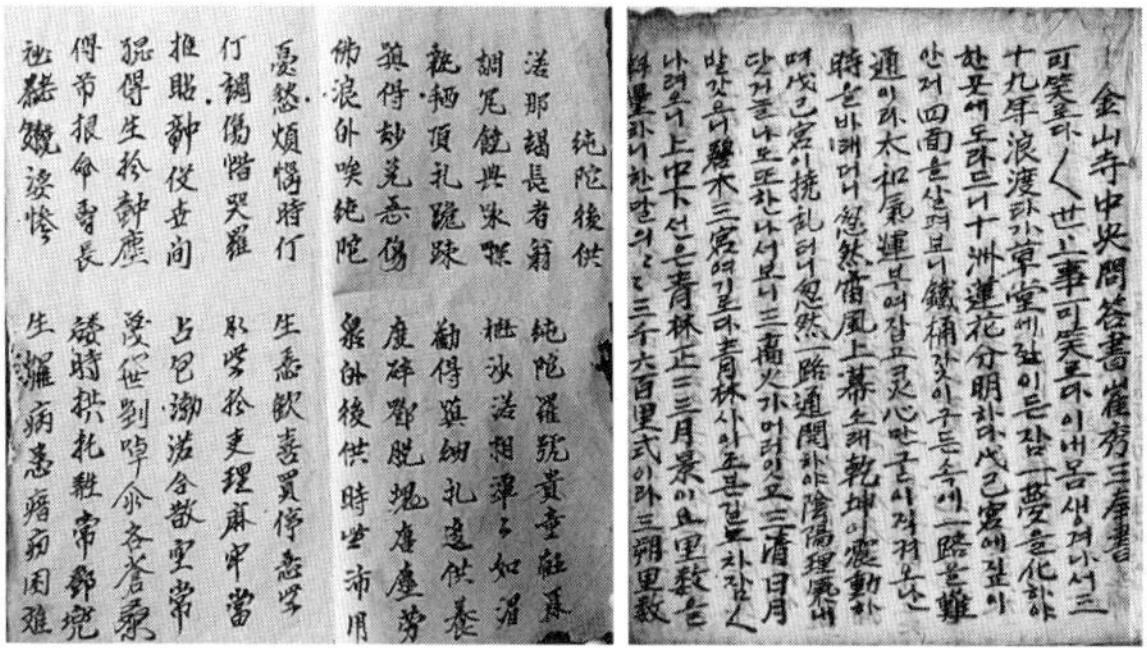
図 0-2　朝鮮半島(右), ベトナム(左)の漢字交じり文(著者架蔵)

さらに、漢字漢文の共有とともに着目すべきは、一方で漢字漢文を拒否し、そこから離れて地域・国家特有の文字を発明していることである。周知のように、日本の仮名は漢字とそれをもとにした万葉仮名から平仮名、片仮名が作られ、ともに十世紀には習熟して使われており、漢字と併せて広まった。漢字仮名交じりの表記法は現在にいたるまで続いている。

朝鮮半島では十五世紀に独自にハングルが開発され、次第にひろまり、現在ではかなり漢字が少なくなっている。また、ベトナムでは十三、十四世紀頃に、チュノム(喃字)という独特の文字表記が開発されるが、フランスの植民地化にともなうアルファベット表記の導入によって消えていく。

チュノムには表意文字も含まれるが、仮名やハングルは表音文字であり、チュノムも合せ、漢字漢文ではあらわしにくい、各地域の言語の表現法が東アジアの文化圏でそれぞれ独自に開発されたのである。平仮名、片仮名は万葉仮名の書記法（リテラシー）から生み出され、ハングルはモンゴルのパスパ文字などを参考に音韻の構造を探究した成果としてあり、チュノムは梵語の音韻をふまえつつ、漢字の部首を種々組み合わせて作られた（図0‐2）。

古来、文字は権力の証しであり、文字を持つ持たないは権力の支配、被支配につながり、漢字漢文に拠らない自国の文字への指向には、同時に冊封朝貢体制など中国に対するイデオロギーの問題が避けがたく関わっていた。東アジア文化圏は決して友好温和な関係ばかりではなく、今日にも及ぶように常に緊張や昏迷をも同時に伴うものでもあったことを見のがせないだろう。

いずれにしても、東アジアの〈漢字漢文文化圏〉は、これらの非漢字・反漢字の文化圏をも同時に内包するものであり、漢字漢文だけに限定するのは不適切である。そのことは、説話をそれぞれの地域でどうあらわしたかという問題にそのままつながってくるのである。

東アジアの説話世界

では、東アジアの説話を〈漢字漢文文化圏〉からいかにとらえうるのであろうか。やはり日本の説話研究も「説話集」から始まったように、東アジアでもまずは「説話集」に相当するものから探っていくのが筋であろう。というより、そもそもは中国で編纂された、『経律異相《きょうりついそう》』や『法苑珠林《ほうおんじゅりん》』をはじめ漢訳仏典の譬喩・因縁集、『捜神記《そうじんき》』『太平広記』や『夷堅志《いけんし》』などの説話・小説（文字通り小さな話）を集成統合した類書といわれる大部の部類書等々の影響下から始まっているわけであり、従来は和漢比較研究的な出典論や典拠論にのみ収束しがちであった。

今後は類書＝説話集という観点から、典拠論に収束（終息）しない、あらたな相互の比較の方法論が必要である。類書は、中国の伝統的な儒学にもとづく書籍の分類法である、「経・史・子・集」の四分類の「集」に相当する。説話集もまたこの「集」という正統な書物の一環に位置づけてみていく必要がある。

中国と日本には時代を通じて多くの「集」がみられるが、しかしながら一方の朝鮮半島やベトナムは資料が限られているのが実情で、時代の格差も小さくない。たとえば、朝鮮半島の古代王国新羅では、朝鮮古典の起点に位置する『新羅殊異伝《しらぎしゅいでん》』がある（編纂は高麗初期）。残念ながら散逸し、わずか十数編ほどの逸文しか残っていない。しかし、新羅建国にまつわる脱解《だっかい》王の卵生神話、伝説的武人の金庾信《きむゆしん》の異伝、高僧伝、『法華経』の霊験譚、幽婚志怪譚、名高い新羅末期の文人である崔致遠《さいちえん》の双女墳譚等々、残っている逸文だけでも、多彩な説話が展開する。

ついで十三世紀、高麗時代の歴史叙述『三国史記』や『三国遺事《さんごくいじ》』が有名で、特に後者は高僧伝や寺院縁起などが多く、一種の説話集とみなすこともできる。『三国遺事』にも引かれる『海東高僧伝』は巻一、二のみの残欠本だが、高句麗、百済、新羅三国時代にさかのぼる僧伝集成として貴重である。

さらに、十五世紀以降の朝鮮王朝時代は士大夫の担う随筆集が多く作られるが、それは説話集とも言いうる面があり（『慵斎叢話《ようさいそうわ》』など）、十七世紀には、『於于野談《おうやだん》』や『青丘野談《せいきゅうやだん》』以下の野談集があいついで編纂される。「野談」ジャンルは朝鮮王朝にしかみられないが、これはもう「説話集」としか呼びようのない膨大な作品群で、漢文本から次第にハングル本に移行する。残念ながら、まだ東アジア共有の広範な研究対象になっていない。また、『東国滑稽伝』のような漢文笑話集なども朝鮮時代にはいくつか編纂されていることも見のがせない。朝鮮古典といえば、『三国史記』と『三国遺事』しか連想し得ない常識の反転をめざすべきである。

ベトナムではさらに文献が限られ、十三世紀以降の陳朝時代の『粤甸幽霊集録《えつでんゆうれいしゅうろく》』や『嶺南摭怪《れいなんせきかい》』などの縁起、神話伝説集が起点になる。『大越史記全書《だいえつしきぜんしょ》』などの歴史叙述などとの関係が深い。十六世紀には説話系の類書『公余捷記《こうよしょうき》』をはじめ、『見聞録』以下、説話集と呼びうる小品がたくさん作られていた。僧伝の『禅苑集英《ぜんえんしゅうえい》』、歴史演義小説の『皇越春秋《こうえつしゅんじゅう》』『越南開国志伝』などもある。まだ追究が充分及んでいないが、他にも注目すべき作が少なくない。『越南漢文小説集成』全二十巻(上海古籍出版、二〇一〇年)が刊行され、だいぶ見通しがきくようになった。

琉球の場合も文献資料としては時代が下がり、有名な歌謡集成の『おもろさうし』は十六世紀頃で、最初の歴史叙述は十七世紀の『中山世鑑《ちゅうざんせいかん》』、以後、『中山世譜《ちゅうざんせいふ》』、『球陽《きゅうよう》』と続き、『球陽』の別巻として漢文説話集の『遺老説伝《いろうせつでん》』が編纂されるのは十八世紀である。地誌や縁起などを含む類書『琉球国由来記』、これに続く『琉球国旧記』がある。

琉球では、「遺老伝」と呼ばれるものが説話に相当するが、古老伝承そのものに話芸の面があったに相違ないものの、古老の語りを集めて衆議して統一をはかり、各地で「由来記」や「旧記」、あるいは「遺老伝」が確定され(多くは仮名書き)、『遺老説伝』や『球陽』など、王府編纂の説話集や歴史叙述に漢文体としてまとめられた。生の語りと筆録された「遺老伝」とではすでに大きな懸隔があり、さらには王府の国家イデオロギーによって、ことごとく生の語りは消されている。

当面、『遺老説伝』を読み込むことで、そうした語りをどの程度すくい上げることができるか、が課題となるが、それとともに琉球で対象になるのは『おもろさうし』に代表される歌謡世界であり、うたと語りの重なりからとらえていく方策がもとめられるだろう。

東アジアに視野をひろげることで、問題はより多岐にわたることになるが、相互の「説話」及び「説話集」と呼びうる作品群総体を比較することで、日本だけ見ていては見えない問題群が出てくるであろうことが想定できる。そのことは同時に、日本の相対化にとどまらず、たとえば朝鮮半島やベトナムの説話群をも東アジアの〈漢字漢文文化圏〉の広場に持ち出して、相互に読み合う現場として開放(解放)することをも意味する。

その鍵になるのが漢文訓読である。外国語であるはずの漢文を、外国語として学び、習得するのではなく、訓読という手法で日本語として読み替えてしまう、曲芸《アクロバティック》的な技芸によるところが大きい。訓読もまた一種の翻訳にほかならない。外国語を習得し得ないものが日本語の訓読によって、漢文ならどこのものでも読み替えうるという技《わざ》である。

以前はそれが日本だけの得意芸のように見なされていたが、朝鮮半島でもベトナムでも、独自に訓読が行われていたことが近年の研究で明らかになり、東アジアにおける普遍的な現象としてあったことが確認されている。もとより訓読の方法自体は相互に異なりはするが、中国語としての漢文を自国語に合せて読み替える作業として共通する。

ここでも、そうした訓読に拠りつつ、東アジアの説話を読み解いていきたいと思う。

以下の本論は大きく三部に分かち、第一に須弥山《しゅみせん》、龍宮、巨樹などの世界観から、第二に変貌する釈迦、仮面の宝誌《ほうし》、鬼の生成など人物や異類の群像から、第三に西洋との東西交流文学をも視野に入れた、摩耶《まや》とマリアの授乳、アジアのイソップ、「月のねずみ」の二鼠譬喩譚《にそひゆたん》などからとらえていきたい。はじめに全体の概要にふれておこう。

世界観

　本書の三部の構成は、アジアの世界像の基本的な枠組みである「天・地・人」のひそみにならい、さらに東西の異文化交流を重ねてみたものだが、まず東アジア世界観の共有圏は、宗教とりわけ仏教によって培われた。東アジア共通の宗教といえば、儒教、道教、そして仏教が挙げられるが、何といっても大きな影響力を持ったのは仏教であった。日本では道教は仏教と混合したかたちでしか導入されず、思想としては神仙や養生など深いところで浸透してはいるが、専門の道士もいないし、寺院に相当する道観も造られず、漢訳仏典に相当する道蔵もひろまらなかった。

　儒教の場合も宗教というより儒学を中心に道徳や社会、共同体の規範として重んじられた。しかし、人の生と死など死生観を始め、極楽や地獄など死後の世界にもかかわる壮大な宇宙観を提示しえたのは仏教であり、インドに始まり、西域から中国に伝わり、漢訳されたものがさらに朝鮮半島、日本、ベトナムへとひろまった。漢訳によって本来のインド原典は屈折を余儀なくされ、あらたな課題を引き起こす場合もあるが、同時にそのまま伝わって普遍性を獲得したものもあり、一様ではない。

　いずれにしても、仏教の宇宙観についてはほぼアジア全体に共有されて意味をもちえたと言いうるであろう。その象徴が須弥山世界である。インドから各地に展開した須弥山像をながめていると、いかにこの世界が長い時間をかけてひろく浸透し定着したか、よく見えてくる。それは東アジアにとどまらず、南アジアにも広範に及んでおり、人々が世界の中心にイメージしていたものが見えてくるのである。

　今ではもはや忘れられた宇宙像ではあるが、我々が世界の拠り所を常にもとめている限り意味を持ちうるイメージであり、たとえば奈良の飛鳥の遺跡に示されるように、庭園の池の中心に模型がすえられるミニチュア化などにも深くかかわっている。似たような例は、インドの水の源流である無熱池《むねっち》でも共通する。無熱池から四方に流れ出る聖なる水はやがて中国のそれとも混合し合い、無熱池にいる龍神は日本の神泉苑にもつらなってくるし、鎌倉時代の『玄奘三蔵絵《げんじょうさんぞうえ》』にはその庭園の図像まで描かれている（高陽、二〇二二年）。

そのような須弥山がいかなる意味を担っていたか、それを教えてくれるのが数々の説話にほかならない。須弥山世界を知るには説話という媒体が欠かせず、歌であっても図像イメージであっても、説話と切り離すことはできないのである。

この須弥山を取り巻く海の異界が龍宮である。現在では遠い海の彼方の世界がイメージされるが、本来は須弥山を中心に垂直にそびえ立つ世界観の一角に龍宮は位置する〈天界―須弥山―海中の龍宮〉。それが本来の龍宮であるが、次第に海の世界に限らず、池でも湖でも、滝でも、水がある世界ならどこでも存在しうる融通性を持つようになった。

何より東アジアの〈漢字漢文文化圏〉の世界で龍宮は仏教と深い関わりがあった。そもそも龍宮は経典を収納し秘匿する伏蔵の場であり、仏教に帰依する龍王が守る秘密の宝蔵であった。それが中国の理想郷である蓬萊山《ほうらいさん》と結びつき、宝物にあふれ、きらびやかで豪勢な楽園のようなイメージにふくれあがり、「浦島太郎」のような話になっていく。

特に龍の持ち物でもあった如意宝珠《にょいほうじゅ》という珠が重要な意味を持ち、人と龍との争奪戦が物語化される。漢訳仏典系の説話では、釈迦の舎利や菩提樹までがここに収められたりする。そのような世界に行ける人は限られているから、そこに行ってきた者の語りから説話は始まる。異界訪問は物語の原初の一つで、龍宮往還もその典型であるが、仏教を介した龍宮が東アジアの特徴であることを見のがすべきではないだろう。

ついで須弥山と類似の機能や意味を持つのが巨樹の世界である。クリスマスにはツリーが欠かせないように、巨樹は世界をとらえ、あらわす象徴としての意味や機能をおびる（宇宙樹）。巨樹の樹下の空間はそこに人が集い、心の拠り所となり、憩いの場や儀礼の場となり、様々な人の営みを可能にする。暮らしの上でかけがえのない存在である。また、巨樹そのもののもつ神威性や神々しさはおのずと畏敬の念をともない、それ自体が神に重ね合わされる。ご神木とか神樹という言葉によく表れている。巨樹そのものが神であり、神がそこに宿る依代《よりしろ》の意味を持つ。巨樹の持つ意義は日本や東アジアにとどまらず、地球上どこでも共通する普遍性をおびている。

また、一方で巨樹は人間の文化や文明と相対する面も持つ場合がある。古代の神話に多いのは巨樹を伐採する型であり、野生の自然の象徴を切り倒して、宮殿や寺社を建てたり、船を作ったり、耕作のための大地になったり、人間の必要なものに姿を変えて生き続ける。背後に伐採による祟りなど負債の後ろめたさの心性があり、種々の想念がまとわりつく。人間の文明が成り立つ構図である。自然破壊の原点ともいえるもので、それに対する罪障観がいわば説話を生み出すのである。伐採による祟りの説話はその典型で、これも世界に例が多い。

巨樹自体のもつ生命力とともに、巨樹が作り出す空間で特に問題となるのは、樹下と樹上である。樹上は天につらなり、樹下は地底につらなる。天と地を媒介するのが巨樹である。天界や地底にまで人間の想像力をおし広げていく仲立ちとなる。日常と異なる別の空間の認識をもたらすだろう。樹を媒介に地底と中空がつらなる。非日常の空間、すなわち異界の世界がそこにひろがる。巨樹はあらゆるものをおびき寄せ、吸引する力を持っており、物語力も例外ではない。

この巨樹と共通する意義を持つのが塔である。自然界か人工物かの相違はあるにしても、その持つ機能や意味は共通するだろう。本書では塔にふれるいとまがなかったが、東アジアの塔巡りは個人的な趣味でもあり、いずれまた詳述の機会を待つことにしたい（「古塔断章」『図書』二〇一二年八月）。

群像から

ついで東アジアの群像からは、釈迦、宝誌、鬼を取り上げた。

第一の仏教を開いた釈迦の伝記は仏教の伝来とともに各地へひろまり、時代や地域、国家、共同体ごとに多様に享受、再生された。釈迦の生涯は特に「八相」という八段階に分けられるが、それにとどまらず、前世の様々な姿を語る本生譚《ほんじょうたん》（ジャータカ）をはじめ、涅槃《ねはん》後の舎利の霊験や仏弟子達の逸話も含め、〈天竺神話〉とも目すべき壮大な世界にわたる。仏伝文学は主要なジャンルとして認知されているものの、従来は古代に限定されがちであった。シルクロード文化との関わりは周知であるが、東アジアの地域ごとには必ずしも視野が及んでいなかった。

ここでは主に釈迦が太子時代に世の無常を悟るきっかけとなる、東南西北の門を出て、それぞれ老人、病人、死人、僧と出会う「四門出遊《しもんしゅつゆう》」（「四門遊観《ゆうかん》」）を中心に検証したが、日本でも近世に多様化する諸相が見のがされており、朝鮮半島やベトナムが対象に入っていなかったように、今まで知られていない作例が少なからずあり、今後の課題が多い。

仏伝文学はいわば人間の生と死を探究する文学の原点ともいえるもので、しかも言葉だけでなく、絵画イメージの世界からも広く追究されるべき課題である。

第二は中国の神異僧として知られる宝誌であるが、一連の日本中世の予言書「未来記」の代表である

『野馬台詩《やまたいし》』の作り手とされる。この『野馬台詩』解読と伝来の物語である『吉備大臣入唐絵巻《きびのおとどにっとうえまき》』の研究から、宝誌その人にも検証が及んだもので、早くから伝説化され、予言者の面を持ち、さらには観音化身説もひろまり、その図像もまた注目されるものがある。

すでに中国や日本での研究は少なくないが、これに朝鮮半島を加えると、一切経蔵で著名な海印寺《へいんさ》創建にまつわる縁起に宝誌は関わっており、日中間だけではうかがい知れないひろがりが出てくる。ベトナムはまだ充分解明できていないが、ベトナム産の漢文僧伝『禅苑集英《ぜんえんしゅうえい》』にはその名をみることができ、今後の展開が期待できそうである。

第三の鬼に関しては、日本と東アジアではそのイメージにかなり差異があり、そこから問題をとらえ直す必要があった。日本で鬼といえば、赤鬼、青鬼などの妖怪系のイメージがすぐ出てきて明確であり、子どもの絵本などからすでになじみのものである。ところが、他の地域ではそのようなイメージがそもそも存在せず、むしろ霊、幽霊に近い存在であった。鬼の研究も実にたくさんあるが、日本中心であり、説話や図像イメージ、芸能等々からの研究が主であり、これも東アジアからの観点は芸能面を除いてまだ少ないように思う。

ここではまず、仏教医学の観点から「鬼病」に着目し、それが疫病や感染症にかかわり（今で言えばウィルス）、祓えの儀礼につらなる面から説き起こす。見えないモノが実体化する過程としてとらえ、その一方で地獄の獄卒の形象が地獄の観念とともに先鋭化し、次第に鬼のイメージとしてつながってくる。ついには地獄から現世に侵出してくる過程としてとらえることで、双方の流れが合流し、複合化する面を想定してみた。

見えないモノをいかに見えるようにするかというイメージの葛藤が根底にはあるといえ、東アジアの文化圏でもすべてが共通するわけではなく、偏差が見られることにも留意したい。

群像とはいえ、釈迦は仏教の創始者であり、普遍的な仏でもあるし、宝誌は観音の化身である。これに鬼も加わるから、結局は仏菩薩、異人、異類等々、超越者が主対象になっている。釈迦も宝誌も実在はしたであろうが、すでに超越的な存在に昇華されているし、作られた存在が神格化されるほどリアリティを持ち得たことが興味深く、異類の龍や鬼も同様であろう。

東西交流

最後の東西交流の論は、摩耶とマリア、イソップ、二鼠譬喩譚の三題である。アジア固有の問題と思われた説話が西洋にも類似のものがあったり、アジアから西洋に伝わったもの、逆に西洋からこちらに伝わったものもあったり、多種多様であり、人が行き交えば、説話もまた行き交う。それぞれの交流があって今日に至る。これを〈東西交流文学〉と名付ける。ひいては日本やアジアだけ見ていても限界があるということになる。

それぞれよく似ていたり、共通するものをあちこちで見出すと、すぐにどちらが起源でそれがどう広まったかという、直線で伝承や伝播の糸を結びがちであるが、起源は決して単一ではない。文化は幾重にも折り重なった網目状にひろがるものである。類似の環境や条件がそろえば、突然変異的にあちこちで別途に現われて、結果として似たようなものが生み出される場合もあるだろう。古典の原作や原本遡行と同じように、単一の起源幻想やオリジナル幻想は棄てた方がよい。例は悪いが、ウィルスの感染と似ていて、直接の伝流がたどれる場合もあるし、まったくつながりが分からない場合もある。そうした多様性をこそ見極めるべきであろう。説話がいくらでも重なり合う、多面的、多極的、多層的なその様相を見極めればよいのであって、単線的、一元的に裁断すべきではない。

　第一の摩耶とマリアの論は、先の釈迦の伝記、仏伝文学研究の一環として派生したもので、特に日本中世以降に制作された絵巻や絵入り本の『釈迦の本地《ほんじ》』諸本にのみ見える絵画図像の分析から始まった。授乳が親子の証明になるという人間存在の原点を呼び覚ますような話題であり、とりわけそれが『釈迦の本地』に具体的に絵画化されていることの意義を考えようとした。

　その途上でキリストの母であるマリアにも授乳の図像があることが分かり、しかも乳を飲むのは子供のキリストではなく、中世の聖人のベルナルドゥスであったという違和感に逆に引き寄せられた。中国をはじめ東アジアにまで広げうるテーマではないが、一方で授乳という人間誕生の神秘を劇化する説話の偶合への探究も、〈東西交流文学〉として重要な課題であり、ここに組み込むことにした。

　東アジアでいえば、聖母マリアの伝記は『聖母行実』という中国で漢訳された作があり、前半はマリアの伝記、後半はマリアをめぐる数々の霊験、奇蹟譚からなる。これには朝鮮のハングル版も出ていて、できればこれらをも含めて検証する機会があればと思う。日本にもこの刊本は伝わっているが、それとは別に十六世紀のキリシタン文献の「バレト写本」にローマ字表記の日本語訳のマリアの奇蹟の説話が伝わる。今後の課題としておきたい。

　マリア同様、イソップは西洋から来た者だが、その伝記も意外に広まっている。それがアジアのイソップ論である。イソップというとすぐに寓話群が連想されるが、彼の伝記についても検証が必要である。その点では釈迦とも対比できるかもしれない。イソップ伝をみれば、本来、寓話がどのように語られ、どのように機能し、意味を持ったかが分かるからである。イソップ寓話集は一種の説話集であり、ヨーロッパでは様々に伝わり、各種の言語に翻訳されていた。そのあるものが日本や東アジアに伝わった。

その最も早いのが十六世紀末の日本であり、キリシタンの宣教師によってもたらされ、それが翻訳され、出版された。しかもローマ字表記による当時の九州、西日本の方言の口語体であった。世にいう天草本イソップであり、日本語研究の面からつとに注目されていたが、説話研究からはまだ検証が充分ではない。しかも十七世紀には古活字版が出され、さらには絵入りの整版本も刊行される。これが『伊曽《いそ》保物語《ほものがたり》』である。こちらは文語体で、しかも天草本より話数が多い。やがてイソップは日本のイソップとなり、昔話のごとく列島の口頭伝承の世界に浸透する。

日本だけ見ているとそこで話は終わってしまうが、実は『伊曽保物語』の刊行と同じ頃、中国に来た宣教師がイソップを漢訳していたのである。今日にその写本が伝わる。以来、中国でもしばしばイソップは翻訳された。その担い手の多くは西洋の宣教師であり、漢訳イソップはひとつのジャンルにまでなっていた。しかも、これが幕末明治以降、日本に伝わり、さらに和訳される。西洋と出会った近代化によって、イソップは正当な翻訳文学の位置を与えられたかのようである。しかも英訳を和訳し、それをまた漢訳したり、逆に漢訳を和訳したり、言語の翻訳が双方向から多重化した。これがイソップ文学の大きな特徴といえる。

さらには、挿絵の問題もある。『伊曽保物語』の挿絵は早い例であるが、近年、その絵巻も制作されていたことが明らかになり、紹介された。漢訳イソップにも挿絵は少なくない。西洋の絵の踏襲と中国で描き換えた場合とがあり、動物図像もリアルなものから戯画化されたものまで多種多彩である。日本でも童話ジャンルの確立にともない、イソップものはたくさん出版され、その出版史のまとめが必要なほどで、そこには挿絵をどう読むかの問題も関連している。

また、二十世紀には朝鮮のハングル版も出てくる。ベトナム版がいつ頃までさかのぼるか、まだ充分検証できていないが、まさにイソップは「アジアのイソップ」になっていたのである。

第三の二鼠譬喩譚とは、男が象に追われて断崖で木の蔓（草の根）につかまるが、下から蛇が待ち構え、その蔓を白黒二匹の鼠がかみ切り出すという絶体絶命の境地——。日本では「月のねずみ」の歌語として有名な無常を表わす寓話であり、当初は日本の事例ばかり見ていた。が、キリシタンの聖者伝に出てくることもあり、次第に世界に目が啓かれていった。決定的だったのは、二〇〇一年に訪ねた韓国の馬耳山のお堂の壁画にこの譬喩譚の絵が描かれていたことである。今にして思えば一種の啓示のようであり、東アジア研究に踏み出す起点にもなった。日本独自の探究よりもアジアや世界で共通し、共有されている問題の方に目が向くようになったきっかけとも言える。漢訳仏典や漢籍は以前から視野にあったが、朝鮮古典にほとんど目が向いていなかったことを、その時、初めて身をもって知らされた。

それと同時に、この説話は言葉だけではなく、絵画の媒体でもひろまっていたことが分かった。文字資料とともに絵画イメージが重要な意味を持つことを認識する契機にもなった。説話は絵画としても表現されるわけで、文字や言葉だけでは見えない説話がある。身体、芸能や演劇もそうであるし、造形や工芸なども同様である。

この譬喩譚は人がいつも死と隣り合わせに生きている無常観を表わし、人の生と死の原点の意味をおびる。それ故、普遍性を持ち、世界の各地に伝わった。インドを起点にアジアへ、イスラムを経由してヨーロッパへ、そしてまたヨーロッパからアジアへと循環する。説話が世界文学としてあることの見本と言えるだろう。

またさらには、男を追う恐ろしい異類が、地域によって象、虎、駱駝《らくだ》、一角獣に変わり、下で待ち構えるのが蛇、龍、鰐《わに》等々と変わる。二匹の鼠はほとんど変化しない。樹木に、断崖に、古井戸の穴に、草の根や枝の蔓や蜂の巣など自然の道具設定もうまくできている。人の生と死の暗喩として、いつでも、どこでも、語り継がれ、絵に描かれ、ひろまっていく。残念ながらベトナムや南アジアの事例がまだ不明である。

結章では、「説話」という語彙のひろがりや変遷をたどり、唐宋代の話芸を意味する古い用法が日本では明治期に復活する様を明らかにし、話芸としての説話の意義を第三極の説話論として提起した。具体例として、第一に東アジアに君臨する神出鬼没のトリックスター的な仙人の呂洞賓《りょどうひん》の逸話、第二に主人公が壬辰倭乱《じんしんわらん》を契機に東アジア各地をさすらう朝鮮半島の『崔陟伝《さいちょくでん》』や『趙完璧伝《ちょうかんぺきでん》』の物語世界とを検証してみた。特に後者には、朝鮮から日本、ベトナムまで渡った完璧なる人物がベトナムにおける漢字漢文世界をかいま見る様が描かれ、まさに東アジアの〈漢字漢文文化圏〉の世界が現出していて印象深い。

以上、限られた範囲での、文字通り管見にすぎないが、日本から東アジアへ踏み出した説話世界への旅のはじまりとしたい。

なお、本文の固有名詞を中心に必要と思われる範囲でルビを付した。漢文の引用は短いものを除いて訓読文か意訳で示した。引用テキストは代表的なものに拠り、特別な場合のみ注記した。引用の傍点はすべて引用者によるものである。

I

東アジアの世界観

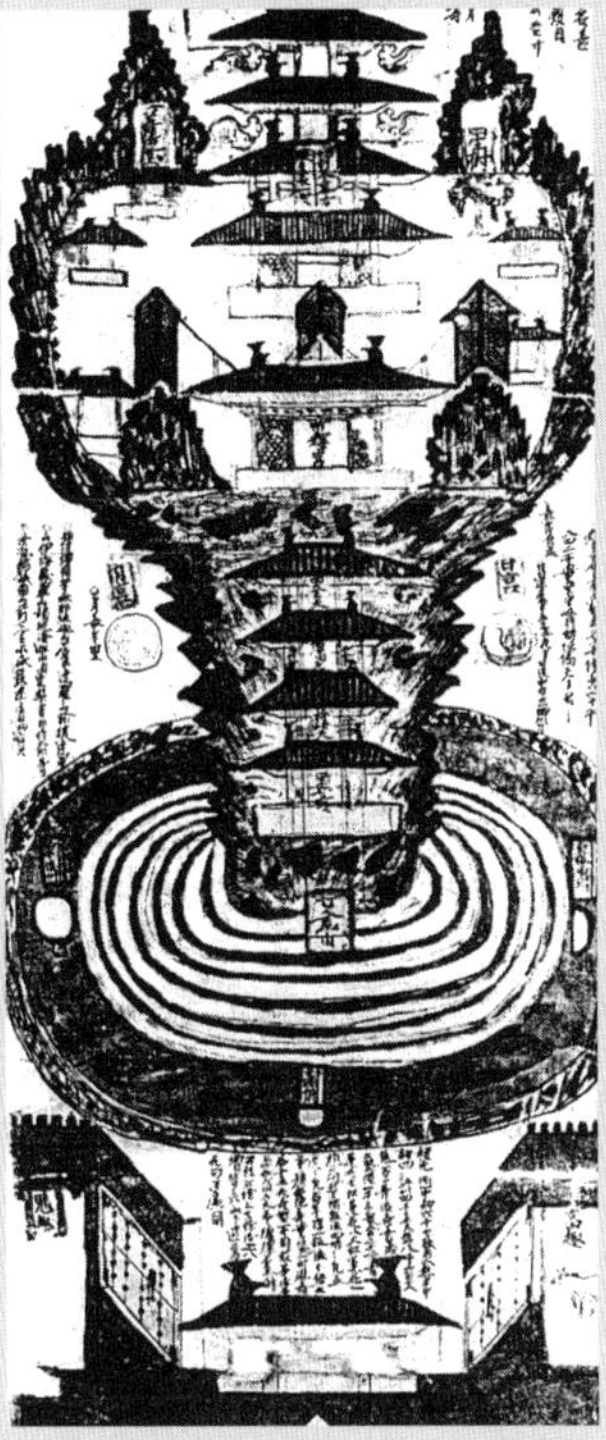

敦煌本『三界九地之図』(部分)

1　須弥山の図像と言説——アジアの宇宙観

前近代の東アジアの宇宙の中心にそびえ立つのが須弥山《しゅみせん》である。宇宙の根源に位置する巨大な須弥山こそアジアの人々の世界のよりどころとして長い時代、意義を持ち続けた。須弥山世界の原典は、古代インド仏教の上座部の教説（いわゆる小乗）をまとめた阿毘達磨《あびだつま》の『発智論《ほっちろん》』があり、二世紀頃にその『発智論』についての注釈『大毘婆沙論《だいびばしゃろん》』が百科事典的な意義を持った。さらに五世紀には世親がその概要をまとめたのが『倶舎論《くしゃろん》』である。この『倶舎論』が宇宙観を示す基本書となり、須弥山世界の解説と言えば、今日に到るまで、これに拠るようになっている。インドの仏教以前からの古層の宇宙観にもとづくものだが、ここではそうした根源には立ち入らない。

須弥山は、たとえば釈迦の伝記にもその背景としてごく自然に現れるように、仏教伝来とともにインドから東アジアにひろまり、日本でも世界観の核にすえられた。仏教の伝来とは、そのような宇宙観や死生観など、あらゆる世界の認識に深く影響を及ぼすことを意味していた。しかし、十五世紀以降、朱子学の現実的合理的な観点から須弥山世界も相対化されるようになり、十六世紀のキリシタンによってもたらされた西洋の世界観から徹底的に批判され、十七世紀以後は、仏教、儒教、神道など諸説入り交じって論争が続いていく。西洋から伝わった地動説の世界観によって、やがて須弥山の世界観が消えていくのが近代という時代の始まりといえる。

ここでは須弥山をめぐる世界がどのように意識され、イメージ化されていたか、そしてその認識がどのように消えていったのか、その変転をめぐって、仏伝文学をはじめ種々の言説と、図像とをあわせて具体的に究明したい。

須弥山図との出会い

東アジアの宇宙の中心である須弥山については、『今昔物語集』の釈迦の伝記（仏伝）や『源氏物語』の明石入道が夢の中で須弥山を持ち上げる有名な話題など、日本の文学でもいろいろ出てくる。しかし、知識として知ってはいてもそれが具体的にどういう形でどんな意義を持っていたか、今ひとつはっきりした印象を持ってはいなかった。その後いくつかの出会いを経て、次第にイメージがふくれあがり、東アジアの世界を問い直す第一にすえられるべき課題であることが分かってきた。

もう四十年以上も前にアジアの宇宙観をめぐる展覧会を見る機会があり（一九八二年）、日本やアジアの様々な須弥山の図像がたくさん展示されていて、圧倒された。それにあわせて刊行された、杉浦康平・岩田慶治編の図版集『アジアのコスモス＋マンダラ』とあわせて、須弥山の具体的なイメージが自らの心象に刷り込まれた。須弥山という言葉とその像が初めて具体的に結びついたのである。以来、杉浦康平編の類似のアジア・シリーズはかけがえのないイメージ醸成の源泉ともなっている。

次に大きな機縁は、ハーバード大学所蔵の絵巻『日本須弥諸天図』との出会いである。一九八七年に国文学研究資料館の調査でハーバード大学美術館でこの絵巻を直接閲覧する機会に恵まれた。その縁で新潮古典文学アルバムの『今昔物語集　宇治拾遺物語』に図版をいくつか掲載することができたが、上記の『アジアのコスモス＋マンダラ』には載っていないものであった。この絵巻は応永九年（一四〇二）

の奥書《おくがき》があり、須弥山図に加えて日本図や天竺図もある。奥書や識語《しきご》に名前の出てくる僧名から醍醐寺での制作であることが判明する、きわめて貴重な資料である。

二〇〇八年秋、ニューヨークのコロンビア大学滞在中にハーバード大学で国文学研究資料館との共催の学会があって飛び入りで参加させて頂き、久々にこの絵巻と対面、これについて研究発表することができた。ついで翌年、国際日本文化研究センター主催のインドのジャワハルラール・ネルー大学での学会にも招かれ、その延長でハーバード本を中心に報告した。インドで須弥山図について報告できたのは、奇しき因縁を感じ、感慨深いものがあった（国文研、日文研ともに報告書が刊行されているが、前者ではまだ醍醐寺本であることが分かっていなかった）。

さらにその後、教え子に当たる清華大学の高陽氏がハーバード本と中国明代の須弥山図とを比較した論考を公表、さらには敦煌《とんこう》本の絵巻も加え、続編でより詳細な比較論を展開している。敦煌本は九世紀から十世紀にさかのぼるもので、現存の絵画資料としては古い貴重なものである（『アジアのコスモス＋マンダラ』に図版あり）。敦煌本は『三界九地之《さんがいきゅうちの》図《ず》』と称され、パリのフランス国立図書館の所蔵（ペリオ文書）。二〇一〇年に国立図書館でくずし字解読のセミナーを担当した折に原本を閲覧できた。その時に担当の館員からインターネットで簡単にダウンロードできることを知った。

日本では、奈良の飛鳥資料館に須弥山を模した石像や法隆寺の玉虫厨子の図があり、『日本書紀』推古二十年条や斉明六年条など七世紀の記載にも共通する。かなり早くから図像イメージが伝わっていたことがうかがえるが、紙媒体の資料としてはハーバード本以前のものは今のところ不明である。鶴見大学所蔵の平安末期・鎌倉初期の『五合書籍目録』には、「須弥山図一巻」とあるから、この種のものがいろいろ作られていたことは明らかである。

絵巻作品で須弥山の図像といえば、十四世紀初めの有名な『玄奘三蔵絵《げんじょうさんぞうえ》』（藤田美術館蔵）であろう。同じ高階隆兼《たかしなたかかね》作とされる『春日権現験記絵《かすがごんげんけんきえ》』とともに並び称される絵巻史上の優品である。なかなか実物を観る機会がなかったが、二〇一一年夏、奈良国立博物館で平城京遷都千三百年記念の一環として全巻が展示された。千載一遇の機会で都合三度も出かけ、文字通り眼福を得た想いであった。この『玄奘三蔵絵』にも、冒頭に玄奘が夢で須弥山に登る画面がみられ、圧巻である。しかも、須弥山の中腹には樹木や草花、滝の水まで描かれていて、ほとんど日本の光景に変貌している。

というような経緯で、須弥山図との因縁がいろいろつらなり、かさなりあってきた。須弥山全体の図像や説話の風景や巨大で不動のものにたとえる比喩的な表現など、須弥山そのもののイメージと同時に、須弥山の頂上世界が具体的にどうなっているのか、あらためて問題になってきたので、これについても後述したいと思う。

日本古代の須弥山像

日本における須弥山の文献上の初例は、『日本書紀』の記述で、七世紀にさかのぼる。推古紀六一二年、百済から来た男が、「須弥山の形及び橋を南庭に築いた」とある。百済から来た職人によって宮殿の庭園に須弥山をかたどった石が造営された、というものである。また、同じ『日本書紀』斉明紀六五七年、六五九年、六六〇年にも、庭園に須弥山を作ったという。場所は「飛鳥寺の西」「石上池」の辺で、すべて同一のものを指すとされる。実際、この須弥山石は、一九〇二年に水田から出土して

図1-1　須弥山石像（飛鳥資料館蔵，『あすかの石造物』飛鳥資料館，2000年）

図1-2　東大寺大仏座蓮弁(拓本，杉浦康平・岩田慶治編『アジアのコスモス+マンダラ』講談社，1982年)

いる。現在、飛鳥資料館に保存され、復元模型もある。この石は三個現存し、内部がくりぬかれ、孔が空けられていることから、もともと四個の石を積み重ねた噴水施設と想定される(図1-1)。庭園の池の中央に置かれ、海にそそり立つ須弥山のイメージに見立てたものである。

しかもその須弥山石の庭の前で、お盆の行事や蝦夷《えぞ》の人々の服属の儀礼が行われた、とあるから、たんなる池の噴水だけではなく、天皇の王権を具現する儀礼の場として重要な意義をもっていたことが明らかである。仏教伝来とともに須弥山世界が定着していたことをうかがわせるばかりでなく、それが王権と深くかかわっていたことも見のがせない。

ついで須弥山のイメージが見られるのは、東大寺の有名な大仏の台座をかたどる蓮弁《れんべん》である(図1-2)。この蓮弁には、細かい線刻で、須弥山世界がたくさん刻まれている。ただし、現存の大仏は江戸時代に再建されたものだが、十二世紀に平家が奈良を焼き討ちにした際にも残った蓮弁の拓本があるので、八世紀の創建当初のものとみなせる。無数の須弥山世界の台座に座る大仏がいかに壮大な宇宙全体を象徴しているかをよく示しており、聖武天皇の王権確立とも密接なかかわりを表わしている。

大仏と同時代の八世紀の作とされる、これも著名な法隆寺蔵の玉虫厨子《たまむしのずし》の壁面にも、須弥山が描かれている(図1-3)。海面からそびえ立つ須弥山の根元を二匹の龍が取り巻いている。これは後で述べるハーバード大学蔵の須弥山図でも同様である。海面の山裾を取り巻く龍は仏の守護神であり、須弥山を加護していることを示す。また海中には、屋根のある御殿があり、これが龍宮を指す。建物の中には菩薩らしき存在が描かれている。つまり、この図像は須弥山と龍宮を同時に描いた東アジア全体でも古い例といえる。須弥山の図像は、細長い岩山がそそり立つ険しい山の姿で、中国の理想郷である蓬萊山《ほうらいさん》にも似ている。

中国古代・敦煌の須弥山図巻

東アジアで須弥山の全体像を示す古い図像は、九世紀から十世紀頃（唐末五代）の中国での作とされる敦煌出土の『三界九地之図』である（最古例は六世紀前半、万仏寺のレリーフ）。現在、フランス国立図書館の所蔵で有名なペリオ文書のひとつ、小型絵巻の形態である（第Ⅰ部扉、図1-4）。天界の最上部に「三界九地之図」と表記されるため、それが書名ともなっている。すでに中国で『倶舎論』との関係が詳細に検討されている。五重塔のような屋根付きの建物が天界ごとに重なり合うのが特徴で、その余白に注記が書き込まれている。

図1-3　法隆寺玉虫厨子，須弥山世界図の書き起こし（東京国立博物館蔵，小峯和明「龍の生み出す物語」『熊楠ワークス』第64号，南方熊楠顕彰会，2024年）

須弥山頂上の帝釈天《たいしゃくてん》（忉利天《とうりてん》）で際立つのは、右手の巨大な樹木の「円生樹《えんしょうじゅ》」と、左手のお堂の「善法堂」である。この二つは以後の須弥山図でもいろいろ問題になるランドマークとなっている（後述）。円形の頂上の周囲は鉄に覆われた山がそそり立っている。逆三角形にそりかえって立つ須弥山の中腹に四天王、さらにその外の周囲に日と月が配

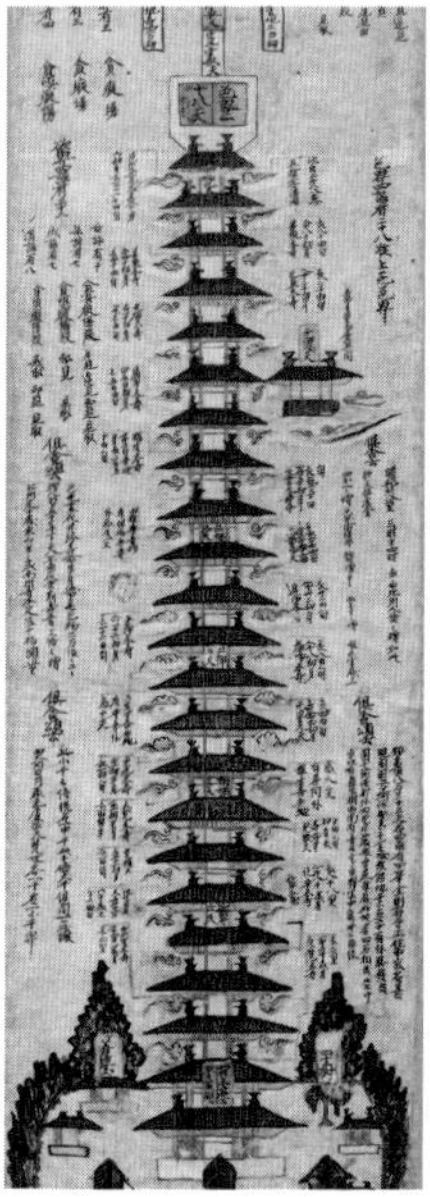

図1-4　敦煌本『三界九地之図』（部分，フランス国立図書館蔵）

される。日には三足烏が、月には蝦蟇《がま》が描かれ、中国の神話を表わしている。

須弥山の根元から円形に海がひろがり、同心円状に幾重もの山と海を表わす線が濃く描かれ、九山八海（七山八海とも）を示している。海の一番外側もまた鉄の山が縁取り、鉄囲《てっち》山《せん》を表わしている。海には、半月形、三角形、円形、四角形の四種の島がそれぞれ東南西北の四方に配される。これが四種の人種のそれぞれに当たるという。我々人間は三角形というが台形タイプで、やはり台形の南の島、南閻浮《なんえんぶ》提《だい》（南贍部洲《なんせんぶしゅう》）にいる（日本はさらにそこからはじかれた小島で「粟散辺土《ぞくさんへんど》」と呼ばれるが）。

円形の海のさらに下界に、鉄の扉に覆われた世界がひろがり、扉の左が餓鬼道、右が畜生道となる。餓鬼道には飢えた存在が描かれ、畜生道には馬の姿も見える。その下が地獄で、重なり合った部屋のたくさんの間仕切りが示されるのみで、地獄の具体は描かれない。餓鬼道と畜生道にはさまれた鉄の扉には錠がかかっており、地獄への入り口を示しているのであろう。

つまりは、いわゆる六道世界の修羅道を欠いた、五道の説にもとづくことになる。修羅道は後代に加わったとされるから、これは当初の古い形を残していることが分かる。敦煌本は須弥山図像を考える際の基本の図像である。

夢の中の須弥山――『源氏物語』の明石入道

敦煌本とほぼ同時代に、日本では『源氏物語』若菜・上巻の一場面に須弥山が登場する。有名な明石入道の晩年の回想で出てくる夢想の話題で、須弥山世界がいかに人々の心性の深層に根ざしていたかを伝えている。

入道の娘、明石姫君が生まれる時に見た夢の回想で、入道みずから須弥山を右手に捧げると、山の左右から日月がさやかに照らしだすが、自分は山の陰で光に当たらず、小さい舟で西をめざしてこぎゆく、というもの。明石にさすらってきた光源氏と明石姫君とが一緒になり、その娘が天皇の后になるという将来の予見としての夢想である。須弥山の周囲を日月がまわっていることをふまえる。中世の『曽我物語』巻二では、北条政子が妹の夢を横取りして頼朝と一緒になり、権力を握るという話がある。夢の内容も月日を袂にいれるというもので、権力にまつわる夢はスケールが大きいところに特徴がある。

図1-5　タイ，ラーマ5世即位式（前掲『アジアのコスモス＋マンダラ』）

『源氏物語』の明石入道の夢の原拠は釈迦の伝記、仏伝経典の代表である『過去現在因果経』にあり、悉達《しっだ》太子《たいし》がいくつか夢を見る中に「須弥を枕にす」とあることに関連するとされる。タイなどでは国王の即位儀礼で須弥山形の椅子に座したり、葬送では須弥山をかたどった座が造られ、須弥山と国王とは儀礼の場で一体化する（図1-5）。王の権力や権威の象徴として須弥山があった。明石入道の夢はアジアの世界観に照らし出すことでいっそう鮮明になるのである。

また、十二世紀の往生伝《おうじょうでん》のひとつ『拾遺《しゅうい》往生伝』にみる、比叡山の相応《そうおう》和尚《かしょう》の伝記に、夢で不動明王が相応を捧げて、須弥山の頂上の盤石の上に留め、十方浄土を見せたという。須弥山の頂上は忉利天で、帝釈天のいる喜見城《きけんじょう》がある。後述する鎌倉期の絵巻『玄奘三蔵絵』でも、玄奘が夢の中で須弥山に渡ろうとするが、舟もないので困っていたところ、蓮華がうまく足を支えるように生えてきて、それを伝って海を渡り、須弥山に登ったという。

いずれも夢想であるところが共通しており、須弥山世界のイメージの浸透をうかがうことができる。須弥山に登る話に関しては、別に十二世紀の歌学書『奥義抄《おうぎしょう》』に「天竺四人の外道《げどう》、一人は天に昇り、ある説には須弥山の頂きにのぼる」という例がある。

風景としての須弥山――『今昔物語集』と『梁塵秘抄』

夢想のみならず、十二世紀の『今昔物語集』のように、天竺部の釈迦の伝記(仏伝)世界で直接に説話の舞台として須弥山が登場する場合もあった。

須弥山ハ高サ十六万由旬《ゆじゅん》ノ山也。水ノ際ヨリ上八万由旬、水ノ際ヨリ下八万由旬也。(略)其ノ海ノ側ト云フハ、須弥山ノ峡、大海ノ岸也。其レニ、金翅鳥《こんすちょう》ノ巣ヲ喰テ、生ミ置ケル子供ヲ、阿修羅《あしゅら》、山ヲ動カシテ鳥ノ子ヲ振ヒ落シテ、取リテ食ハムトス。(巻三第一〇)

須弥山を舞台とする巨大な阿修羅と金翅鳥が対決する話題。由旬は約七キロメートルほどの距離をあらわす単位で、とてつもない高さを示している。スケールの大きい天竺神話の様相を呈する。金翅鳥と龍の対決をはじめ、阿修羅と帝釈天の対決話もある。帝釈天が阿修羅に負けて須弥山の北面より逃走、道に蟻がたくさんいたので、殺生を恐れて引き返すと、逆襲に出たと勘違いした阿修羅が今度は逃げ出すという話(巻一第三〇)で、須弥山を舞台に激闘がくりひろげられる。

また、釈迦の涅槃《ねはん》にちなむ話題でも、荼毘《だび》に付す場面で遺骸に火がつかなかったところ、須弥山の中腹にいた四天王が香水を持ってくる。

七宝ノ瓶《かめ》ニ香水ヲ盛リ満テ、亦、須弥山ヨリ四ノ樹ヲ下セリ。其ノ樹、各千囲也。高キ事、百由旬、四天王ニ随《したがい》テ同時ニ下テ、荼毘ノ所ニ至レリ。樹ヨリ甘乳ヲ出ス。　（巻三第三四）

「囲」は広さの単位で巨大な樹をあらわし、この樹が釈迦の遺骸まで降りてきて、甘乳の樹液を出すが、それでも火がつかなかったという。

以上、『今昔物語集』では、須弥山は天竺世界の神話的な物語の風景としてそのまま描かれている。仏伝の物語や天竺神話の背景に須弥山は屹立していた。

十二世紀に後白河院が当時流行していた歌謡の今様を集成した『梁塵秘抄《りょうじんひしょう》』のうたも、宇宙の根源としての須弥山を風景としてとらえ、『今昔物語集』などの説話世界と対応していることがうかがえる。須弥山のイメージは、うたの世界でもひろまり、定着していた面を見のがせないだろう。

① 眉の間の白毫《びゃくごう》は、五つの須弥をぞ集めたる。眼《まなこ》の間の青蓮は、四大海をぞ湛えたる。（四三）

② 眉の間の白毫の一つの相を想ふつべし。須弥の量《はか》りを尋ぬれば、縦広《たてひろ》八万由旬なり。（四四）

③ 須弥の峯をば誰か見し、法文聖教《ほうもんしょうぎょう》に説くぞかし。阿修羅王をば見たるかは、智者の語るを聞くぞかし。（五〇）

④ 須弥の峯には堂立てり、名をば善法みだの堂。蓮華や后の一の願、其の日の講師は釈迦仏。（二三三）

⑤ 浜の南宮は如意や宝珠の玉を持ち、須弥の峯をば櫂《かい》として、海路の海にぞ遊うまふ。（二七六）

⑥ 須弥を遥かに照らす月、蓮の池にぞ宿るめる。宝光渚《なぎさ》に寄る亀は、劫を経てこそ遊ぶなれ。（三二一）

⑦ 勝れて高き山、須弥山、耆闍崛山《ぎしゃくっせん》、鉄囲山《てっちせん》、五台山、悉達太子の六年行ふ檀特山《だんとくせん》、土山、黒山、

鷲峯山《じゆぶせん》。（三四四）

最初の①と②は、須弥山がいかに巨大であるかを強調し、③は須弥山を一体誰が本当に見たのか、経典類に説かれるだけで誰も見てはいない、とそれがイメージの内なる世界としてあることをいう。合理的、現実的な感覚と同時にその深奥には経典類の聖教へのゆるがぬ信頼がある。④は釈迦が須弥山頂の忉利天に再生した生母摩耶夫人《まやぶにん》の教化《きようけ》におもむく有名な話をふまえる（本書第八章参照）。⑤は巨大なもののたとえとしてひかれる。⑥は須弥山をめぐる月がはるかに照らしている、その月影が蓮の池に宿っているという。観想にかかわるものであろう。最後の⑦は、仏教世界の名だたる高山や名山をあげる山名尽くしで、その筆頭に須弥山があげられる。

以下省略するが、ほかにも須弥山頂の忉利天をうたったうたは少なくない（二〇四―二〇六、四二二）。このような歌謡を通して須弥山のイメージが深くゆきわたっていったと考えられる。和歌でも、有名な歴史書『愚管抄《ぐかんしよう》』を書いた慈円《じえん》の家集『拾玉集《しゆうぎよくしゆう》』四「春日百首草」の「修羅」に、「須弥の上はめでたき山とききしかど修羅のいくさぞ猶さはがしき」と、須弥山をめぐる阿修羅と帝釈天の闘いを詠み込んだものもある。ちなみに両者の闘いを描いた絵画は、鎌倉時代の承久本《じようきゆう》『北野天神縁起絵巻』などにみえる。帝釈天軍と阿修羅軍との戦いをすさまじい迫力で描いた一大スペクタクルで、合戦絵巻の様相を呈しており、圧巻である。その合戦舞台が須弥山にほかならない。

さらに時代が下がって十五、十六世紀、古代神話を復活再生させた中世神話の物語の典型に『神道由《しんとうゆ》来事《らいのこと》』がある。天照大神《あまてらすおおみかみ》が第六天魔王から日本の国を譲られる国譲りの話で、その舞台が須弥山となっている。ここでは須弥山頂上はもはや帝釈天の君臨する忉利天ではなく、第六天魔王の住処となっているかのようである。日本のあらたな神話が天竺の宇宙観と結びついており、天竺から飛来する人々が神々となる『熊野の本地』をはじめ、中世物語にみる天竺世界とのかかわりの一環に位置づけられるだろう。

日本型須弥山図の完成――『玄奘三蔵絵』

はじめにふれたように、十二世紀末から十三世紀初の写本、鶴見大学蔵『五合書籍目録』には「須弥山図一巻」とあるから、この種のものが当時たくさん作られていたことは確実であろう。鎌倉時代末期、十四世紀初の『玄奘三蔵絵』の巻一冒頭には、みごとな大和絵で描かれた須弥山像がみえる（図1-6）。玄奘の夢に、大海に浮かぶ須弥山があらわれ、舟もないので渡れずに困っていたところ、蓮華が次々と出てきてそれに乗り、一歩ずつ渡って須弥山にたどりつくが、今度は山が高すぎてとても上まで登れない。困って最後の手段とばかりに、「身を軽めて躍り上がるに、旋風にはかに吹いて山の頂きに至りぬ」。身をかがめて躍り上がるや、風に乗ってふわっと頂上に登ることができた。玄奘はこの夢によって、天竺行きを決心したという。

図1-6　『玄奘三蔵絵』巻1，須弥山図（藤田美術館蔵，小松茂美編『玄奘三蔵絵』続日本絵巻大成7-9，中央公論社，1981-82年）

絵巻の図像は、大海を蓮華に乗って渡る玄奘の姿が描かれ、行く先に点々と蓮華が浮かび上がっている。海には龍や摩《ま》竭魚《かつぎょ》、空中には雷神もいて、異界性をあらわしている。須弥山の図像は苔むした巨大な岩肌に松の樹木や草花がはえ、滝の流れもみえる。登ってゆく途中で手をかざして周囲を見回す玄奘の姿が点描される。中腹を金の雲がたなびき、周囲を日月がめぐっている。中世日本で様式化されて描かれた須弥山で、最も美しく印象深い図像である。

しかし、これもおそらく『玄奘三蔵絵』のオリジナルではありえず、その図像の出所については不明であるが、すでに須弥山図の絵手本などがいくつもあったはずである。この絵巻は興福寺の委嘱で高階隆兼が画いたとされるから、寺院にはこの種の作例がいろいろあったと思われる。ほぼ同時代の著名な法隆寺蔵の掛幅《かけふく》の天竺図なども これに関連してくるだろう。須弥山の図像形成の問題解決にはまだ時間がかかりそうである。

ハーバード本『日本須弥諸天図』の世界

ここに須弥山図をあらわす中世の貴重な資料がある。それがハーバード大学美術館蔵『日本須弥諸天図』である(図1-7)。すでにハイド＝ホーファー・コレクションの図録(*The Courtly Tradition in Japanese Art and Literature*, 1973)に図版と英文の解説が載っている。一九八七年、八九年に調査の機会を得、一九九一年刊行の新潮古典文学アルバム『今昔物語集　宇治拾遺物語』で数点の図版を掲載した。

本書は巻子一軸で、室町初期の応永九年(一四〇二)写本。表紙は浅葱《あさぎ》色で、料紙は楮紙《ちょし》。第一紙の裏面に「日本須弥諸天図」とあり、その下に別筆で「北谷瀧順坊頼意《きただにたきじゅんぼうらいい》」とある。奥書に「応永九年壬午六月二十一日　隆意《りゅうい》」、数行あいて「沙門隆宥《りゅうゆう》　花押《かおう》」。巻頭第一紙の表紙見返しとの紙継ぎ下に漢字二字があり、左半分しか認識できないが、奥書に合致する「隆意」と判読できる。また、裏書に「三千大千世界外云々」の注記がある。末尾に「月明荘」の印があり、弘文荘反町茂雄の仲介と知られる。

これによれば、一四〇二年六月、「隆意」が書写したものに「隆宥」が花押を入れた手沢本《しゅたくぼん》かと考えられる。年記に比べて「隆意」の文字が濃い墨で太く、本文とそぐわない印象を与えるが、原本照合の

図1-7　『日本須弥諸天図』（ハーバード大学美術館蔵，小峯和明編『今昔物語集　宇治拾遺物語』（新潮古典文学アルバム）新潮社，1991年）

結果、本文と同筆と判断しうることが確認できた。ハーバード大学での報告の折には何の根拠もないまま天台宗の僧かとしたが、その後ジャメンツ・マイケル氏の示教によって、「隆意」、「隆宥」、「頼意」いずれも醍醐寺の僧で、当書の形成や伝来の場所が醍醐寺であったことが確実視される。

室町期写の醍醐寺報恩院《ほうおんいん》『常楽記《じょうらくき》』によれば、「隆宥」は応永十五年（一四〇八）一月二十一日に「西谷宝幢院民部卿山務法印隆宥往生　八十一歳　端座結印」とあり、応永九年の時点で七十五歳。『醍醐寺新要録』に三人の名が散見し、特に「隆宥」の名は随所にみえ、当代の学僧であった。一方、「隆意」の経歴は判然としないが、応永十五年一月八日に「隆宥」と「隆意」が五七日御修法を行った（『大日本史料』）というから、二人は師弟関係にあり、おそらく、弟子「隆意」の書写に師「隆宥」が花押を入れた手沢本であろうと思われる。

また、「頼意」は『醍醐寺新要録』二「山上清滝宮篇」に引かれる「俊慶法印記」に「瀧順房頼意加賀」とみえ、周辺の記載に文正元年（一四六六）や永享十一年（一四三九）などの年号がみえるからその頃の人物であり、本書の記載は後に「頼意」が伝領した時のものであろう。なお、「三千大千世界外云々」の裏書は表の須弥山図の鉄囲山際に該当することも確認できる。

本書の全体は、日本国図、天竺図、無熱池図、須弥山図、須弥山諸天図からなり、余白や欄外に種々の経典類からの引用による注記がみられる。図には、淡彩の朱や黄、胡粉《ごふん》が使われる。

以下、内容についてみると、最初の「日本国図」は諸国を俵形に連ねた「行基図」で、五畿七道の七道は朱線で示されている(日本図に関しては村井章介、二〇一四年)。周囲に東夷、南蛮、西戎《せいじゅう》、北狄《ほくてき》を配した異国をも明示する型である。日本を中心とする一種の東アジア図で、この種の例では、金沢文庫保管の十四世紀初頭の龍が取り巻く日本図が有名であるが、金沢文庫蔵図ほど情報は多くはない。それでも、南蛮には、「羅刹《らせつ》州」があり、「羅刹国」すなわちインドのセイロン島(スリランカ)をさす。その右に文章があるが、破損のため判読できない。おそらく金沢文庫蔵図と類似の「羅刹州」の注記かと思われる。北狄は「雁道」で万里の長城をさし、金沢文庫蔵図と同じ注記がついている。西戎は「雨見島」で、今日の奄美大島に相当する。金沢文庫蔵図にみる「龍及国」(琉球国)はない。

また、日本国内としては、陸奥に「坪石文《つぼのいしぶみ》」「都河洛」があり、房総沖には「ムコカシマ」、山陽瀬戸内には「スマ」「アカシ」「タカサコ」「ムロ」「ムシアケノセト」「イツクシマ」「門司関」、玄界灘の「入唐道」、豊後の「藤島」など、主に瀬戸内航路の要衝が明記されているのが特徴的である。房総沖の「ムコカシマ」も何らかの伝説を想像させるが不明である。この日本図のあとに、「日本国図者　行基菩薩之所図也　此土形如独古《とっこ》也」以下の注解がつく。六十六国を俵形で示す日本図は「行基図」と呼ばれ、これを密教では法具の独鈷《とっこ》に見立てるわけで、本図もこれに該当する。

次に「天竺図」では、「世親《せしん》菩薩造」とされ、伝統的な軍配形の輪郭で、中央下に五天竺が長方形で配され、「薬王樹」などの山々をはさんで上部に「無熱池」、東側に「胡国、契丹」、「高麗」が突きだし、「唐土、南幡、安息国《あんそくこく》」、南端に「執獅子国《しゅうししこく》」、西側に「買女国」などがあり、図内左側に「最勝王経」「頌」「西域記」等々からの引用による注記がみられる。その後に、「五天竺ノ中ニ十六大国散在セリ」以下の注記がある（「頌曰」「私云」など）。

これについで「無熱池」の拡大図があり、金象、銀牛、馬、獅子の四神がとりまく。以下、「心地観《しんちかん》経《ぎょう》」「興起行経《こうきぎょうきょう》」「十住断結経《じゅうじゅうだんけつきょう》」「大論」「文句」「倶舎」等々の出典名のもとに種々の引用がみられる（無熱池については高陽、二〇一二年）。これら天竺図に関しては、すでに法隆寺蔵の十三世紀の図が知られる。

そして「須弥山図」に移り、円の中に細かい同心円と中央に正方形が配され、その外側の四方に裸の東州人、南州人、西州人、北州人が描かれる（図1-7、上）。この図の中央の正方形こそ須弥山であり、同心円は海や山脈などをさし、一番外側が鉄囲山となる。四州人は顔がそれぞれ半月、楕円、円、四角という形状が特徴的で、寿命や身量、肌色などが注記される。以下、これに関する注解が「頌」「経」「論」「梵」の出典や「私云」「又問曰」「答」「解曰」等々のかたちで示される。

東―鉄―風―黒―半月形
南―銅―火―赤―三角形
西―銀―水―白―円形
北―金―地―青―四角形

といった四方と四大、四色との対応関係がみられる。この図は近世期にはみられるが、中世以前の古い作例を知らない。

次に「八熱地獄」の説明があり、須弥山の地底に位置するとの注解のようだが、図像はみられない。今度は正面からとらえた須弥山図、周囲の海、金輪、水輪、風輪、鉄囲山が配され、須弥山は諸天ごとにテラス状に層がわかれ、建物が朱、屋根が黄色で描かれる。山の中腹より上部の四天王の上に日と月も配され、須弥山の根元に二頭の龍が巻きつき、海中には難陀《なんだ》龍王宮と跋難陀《ばつなんだ》龍王宮も描かれる。須弥山頂上は、方形で忉利天がおおきくせり出し、上端には円生樹がみえる。その上は天ごとに独立して雲上に御殿が描かれ、他化自在天《たけじざいてん》までが欲界とされ、色界《しきかい》はおおきい楕円で仕切られ、さらに初禅、二禅、三禅、四禅ごとに諸天の御殿が円でくくられる。無色界《むしきかい》になると、円形だけで御殿はなくなり、諸天名や注記がつき、非想非非想天《ひそうひひそうてん》で終わる。画図の中でも周囲に細かい注記がたくさんあり、図の後にまた「頌疏《しょうそ》」などによる注解がつく。

そして「日月四季事」「昼夜長短事」の項目があり、空間から時間へ移り、「或説」「婆娑《ばさ》論」「頌疏」などで展開される。最後は、「光法師云」として季節の寒暖や日の長短にふれ、「此時ハ昼極テ短、夜ハ長、従此已後《これよりいご》夜則漸減《ぜんげん》ス。故」で終わる。まだ続きがあったと思われ、結末は判然としない。今は類本の出現を待つほかないだろう。

この種の原型は、先述の敦煌本『三界九地之図』などにうかがえる。日本産の須弥山図をいくつか紹介した禿氏祐祥編『須弥山図譜』によれば、文安二年（一四四五）の等誉《とうよ》筆になる龍谷大学蔵『三界依正《さんがいいしょう》略建立図巻《りゃくこんりゅうずかん》』や天文年間（一五三二―五五）の存牛筆の三河信光明寺蔵『倶舎論三界二十五有図』などが中世の作として知られるが（未見）、いずれにしてもハーバード本が最も古いことが分かる。中国作では、明代の崇禎四年（一六三一）、宗可作の近江泉福寺蔵『須弥三界図』も知られる。他に十七世紀末期（天和・貞享頃）の『三界五趣《さんがいごしゅ》図』以下、近世の作も多く紹介されるが、ハーバード本のように、日本図や天竺図などもあわせもつ作は見出せない。

本書は、日本図にはじまって天竺、須弥山、諸天、三界にいたる全世界を描き、四季や昼夜など時間の動きもあわせてとらえようとしたもので、十五世紀初頭という年代が確定できる点で最も重要であり、中世後期にとどまらず前近代の世界認識をうかがいうる基準作といえる。図像と注解、注記との双方から細部の検証や読解が必要であり、今は紹介にとどまらざるをえないが、今後の調査の進展を期したい。

明の刊本『法界安立図』から

ついで注目されるのは、明の一五八四年に公刊された『法界安立図』である（図1-8）。三巻上下の六部からなる刊本で、すでに高陽氏（二〇一一年）が紹介しているが、須弥山図や南閻贍部州《なんえんせんぶしゅう》図、東震旦国《しんだんこく》図などもあり、ハーバード本『日本須弥諸天図』とも類似する。ベトナムのホーチミン市の恵光修院《えこうしゅういん》所蔵本や高陽氏架蔵の端本も知られる。ここでは、経典にとどまらず『漢書』や『西域誌』などの漢籍をもまじえて注解を施している。まとまった作例として、敦煌本についで貴重である。

図1-8　『法界安立図』須弥山図（高陽氏架蔵）

また、法会で朗唱された願文《がんもん》類にも須弥山の例は多く、『敦煌願文集』にも用例がいくつかみえる。「須迷廬半畔、殊勝宮有り」（「天王文」）といった帝釈天にまつわるもの、「須弥を芥子に納め、大地を微塵に析く」（「転経文」）のような須弥山と芥子をめぐる『維摩経《ゆいまぎょう》』の故事をはじめ、「智力の高明は、須弥の勝遠に等し」(「慶幡文」)や「功徳は須弥に類す」(「蕚羅鹿捨施追薦亡妻文」)のごとき優れたものや高い巨大なものの比喩にやはり使われている。

朝鮮半島・ベトナムの事例

朝鮮半島でも、文献例ではあるが、『高麗史』の注釈書『高麗史節要』巻二十八・恭愍王《きょうびんおう》丁未十六年三月条に、文殊会での仏殿で、綵帛《さいはく》で須弥山を造り、その周りに燭をともした、とある。高さ一丈余、大きさは柱のごとく、夜は昼のごとく明るく、鮮やかな紋様で人目を奪うあでやかさ、幣は綵帛十六束、選ばれた僧三百人が須弥山を廻り、梵唄《ぼんばい》が天を振わせ、王達は須弥山の東に座して礼拝、婦女も聴聞を許された、という。まさに儀礼の中心に須弥山の造型が置かれ、仏道の救済と王の権力を護持する意義をおびていたことが知られる。

朝鮮王朝時代の『牧隠文藁《ぼくいんもんこう》』巻十四「西天提納薄陀尊者浮屠銘幷序」では、「吾」が殺生や邪淫の戒律を説いたため、外道を信仰する国主から異端視され、異人扱いされる。外道達が木や石で須弥山を作り、「人、頭胸腿より一山を安立す」、酒膳を山に供え、その前で男女が合体し、陰陽供養と称したため、「吾」は「人天下迷悟」の理を説いて邪宗を破したという(慧超《えちょう》の『往五天竺国伝《おうごてんじくこくでん》』にもとづく)。外道にとっても須弥山を中心にした儀礼で遊興の指標ともなっていた。

朝鮮王朝時代の宝鼎《ほうてい》『質疑録』に華蔵図を写し、中央に須弥山図を描いたとあり、「須弥山概論」の章では詳細な解説がなされている。同じ宝鼎の『茶松詩稿』では、「華蔵世界図、最中央刹図、須弥山図写題三首」として詩があげられ、「芥に須弥を納め、この信に従う」といった句もみえる。「芥納須弥」は明らかに『維摩経』の「芥子に須弥を納める」の故事をふまえる。また、同書の付録「行録草」

には「質疑録　須弥山図也」ともあり、須弥山図とのかかわりの深さをうかがわせる（『韓国仏教全書』）。

さらに朝鮮版の図像では、『仏説大報父母恩重経《ぶもおんじゅうきょう》』にみる、親の恩の重さは息子が左右の肩に両親を担いで皮がはげ、骨髄に食い込んで須弥山を百千回めぐってもなお報えないほどだという話に、須弥山のまわりを男が両親を肩にかついで廻る姿を描いた挿絵が載る（松広寺刊・高麗大学図書館蔵、ソウル大学奎章閣蔵など）（図1-9）。この例は、『東文選《とうもんぜん》』巻一一一「晋陽公追薦疏」にも載る。

図1-9　『仏説大報父母恩重経』須弥山図（活字本，高麗大学図書館蔵）

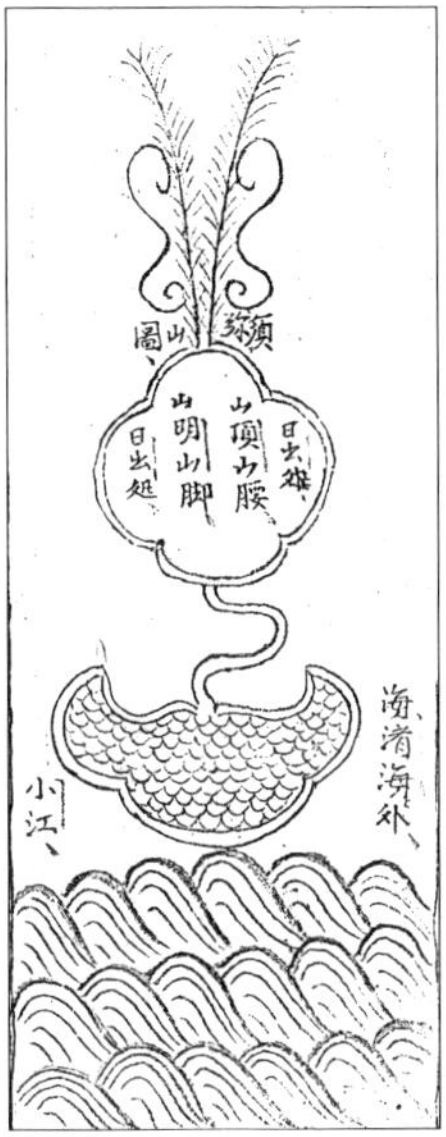

図1-10　『仏祖秘伝源流大道全書』須弥山図（漢喃研究院蔵）

一方、ベトナムではなかなか資料が見つからないが、たまたまハノイの漢字喃字文献資料センターの漢喃研究院での調査で、須弥山図の挿絵らしき例を見出した（図1-10）。『仏祖秘伝源流大道全書』という、景興十六年（一七五五）の写本で、道教と仏教が融合した身体論である。身体（五臓）と須弥山を一体化させる発想による。海をあらわす波形紋から円形の両側に半月形が突き出た図形が乗り、さらにそこから一本の茎がくねって上がり、その上に盆形のものがあり、さらに頂上から二本の草のようなものが天に向かって伸び、その両側にS字形のものが付随する。盆形と

S字形の間に「須弥山図」（左右二字ずつ）とあり、盆形の中には右から「日出処　山頂山腰　山明山脚日出処」と四行に書かれる。海の上の半月形の右と左にはそれぞれ「海渚海外」「小江」とある。

いまだ片々たる状態であるが、徐々にこうした例を集めて、日本だけではない東アジアへの須弥山図のひろがりをとらえていきたいと考えている。

比喩としての須弥山

須弥山はこうした神話的な背景としての形象ばかりでなく、さまざまな比喩としてもあらわされる。特に動かないものや巨大なもののたとえとして引き合いに出される例が多い。

先の『梁塵秘抄』にもいくつかみえたが、たとえば、九世紀の『日本霊異記《にほんりょういき》』では、「須弥山の頂きを見ることはあっても、欲の山の頂きを見ることはない」という表現がある（中巻第三八）。須弥山の頂上と人の欲望のきわみとを対比させ、いかに人間の欲望に際限がないかを強調する。『日本霊異記』と同時代の法会唱導資料の『東大寺諷誦文稿《ふじゅもんこう》』には、「たった一人のためにおこす慈悲の心さえ須弥山のように大きい意味があるのだ」と、人を救う慈悲心の功徳を説いている。

さらには、「須弥山の頂きに立ちて糸を垂らしおろす」の成語のような文言がひかれる。これは、須弥山の頂上から糸をたらした、その一番下でその糸をつかんで針に通すことは不可能で困難なことであるというたとえである。一度人間として生まれながらその身を失って死んでしまえば、また再び人間として生まれてくるのは難しい、六道世界の中でもそれだけ人間はありがたい存在であって、人間として生まれ変わるのは須弥山から糸をたらして針につなげるよりも難しいのだ、という譬喩譚がある（『雑阿含経《ぞうあごんきょう》』による。中世の管絃書『体源抄』巻八・下にも引用）。ここでも巨大なもの、難しいもののたとえに生かされているとみることができる。

また、『今昔物語集』では、釈迦の弟子の目連《もくれん》と舎利弗《しゃりほつ》が験くらべをやり、目連が舎利弗の帯を持ちあげようとするが、あがらない。渾身の神通力でいどんだが、須弥山はゆらぎ、大地は動いても、とうとう帯は動かなかったという（巻三第五）。これも須弥山が動かないものの典型としてあることを示す。巨大、不動の象徴として須弥山はあり、それにもまして人の欲望や術の強さがあることをいう比喩として須弥山は使われる。中世の『宝物集』二に、「若し人、功徳を須弥山のごとく積み造りても、一たび瞋恚《しんい》の心を起こさば、一時に皆消滅せん」とあり、須弥山のごとく功徳を積んでも、一度怒りの心をもてば一時にその功徳は消えてしまう、と怒りの心を抑えるべきことが強調される。

この種の仏典故事をもとに過剰なレトリックを駆使した日蓮にも、

須弥山をいただきて大海をわたる人をば見るとも、この女人をば見るべからず。（「日妙聖人御書」）

とみえるし、お伽草子『御曹子島渡り《おんぞうし》』（渋川版）にも、

父の恩の高きこと須弥山よりもなほ高し。母の恩の深き事は大海よりもなほ深し。

とある。言い換えれば、この種の比喩に多用されるほど須弥山のイメージは定着、浸透していたことを示していよう。

須弥山の頂上を往く

須弥山の山頂は忉利天と呼ばれる。六道世界の天上界の中でも、まだ煩悩にとらわれた六欲天のひとつに数えられる。須弥山の中腹が有名な四天王のいる世界で、須弥山の周囲四方を守護する役目を持つ。頂上の忉利天にいるのが帝釈天で、その住処が帝釈宮とか喜見城といわれる。帝釈天はインド古代のバ

ラモン教においては梵天《ぼんてん》とならぶ至高神であったが、仏教に取り込まれて仏を守る守護神の代表格となった。帝釈天といえば、日本では柴又のそれがおなじみであるように、寺院名にも浸透して親しまれている。

この帝釈天にちなむ説話としては、先に述べた阿修羅との対決が名高い。帝釈天は阿修羅に敗れて須弥山の北面を逃走するが、道に蟻の行列を見て、戦さに敗れたとはいえ殺生はできないと決断して元の道を引き返す。すると、加勢が来て逆襲に出たと阿修羅は勘違いして逆に逃げだし、蓮の穴に籠もったという(『今昔物語集』巻一第三〇)。阿修羅は泥や蓮根を常食にしていたらしい。

そこであらためて須弥山図をみると、敦煌本もハーバード本も、円形の海からそそり立つ逆三角形の独特の図像は共通する。山容はほぼ垂直状に描かれるのに対して、頂上の平面は読者に向かうように、後方からせり出して前方に開かれ、平面図に近い描き方になっている。読者に見やすいように角度を変形させて描かれるが、頂上の忉利天の描き方は微妙に異なる。

敦煌本は忉利天の円形の周囲を塀のようにぎざぎざ状に巌が覆っていて、建物が少ないのに対し、ハーバード本が宮殿ばかり秩序正しくたくさん並んでいるのと対照的である。後者は中央におおきい殊勝殿が配され、その東南西北四辺を正方形に囲むように殿舎が並んでいる。

この須弥山頂上の忉利天では円生樹と善法堂がランドマークになっており、この二つについてみておこう。

摩耶夫人と円生樹

双方の絵巻に共通しているのが、画面右手に立つ巨樹である。これが円生樹、もしくは波利質多羅樹《はりしったらじゅ》と呼ばれる巨樹であり、釈迦の母摩耶夫人ゆかりの樹でもあった。摩耶は釈迦を生んで七日で亡くなり、この忉利天に生まれ変わっていた。

敦煌本では、欄外に墨字の注記があり、東地に円生樹、西南に善法堂があるとする。ハーバード本も欄外におびただしい注記が書き込まれ、円生樹は高さ広さともに百由旬もあり、妙なる香りが馥郁《ふくいく》として、順風には百由旬、逆風には五十由旬の距離にも薫りが届くという注釈がついている(『倶舎論』による)。由旬は約七キロメートルほどであるから大変な高木である。敦煌本の図像は普通の樹木のようであるが、ハーバード本は屹立した樹木の印象で、しかも紅葉している。この円生樹だけは高く茂り、際だっており、忉利天のシンボル的な意義を持っていたことが知られる。

仏伝は巨樹や樹下の世界とは縁が深く、釈迦の誕生は「無憂樹《むうじゅ》」の下であり、悟りを開いたのが「菩提樹」、教えをひろめる転法輪が「吉祥樹」、涅槃に入るのが「沙羅双樹《さらそうじゅ》」の下であった。このことが古くから意識されていたことは、金沢文庫保管の、「説草《せっそう》」と呼ばれる中世の説教唱導資料用の小型本の一つ『樹下事《じゅかのこと》』などからもうかがえる。

古来、正倉院の「樹下美人図」が著名であるが、釈迦の母摩耶もまた樹下の女人である。古代インドでは、ヤクシーなる女神が樹下で脇の下から王子を生む彫像がたくさん作られていた。それを仏教が釈迦誕生の伝記に取り込んだのである。

忉利天に再生した摩耶は円生樹の下で、娑婆の無憂樹下でみずから生んだ釈迦をはるか思いやっていたのであろうか。後に釈迦が悟りを開いてこの忉利天に赴き、摩耶を教化する有名な段では、釈迦がこの歓喜園にある波利質多羅樹の下に来て、摩耶を呼び出したという(『今昔物語集』他。本書第八章)。やはり樹下が二人の再会の場になっていた。

図1-11　『釈迦の本地』（立教大学図書館蔵）

中世の説話類書『榻鴫暁筆《とうでんぎょうひつ》』二二「草木」には、名称のついた樹木の例が列挙され、漢訳仏典系からも多くの巨樹があげられる（本書第三章）。その中に波利質多羅樹もある。この樹は忉利天の城外東北の隅にあり、円妙荘厳で、天樹王という名もある。根が大地に入ること深さ五由旬、広さ高さ等しく百由旬あり、落葉、開花とも妙なる香りを発して光明照らすこと遠く五十由旬に及び、落葉から実がなり、開き散るまで香気が充満して、諸天がその変化を見て楽しみ、釈迦がその過程を弟子の成長過程にもなぞらえたという。

この摩耶と釈迦の再会の前段の物語として、室町期の『釈迦の本地』に釈迦一行の須弥登頂を阻止しようと外道達が襲来するが、仏弟子の目連が龍蛇に変身して須弥山を取り巻き、外道の鬼達を撃退する話がある。神通外道《じんつうげどう》が須弥山の中腹を四層に巻いて、一万の頭で三万の口から毒を吐いたのに対し、釈迦に道を掃除しろと言われた目連は、須弥山を十五層に巻いて四万の歯を出し、鉄の嘴で撃退したという。原拠は『法華文句』にあり、富山の本法寺蔵「法華経曼荼羅図」にその画面が見えることが、すでに指摘されているが（原口志津子、二〇一六年）、他の仏伝にはあまり例がみえない逸話で、しかも『釈迦の本地』伝本でこの部分を絵画化した例は少ない。

中でもとりわけ立教大学本は圧巻で（図1-11）、山頂は雲に覆われ、岩と緑でそそり立つ須弥山の右手に山全体を取り巻き、大きく口を開け、歯をむき出した巨大な白蛇（目連の化身）、左手上方に彩雲に乗って山頂をめざす釈迦一行と左下に黒雲に乗って退散する鬼の一団が対照的に描かれている。立教大学本は天理図書館本と図柄がほぼ一致し、系統を同じくすると思われる。他本では、金刀比羅神社本に、雲に乗った僧形の目連と退散する鬼達が描かれ、九曜文庫旧蔵本は山の斜面で僧形の目連が棒を持って鬼を撃退する場面が描かれるにとどまる。いずれも目連は僧形で大蛇に変身してはいない。

仏伝の節目ごとに外道が妨害に現れ、その都度、釈迦達に撃退されるパターンの一つで、須弥山を舞台とする一大スペクタクルの様相を呈している。

頂生と善法堂

敦煌本では、東の円生樹に対して、西の善法堂なる建物は名前つきで強調される。双方が頂上を象徴するかのように左右対称に並んでいる。ハーバード本にも右側欄外の注記に「西南善法堂、東北円生樹」とあり、やはり円生樹とセットになって善法堂が描かれる。近世の刊本の須弥山図などにも大きく描かれているから、忉利天で見のがせない殿舎のひとつであった。明代の『法界安立図』では、忉利天の平面図が描かれ、たくさんの宮殿が配されるが、善法堂は西南、円生樹は東北という対角線上に配される位置関係は変わらない。

この善法堂をめぐって、頂生《ちょうしょう》という王者に関する説話が注目される。古代インドの理想化された王は転輪聖王《てんりんじょうおう》と呼ばれた。釈迦も生まれてすぐに、仙人から将来は転輪聖王か仏になると予言されていた。

その転輪聖王の一人に善住なる王がいたが、頭の頂上に肉皰が生じ、だんだん大きくなったが特に痛みもなく、やがて十ケ月になって開いて、そこから端正の童子が生まれた。それで頂生の名がつく。頂生が王を譲り受けると、おのずと徳が備わり、娑婆世界をすべて配下に収めるや、天界をめざして四天王を従え、忉利天に登る。帝釈天はこれを見て、天女らと出迎え、手を取って善法堂に並んで座した。周囲が光り耀き、帝釈と頂生は顔も似ていてほとんど区別がつかなかったが、ただ一つまばたきをするかしないかだけが違った。頂生は帝釈天を追い落とそうと野心を抱くが、帝釈はもとより大乗経を信奉しており、頂生はその悪心の報いでそのまま地上に墜とされ、大苦を受けた、という。

以上は、十七世紀初の袋中《たいちゅう》『琉球神道記《りゅうきゅうしんとうき》』巻二に便宜上よったが、中国の『経律異相《きょうりついそう》』巻二四・十一が典拠である。こちらによると、『琉球神道記』にない部分で注目される箇所がある。

頂生が空を飛んで忉利天までやって来ると、一本の樹が見え、その色が青緑なので何の木か大臣に尋ねると、それが波利質多羅樹だと言い、諸天人が夏にはここに集まって興ずるのだと言う。また、次に白雲のような白いものが見えたので何なのか尋ねると、それが善法堂で、諸天がここに集まって人天のことを議論するのだと言い、この善法堂で帝釈天が頂生を迎えるかたちになる。結末では、娑婆に墜ちた頂生は大苦悩を生じ、重い病にかかり亡くなるとされ、転輪聖王こそ今の自分にほかならず、帝釈天は今の弟子の迦葉《かしょう》である、と語り手の釈迦が種明かしをする。釈迦の前世を説く説話群、本《ほん》生譚《じょうたん》(ジャータカ)の一つであった。

頂生の説話もまた忉利天のシンボルが円生樹と善法堂であったことをまざまざと示している。『経律異相』では、円生樹は青緑や白の色彩が目を引き、一般的にはハーバード本のように紅葉の落葉が着目されるのと対照的で、青々とした生命力にあふれ、天人達の憩いの場でもあったらしい。一方の善法堂は白一色で、ハーバード本などの宮殿風の図像からは色彩をうかがいにくい。

この頂生は王の中の王者であり、天界の王者をめざしたのだが、その野望はついえさる。頂生の名は、直接には父王の頭の頂上から生まれたことにちなむが、忉利天すなわち須弥山の頂上にも関わる命名ともとれるわけで、その頂上から墜ちてしまう死にも通ずる。帝釈天との差異は仏法を信じていたかどうかにあり、それは何よりまばたきするかしないかの微妙な差異にもあった。天人五衰の言葉通り、天界の天人も人間道よりは長いとはいえ、やはり寿命があった。寿命が尽きかけると五つの衰えが現われる。それが五衰であり、その中の一つに天人はまばたきしないが、衰えるとまばたきするようになるという。『今昔物語集』巻五第三にも、この天人のまばたきにまつわる話がある。ある国の王が夜光の玉を盗まれ、犯人らしき男を呼んで酒を飲ませて酔わせ、周囲を豪華に飾り立て、天界に来たように見せかけて男に自白させようとする。ところが、男は天人はまばたきをしないことを僧の説教で知っていたため、王の計略を見破り、事なきを得て、最後は王の婿に収まり、半国を譲り受けたという。

まばたきの有無とその知識がまさに生死を分けるわけだが、頂生は帝釈天と瓜二つだったとはいえ、しょせん人間界の存在でしかなかったことを示している。まばたきは天人と人間を分ける大きな目安であり、原文では「眴」という一字で示される。ちなみにこの字には、目がくらむという意味もあり、頂生はまさに権力に目がくらんだ報いとして天界から失墜したのであった。

世界観の変転――その後の須弥山

こうした須弥山世界はその後どうなっていったのかが次の課題である。とりわけこの問題に大きくかかわるのが十六世紀に渡来したキリシタンである。ザビエルらによるキリスト教の伝道はたんに宗教信仰の次元にとどまらず、西洋文化の導入をはじめ日本や東アジアの世界観の変転をもたらしたといえる。たとえば、日本人のキリシタンで天草本『平家物語』の翻訳などで有名な、不干《ふかん》ハビアンによる『妙《みょう》貞問答《ていもんどう》』には、須弥山世界の全面否定がみられる。一六〇五年の作である。

須弥山と云ふ山をたてずしてはかなはず。（略）是程《これほど》大なる山のある物ならば、何《いず》くよりもなど見へでは有るべきぞ。是を以て偽《いつわり》と云ふ事を知り玉ふべし。須弥、既になき物ならば、（略）帝釈天のあ

　る と云ふ喜見城も、いづくにあるべきや。

仏教界では須弥山という山を考えずにはいられないようだが、もし十六万由旬もある巨大な山だったら仮にインドの方にあるにしても、日本から見えないはずはないだろう。そんなものは見えないではないか。だから全くのでたらめだ。須弥山がないのなら帝釈天の城などもありえないだろう、といった実体的な議論でアジアの世界観を否定し去ろうとする。

『梁塵秘抄』では須弥山を誰が見たかと疑問視されつつ、逆に経典の持つ神聖性や神秘性に回収されていた認識が、ついには現実的、合理的な面から批判される。日や月が須弥山のまわりを廻っているという説も、天体や地動説を知らないからだとされ、西洋の近代的な世界観を提示される。これを読んだ人々は一種のカルチャーショックを受けたに相違なく、近世期にはこの須弥山世界をめぐって論争が続くことになる。

すでに指摘されるように、神道界はむしろ西洋の地動説を受け入れ、儒教界はこうした世界観自体を無視した。仏教界だけが世界観をどうするか、いろいろ揺り戻しをはかり、西洋の新しい世界観と伝統的なアジアの世界観とにどう折り合いをつけるか模索を続けた、というのが思想界の動向である。

特に近世後期に活躍した普門円通《ふもんえんつう》が「仏教天文学」(「梵暦」とも)という分野を確立し、『仏国暦象編《ぶっこくれきしょうへん》』にまとめ、地動説をも含む古今東西の天文学理論をもとに須弥山世界と当時の世界図とを融合させ、観測可能な天体の動きをモデル化した「縮象儀説」を作成し、『須弥《しゅみ》山儀《せんぎ》銘并序《めいならびにじょ》』を刊行した(岡田正彦、二〇一〇年)。あるいは、幕末の平田《ひらた》篤胤《あつたね》の『印度蔵志』も圧巻であり、仏教の世界観を否定するために徹底的に天竺世界や大千世界をくまなく分析している。やがて明治になって西洋文化が導入定着するにつれて、こうした須弥山世界はおのずと忘れ去られてゆく。

思想界での須弥山否定説は、仏教を排撃する、いわゆる排仏論の一環として展開され、近代的な科学観や合理主義観が徐々に浸透していき、来世観や因果観をはじめ、宇宙観の根源が突き崩される危機感を仏教界にもたらした。十八世紀頃から論争が激しくなり、仏教界では、須弥山否定説に対抗した独自の仏教天文学が指向され、十九世紀になると、円通の論を引き継いだ田中久重が須弥山を中心とする「須弥山儀」「縮象儀」という、ゼンマイ仕掛けで須弥山を横断する太陽と月の動きをも表示できる天体模型を制作するに至る。

明治になってもこうした運動は続き、勧業博覧会にこの種の模型が出展されたりした。護法運動は護国思想とも結びつき、勤王思想などと深く関わったとされるが、右の岡田正彦論では、排仏論と護法論の対比ではなく、「宗教的真理」と「経験的知識」とに架橋する試みとしての「仏教科学」から読み解き、言説の歴史として近代の宗教思想史に位置づけようとしている。

図1-12　北京・雍和宮の須弥山石像(著者撮影)

仏教界だけが須弥山説の世界観の揺り戻しをはかり、西洋の世界観との折り合いにゆれる。さらには、仏教学の根本に立ち返り、須弥山説自体が瞑想で得た聖なる幻影に他ならず(仏の「天眼」でなければ見えない)、科学的で精密な天文学そのものも世俗の智恵に過ぎないと、この世界から脱すべきことも主張されるに至るのである。

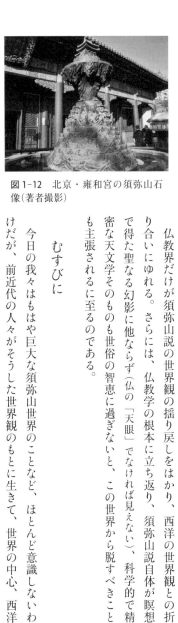

むすびに

今日の我々はもはや巨大な須弥山世界のことなど、ほとんど意識しないわけだが、前近代の人々がそうした世界観のもとに生きて、世界の中心、西洋でいう宇宙樹に類するような拠り処として、さまざまに想像力をはたらかせ、みずからの世界像を造り出していたことの意義を忘れたくない。それはグローバルな観点から世界を一元化する現在の皮相な世界観を相対化し、あらたな世界像を模索する上でも常にふりかえられるべきエネルギーや想像力の源泉としてあるのではないだろうか。人が世界をどう認識し、どう追究してきたか、イメージとことばの注釈世界双方のかさなりをみせる点でも注目されるであろう。

北京のチベット仏教寺院として名高い雍和宮《ようわきゅう》の正面に大きな須弥山石像が今も置かれている(図1-12)。ここを訪れるたび、それとは気づかなくても無意識の内に宇宙の中心イメージが今も心象にそびえ立っているように思われてならない。

附記　二〇二四年十一月二日、超恩鬜氏の手引きで、韓国の東海岸地域、江原道三陟市の安政寺での茶如住職による地説法「華厳聖王神一代記」の絵解きを聴聞した。冒頭で須弥山が舞台になっており、別の須弥山図も出して解説された。聖主神が須弥山から下界に降りて流離、途上で華厳法会を聴聞して華厳聖主となり、世話になった神々を教化する、というもの。詳細の検討は他日を期したい。

2　龍宮をさぐる――異界の形象

宝蔵としての龍宮

海をながめると、水平線のはるか彼方に何があるか、あるいは海の底はどうなっているか、さまざまな感慨を呼び覚まされる。我々人類の遠い祖先もまた海の彼方からやって来た。生物は海から陸へはい上がってきたから、遠い故郷への思いを誘うものがあるに違いない。そこに龍宮がおのずとイメージされるのも、ごく自然の成り行きであろう。

龍宮は日本にとどまらず東アジア世界全体にひろまった異界であるが、もともと仏教と深くかかわっていることを見のがせない。龍は釈迦誕生の折に水をそそぎかけてことほぐ役割をもち、六道世界の畜生道に当たる異類を象徴すると同時に、仏教に帰依し救済され、仏を守護する存在としてある。この龍の居場所こそが海中の龍宮にほかならない。

前章でふれた、八世紀の法隆寺の玉虫厨子《たまむしのずし》の壁面や十五世紀初めのハーバード大学本『日本須弥諸天図』には、屹立する須弥山《しゅみせん》の海際の根元を二頭の龍が取り巻いている図がみられ、海中に龍王の宮殿即ち龍宮も描かれている。東アジアに共通するイメージであったのだろう。龍宮と言えば、今日では水平線の海の彼方のさらなる奥の海底のイメージが強いが、本来はこれらの図のごとく、天界と須弥山そして海の龍宮という垂直軸の世界観の一角にあったことを見のがせない。

『法華経』提婆達多品《だいばだったほん》で有名な龍女成仏《りゅうにょじょうぶつ》も、龍宮にいる龍王の娘が当事者であり、女人救済の手本となる。龍宮とは本来、救済されるべき畜生の権化である龍の居所であった。またそれ故に、日常の世界と異なる神秘性や超越性をおび、畏怖や憧憬をもたらす場であった。

龍宮が仏教にかかわりの深いことは、古代インドの仏教学を築いた龍樹《りゅうじゅ》(ナーガ・ルージュ)が龍宮におもむいて経典を伝授した説話に典型化される。仏教神話の代表といってよい。『妙法蓮華経』の訳者として名高い鳩摩羅什《くまらじゅう》の『龍樹菩薩伝』に、雪山《せっせん》の塔で小乗経典を九十日間で読破し、慢心した龍樹を大龍菩薩が海中の宮殿に連れて行き、宝蔵で大乗経典を見せると、九十日間で読破し体得した、という。ここでは「龍宮」という言葉は見えないが、海中の宮殿とあるから龍宮をさすことは明らかである。これを「龍宮相承」という。龍樹の龍宮での経典伝授説話であり、日本の用例の中でも古いと思われるのが、九世紀の『東大寺諷誦文稿《ふじゅもんこう》』「福徳の菩薩は龍宮の経に遇《あ》い」の一節である。もともと法会の始めに読まれる表白《ひょうびゃく》類の断片的な引用なので、どういう文脈で引用されているのか詳細は不明であるが、この菩薩が龍樹をさすことは明白で、法会の場で読み上げ語られていたことは間違いない。

十六世紀の説話類書『塵荊鈔《じんけいしょう》』巻四では、「龍宮相承」として、

釈尊入滅以後六百余年、諸大乗経、龍宮海蔵に移収す。小乗教興して大乗隠没す。時に龍樹大士、龍宮に入りて諸大乗を悉く伝う、是也。

と簡潔にまとめている。

あるいは、平安密教の大成者の一人、安然《あんねん》の『悉曇蔵《しったんぞう》』には、

諸大蔵経、皆龍宮に移り、後五百年、大乗経興り、龍樹菩薩、海に入りて取経す。

とあり、十三世紀の天台密教の修法を集成した『阿娑縛抄《あさばしょう》』巻一九四にもみえる。

或書に云う、龍樹菩薩、龍宮成道の故に、龍、その母、樹神に祈りてこの子を得たり。

など、龍樹の名前の由来を、龍宮での成道と樹神に祈って授かったことに結びつけている。さらに同時代の『渓嵐《けいらん》拾葉集《しゅうようしゅう》』巻三六「龍宮収諸教法事」には、龍神は三毒を分極して体を成し、愚痴黒暗の本性ゆえに大海の最底に居り、無明の体をなす。それゆえ、諸教の法滅に聖教を龍宮に収めた、とする。

物語や絵巻では、十三世紀の『保元物語』に、讃岐に流された崇《す》徳院《とくいん》が身の潔白を証明するために血で一切経を書いて献上するが拒否されたため、海中深く沈めた、とあるのも、龍宮に納める意義があったと見なすことができるだろう。

また、数ある梵字の起源譚の中にも、迦楼《かろう》が龍宮で梵字を発明したという説がある。梵語研究の悉曇学でひろまった説で、龍宮がそうした経典を収蔵し、梵字を生み出す宝蔵でもあったことをうかがわせる。あるいは、十七世紀初めの袋中『南北二京霊地集』上巻第十には、かの鑑真和尚《がんじんわじょう》が日本に来る際、海中で龍に舎利三千五百粒を奪われたが、唐招提寺でそのことを悲しんでいると、亀が背中に乗せて返しに来たという。法会のひとつである舎利講の際に、白浄衣の人が現れて舎利を守るのはその亀だとされる。一説には、鑑真が火《か》光三昧《こうさんまい》の修法を行うと龍宮に火炎が現れたため、怖れた龍が亀に乗せて返したという。この話は唐招提寺に現存する金亀《きんき》舎利《しゃり》塔《とう》の由来譚として名高く、『日本高僧伝要文抄』に引く『延暦僧録』思託《したく》伝や和文『東征伝《とうせいでん》』、『建久御巡礼記《けんきゅうごじゅんれいき》』などにみえる、鑑真渡来にちなむ故事となっていた。その亀こそ実は龍王だったたという落ちがつく展開になる。

他にも舎利や鉢や菩提樹など釈迦ゆかりのものをめぐって、天界の帝釈天《たいしゃくてん》と龍王らが争奪戦を展開する話が種々みられる。天界と須弥山と龍宮を結ぶ垂直の世界に天竺神話があったことを再認識する必要がある。

龍宮の経典

鎌倉時代の十三世紀、高山寺《こうざんじ》蔵『華《け》厳宗祖師《ごんしゅうそし》絵《え》伝《でん》』（『華厳縁起』とも）という絵巻がある。京都の名刹《めいさつ》高山寺を拠点とし、華厳宗を復興させた明恵上人《みょうえしょうにん》にまつわり、弟子達によって制作された絵巻で、そこにも龍宮が出てくる。新羅の華厳宗を大成した元暁《がんぎょう》、義湘《ぎしょう》という二人の学僧をめぐる伝記絵巻であり、それぞれ「元暁絵」「義湘絵」と呼ばれる。前者の「元暁絵」で元暁は義湘と中国へ求法の旅に出るが、死者を葬る塚穴で夢に鬼が現れたのをきっかけに翻然として悟り、新羅へ引き返してしまう。その後、妃の病を治すために勅使が中国へ赴く途中、海上で龍宮からの使いに招かれ、勅使は龍王から経典を伝授される。その経典に元暁が注釈をつけて妃の病を治すという内容である。

図 2-1 『華厳宗祖師絵伝』「元暁絵」海上・龍宮図（高山寺蔵，小松茂美編『華厳宗祖師絵伝』日本絵巻大成 17，中央公論社，1978 年）

絵巻で注目されるのは、海面に立つ龍宮からの使者が新羅の勅使を迎える画面で、周りの波がめくり返り、海面が丸くぽっかりあいて空洞になり、その底の方に龍宮の屋根がのぞけるところである（図 2-1）。海が裂けて海底が現れるといえば、ハリウッド映画『十戒』（一九五六年）のモーゼ一行の出エジプトの場面、紅海が二つに裂けて海底に道ができる有名なシーンを思わず連想してしまうが、絵巻の方は海が厚めの敷物か絨毯のごとく円形にめくりかえされ、穴があいてその下は空洞化した別世界になっている。海の底の異世界をどのように理解し、イメージしていたかが手に取るように分かる。今まであまり注目されたことがないようだが、実に印象深い画面である。

海幸《うみさち》・山幸《やまさち》の神話を描いた『彦火々出見尊絵巻《ひこほほでみのみことえまき》』をはじめ、龍宮を描く絵巻や絵画資料の多くが、地上と龍宮が水平線のかなたの延長でつながっているのに対して、この絵巻では、垂直につらなる立体的な世界構造となっている。海の分厚い層の下が真空地帯であり、その底に龍宮があるという世界観がリアルにあらわれている。龍宮といえば、海の水の中の海底というイメージが一般的だが、そのような通念をくつがえす異界観念であろう。今の想像力では及びもつかず、当時の人々が龍宮の場所をどう見ていたかが分かる点、貴重である。このことは言葉の世界だけでは分からず、絵画によってはじめて確認できるのである。

こうした世界観は、やはり須弥山の世界像にもとづく。宇宙をかたどる円形の巨大な海、その中心に屹立《きつりつ》する須弥山、その須弥山を日月がまわり、我々はその海に浮かぶ小さな島に生息しており、海の輪の外延を金や鉄の輪がまた幾重にも取り囲む。そのような巨大な円輪の下を象や玄武《げんぶ》が支え、さらに下層に地獄があるという縦軸に重層化した世界観である。そのような世界像を前提にすれば、この絵巻のように、海の下にさらに空洞の世界がある画面の形象もよく理解できるであろう。当時は地球の地殻とは異なる多層の世界がイメージされていたのである。

画中詞の世界

さらにこの絵巻で注目されるのは、勅使が龍王から経典を授かる場面である。経典が濡れたり、損傷を受けないように、と龍王が配慮して、何と勅使の足の脛を切りひらいて経巻を中に隠すのである。無事持ち帰った経典の威力で妃の病は治る。これも龍宮相承の典型といえよう。文字通り脛に傷持つ勅使

図 2-2　『華厳宗祖師絵伝』「元暁絵」龍宮内図(高山寺蔵，前掲『華厳宗祖師絵伝』)

の役目が大きかったわけだが、この龍王が脛に経典を入れさせる画面には、「画《が》中詞《ちゅうし》」といわれる、人物たちのせりふが書かれている(図2-2)。

黔海大龍王

一　その御経をば脛の中に収めまいらせよ

二　痛くは候ふまじきか

三　人間にならひて御はばかりな候ひそ

数字はせりふの順番で、読者に読む順序を指示する。龍王には特別に「黔海大《こんかいだい》龍王《りゅうおう》」という王名が記され、それぞれ一は龍王、二は新羅の勅使、三は龍王の側近のせりふである。この場面だけ取り出せば、ほとんど漫画と機能は変わらない。もし仮にこの画中詞がなかったら、人物達のやりとりは読者の自由な想像にゆだねられるが、いったんこのように会話が書かれると、それによって画面は規定づけられ、読者はそのせりふにあわせて画面を理解し、そのように読むことを強いられる。それと同時に画面を会話とともに楽しむことができる。画中詞はいわば画面の一種の絵解きであり、読者を絵画の物語世界に誘導するはたらきを持つ。

絵巻の歴史でこのような画中詞がみられるようになるのは、鎌倉期の十三世紀からで、以後、室町期のお伽草子などに著しくなる。この『華厳宗祖師絵伝』はごく早い例である。ほかに同時代の作で地獄を巡る『能恵《のうえ》法師《ほうし》絵《え》巻《まき》』などがあり、宗教をテーマとするものに共通して見られる。十二世紀作の『彦火々出見尊絵巻』の近世模写本にも、「〜のところ」という画面説明がみられるが、同時代で同じ絵所での制作と思われる『伴大納言絵巻《ばんだいなごんえまき》』や『吉備大臣入唐絵巻《きびのおとどにっとうえまき》』には見られず、模写段階での追記と判断できる(制作時からあったという説もあるが、何故この絵巻だけなのか根拠が弱い)。

さて、この場面でも、龍王の命令に対し、勅使は怖じ気づいて「痛くはないですか」と問いただし、それを側近が「ここは龍宮で人間道とは違うのだから、ご心配には及びませんよ」とさとす。龍王の想定外の命令には勅使とともに読者も驚かされ、ほとんど勅使と読者は一体化する。それを側近がここは異世界だから大丈夫と安心させようとするわけで、側近のせりふはあらためて龍宮の異界性を認識させる作用を持っている。

勅使が龍宮に招待され、龍王から経典を授かる話そのものは、もちろん絵巻の各画面の前についている物語の本文(詞書《ことばがき》)に語られてはいるが、画中詞のような会話はいっさい見られない。物語本文と絵画の段ごとの区分けや対応の仕方は、各場面によって様々であり、融通性がある。いずれにしても、画中詞は絵画が描かれてはじめて意味をなす。あくまで画面にあわせて作られるもので、絵画がなければその文言はありえない。物語本文の詞書とは機能を異にしている。したがって、物語内容に即してそれを補ったり、強調したりする一方で、物語展開とは無縁なおしゃべりや雑談のような会話、あるいは当時流行している歌や諺が書かれたり、せりふそのものを楽しむ場合も見受けられる。それが絵巻の画中詞の表現様式でもあるかのようだ。

先にふれた龍宮の使者が新羅の勅使を海上で出迎え、海がめくり返る画面でも、以下のせりふがみられる(図2-1参照)。

勅使を具して龍宮にいるところ
あやつばらは近く召して飼ふ物どもにて候ふぞ

驚きおぼしめすべからず候ふ
したのおとがひぞ長く候へども

最初の画中詞はここの画面全体の説明。「〜のところ」型は種々の絵巻に共通する。以下は二人の人物のせりふで、最初は龍宮の使者のもの。「あやつばら」とは左脇で躍り返っている巨大で奇怪な魚の摩竭魚《まかつぎょ》をさす。「あのものらは我ら龍宮の者が使役しているものですから、驚き怖がる必要はないですよ。下あごが長いけれども」云々と、新羅の勅使をなだめるせりふである。この摩竭魚は十四世紀初めの『玄奘三蔵絵《げんじょうさんぞうえ》』をはじめ、海の異世界の象徴としてよく描かれるもので、物語本文（詞書）には出てこない。その魚にもとづくせりふであるから、これまた絵画を前提にその発言が作られたことは明白、もはや物語本文からは逸脱したものとなっている。しかし、よく見れば、勅使をなだめるのは、同時に読者に畏怖や違和感を与えないように、という配慮でもあり、そこが異界であることを提示し、読者をも龍宮へ招待する誘いとしても読める。

つまり画中詞とは、読者を絵画の物語世界に招き入れるための磁力のような仕掛けでもある。この龍宮の使者の導きにより、我々は奇怪な魚が龍宮に所属し、手なずけられた異類であることを理解し、安心して龍宮に赴くことができるわけで、読者をおのずと龍宮へ誘う作用を伴っており、龍宮という異界が現実と異なるリアリティを持っていたことが知られるのである。

このように、画中詞は言葉の物語と絵画の物語の双方をつなぎとめ、読者をその世界に導き、巻き込んでいく重要な機能を持っていることが分かる。何気ない龍宮の使者や側近のせりふは、知らずに、さりげなく、我々を龍宮という異界に呼び込んでいるのである。

理想郷としての龍宮

龍宮の絵画形象として最も古い八世紀の法隆寺玉虫厨子の壁面図について注目されるのは、十二世紀の原本は失われたが十七世紀の模本が残る『彦火々出見尊絵巻』である。他にはこの絵巻の原本と同時代の十二世紀の例で、有名な『平家納経』の経典の見返し絵があげられる。厳島《いつくしま》が龍宮のイメージを負っていたことと関連があるだろう。『彦火々出見尊絵巻』は海幸、山幸兄弟の神話について描いたものである。海で魚に釣り針をとられた弟の山幸が、海辺で会った塩土翁《しおつちのおきな》に龍宮に連れて行かれ、そこで歓待される。やがて龍王の娘豊玉姫《とよたまひめ》と一緒になり、満珠・干珠の宝珠をもらって帰り、宝珠の威力で兄を追放して王者となる。そして豊玉姫との間に生まれたウガヤフキアエズノ尊の子が初代の天皇神武となるという展開だ(図2-3)。

図 2-3　『彦火々出見尊絵巻』龍宮図(明通寺蔵，小松茂美編『彦火々出見尊絵巻 浦島明神縁起』日本絵巻大成 22，中央公論社，1979 年)

これは神から人の王に変わる有名な神話である。また結婚した豊玉姫が出産の時に鰐《わに》に変じていたのを、「見るなのタブー」を犯して山幸が見てしまったため、姫は龍宮に帰ってしまうというモチーフもよく知られている。八世紀の『古事記』『日本書紀』の神話からみえ、十二世紀の院政期にこの絵巻が後白河院によって作られた。すでに記紀の本文とはかなり変わっており、「見るなのタブー」や出産時の異類への変身の描写も希薄である。「中世神話」の早い例ともいえる。十六世紀には同じ神話をもとに『神代物語《かみよのものがたり》絵巻』も作られ、古代神話のもつタブー表現は見られず、御代をことほぐお伽草子系の祝言《しゅうげん》物に変貌している(図

図 2-4 『神代物語絵巻』龍宮図(西尾市岩瀬文庫蔵)

2-4)。

古代神話が変貌しつつ、同時に絵画化されたことの意義は大きい。地獄・極楽などと同様に異界の形象化が進んだことを示し、十二世紀以降の絵巻では、もはや「見るなのタブー」などは存在しない。禁忌の変質をうかがわせる。『浦島太郎』などにもつらなる典型的な異界訪問譚、すなわち異界に赴いて力を得て地上に戻って権力を握ったり、富や幸いをもたらすという物語のパターンとなっているのである。そのシンボルが如意宝珠《にょいほうじゅ》である。宝珠は龍の持ち物であるから、おのずと龍宮の宝物ともなった。富と権力の象徴であり、異界が豊饒なるものを生産し貯え、提供する場としてイメージされる。龍宮のイメージが経典収蔵の宝蔵から世俗の憧憬を背負ったものに転換する。

『彦火々出見尊絵巻』の龍宮は宮殿の傍《そば》まで波が打ち寄せ、巌《いわお》があり、砂に貝が点在している。海底のイメージはない。龍宮と此岸とは船で往来し、龍宮の宝物を運ぶ従者達は海上を犀《さい》のような異類に乗って疾駆する。相互の距離感覚は意識されているが、龍宮の居場所に関しては、海の彼方の遠い世界の、しかも海辺の感じである。離れ島に近いような別世界の印象を受ける。

お伽草子『俵藤太物語《たわらのとうだものがたり》』でも、龍宮は宝蔵のイメージを持つ。俵藤太が琵琶湖の龍蛇を援助し、三《み》上山《かみやま》の神のムカデと対決して弓矢で退治する。そのお礼に湖底の龍宮に連れて行かれ、龍宮の梵鐘やいくら使っても尽きない米や宝物をもらって還り、鐘を三井寺《みいでら》に寄贈する。それが三井寺の龍宮鐘の由来譚にもなっている。ここでは龍宮は琵琶湖の底にある。龍宮は海の底に限らず、湖沼でも河川の淵や滝壺でもどこでも、水に縁のある所なら存在するということであろう。金戒光明寺《こんかいこうみょうじ》本では、俵藤太は雲に乗って帰還し、龍宮の鬼達が篩《ふるい》で仰いで送り返す様が描かれる。もはや海中のイメージは消えている（図2-5）。

こうした俵藤太や山幸の話ときわめて似かよっているのが、朝鮮半島の高麗建国にまつわる神話である。たとえば、森正人論（二〇一九年）も指摘する『高麗史』「世系」所引「金寛毅《きんかんき》編年通録」にみる作帝《さくてい》建《けん》の物語。作帝建とは、高麗王朝を建国する王建《わんごん》の祖父に当たる。彼は弓の名手で父は唐の粛宗《しゅくそう》であり、父に会うため航海に出るが、船が進まず、占いにより一人船を下りると、老翁即ち西海の龍王が現れる。仏に化けた老狐を退治してほしいと頼まれる。みごと弓矢でしとめると、龍宮に招かれ、龍王の長女と結婚し、宝物をもらって帰還する。作帝建は都の松嶽を拠点とするが、妻は井戸をつたって西海の龍宮と往還し、その姿を見てはならないとのタブーを作帝建が破ったため、妻は龍宮に去る。妻は黄龍であった、という。これが高麗建国の始祖伝承である。異類退治や異類婚姻の神話型をそなえており、俵藤太のムカデ退治譚と彦火々出見尊の神話とを折衷したような話譚である。これも双方を単純に直線でつなぐことはできないが、逆にそれだけ東アジアに共有された物語の根の深さをしのばせる。一国内だけ見ていては分からない世界があることがこの例から知られるであろう。

物語としては、主人公が必ずそこに出かけて行き、あるいは誰かに導かれて歓待され、還ってくるという往還の構図である。主人公はだいたい男で、敵対する者を退治して歓待され、龍宮の姫と一緒

図2-5　『俵藤太物語』龍宮場面（金戒光明寺蔵，小松和彦監修『別冊太陽　妖怪絵巻 日本の異界をのぞく』平凡社，2010年）

になったり、宝物を持ち帰ったりする。異類婚姻による一種の始祖伝承となっており、タブー破りによって姫の正体が露呈して破局がおとずれるというパターンができている。姫と一緒になるわけでもなく、宝物を持ち帰るわけでもなく、箱を開けて老死する「浦島太郎」の話がいかに特異であるかもよく分かる。

あるいは、一方で往還の構図にならない物語もある。崇徳院のような怨霊系の話題で、『平家物語』剣巻が最も典型的である。壇ノ浦で海の藻屑と消えた平家一門は怨霊となるが、清盛の妻二位尼《にいのあま》が孫に当たる安徳帝《あんとくてい》を伴って船から身を投げるときに「波の底にも都の候ぞ」と言う。このせりふは、疑いなく龍宮を意識していた。『平家物語』末尾の灌頂巻《かんじょうのまき》にみる建礼門院《けんれいもんいん》の夢に、安徳天皇と入水した二位尼が龍宮城にいることを告げ、龍宮のことは「龍畜経《りゅうちくきょう》」にあるから後世を弔ってほしいと伝える話があり、二位尼の入水時のせりふにまさしく対応している。

中世神話の世界では、この壇ノ浦合戦で天皇のシンボルである三種の神器の宝剣が行方不明になったことにつらね、さらにこれをヤマタノオロチがスサノヲによって退治され、尾から宝剣アマノムラクモを取られた怨念に結びつける。オロチは、最初は悪源太義平《あくげんたよしひら》に生まれ変わるが、宝剣を奪取できず、後に安徳帝に乗り移って壇ノ浦で宝剣を奪い返して、龍宮へ帰還したという。宝剣喪失事件をきっかけに、ヤマタノオロチの怨霊化とあわせて宝剣奪取のあらたな物語が作られているのである。怨霊が歴史の筋書きを作るという中世特有の怨霊史観とともに、龍宮が宝蔵の意義を持っていたからこそ成り立ちうる発想であったろう。

さらに中世神話の舞台としての龍宮といえば、ヒルコの存在が見のがせない。ここでの龍宮は、いわば再生、復活工場としての機能をおびている。ヒルコはイザナギ、イザナミの最初の子であったが、身体不具のため天磐櫲樟船《あめのいわくすぶね》で流される。流産を意味する暗喩であろうが、共同体から排除され放逐されるところで終わるのが古代神話であるのに対して、中世神話ではその後のヒルコの様子が語られる。ヒルコは龍宮に到達し、再生復活してエビス神と習合し、市神《いちがみ》（播磨の広田社が拠点となる）となって帰還するのが中世神話の顛末となる。『古今和歌集』仮名序の注釈書からはじまり、中世の諸書にみられる（『神道集』他）。龍宮は宝蔵の機能からさらに再生復活のための異界としての機能をもおびるようになる。

先に中世の『彦火々出見尊絵巻』以降、龍宮が理想郷のように描かれていることにふれたが、これに共通するのが有名な『浦島太郎』である。浦島太郎の話は日本で最も浸透している物語の代表であるが、「浦島太郎」という名前自体、中世のお伽草子からであり、それ以前は「浦島子《うらしまこ》」で、『日本書紀』『丹後風土記』『万葉集』『続浦島子伝記』等々、古代から脈々と伝えられ、時代とともにさまざまに変容する。ことにおおきな変動の境目がお伽草子にあり、それ以前は蓬萊《ほうらい》の仙界だったものが、お伽草子にいたって龍宮に変わる。蓬萊とは、中国における東方の彼方にある不老不死の理想郷であり、秦の始皇帝の命で蓬萊をさがす徐福《じょふく》伝説とともに東アジアにひろまり、東海の彼方だから日本そのものを指すという見方が日本で出てきた（韓国の済州島なども同様）。蓬萊のイメージは亀が背負う巨山であり、それが浦島太郎の亀にもつながってくる（お伽草子の物語『蓬萊山』あり）。東海の神仙世界と浦島の話が結びついているのが古代の物語世界であった。

それが中世に龍宮に変わっても、仙界のイメージは一方で消えずに残り、異界としての龍宮への畏怖はうかがえない。龍宮とは、龍王の城にほかならないが、龍王の影は薄い。助けた亀が乙姫自身であるところが近代の童話と異なる。乙姫は龍王の娘（亀化龍女神《きけりゅうにょしん》）、すなわち龍女であるはずだが、もはやそういう異類的なイメージは消えている。浦島太郎の話には畜生としての龍とその娘の存在感は消されて

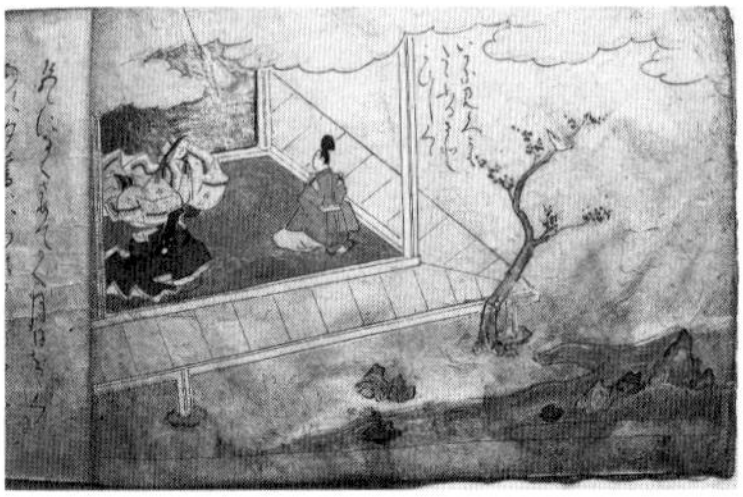

図2‒6　『浦島太郎』四方四季（慶應義塾大学図書館蔵）

いる。

また、お伽草子によくみられる四方四季（東・春、南・夏、西・秋、北・冬）という理想郷が龍宮にもみられる（図2‒6）。四方四季はそれが同時にパノラマ的に展開するところが見ものとなっており、異界そのものの象徴にもなっている。『酒呑童子《しゅてんどうじ》』の大江山の城をはじめ、四方四季の趣向はお伽草子の物語に必須の道具立てとなっていた。日常との時空間の差異をきわだたせるための舞台装置といってもよく、それが絵巻や絵入り本をはじめ諸本に描かれている。ほかにも中世の楽書『教訓抄《きょうくんしょう》』九の火焔太鼓《かえんだいこ》の条に、『宇治大納言物語《うじだいなごんものがたり》』で知られる源隆国《みなもとのたかくに》が龍宮に行き、雷鼓《らいこ》数面が霊池にあるのを見る夢想譚などもあり、龍宮往還の物語は枚挙にいとまがない。

経典を収蔵する宝蔵としての龍宮から蓬莱山に匹敵する理想郷へ龍宮は姿を変える。海の彼方の世界へ、地上をはるか離れた海底の世界への想像力が龍宮への限りないイメージをはぐくんだといえよう。人々の欲望やかなわぬものへの想いがそこに託されている。

龍宮と宝珠

次に龍宮のイメージ形象をより具体的に伝える十四世紀の『志度寺縁起《しどじえんぎ》』をみてみよう。讃岐の国（今の香川県）の古刹、志度寺は瀬戸内海の東端の交通の要衝として古くから栄えた志度湾の港町に創建され、お遍路さんの札所として今も賑わいを見せている。この志度寺には鎌倉時代末期から南北朝内乱期、一三二〇年代から四〇年代に至る間に次々と制作された、六幅の縁起絵と物語本文を記した巻物が伝わる（絵は七幅あったが一幅欠）。霊験と奇蹟の物語にまつわる複数の大画面の掛軸装で、年代をへだてたものが複数伝わる点、数ある寺社縁起の中でも大変貴重である。

すでに太田昌子氏の詳細な研究（二〇一九年）があるが、龍宮とのかかわりで特に注目されるのは、第二幅「讃州志度道場縁起」と第四幅「当願暮当《とうがんぼとう》之縁起」である。前者は志度寺の創建縁起で、藤原鎌足《かまたり》の娘が唐皇帝の后として中国に渡り、父の追善《ついぜん》に宝珠を譲り受け、日本に送り届けようとするが、船が嵐に遭遇、龍に奪われる。奪われた珠を取り戻すために后の兄の不比等《ふひと》は海女を妻にし、龍宮に取りに行かせる。海女は自分の命と引き替えに珠を取り返し、絶命する。息子の房前《ふささき》は地底から母の声を耳にし、その場所に寺を建てる。それが今の志度寺である、という。

ついで後者は、淀の白杖《しらつえ》童子が頓死するが、蘇生する途中に出会って助けた讃岐一の長者の娘と一緒になり、志度寺で盛大な法会を営む。この法会にいた猟師の当願《とうがん》は次第に大蛇に変身し、仲間の暮当《ぼとう》が背負って満濃池《まんのういけ》に入れる。暮当が蛇になった当願からもらった左目を壺の底に入れると美酒が湧き出て、暮当は長者になる。目は宝珠でそれが評判になって天皇に献上され、さらに大蛇は右目も献上、これが宇佐八幡に奉納されることになり、使者の伊四郎は下向の途中、瀬戸内で親しくなった遊女貫主《かんじゅ》に懇願され、珠を見せるや龍に奪われる。貫主は海に入って珠を取り戻すが、辞世の歌を残して絶命する。

霊験や奇蹟、蘇生をめぐる死と再生の物語が、志度寺と京や奈良、瀬戸内海、中国、龍宮、冥界等々を舞台に縦横に語られ、絵画化される。前者の後半の海女の珠取り説話は、謡曲や幸若舞曲《こうわかぶきょく》で著名な『大職冠《たいしょくかん》』にかさなる。龍と人との宝珠の争奪戦が焦点となり、海女や遊女が自分の命と引き替えに珠を取り戻す。宝珠の呪力のもつ意義が、先の『彦火々出見尊絵巻』の神話とも密接に関連するだろう。宝珠は権力の象徴であり、富の源泉でもあった。

図2‐7　『志度寺縁起』第三幅「讃州志度道場縁起二」水晶塔（志度寺蔵，太田昌子『志度寺縁起絵』平凡社，2019年）

水晶の塔

『志度寺縁起』の龍宮画面で特に目を引くのは、宝珠を納めた龍宮の水晶の塔である。類似の例は、『善光寺縁起』などにもみられるが、ここでは龍宮の画面右手におおきく描かれ、ひときわ目立っている。よく見ると十三重の塔になっていて、巨樹の枝のように鋭く上向きにたくさんの層が突き出ていて、日本で一般的な塔とはだいぶ趣きを異にしている（図2‐7）。あたかも地獄絵の刀葉林《とうようりん》のようでもあるし、やや近づきがたいものを感じさせる。まさにこの塔に、中国から日本に贈られ、龍が奪い取った宝珠が隠されていた。

画面では、宮殿を白壁の築地塀《ついじべい》が取り囲み、南側の大門の石段をあがり、まさに海女が入ろうとしている。そして中庭に入って正面奥に宮殿があり、石の階段を上がって入り口両側に、仁王像のような番兵が立っている。庭の右手に問題の水晶の塔がそびえ、この塔を下から見上げる女人が描かれている。両手をあわせて塔の上方を見上げており、その脇下に二人ほどの従者らしき女人もいる。これは物語本文には出てこないが、その服装や出で立ちからみて、龍宮の女人達であろう。両手をあわせているのは、まぎれもなく宝珠が納められたからで、もともとここにあったものが中国に渡り、日本に来る機会をねらって龍が取り戻し、本来あるべき位置に納めた、という構図であろう。

では、この十三重の水晶の塔のイメージはいったいどこからきたのであろうか。龍宮の塔に関しては、すでに漢訳仏典の『菩薩処胎経《ぼさつしょたいきょう》』に「七宝の塔」があったとされる。また、龍宮から大乗経典を持ち帰る龍樹菩薩が龍宮の「水晶の房室」にいたともいう(『龍樹菩薩伝』)。水晶の塔そのものとはいえないが、少なくとも龍宮に塔があったという説にはまぎれもなく、水晶の部屋ともなにがしか響きあうものを思わせる。

さらにみていくと、龍宮の塔には古代インドで仏教に帰依した王の中でも特に名高い阿育王《あいくおう》(アショカ王)がかかわっていた。淵源は『阿育王経』『阿育王伝』などにさかのぼるが、ここでは『今昔物語集』によってみよう。天竺部の巻四第三話「阿育王殺后立八万四千塔語」。釈迦の涅槃《ねはん》百年後に鉄輪聖王《てつりんじょうおう》として阿育王が登場、八万四千の后がいたのに王子がなく、寵愛していた第二后が懐妊、それをねたんだ第一后が乳母を抱きこんで、第二后が出産するや猪子と取り替え、讒言《ざんげん》する。そのため第二后は他国に流されるが、数ケ月して王が逍遥中にこの后と再会、事実を知って后を帰還させ、残りの后をすべて殺す。

その後、罪の意識にさいなまされた王は羅漢《らかん》の勧めるまま、八万四千の塔を造らせ供養するが、安置すべき舎利がなかったところ、大臣の進言で、父王の時に難陀《なんだ》龍王に奪われた舎利が龍宮にあることを知り、鬼神や夜叉神《やしゃじん》を使って鉄の網を引いて海底の龍を一網打尽にしようとする。それを知った龍王は王を龍宮に招いて、「舎利を分けるときに、八国の王が集まって議論して罪障を除くために分けてもらったもので、私のように恭敬しなければ罪は消えない、私は水晶の塔を建てて恭敬している」と言う。王はこの舎利を持ち帰って八万四千の塔に安置し、礼拝したという。

『阿育王経』などの原拠では、龍王は須弥山下に八万四千里の水柱を立て、その下に水晶の塔を安置したといい、また阿闍世王《あじゃせおう》伝来の八万四千粒の舎利を、鬼神を使って探し出し、一塔に一粒ずつ安置し、龍宮の舎利は龍王の帰依心に免じて奪わなかったという。『今昔物語集』が直接依拠した資料がどういうものかは不明であるが、他の仏伝関連の説話と同様、これらの漢訳経典や漢文伝をもとに説教などでいろいろ語り変えられた資料があったのだろう。今はその詮索には立ち入らないことにしたい。

いずれにしても、阿育王の塔供養伝承に舎利の争奪譚が介在し、龍宮もその舞台になっていた。龍宮に水晶の塔を立てたのは龍王の仏法帰依の象徴であり、そこには舎利が安置されていた、ということになる。龍宮と水晶の塔をめぐる機縁の話はおそらく阿育王のこの話題にきわまるであろう。塔の建立とその供養は地上にとどまらず、龍宮にまで及んでいたのである。そして龍宮の水晶の塔はいわば龍宮の宝蔵となり、舎利をはじめ、龍の所持する宝物の宝珠もまたここに安置されるべきものだったことがみえてくる。水晶の塔はまさに龍宮の宝蔵にほかならない。そのような水晶の塔の記憶は長く龍宮のイメージとして生き続けることになる。そのことをより明確に教えてくれるのが次の『琉球神道記』である。

龍宮と琉球

『琉球神道記』は一六〇三年から三年間、琉球に滞在した浄土教の学僧袋中《たいちゅう》が日本に戻ってから書いた作。仏教の世界観にはじまり、仏教伝来史や琉球における寺社の縁起、沿革を述べ、琉球の神道にふれ、那覇や首里を中心とする民間伝承や説話類をも記述している。一六〇九年に薩摩藩が侵略する以前の、いわゆる「古琉球」の最後の光芒を伝える面でもきわめて貴重な作で、後世の琉球の歴史書にも、古琉球を知る第一級の資料として位置づけられている。袋中の自筆本も現存し、慶安年間には版本も刊行され、一般に流布した。近世、江戸時代までは琉球は異国であり、幕府の将軍の代替わりなどには琉球から使節が江戸城までおもむき、慶賀をあらわした。朝鮮通信使と並び称される慶賀使で、江戸立ちや江戸上りと言われる。その都度、途上の街道や都市では琉球ブームが起こり、琉球情報を伝える本もいろいろ出版された。

とりわけ当書最後の巻六は、琉球における風俗、生活、信仰などさまざまな様相がとりあげられ、断片的ではあるが、当時の琉球の様相がきわめてリアルに伝わってくる。そのなかでも、特に「琉球」は即ち「龍宮」だという説が目を引く。さらには、「那覇」の由来は「阿那婆達多龍王（あなばだったりゅうおう）」から来ているともいい、海洋世界としての琉球と龍宮との結びつきが強調される。近世には、首里の宮殿に「龍宮」の額がかかっていたことが『琉球神道記』にあるとする偽説が流布する。琉球と龍宮は音の響きの連想がもちろんあるが（仮名表記も「りうきう」と「りうくう」）、それ以上に琉球を体験した袋中のいつわらざる心情を表わしたものとみるべきであろう。袋中が述べているように、琉球の気候、風土、生活感、人々の穏やかな人情などがいろいろ総合されて、そのような印象を袋中に与えたのであろう。

琉球独自の神キンマモン（君真物）は龍蛇神であり、それがいかに正統な神であるかを立証しようと袋中は腐心している。仏や菩薩と神とが一体化しているとの本地垂迹《ほんじすいじゃく》の思想が当時は一般的であり、日本の土着の神々は仏菩薩を背後に置き、その裏付けの「本地」がなければ正統な神として認められなかった。琉球においてもキンマモンは明らかに蛇神であり、しかも土着の本地の根拠を持たない「実者《じっしゃ》」ではなく、仏菩薩の化身である「権者《ごんざ》」、権現神でなければならない、というのが袋中の見解であった。その立証の試みが成功したかどうかはさておき、袋中にとっての琉球体験を正当化するためにも、キンマモンが仏菩薩と一体化した「権者」であることは必須であり、そのためにも琉球は龍宮であらねばならなかったといえよう。

そこでこの『琉球神道記』では龍宮がどのように描かれているかが問題となるが、まさにここにも

「水晶の塔」が出てくるのである。龍宮には、高さと広さがそれぞれ八万里もある三層の「水晶ノ塔」があり、上殿は過去七仏の経蔵、中殿は仏舎利、下殿は金珠が安置されていた、という。この巨大な水晶の塔こそ宝蔵にほかならないが、先の『志度寺縁起』の図像と異なり、ここでは三層で、それぞれ経典、舎利、宝珠が収蔵されていた、という。この龍宮イメージの出処は明らかではないが、今までみてきたように、龍宮のイメージの最たるものに水晶の塔があり、宝蔵としての意義を持っていたことは疑いないであろう。

ちなみに、平安末期の平治の乱を描いた『平治物語』(金刀比羅本)では、合戦に敗れた源氏方の悪源太義平が怨霊と化して雷神になる話があり、悪源太を切った難波《なんば》恒房《つねふさ》が邪気を払うために箕面《みのお》の滝に行くが、滝壺から龍宮に入り、「水晶の塔に仏舎利を一粒入れたのをもらう」とある。ここの水晶の塔はおそらく手のひらに乗るような小さいものだったと思われ、大きさは大小異なるが、龍宮と仏舎利の水晶塔とのかかわりの深さを示している。袋中は琉球を龍宮になぞらえたが、『平治物語』では箕面の滝が龍宮に通じていた。

先の『志度寺縁起』に関連する例でいえば、海女が取り戻した宝珠は藤原氏の菩提寺である興福寺に届けられる。興福寺と猿沢池《さるさわのいけ》もまた龍宮にかかわりが深かった。室生寺《むろうじ》の龍穴にいる善達龍王《ぜんだつりゅうおう》は、もとは猿沢池にいたという(『古事談』巻五)。興福寺西金堂の康成《こうじょう》が南大門の槻木《つきのき》の穴に入り、金堂の真下の宮殿で龍王と出会い、興福寺は龍宮の上にあり、寺の如意宝珠とあわせ、諸寺に勝ることを知ったという(『興福寺流記《るき》』「猿沢池龍池事」)。

また、先の『志度寺縁起』での法会の場で大蛇に変身した当願が満濃池に運ばれるが、満濃池も「龍の栖《すみか》」であり(『今昔物語集』巻三一第二二)、「龍畜経」の名もみえる。これは『平家物語』灌頂巻の、壇ノ浦合戦で平家滅亡後、平家一門が龍宮城に再生し、龍宮のことは「龍畜経」にあるから後世を弔ってほしいと、安徳帝と入水した二位尼が建礼門院に夢告する例に対応する。この経典は、直接には龍女成仏を語る『法華経』のことだろうとされる。

『志度寺縁起』では、龍宮に加えて冥土も重要な場所として描かれているが、景観をはじめ、龍宮とほとんど変わりがない。いわば異界として龍宮とも互換性があるといってよい。冥土も龍宮も日常をとりまく異界として等価であり、絵画イメージにおいてはそのようにしか描けなかったといってよいだろう。

図 2-8 『水宮慶会絵巻』龍宮図(ニューヨーク・パブリック・ライブラリー，スペンサー・コレクション蔵)

『水宮慶会絵巻』をめぐる――東アジアへ

スペンサー・コレクション蔵『水宮慶会絵巻』《すいきゅうけいかいえまき》は、朝倉重賢《あさくらじゅうけん》による詞書のついた十八世紀中頃の豪華絵巻である。その名の通り、十四世紀、明代の怪異小説集として名高い『剪燈新話』《せんとうしんわ》の一編「水宮慶会録」をもとに絵巻化した逸品である。『剪燈新話』の絵巻例は、他に永青文庫蔵『申陽洞記絵巻』《しんようどうきえまき》が知られる程度で、まだ調査が充分及んでいない。『剪燈新話』は朝鮮、日本、ベトナムと東アジアの〈漢字漢文文化圏〉にひろく伝わり、さまざまな翻訳、翻案ものをもたらした。すでに張龍妹氏の研究があり、この絵巻についてもふれているが、朝鮮の『金鰲新話』《きんごうしんわ》の「龍宮赴宴録」《ふえんろく》も翻案であり、絵巻にはその影響もみられるという。日本の翻案で知られる浅井了意《あさいりょうい》『伽婢子』《おとぎぼうこ》「龍宮の棟上げ」とは無関係のようで、より原典に近い面があり、その形成過程は単純ではない。

絵巻の物語は、無官の「よぜんぶん」(「余善文」)が使者の招きを受けて龍宮まで赴き、別殿の額を書いて歓待され、宝物をもらいうけ、戻って富み栄えるという異郷訪問譚になっている。輿《こし》に乗って龍宮まで赴く場面をはじめ、龍宮での豪華絢爛たる歓待場面等々、華麗で迫力ある筆致で絵画化されている(図2-8)。詞書も絵もたとえば、琴平神社《ことひらじんじゃ》蔵『釈迦の本地』の絵巻などと共通し、おそらく寛文・延宝年間頃に同じ工房で制作されたのであろう。原作にほぼ依拠しているものの、絵巻にはすでに現実味はほとんどなく、めでたい祝儀もののお伽草子的な絵巻となっている。とりわけ王から宝蔵珠などの宝珠を賜る設定は原作や他の作にはみられない。

龍宮が宝蔵をもつ理想郷としてイメージされており、人々の富貴への欲望や祈願をみたすべく作られた絵巻であったことが分かる。とりわけ『剪燈新話』を再生させた近世の絵巻として重視され、東アジアにおける物語創造の面からあらたな照明を与えることができるであろう。

明治近代と龍宮

日本近代の初めにも、龍宮は『浦島太郎』とともに再生する。坪内逍遥や森鷗外、幸田露伴ら明治期を代表する文豪たちがこぞって浦島を題材にする戯曲や小説を書く。いわば、龍宮が西洋を象徴するようになる。そのきわだったイメージ力を発揮しているのが西洋画の先駆者ともされる山本芳翠の「浦島」であろう(図2-9)。明治二六年(一八九三)の作。芳翠は明治十一年(一八七八)から九年間パリに滞在し、西洋画を学んだ。芳翠に関しては高階絵里加論(二〇〇〇年)に詳しく、ここでの浦島太郎は「自由な芸術体験の記憶を抱える画家自身の姿」とされ、「個人の感覚と想像力の優位をうたいあげる浪漫主

図 2-9　山本芳翠「浦島」（岐阜県美術館蔵，高階絵里加『異界の海——芳翠・清輝・天心における西洋』三好企画，2000 年）

義の美学を予告する」という。さらには琉球処分断行後の明治二十年（一八八七）、芳翠は伊藤博文の琉球行きに随行していくつか琉球の絵を残しており、「この琉球体験のもたらした結果でもあり」、「海の彼方の異国を振り返っているかにみえる《浦島》は、じつは自分の内なる「異国」をみつめているのではないだろうか」とする。龍宮と琉球の重なりを追認する興味深い提言である。

亀に乗った浦島太郎を先頭に海神ネプチューンや魚や天女ら一大集団がその後に続き、海上をこちらに向かって進んでくる。はるか彼方には西洋建築とおぼしい「幻影都市のイメージ」（高階論）を帯びる龍宮の宮殿が蜃気楼のごとく望める。亀の背で直立する浦島の表情はどこかうつろで、周囲の集団がはなやかで賑やかな様子と好対照である。近代の西洋画の始発を象徴とする図像といってよいだろう。

この「浦島」から二年後の明治二八年（一八九五）には、幸田露伴『新浦島』が刊行、太郎の子孫浦島次郎が魔道に入るさまが描かれる。その前年には巌谷小波『日本昔噺』が出て、その一編である「浦島太郎」が国定教科書に採用され、今日に及ぶ童話の定版となった。一方、明治三五年（一九〇二）、森鷗外『玉篋《たまくしげ》両浦島』が出て、二年後の明治三七年（一九〇四）、さらに大正十年（一九二一）、坪内逍遥『新曲浦島』や『長生新浦島』で歌劇として再生する。いずれも、龍宮（異界）＝西洋、浦島太郎＝日本人という構図が深層にあり、西洋文化の荘麗さはまさに蓬莱のごとき龍宮のように映ったであろう。

これらに対応して、欧米語に訳され、異国へ渡った『浦島太郎』の小型絵本があったことも見のがせない。近年、着目される「ちりめん本」である。明治近代に重要な輸出品ともなった生糸の絹織物（縮緬）にあやかって和紙に皺をつけた表紙にちなんでその名がある。『浦島太郎』はイギリスのチェンバレンによって、「日本昔噺」第八号として「THE FISHER-BOY URASHIMA」と英訳され、明治十九年(一八八六)に発行された(西宮与竹刊、一九三七年版もある)。龍宮に行った浦島太郎は、ついに西洋にも渡ったのである。

その一方で椎野晃史論(二〇二一年)では、伝統的な浮世絵とのかかわりを重視し、明治十九年(一八八六)の月岡芳年「芳年漫画　浦嶋之子帰国従龍宮之図」、さらには国芳や『北斎漫画』の『俵藤太物語』に拠る群像表現の龍宮帰還図を西洋の凱旋図とあわせて「着想源」ととらえる。また西川貴子説を援用して、当時流行した「帰省小説」にみる故郷喪失や故郷と異郷をめぐるドラマとの連関も読みとっている。

浦島太郎の物語は典型的な異界(異郷)訪問譚であるが、通常の話型と異なる。日本神話の大国主命《おおくにぬしのみこと》の黄泉《よみ》の国往還や光源氏が須磨、明石に流されて都に戻るように、異郷で出会った女性を仲立ちに、異界の王の庇護を得て戻り、富や権力を握り、女人との間にできた子が代々跡を継ぐ始祖伝承につらなるのが一般的である。しかし、そのような栄光や栄華は浦島太郎にはなく、異界とこちらの間には大きな時差があり、無力感や喪失感に覆われる。異郷訪問譚としては特異な話題になっている。乙姫と結婚するところまではいかないし、宝物のはずの玉手箱の中身は空で、中には失われた時間が詰まっていた。玉手箱は異界と此界との時差を埋める装置としてあった。浦島は箱を開けるなというタブーを破ることによって、龍宮との唯一のつなぎ目を自ら断ち切ってしまう。

異郷訪問は一度限りであり、人生が一度限りで二度と戻れないという暗喩にもなっている。タブー(禁忌)を課し、それが破られるというのも神話以来の物語の型であり、まさにタブーは破られるためにある。タブーを破ることが物語を生み出す。開けさせるために玉手箱は渡されたともいえる。また、浦島太郎は龍宮に行ったのに、どうして龍と対決しないのかというのが、この話を聞いた西洋の子ども達の反応だという、どこかで読んだ話も面白い。龍王の影は薄く、本来の龍宮の持つ恐ろしさは消されている。むしろ蓬萊山と結びついていた神仙の理想郷のイメージが色濃く継承されていた。

一方、日常世界からみれば、浦島太郎はいわば忽然と姿を消した行方不明の失踪者であり、それがかなりの時間を経て帰還した物語でもある。琉球の漢文説話集『遺老説伝《いろうせつでん》』第一〇一話や袋中の『琉球神道記』に、不意に失踪し、だいぶ後になってから貝殻や海藻を身につけて帰還した稲福婆《いなふくばあ》（儀来婆《ぎらいばあ》）の話があり、海の彼方のニライカナイから戻ったとされる。此岸からみた浦島太郎の原型のような話題といえる。

人は海をながめれば、誰しも海の彼方の世界に思いを馳せるだろう。まだ見ぬ世界、知らない世界へのあこがれや恐れを抱く。生命の起源ともいえる遠い海の記憶ともいえる。いつの時代社会でも、海洋、海域の文学が生まれ、引き継がれる必然もそこにあるだろう。

東アジアの龍宮

龍宮は日本だけのものではない。もともと東アジアにひろまる共通の他界であるはずだが、その全体像は意外につかめていない。それほど誰でも知っているがゆえに、ことあらためて問題にされることが少なかったということだろう。ここでは、ひとまずその一端にふれておくにとどめざるをえないが、問題の射程をはかる目安にはなるだろう。

先にふれた、十七世紀に編纂された琉球の漢文説話集『遺老説伝』第一〇三話には、文字通り浦島太郎に似た話がある。ある男が海辺で拾った髢《かもじ》を女人に渡したお礼に龍宮へ連れて行かれるが、亀は登場しない。海底に入ると、海が開けて路となり、「沙場《さじょう》」で屏風のような石を背にして坐り云々と描写される。元の場所に戻った男は土産にもらった包みを開けると、中は白鬚《しらひげ》で我が身にとりつき、男はそのまま亡くなり、ウタキ(嶽)に祀られる。それが穏作根嶽(オサニウタキ)だ、という拝み場の聖地であるウタキの起源譚にもなっている。

現存の文字文献ではだいぶ時代が下がるが、長く口頭伝承で語り継がれたものであろう。海辺であればどこでも生まれ、語られうる話であり、先の忽然と姿を消して戻ってくる稲福婆も同様である。『浦島太郎』との直接関係の有無を論じてもそれほど生産性はないだろう。宮古島では海の彼方の理想郷ニライカナイは「龍宮」と呼ばれていた。まさに東アジア文化圏の所産である。

龍宮は最初に述べたように、もともとインド仏教に淵源し、漢訳仏典の世界にも頻出する。ここでは、一例のみ挙げれば、本生譚《ほんじょうたん》の善友太子《ぜんゆうたいし》の話題がある。『大方便仏報恩経《だいほうべんぶつほうおんきょう》』などが知られるが、日本では平安時代の『三宝絵《さんぼうえ》』にみえる。善友太子が龍宮でもらった如意宝珠を弟の悪友太子にだまされて眼をつぶされ、奪われる。それを樹神が見ていて太子に知らせ、牛に眼をなめてもらって治る、といった話題の展開になる。中国山西省の開化寺《かいかじ》には宋代の十一世紀末期のものとされる壁画に、この善友太子譚が描かれている。

『敦煌願文集《とんこうがんもんしゅう》』には、

龍宮現身、無生を実相に表す。（「二月八日文等範本」亡文第五・一、亡文）

海宮、龍蔵の経を開く。（「発願文範本等」九、亡妣）

獅子の威容を奪い、龍宮の秘蔵を播す。（「亡考妣範本等」二、僧尼三周）

雪山八字の言を竟め、龍宮三乗の教えを闡にす。（「建仏堂門楼文」）

といった龍宮をめぐる表現が頻出する。法会の儀礼の場でさまざまに読まれ、うたわれていたことを示している。龍宮について語られることもあっただろう。そのような法会の場の聴聞などから龍宮という場が浸透し、イメージが形作られていったのであろう。

ほかにも釈迦の伝記（仏伝）にも、太子が出家して山林での苦行後、鉢を川に投げるとそれを龍王が奪ったのに対して、帝釈天が飛来して取り戻したとか、龍宮と天界間での鉢や舎利や菩提樹等々の争奪戦が繰り広げられる。龍宮はまさに天竺神話に欠かせない、一方の〈負〉や〈陰〉の舞台となっていた。

中国でも、宋代の一大類書『太平広記』二一・神仙に「孫思邈《そんしばく》」の物語があり、唐代の伝奇小説として知られている。孫思邈が龍宮に赴き、薬方をもらう話で、典型的な異界訪問譚になっている。孫思邈は七世紀、唐代に実在した医薬学者で、山中に隠遁して著作に専心したとされ、『千金要方《せんきんようほう》』や『千金翼方』の大著で知られる。『千金要方』はすでに近代臨床医学の分類方法に匹敵するといわれる。後代には神仙として尊崇され、医神として薬王廟に祀られている。

『列仙全伝』では、孫思邈が助けた小蛇が実は龍王の童子で、お礼に龍宮に招待され、龍王に歓待されるが、宝物の土産を拒否したので、かわりに「龍宮奇方三十首」を寄贈され、それをもとに薬を処方して人を助けた、それが医薬書の『千金要方』だという。仏典だけではなく、医薬書もまた龍宮に淵源するというわけである。

これも類書の『五雑組《ござっそ》』四に、「蘇州の東、海に入って四、五日がほど、小島あり。（略）いわく、これ龍王の宮なりと」とあり、龍宮が具体的な島に特定されるようにもなっていた（曲亭馬琴の『昔語質屋庫《むかしがたりしちやぐら》』に引用、さらに南方熊楠《みなかたくまぐす》が『十二支考』に引いている）。

さらには第四章・仏伝の章でふれる明代の『釈氏源流』には、「龍宮説法」「龍宮入定」など龍宮が舞台となる段が複数あり、挿絵に龍宮の様子が描かれる。特に清朝の改編本『釈迦如来応化事蹟』には、擬人化された魚貝類も多く登場して興味深いが、龍王像の問題とあわせて別途検証したいと思う。

朝鮮半島でも、『三国史記』巻四一・列伝「金庾信《きむゆしん》」所収の『兎伝《ときじょん》』は、漢訳仏典に始まり、日本でも『今昔物語集』巻五などの説話から民間伝承にまでひろまった猿の生き肝の話である。龍王の病に効く兎の肝を求めて亀が陸に上がって兎をつれて来る。龍宮の王と使いの亀、対する陸の兎とのやりとりが見もので、日本では亀がくらげに変わった話題でおなじみである。

高麗時代、十三世紀の『三国遺事《さんごくいじ》』五に師挺《してい》が中国から戻る途中、龍宮に招かれ、秘法や黄金を伝授される説話がある。あるいは、「奇異」二にみる水路夫人の話題もある。純貞公《じゅんていこう》の夫人が海龍にさらわれ、歌を作らせられ、うたったところ、戻される。夫人は七宝の宮殿で豪華な食事をふるまわれ、衣には不思議な香りがしたという。これは先の琉球の『遺老説伝』や『琉球神道記』にみる稲福婆の話題とも対比されるように、女性が龍宮に赴く話譚である。

ほかに朝鮮王朝時代の小説類にもみえるので、二、三例示しておこう。

先に明代の怪異小説集で名高い『剪燈新話』の『水宮慶会録』の翻案と絵巻についてふれたが、朝鮮でもその翻案が作られていた。金時習の『金鰲新話《きんごうしんわ》』で、『水宮慶会録』をもとにした『龍宮赴宴録《ふえんろく》』がある。文章家として知られる韓生《かんしょう》という人が夢の中で龍宮に招かれ、龍王より娘のために建てた楼閣の棟上の文を依頼されるままに書く。それを気に入った龍王が韓生のために宴会を開き、韓生は龍王が招待した三人の神と詩を交わしながら宴会を楽しむ。龍王の許可を得て龍宮を見物し、龍王から宝珠と絹を賜る。夢から覚めた韓生は無常を観じ、山に入り隠居する、という展開であり、これはベトナムで翻案された『伝奇漫録《でんきまんろく》』「龍庭対訟録」なども同様である。龍宮が共有されていたからこそ、この種の異界訪問譚の翻案も可能になったといえよう。

ついで、これも朝鮮王朝の小説で名高い『沈清伝《しんせいでん》』は、孝女沈清が盲目の父の開眼を祈り、供養に使う米を得るため、身を売り、龍王にささげられる生贄《いけにえ》となる。海に飛び込んだ沈清は龍宮で亡母と再会を果たし、後に蓮の花に載せられ海上へ送られる。やがて王の后となり、盲目の父を探し求め、盲人のための宴会を開き、宴会場に尋ね来た父と再会を果たす。父は娘との再会の嬉しさのあまり、開眼する。龍宮が親子の再会の場として機能する。『沈清伝』はパンソリで語り継がれ、ひろまった物語であり、長い時を経て語り芸に乗せられ、聴衆の龍宮への想像力をかきたてていたに相違ない。

龍宮は漢訳仏典の世界で、天上界に対する海の世界の象徴としてあったが、物語を成り立たせる上で欠かせない異界の場として意義を持ち続ける。それは決して日本だけの話ではないことも忘れてはならないだろう。韓国の釜山の近郊の海岸にも龍宮寺があるし、慶州沖の海岸には龍になった文武王の巌があり、東海岸の古刹洛山寺《らくざんじ》もまた高僧義湘《ぎしょう》と善妙《ぜんみょう》をめぐる龍の物語（中国の『高僧伝』、日本の『華厳宗祖師絵伝』義湘絵）とかかわりが深い。

ベトナムの龍宮については、神話伝説集の『嶺南摭怪《れいなんせきかい》』巻頭の「鴻厖伝《こうひょうでん》」では、神農の子孫である涇《けい》陽王《ようおう》が赤鬼国を支配し、洞庭君の娘龍女を妻として生まれたのが貉龍君《らくろうくん》で、嫗姫と結婚して百の卵が生まれ、卵から百男が生まれ、貉龍君と嫗姫とで子を五十人ずつに分けてそれぞれ水府と地上とを別々に治めたという。水府すなわち龍宮が建国神話に深くかかわっていた。

あるいは時代下って、『聴聞異録《ちょうもんいろく》』という民間伝説集がある。成立も編者も未詳だが、全五四話の「伝」「記」「録」を集めている。序に『嶺南摭怪』や『粤甸幽霊集録《えつでんゆうれいしゅうろく》』『伝奇漫録』『南天博記《なんてんはくき》』などの先行作を挙げ、これに次ぐ「奇聞」を集めたもので、『嶺南摭怪』などと重なる話もあるが、ここにしか見られない説話もあって興味深い（『越南漢文小説集成』第十二巻）。

その第十「南華木匠記《なんかもくしょうき》」（附・青池寺僧伝）に龍宮が出てくる。

青章南華社の木匠が南華亭の造作で名声を博していたが、ある時、龍王の命で来た二人の使者に招かれる。来ないと妻子がどうなるか分からないと半ば脅され、やむなく付いていくと、江に到り、水面が割れて中に入ると平地のごとくで半時ほどで御殿に着き、龍王から宮殿の造営を依頼される。三年がかりで正殿五十間、皇后殿三十間、太子宮十二間を建てる。龍王は褒美に箱を与え、「龍宮」のことを決して誰にも話さないようにと言う。戻ってみると、妻は「もう戻ってこないだろうと葬式を出してしまった」と言い、親族や近隣の人たちにいろいろ聞かれるが一切話さなかった。箱を開けると明珠三十粒があり、都に売りに赴くと、波斯国《はしこく》人がこれは「亀脱殻珠《きだつこくじゅ》」で龍宮のものだと言うや、十粒だけ残して他を売って大いに富み栄える。が、七十五歳で亡くなる時、妻子に龍宮のことを話すと、箱の珠はすべてなくなってしまった、という。

水面が割れて中に入ると平地のごとく龍宮があるのは、先の『華厳宗祖師絵伝』「元暁絵」の場面に等しい。龍宮に呼ばれて龍王の依頼を受けて何かを作るのは、先の『剪燈新話』の『水宮慶会録』などと等しい。そこでは「語るなのタブー」はなかったが、ここでは秘密を臨終に暴露して珠が消えてしまう、浦島太郎に近いタブー破りによって無に帰す定型が貫かれている。ただ、龍宮の三年は日常の三年と等しく、異界との時差がない。

さらにこの話には、編者が聞いたという後日談があり、青池《せいち》県裕水社《けんゆうすいしゃ》の僧が龍王の使いの「鬼」に迎えに来られ、「水府」に行き、壇を設け斎戒誦経《さいかいずきょう》して七日後に戻る。龍王の贈り物は黄柑一つだったが、それは黄金であり、数年たたない内に巨富となり、田一千二百畝をなした、その田は今もある、という。おそらく、この青池寺の僧が法会の説教の場で語った絶好の話譚であったろう。龍宮への幻想がやはり財宝に集約されていることが知られる。ベトナムの〈漢字漢文文化圏〉における龍宮の意義もまた軽くはないであろう。

海の彼方を見つめるまなざしはいつの時代も、どこの世界でも存在し、そこからもたらされるイメージは変わらない。龍宮は物語を生み出し、語り継がれる源泉であった。

附記　ハーバード大学の阿部龍一氏の示教によれば、カンボジアに伝わる舞踏曲 Preah Thaong Neang Neak は、インドの王子がカンボジアの小島に来て、人間の姿で踊る龍女 Neang Neak を見て恋に落ち、二人で龍宮に行き、龍王から結婚の許可を得、龍王がその島を大きな王国とし、王子は転輪王、龍女はその王女として幸せに暮らした、という。山幸・海幸神話や龍宮探宝譚はかなり広い範囲にひろまっていたことがうかがえる。あるいは金文京、三木雅博両氏により、中国イリ県出土断簡やベトナムのヤオ族に伝わる『韓朋伝』などに玉手箱開箱譚が見られることが注目されている。

また、二〇二四年十月十七日、山東大学及び山東交通学院講演の折に訪れた古刹霊岩寺に宋代の塔が現存し、その基壇のレリーフに阿育王の舎利供養塔の逸話が場面ごとに刻まれていた。注目すべき図像でいずれ詳しく検証したいと思う。

3　巨樹の宇宙——環境と生命

巨樹にふれる

この章では天界をめざす天然物ともいうべき樹木をテーマとしたい。とりわけ巨樹は風雪に耐え、長い時間を越えて生き抜いてきた歴史の生き証人であり、周囲を圧倒する存在感に満ちている。その存在自体にその歳月が折り込まれ、屹立する。神々しいその威容はまさに神樹の名にふさわしい。それだけで信仰の対象にもなり、巨樹のある地はそのまま聖地になるともいえる。巨樹の存在は、時代社会を超えて人々の仰ぎ見る畏敬の対象であり、心の拠り所でもあった。この巨樹にも昔から心惹かれ続けている。

有名な屋久島の縄文杉が樹齢二、三千年といわれるごとく、自然界で最も寿命の長い生物はこれら巨樹ではないだろうか。間近に巨樹を見ると、どうしても手を触れずにはいられなくなる。樹肌に接すると、その鼓動がじかに伝わってくるようで、生命力を直接肌で感じ取ることができる。元気の源のパワーをもらうというか、生きる力を与えられるような気がしてくる。植物を育てるには直接話しかけないといけないと言われるように、人と樹木もまた対話が必要なのだろう。

以前刊行した『説話の声』のあとがきに書いたが、もう三十年ほど前に妻と屋久島の縄文杉を見に行った際、縄文杉の神々しさはもとより、登り道の途中にあったウィルソン杉の巨大さに驚かされた（図3－1）。豊臣秀吉の方広寺《ほうこうじ》造営（大坂城築城とも）のために切り出したとされ、内部が空洞になっていて、人が十人以上入れるほど、縄文杉をはるかにしのぐ規模であったことがうかがえた。中に入ると小さな社《やしろ》があり、清水がわき出ていた。樹皮が巨大な壁となり、まさに外界と切断された独自の空間ができていて、樹が伐られる以前の世界に連れて行かれるような想いがした。上を見上げるとハート型にくり抜かれたように空が見えた。近年は縁結びにもかかわるパワースポットにもなっているらしい。樹の襞の中からじかに樹霊の声が聞こえてくるようで、樹の神の存在がありありとイメージされた。

図3-1　屋久島のウィルソン杉（著者撮影）

植物学者のウィルソンが名付けの由来であるが、かつては「神代杉《じんだいすぎ》」と呼ばれていたようで、たしかにその名にふさわしい。この杉をCG復元するテレビ番組もあったが、この杉があるとないとで、周囲の植生までまるで変わってしまうほどだったという。

巨樹は東アジアにとどまらず、アフリカのバオバブをはじめ、世界に共通する風景である。樹木はその土地の気象、風土に文字通り根付くから、地域ごとに多種多様な植生をもたらす。樹齢をかさねた巨樹の威容はおのずと神威とつながり、神格化されるだろう。その様相はどの地域でも似かよっている。一種のアニミズムの基層信仰ともいえる。

あるいは、巨樹から人や妖怪、異形異類のものがそっくり出てきたり入ったりする例も少なくない。中国の『捜神記《そうじんき》』をはじめ、世界にもこの種の話題は数多いが、どれも樹そのものの異界性や異類性がきわだつといえる。もはや物言わぬ植物ではありえず、語ったり、動いたり、あらゆるものを呑み込んだり吐き出したりする、超越的な異類と化している。巨樹とはそのような存在として屹立している。

ここで扱う巨樹をめぐる話譚の数々は、〈環境文学〉の具体例として恰好の対象であり、自然科学にとどまらず、巨樹をとりまく場や空間、聖地や名所、宗教信仰、民俗、文学、美術など様々な領域につらなる。巨樹の存在はまさにその地域における環境のありようを直截に映し出すから、それをめぐる言説はおのずと〈環境文学〉に相当するといえる。

巨樹好きがこうじて説話の読み方にも投影され、以前、「『今昔物語集』の〈樹〉の風景」という論文を書くことにもなった（一九八七年）。釈迦の伝記にまつわる菩提樹《ぼだいじゅ》や沙羅双樹《さらそうじゅ》などの巨樹をはじめ、樹をめぐる話題が少なくないことに気づかされた。そこでは、樹下や樹上が異界とつながる独特の異空間となり、その場を媒介にさまざまな物語が生まれていた。また、巨樹そのものをめぐる説話もいろいろあることが分かった。

とりわけ『今昔物語集』全巻の最終話が近江の巨樹を伐《き》り倒して大地の豊饒を得るという話で、旧稿ではそのことの意義も考えてみたが、この巨樹譚の焦点は、民の訴えを受けて天皇が巨樹を伐採させ、大地の豊饒をもたらすという、天皇の治世をことほぐところにある。それゆえ最終話にふさわしいとはいえるが、しかし、物語を語る語り手の視点は失われる巨樹そのものに終始そそがれる。説話本来の指向性と語りの焦点とがずれている典型例である。近江にあった巨樹の影が丹波や伊勢まで覆ったというから、すでに神話的な話には違いないが、語り手も失われた巨樹そのものに惹きよせられ、豊饒なる大地の眼前に逆に大樹の幻影が鮮明に浮き彫りにされてくる。

巨樹と代償に豊饒を得たとすれば、未開の自然と開墾による国土開発との対比にも置き換えられる。

その幻影は壮大かつ緻密な企図のもとに作られつつ、それゆえ未完に終わらざるをえなかった『今昔物語集』なる大作そのものに重なってくる。『今昔物語集』全体を壮大な宇宙樹に譬えることもできるであろう。

『古事記』などの神話系では、伐採された巨樹から船を作ったり、琴を作ったりして文化的な再生や転生がテーマとなるが、『今昔物語集』の例は伐採による大地の復活に焦点がある。伐られた樹そのものは排除される。まさに野生と文明の対峙を象徴するような説話であり、今日の環境破壊の問題にそのままつらなってくる話題ともいえる。北條勝貴論にいう伐採による〈負債〉の論理、原罪性や後ろめたさを説話の根元に見すえる必要もあるだろう。

樹下の生と死

その後も大学の授業や研究会で『今昔物語集』を読み直していて、細かいところで樹が出てくる話が少なくないことに気づかされた。たとえば、巻二七第一五話。京の宮仕えの女が人知れず懐妊するが、身寄りも相談相手もないまま悩んだ末に、「どこか山深い所に行って適当な木の下で産もう」と決心し、女童一人を連れて東の粟田山《あわたやま》の方へ赴き、北山科《きたやましな》まで来て山側の斜面にあった山荘に入る。人気がないと思ったが奥から老婆が現れ、その世話になって無事出産する。

ところが、三日ほどして老婆が赤子を見て、「あな、うまげ、ただ一口（ああ、おいしそうだ、一口で食べてしまいたい）」とつぶやいたのをかすかに聞いて、女は老婆が鬼と知り、恐ろしくなって赤子と共に京に逃げ帰る、という話である。鬼が人を食い殺すのを当時「鬼一口」という成語で表わしていたから、老婆は鬼だったろうと語り手も推断し、それゆえこの話を「霊鬼」のテーマである巻二七に収めたといえるが、新日本古典文学大系本の注にみるように、「あな、うまげ」は「かわいくて食べちゃいたい」といった、今日でも使われる類の愛情表現とみることもできる。

結局、女の推断を受けた語り手がそう規定しているだけで、老婆の正体は不明である。むしろ「あな、うまげ」が「鬼一口」に変換されたために、老婆は鬼とされてしまったのではないだろうか。いずれにしても、老婆の正体は不明である。

このような話題がいったいどういう場で語られ、文字に筆録されて『今昔物語集』にまで届いたのか、実体の究明はもはや不可能だが、それはさておき、ここで気になるのは、せっぱ詰まった女がどこかの山奥の樹下でお産しようと決心する心理である。これに関して、新潮古典集成本では、「産屋《うぶや》の風習の投影」「産後の忌みこもりの場所」「山中出産信仰の頽落《たいらく》した形」といった解釈を加えている。それはそれで首肯される見解であるが、それだけではなぜ樹下の出産かという疑問の回答にはならない。

樹下のお産といえば、まず思い出されるのは釈迦の誕生であろう。母摩耶《まや》がルンビニ園の無憂樹《むうじゅ》の下で脇の下から釈迦を産む、という話である。これに関しては、古代インドの女神ヤクシーが樹下で脇下から子供を産む地母神の神話が原型にあろう。正倉院の有名な鳥毛立女屛風《とりげりつじょびょうぶ》の樹下美人図をはじめ、「樹下の女」という普遍的な豊饒のイメージである。ここの京の女が樹下で産もうとするのも、そういう地母神につらなる古層の信仰や伝承を無意識のうちに受け継いでいるように思われてならないのだが、どうであろうか。もちろん山中の他界における死と再生のごとき問題にも通底していることは間違いないが、樹下という具体的な場が選ばれていることの意味を重視したい。

女の決意は樹下が出産可能な場として意識されていたことを示し、当然それなりの指標となる巨樹がイメージの前提にあったろう。巨樹の樹下なら、それは異界に通ずる回路ともなり、生と死をつかさどる場としてふさわしいことを女は直感していたとみてよい。どこにも行き場のない女の拠り処として樹下があり、それは遠い時代から繰り返されてきた地母神への回帰もしくは同化であり、基層の神話のひとつの具現や再演として、無意識の内に女の脳裡にも甦ったのではないだろうか。

紅梅の下で

樹下が生と死にかかわる異空間となる話題は少なくない。やはり旧稿で見逃していた例に巻一三第四三話がある。西の京の身分ある家の娘。容姿も性格もよく、書も和歌も管弦も秀でていたが、どういうわけか、紅梅だけに心を奪われて賞美していた。花が咲くと朝から晩までひたすら花をながめ、木の周りは雑草も生えないようにし、鳥も近寄せず、花が散ると拾い集めて箱に入れて大事にし、風が吹くと敷物を敷いて花弁を取り集め、花が枯れると薫《た》き物にまぜて香りを楽しんだ。

しかし、やがてこの娘は何ということもなく病が重くなって亡くなってしまう。しばらくして、樹下に一尺ほどの蛇が現れ、次の年の春にも現れ、花を口に含んで一箇所に集める。父母は娘の再来と知り、樹下で供養のために法華八講を催す。説経の名人で有名な清範《せいはん》が『法華経』五巻の名高い龍女成仏について講ずると、樹下にいた蛇はその場で死ぬ。父は娘が金色の肌で美しい衣や袈裟を身につけて紫雲に乗って去る夢を見て往生を知る、という話。

同話はあまり知られないが、まさに法華八講など法会の場で女人救済をめぐって語られる絶好の話題であったことがうかがえ、物語の焦点はやはり紅梅の樹下にある。追善《ついぜん》供養の法華八講までその場で行われるわけで、樹下が娘の生と死、再生の場であるばかりか、供養と救済の現場にもなっている。紅梅への偏執と女人救済が結びあわされ、中世のたとえば、『方丈記』で名高い鴨長明《かものちょうめい》の編纂した仏教説話集『発心集《ほっしんしゅう》』などに出てくる「数寄《すき》」や風流の話題などにもかさなってくる。六波羅蜜寺の幸仙が橘の木を愛し、その執心で蛇に生まれ変わり、その樹下にいたという同類の話（巻一第八）も引かれている。『今昔物語集』の娘はまさに紅梅の樹下で梅と同化したのであろう。

樹になる浦島太郎

樹木との一体化といえば、意外にも浦島太郎もそうであった。浦島太郎については前章でもふれたが、『日本書紀』や『万葉集』から現代にいたるまでさまざまに語り継がれている。古伝承では丹後半島が舞台であり、宇良《うら》神社で最後は筒川明神《つつかわみょうじん》として祀られる。この神社には十五世紀とされる古拙の絵巻『浦島明神縁起《うらしまみょうじんえんぎ》』が伝わる。詞書《ことばがき》は失なわれたが、名前も浦島太郎ではなく浦島子《うらしまこ》であり、その行く先が龍宮ではなく、蓬萊山《ほうらいさん》であるなど、神仙の要素が強く、古態をとどめる。場所が龍宮城に変わり、名前も浦島子から浦島太郎になるのは、お伽草子の『浦島太郎』からであり、この絵巻は明らかにそれ以前のものといえる。

ここで注目されるのは、浦島子が蓬萊から帰還後、杉の樹下で老婆から村がすっかり変わってしまったことを聞いて悲嘆にくれ、次の画面では老松の樹下の祠に座り込んで禁断の玉手箱をあけてしまうくだりである。松の樹下は祠のように空洞化していて、浦島子はそこにすっぽり入り込んでいる。すでに朱塗りの箱をあけてしまい、白煙が立ちのぼり、すっかり老いさらばえた格好になっている。若々しくりりしい青年の面影はもはやない。そして亡くなると、その松の祠に神として祀られ、ちいさな社が建てられる。松の樹下の祠がそのままご神体となってしまうようで、言い換えれば、浦島子は松の祠で樹と同化している（図3-2）。これも樹下の生死をかたどる典型的な物語になっているが、樹と一体化してしまう点に大きな特徴があるだろう。

そこで気になるのは、小川で洗濯中の老婆と会っている浦島子の左脇にそびえるのは杉のようであるが、箱をあける時は松になっていることだ。どちらも根元からおおきな祠となって空洞がぽっかり空いていて、形状としては変わりがない。双方の樹は同じ樹をさすのか、別の場として描き分けているのか判断しにくい。詞書があれば杉と松のかかわりももう少し分かりやすくなるだろうが、少なくとも絵を見る限りではそうとしか思えない。巨樹が神格化され、ご神体としてあがめられる例はどこにでもあるが、ここでは人が樹と一体化して、神として祀られる。このことは仏師が仏像を掘り出す作業と表裏にあるようだ。仏師はことに一木造りの場合、自然の木の内部にすでに神体や仏を見出し、それを探し出すように掘りあらわしていく、という。

図 3-2 『浦島明神縁起』浦島神社(前掲『彦火々出見尊絵巻 浦島明神縁起』)

巨樹の翁の話

巨樹と翁といえば、南方熊楠《みなかたくまぐす》である。熊楠が書いた「巨樹の翁の話」(『全集』第二巻)は、巨樹伝承をめぐる内外の文献を渉猟し、みずからの見聞もとりあわせた極めつきの論考といえる。すでに飯倉照平「熊楠とふるさと熊野」(二〇一三年)に指摘されるように、「巨樹の翁」とは、白髪の老人として現れる樹神のイメージであるが、熊楠自身にも重ねあわせてみることができる。

熊楠が熊野で土地の人から直接聞いた話題にはじまり、「樹木の霊がその樹を伐りおわるべき名案を洩れ聞かれて自滅を招いた譚」や「木を伐ってもその創《きず》が本のごとく合うという例」などを中心に縦横に論ずる。その範囲は仏典、漢籍はもとよりアジア、オセアニア、欧米など世界中に及ぶ。おのずと世界の巨樹伝説のおおよそが掌握できるほどだが、熊楠の念頭にあったのは、この論の刊行より十年前の明治末期に断行された各地の神社を統廃合する、いわゆる神社合祀問題であったろう。熊楠はこの政策に対して激しい反対運動を展開するわけで、まさにここで論じられるような巨樹の伐採現場に幾度となく遭遇していたのである。

巨樹伐採による祟りをはじめ、さまざまな奇談や不思議な逸話を集めながら、熊楠の脳裡には神社合祀で無惨にも伐り倒され、失われた巨樹のイメージが浮かんでいたであろう。先にふれた『今昔物語集』の最終話についても熊楠は周到に述べているが、巨樹伝承に対して、伐るか伐られるか、伐られたらどうなるか（すぐに元に戻る例も含めて）、といった面に注意がそそがれる。そこには巨樹に対する畏敬と哀惜の想いがこだましている。熊楠は自宅の庭の楠にもふれ、日頃の生活での恩恵や効用を得々と語る。物語や軍記を読むと樹下に憩うて勢いを盛り返した例などが目につくようで、体験者には「再生の想い」や「一生に新活路を開き、無上の幸運に向うた例も少なくあるまい」という。熊楠は巨樹の意義を熟知していた。

この巨樹の伐採に関していえば、先にもふれた北條勝貴論にいう「負債」論もあわせて見逃せない。異類互酬における負債の問題提起は人間と自然の関係性をとらえる上で重要な問題をはらんでいる。樹木を伐ることによる原罪性や後ろめたさなどの「心性」に鋭いメスが加えられている。野田研一論（二〇一六年）にいう「自然の他者化」もこれにかかわる。人間中心主義に対しての自然の他者化とは、自然の側から人間をとらえかえすことで、樹木の側から見直すことが必要であり、熊楠がとらえていた問題群もまさにこうした論点に密接するだろう。

図 3-3　熊野古道，野中の一方杉

熊楠の反対運動からおよそ百年以上がたち、熊野は世界遺産にも登録されたが、熊楠の文字通り身を挺した反対運動が実を結び、かろうじて数本だけ残されたのが「野中の一方杉《いっぽうすぎ》」である(図3-3)。熊野参詣の九十九王子《くじゅうくおうじ》の一つ、継《つぎ》桜王子《ざくらおうじ》の境内にあるこれらの杉の巨木は今日、熊野古道の象徴的存在となっている。この巨樹の下にたたずむと、樹下の祠に収まった「巨樹の翁」すなわち南方熊楠が、今も来し方行く末を眼光鋭く見守っているように思われてならない。

一方、南方熊楠に対して、柳田國男の『神樹篇』は一九五三年に刊行されるが、その論考の多くは『郷土研究』などに載せた大正期のものが多く(古いもので明治末、新しいもので刊行に近い五一年)、熊楠の論考ともかさなっている。熊楠と異なり、巨樹だけを焦点にしているわけではなく、樹木と人をめぐる関わり、伝承や信仰を主とする壮大な文化史のごとき様相を呈している。柳田においては樹をめぐる人々の生活が対象であって、柱松《はしらまつ》、龍燈松《りゅうとうまつ》伝説、旗鉾《はたほこ》、御柱《おんばしら》、勧請木《かんじょうぼく》、腰掛石、左義長《さぎちょう》、杖の成長、争いの樹と榎樹《えのき》、天狗松・神様松、地蔵木、祭の木、鳥柴《としば》等々の章立てからなる。柳田の関心の焦点は、神が人間界に降臨する依代《よりしろ》にあり、樹と神勧請《かんじょう》、樹の信仰、人工の柱と自然の樹木、石柱、杖立て伝説などの杖や占朴の挿し木、争いの木、祭の木等々に展開する。「人と神との交流における樹木の重要性」(ちくま文庫・「解説」赤田光男)が問い直されるが、巨樹そのものへの関心ではない。そのまま神道学に結びついていく。その背後には、フレイザーの『金枝篇《きんしへん》』(一八九〇年)があるといえる。

この柳田の『神樹篇』に引用されるのが、本多静六編『大日本老樹名木誌』(大日本山林会、一九一三

図 3-4　熱海，来宮神社の大楠（著者撮影）

年）である。著者は造林学、森林利用学、林政学の専門家で、『大日本老樹番附』も刊行している。樹の所在地、周囲、樹高、樹齢、伝説を千五百例も集め、樹種別、幹大順に樟《くすのき》、杉、紅檜《べにひのき》、公孫樹《いちょう》、椎、松、といった順に配列する。地域は九州・四国・中国・近畿・東海道・中仙道・北陸道・東北、沖縄・台湾・朝鮮で、北海道は入っていない。二十世紀初期の列島の巨樹集成として歴史的価値が高い。

特に個別の巨樹をめぐる伝説が興味深く、神話から源平合戦、南北朝、江戸時代、明治期に至るまで、様々な伝承が記述される。おのずと巨樹をめぐる伝説集となっている。日本全国及び朝鮮・台湾など当時の植民地も含めて、各地に点在する当時の巨樹の実態をうかがいうる貴重な成果である。その中に私の郷里に近い熱海の来宮《きのみや》神社の大楠が入っていた。以前は本殿の裏手にひっそりとある感じだったが、近年パワースポットとして注目されたことでだいぶ整備され、観光客も増えて名所の一つになった。やはり神威を感じさせる（図3-4）。

当書には、来宮神社の由来も記されている。

和銅年間、伊豆国熱海村に地引網漁を生業とする一人の漁師がいて、ある日、網を引いていると、強い手応えがあり、見ると、たいそう年月を経た樟の枯木だったので、そのまま棄てておいたところ、翌日もまた同じ古木が網にかかったので拾って、自分が耕している田の畦《あぜ》に置いていた。五、六月頃、田の草取りの合い間に、その樟の古木に腰をおろして、茶受に持って来た麦粉に砂糖を混ぜた麦こがしを取り出して、自ら食べ、戯れにその樟にも与えたところ、夜の夢に樟の精が現われ、枕元で、「私はお前に助けられて世に出ることができた。できれば、浪の音の聞こえない所に祭ってほしい。そうすれば、村内の安全を守ってやろう。祭祀の場所は、樟七本がある所を目印にせよ」という。三夜続けてこの霊夢を見たので、漁師はその場所を探すと、はたして今の来宮に神託のごとく七本の樟があったので、その霊験に驚いて、網主の鍛冶屋某に語って協力してもらい、社殿を建立し、厚く祭ったという。

今も毎年七月十四、十五両日に例祭を行い、その十四日は必ず漁民一同地引網を海に入れて、漁獲したものは神社に献上した。その漁師が樟の古木を置いた田から収穫した籾種は必ず七月十五日迄に成熟したものを併せて供え、その田の畦で鹿島踊りを行い、古説に習って、麦こがしを一般参詣者に振りかける。振りかけられた者は、夏病みをしなかった、と。

しかし、最初にあった七本の樟は、日本で最初に軍艦を造った時に、用材として五本を伐採し、わずかに二本あるだけとなった、という。

海からたどり着いた樟の枯れ木がご神体となり、今ある巨樹は当初七本あって二本になったうちのその一本ということになる。漁師は半農半漁で、農作業の休息に食べた麦こがしを樹にも与えた点なども興味深く、それが枯れ木を再生させ、夢想を与える霊力のもととなった。

巨樹の神話

来宮神社に限らず、日本列島の他の地でもすでに古代社会から巨樹は語られ歌い継がれ、神話化されていた。『古事記』仁徳記に、難波の兎木河西の高樹は朝日がさすとその影が淡路島にさし、夕陽があたるとその影が高安山《たかやすやま》を越えたといい、その樹を伐って船を造り、さらに壊れた後に琴を作ったという有名な枯野の故事がある。『日本書紀』推古紀にも伐採をめぐる巨樹伝承がうかがえる。

また、『肥前国風土記』佐嘉《さが》郡条には以下の記載がある。

昔者、樟樹一株、この村に生ふ。幹と枝と秀高く、茎と葉と繁《しげ》茂り、朝日の影、杵島《きねしま》の郡蒲川の山を蔽ひ、暮日の影、養父の郡草横の山を蔽へり。日本武尊《やまとたけるのみこと》、巡り幸しし時に、樟の茂栄えたるを御覧《みそな》はし、勅曰《の》りたまひしく、「この国は栄《さかえ》の国と謂ふべし」とのりたまひき。

照葉樹の象徴ともいえる楠(樟)が一本、村にそびえ立ち、枝葉を茂らせ、朝日と夕陽の影が周縁の地域を覆ったという。それがそのまま地域の支配原理にもつながり、幹と枝葉の繁茂が地域の繁栄を象徴する。生命力あふれる樹木に人々の想いが託され、巡幸の日本武尊というマレビトによって「栄の国」としてことほがれる。それが地名の由来にもなり、王権により保証される。巨樹と地域とが不可分に結びとめられる。

似たような例は、『筑紫国風土記』逸文・三毛郡《みけのこおり》条にもみえる。

昔者、楝《おうち》の木一株、郡家の南のかたに生ひたり。その高さ九百七十丈なり。朝日の影、肥前の国の藤津の郡なる多良の峰を蔽ひ、暮日の影、肥後の国の山鹿の郡なる荒爪の山を蔽へり。因りて御木の国と曰ふ。

さらにここでは、筑紫の楝の巨樹が朝夕の影はそれぞれ隣国の肥前や肥後まで覆うほどであったという。隣国まで巨樹の影が覆う型は、『今昔物語集』の最終話も同様である。地名起源がその土地のことほぎであることがよく分かる。

右のような個別例から拾える話題とともに、一方で着目されるのは類書の存在である。一三世紀の『古今著聞集』には草木の部類がすでに見られたが、一六世紀前半とされる説話類書『榻鴫暁筆《とうでんぎょうひつ》』巻二二「草木付香之類」には、忘れ草以下の草や花、日本の天狗桜、飛梅《とびうめ》をはじめ、中国の甘棠樹《かんとうじゅ》や反魂香《はんごんこう》などに続いて、天竺や仏典系の樹名が引かれ、そのいわれが記される。

胡椒樹、宝多羅樹、迦羅伽樹、菴羅樹、阿摩落伽、瞻部林樹、多羅樹、大薬王樹、尼拘律樹、好堅樹、菩提樹、楽音樹、羯尼迦樹、楊枝樹、善求悪求樹、優曇華、阿梨樹、波利質多羅樹、天生樹、衣領樹、剣葉林

（三弥井書店版）

などである。菩提樹や優曇華《うどんげ》など周知のものもあるが、樹々につけられた名称の多様性に驚かされる。多くは、『大唐西域記』や『法苑珠林《ほうおんじゅりん》』などに拠っているが、ここでは天界の樹である波利質多羅樹《はりしったらじゅ》と天生樹《てんしょうじゅ》との二例だけ見ておこう。

波利質多羅樹は、円生樹《えんしょうじゅ》ともいい、須弥山《しゅみせん》頂上の忉利天《とうりてん》、すなわち帝釈天《たいしゃくてん》のいる天界の北東にあるとされる巨樹である（本書第一章「須弥山の図像と言説」）。天樹の根は地の深さ五ないし五十由旬《ゆじゅん》、樹の高さ広さともに百由旬、落葉や開花の妙なる香は馥郁《ふくいく》として順風には百由旬薫じ、光明照らすこと五十由旬という。木の葉は熟して黄色に変じ、枝色も変じ、香気周遍し、光明八十由旬に及び、諸天が夏にこの変化を見て楽しみ、仏が弟子にこの変化を出家から菩提を得るまでに喩えた、という。

この円生樹に関しては、須弥山のランドマークになっていたことなどはすでにふれたので、ここでは次の天生樹に注目しておこう。

天生樹は天正樹とも言い、兜率天《とそってん》と炎摩天《えんまてん》の中間にある雲処台《うんしょだい》という高台の中陽院《ちゅうよういん》にある。春の七日間に青黄赤白黒紫緑の花が咲き、秋の七日間に菓がなるが、前者を万行彼岸、後者を万徳彼岸と呼ぶ。三界の天衆が四天下衆生の所作の善悪を勘定するために樹下に集まり、倶生神《ぐしょうじん》が衆生の所作の注帳を四天王に捧げ、善事を金札に、悪事を鉄札にそれぞれ記し、帝釈天、梵天、摩醯首羅天《まけいしゅらてん》に順次捧げ、三覆八授し、善札に宝印、悪記に伝印をそれぞれ押して、前者は雲処台に納め、後者は閻魔宮に納めた、という。

この天生樹下に集まった諸天は、梵天帝釈をはじめ、三光四天《さんこうしてん》、五道冥官《ごどうみょうかん》、閻魔王《えんまおう》、泰山府君《たいざんぶくん》、倶生神《ぐしょうじん》、青衣天子《しょうえてんし》、司命司録《しめいしろく》、金剛夜叉《こんごうやしゃ》、魑魅魍魎《ちみもうりょう》、山神地祇《さんじんちぎ》、水神火神、電師風泊《でんしふうはく》、石木樹神、道祖神等々であった。ここに樹神もみえている。まさに天竺神話と目すべき天界の巨樹がひしめいていて興味深い。彼岸の起源でもあるし、人の生前の行いの善悪が天界に報告される起源譚にもなっている。

この『榻鴫暁筆』では末尾に、「此説如何《このせついかん》」とし、割注で「猶、諸経論、委《ことごと》く是を考ふべし」とあり、典拠は不明とされていた。ところが、ごく最近、仏教学の彌永信美氏の主催するkudenメールで、これとは別に彼岸会の起源が彌永氏によって取り上げられた。『望月仏教事典』などを起点に、同じような話が日蓮の『彼岸抄』などの偽書や浄土経の覚如《かくにょ》の『改邪鈔《かいじゃしょう》』、存覚《ぞんかく》の『彼岸記』、『見聞随身鈔《けんぶんずいしんしょう》』等々に引かれ、近世の『和漢三才図会《わかんさんさいずえ》』や麁文《そぶん》の『華実年浪草《かじつとしなみぐさ》』などにも引用され、さらにこの説の原拠は『正法念処経《しょうぼうねんしょきょう》』にあることを知った。諸書では、この彼岸会起源譚の原典は『天正験記』とされるが、もとよりこれも実在不明の偽書であろう。また、『正法念処経』巻二七「観天品第六之三」以下の三十三天(忉利天)にある「波利耶多樹」という大樹が天生樹のことであったらしい。

『和漢三才図会』の同話では、夜摩天と兜率天の間の「中陽院」という大城の「雲処台」という高楼がある。そこで年に二回、二月と八月の七日間、色界頂の摩醯首羅天が降りてきて、「八神」(帝釈・閻王・天大将軍・天一・行役・司命・司禄・倶生神)と大梵天、大歳神、玉女、道祖神などと天上の冥官冥衆が集まり、人間の善悪を記した調書を摩醯首羅天に奏ずる。その調書は、八神が摩醯首羅天の命令に従って慎重に作られたもので、善行を記した調書には「宝印」を押し、悪行を記した調書には「縛(鉄)印」を押し、中間の行いを記した調書には「非宝非縛印」を押す。なぜ、二月と八月にそこに降りてくるかというと、自在天(摩醯首羅天)が住む阿迦尼吒天《あかにたてん》には「天正樹」という高い木があり、二月に花をつけ、八月に実を実らせる。その開花を見、実が落ちるところを見るために中陽院に降りてくる、という。『榻鳴暁筆』と『和漢三才図会』とでは、前者は善状を雲処台に納め、悪状を閻魔宮に納めるのに対して、後者では摩醯首羅天が中心的存在で中間の行いの調書がある等々、一方にあって他方にない箇所もいくつか見られる。細かいところで相違するが、おおむね同類の話題と認められる。こうした話題の原拠に『正法念処経』にみる「波利耶多樹《はりやたじゅ》」があり、『法苑珠林』巻五四では、『仏本行集経《ぶっぽんぎょうじっきょう》』からの引用で「波利耶多」が河の名であるとする例から、「波利耶多」が「彼岸」に翻訳された、とする。というのも、「波利耶多樹」には、神々の所業を映し出す業鏡があったからで、これが人々の所業を記帳する天生樹に結びついていく、という道筋である。

天界をめぐる巨樹がはからずも彼岸の儀礼の由来譚にもかかわっていたわけで、興味深いものがある。

東アジアの樹神をめぐる

巨樹の持つ圧倒的な威容はおのずと神格化をまねき、その象徴として樹神がイメージされる。樹そのものが神として崇敬を集めることになるし、樹に神が宿る、あるいは依代として神が降臨する、と考えられ、樹が格別の意義をおびていた。

以下、東アジアをめぐる樹神を中心に検討してみよう。

樹神に関しては、つとに『今昔物語集』の天竺部、仏伝の話題にいくつかみえる。

天神来テ、樹ノ枝ニ乗セ奉テ登セ奉リツ。其河ニ大ナル樹有リ、額離樹《がくりじゅ》ト云フ。其ノ樹ニ神有リ。柯倶婆《かくば》ト名ヅク。神、瓔珞荘厳《ようらくしょうごん》セル臂《ひじ》ヲ以テ太子ヲ引迎ヘ奉ル。太子、樹神ノ手ヲ取テ、河ヲ渡リ給ヌ。（略）太子、彼ノ糜ヲ食給ヒ畢《おわり》テ、金ノ鉢ヲ河ノ中ニ投入レテ、菩提樹ニ向給ヒヌ。

（巻一第五）

難陀、遥カニ仏ノ来リ給フヲ見奉リテ、大ナル樹ノ有ル本ニ立隠ル。其ノ時ニ、樹神、忽ニ樹ヲ挙ゲ虚空ニ有ラシム。其ノ時、難陀、顕レヌ。

（巻一第一八）

男、木ノ枝ニ取リ付テ流下テ呼テ云ク、「山神、樹神、諸天、龍神、何ゾ我ヲ助ケザルベキ」。

（巻五第一八）

図3-5　中国の樹神像(右)，敦煌文書「護宅神暦巻」(左)(いずれも高国藩「敦煌唐人樹神崇拝的非物質文化遺産伝播」『西夏研究』2015年3月号)

いずれも『釈迦譜《しゃかふ》』に収載された漢訳の仏伝経典に淵源する翻訳譚であり、最後の例が山神や諸天と列挙される一般概念であるのに対して、最初の例では「額離樹《がくりじゅ》」という巨樹につく「柯倶婆《かくば》」なる樹神名がみえる。釈迦が苦行を止め、山を下りて力尽きたのを樹神達が助ける。二番目の例は、樹に隠れた難陀《なんだ》に対して樹神が樹ごと虚空に挙げて難陀の姿が見えるようにした、という。樹神が仏に帰依して様々に動いている様子が見られる。最後の例は男が川に流された時に助けを求める際、神々の名を呼ぶ中に樹神の名もあるもので、ごく一般的な例である。

敦煌《とんこう》出土文書「護宅神暦巻《ごたくしんれきかん》」（ペリオ3358）は、悪霊から家屋を守るための呪文であるが、そこには樹神として人形の図像が描かれている（図3-5）。図の右には、「先賢人孔夫子呂才定略、天円地方、六律六呂、□鬼急急如律令」とある。樹神の図像の早い例として注目されるだろう。ことにそれが呪符に描かれていて興味深いものがある。

先に本書第二章「龍宮をさぐる」でも取り上げた中国山西省、開化寺の十

図3–6　山西省，開化寺壁画(模写，北京大学博物館)

一世紀末期とされる壁画に、『大方便仏報恩経《だいほうべんぶつほうおんきょう》』の善友太子譚が描かれ、そこに樹神の図像が見られる(図3–6)。たまたま北京大学の博物館での展示で知ったが、善友太子が弟の悪友太子にだまされて眼をつぶされるのを樹神が見ていて急を知らせる、という場面がそのまま描かれている。ここの樹神は、いかつい男神的なイメージで描かれており、具体的な図像として着目されるであろう。

樹神の図像に関しては、すでに中国でいくつもの研究があり、種々の事例が紹介されている。たとえば、北响堂山石窟の第九窟に中心柱基壇右側壁があり、龍門石窟の賓《ひん》陽《よう》中洞、雲崗《うんこう》石窟の第六窟、大同の善化寺、北京の大慧寺や法海寺等々があるようだ。

また、敦煌文献の『盧山遠公話《ろざんえんこうわ》』に「堅牢樹神《けんろうじゅしん》」が登場、「豹の如き雷相に似、一頭三面、眼は懸鏡の如く、手中に一等身の鉄棒を執る」という。仏弟子で名高い目連の字「拘律陀《くりつだ》」は樹神の名にちなむという(『維摩詰所説経注《ゆいまきつしょせつきょうちゅう》』他)。

さらに六朝の志怪譚で名高い『捜神記』にもいくつか樹神はみえる。まず「樹神黄祖」は、盧江龍舒県陸亭流水辺に高さ数十丈の一大樹、黄鳥数千の巣があり、旱魃の折、長老がその樹には黄気が漂い、神霊があるかもしれないと雨乞いする。すると寡婦の李憲の所に女人に変化した樹神黄祖が出現、「性潔により援助する」と雨を降らすことを予言、また鯉数十匹を堂下に飛ばし集める。さらに兵乱が起きることも告げ、李憲の里だけは助かった、という話。

また、「秦公斗樹神」は、武都故道の怒特祠の梓樹で、伐ってもすぐに元に戻り、なかなか伐れなかったが、一人が足に怪我をして樹下で休んでいると、伐採法についての鬼と樹神の会話を耳にし、はたしてその通りにして伐ることができた。すると、樹から青い牛が出てきた、という。類似の話題が『今昔物語集』巻一一第二二の本元興寺縁起にみられることはすでに注目されており、朝鮮半島の事例などにもみられる(後述)。

琉球の世界——『遺老説伝』

以下、琉球、ベトナム、朝鮮半島と樹神をめぐる話譚に着目してみよう。

まず琉球の『遺老説伝《いろうせつでん》』は一八世紀半ばに編纂された漢文体の説話集で、歴史書『球陽』の別巻として作られた。琉球に伝わる諸伝承をもとに王府が編纂したものだが、なかには日本各地に伝わる「三年寝太郎」型の睡虫次良(ニーブイジラー)の話があり、ここに巨樹が出てくる。

首里の人で十八歳まで寝てばかりのジラーが、母から白鷺を調達させて、富貴の家の榕樹(ガジュマル)に登って神仙になりすまし、娘をジラーに嫁がせよと託宣し、婚姻を実現させ、以後、ジラーは家を繁昌させた、という(第八)。

一夜深更、隣居の富家の人皆、睡去《すいきょ》せるを偸看《ゆかん》し、白鷺を懐抱して、神仙の容貌に装扮し、密かに庭前の大榕樹に攀ぢ、高声もて大いに富家の主を叫びて曰く、「火速《すみやか》に庭に出で、以て天帝の勅諭を聴け」と。(略)次良、その樹上より曰く、「予は人間に非ず。今、玉皇の命を奉じて、汝の宅に降臨し、汝等に諭知す」…

榕樹すなわちガジュマルの樹上から声を発するのは、まさに神にほかならない。ジラーはみずから樹神をよそおい、騙《かた》ったわけである。

ついで、真壁郡宇江城邑《うえぐすくむら》、久嘉喜鮫殿《くがきさめどの》が夜漁に出て、ある人と親しくなるが、その人物は人ではなく鬼だと察知し、密かに後を付けると、桑の樹に入って姿を消す。はたして妖魔だと分かり、漁の間にその樹を焼かせるが、後に首里で親友に会い、そのことを話すと、怒った親友は小刀で鮫殿の指の間を刺し、殺してしまう。親友は実は妖魔の変化であった。鮫殿は肌が鯖鮫のようで、指の間だけが人肌のようであったので、妖魔はそこを刺したのだ、という（第一二五）。

樹木から人やモノが出入りする話もまた世界中にある型で、樹の神威性をよく表わしている。誰かが巨樹に入って姿を消し、後に中から奇怪なものが出てくる、というモチーフは、中国の『捜神記』や『太平広記』などによくみられる（後者でいえば、巻四〇七、四一七、四四二、四五六、四五八等々）。しかし、ここの話では、モノが樹から出入りするのは妖魔性の証拠として機能するだけで、そこで何かが起きるわけではない。むしろ後日、友と会って真相を話したがために、彼は命を失ってしまうわけで、後段に重点がある。そこでは、鮫殿が酒家で友と会い、「稍々《やや》久しく燕宴し、説話するの間」「朋友に直話す」とあるように、「説話」の場に焦点が移っている。「説話」は、ここでは談話、歓談の意味で使われているが、「説話」がまさに樹をめぐる真相を吐露させ、それがもとで鮫殿は命を奪われる。

真和志《まわし》郡識名《しきな》村の識名権現の縁起（第一二六）では、大阿母志良礼《おおあむしられ》が夜な夜な光るものをたどって洞窟内の賓頭盧《びんづる》尊を発見、尊信し、王子（尚康伯）の病を治したことがもとで官寺とされ、大阿母をその傍に住まわせる。その孫娘は全身白く、髪眉も雪のごとく、言語を慎み、仏神を尊び、素菜を食していた。

　一日、その女孫、宅辺の榕樹の下に往き去り、忽ち化してその跡を見ず。家人これを奇異とし、尊びて以て神となし、（略）（大阿母が）「今よりして後、かの榕樹を伐るなかれ、折るなかれ、神霊在《まします》す所なればなり」と。人亦これを聞き、尊信する者多し。遂に以て神社となす。

榕樹＝ガジュマルの巨木が焦点となり、樹下が変身の場となる。伐採を禁ずるタブーが課せられ、その場が神域となり、ウタキとなったことを意味する。拝み場のウタキの縁起譚でもあり、ここではさらに村建ての起源譚となっている。

ほかに前章の龍宮の論でもふれた「浦島太郎」の類話にも、戻って使った杖が桑樹になり、ウタキとして祀られる話題がある（第一〇三）。

ベトナムの巨樹信仰――『嶺南摭怪』から

ここでは、ベトナムの十四、十五世紀の神話伝説集『嶺南摭怪《れいなんせきかい》』に着目し、一方は悪疫の源となる巨樹の話「木精伝」、一方は巨樹から切り出される仏像の縁起譚の「蛮娘伝《ばんじょうでん》」との双方からみておこう。

前者の「木精伝」はこんな話である。

峯州の地に栴檀《せんだん》の大樹があった。高さ千仞《じん》、枝葉のひろがりは幾十里かを知らないほど。鶴が巣をかけたのでその地を白鶴と名付けた。樹齢が何年か分からなかったが、ついに枯れて「妖精」と化して、人を食った。涇陽王《けいようおう》が神術で抑え、民が祠を立てて祀り、猖狂神《しょうきょうしん》とした。西南の獼猴《びこう》国の王が少数民族を生贄としたが、秦の始皇帝が任囂《じんごう》を派遣し、生贄を廃止するが、怒った神がこれを殺してしまう。丁先皇帝《ていせん》の時、諸国遍歴の法師兪文牟《ゆぶんむ》が王の帰依を受けて、猖狂神を退治する。その方法は、軽業や曲芸などの芸能によって騒乱喧噪の状態を巻き起こし、法師が秘呪を持して剣を振るって、神とその部類の種々を撃退した。それで民は安穏を得た、という。その祀りと芸能の様子が細かく描写される。

毎年十一月、高さ二十丈の飛橋を造り、木樹を中に立て、麻で長さ百三十六丈、径四寸の縄を作り、地に埋めて縛る。騎馬で走ったり（尚騎）、三叉の旗竿を昇ったり降りたり（尚竿）、長さ一尺三寸に厚さ七寸の大木を樹上七十尺に置いてその上を飛踏したり（尚韃）、魚を捕る竹籠に身を投げ入れたり（尚砕）、云々の曲芸が詳述される。他に、尚鈞、落馬人、唱児等々が続く。

梅檀の巨樹が枯れて、恐ろしい伝染病の猖狂神と化し、それを年中行事の芸能の祀りで撃退する話題である。猖狂神とは妖魔に変じた樹神にほかならない。人知では抑えようもなく猛威をふるう疫病に相対して、その元凶を猖狂神として実体化して祭りあげることで、撃退しようとする。その撃退法こそ芸能であり、鬼やらいの追儺《ついな》などと機能は変わらない。しかも、猖狂神は枯れた梅檀の巨樹のなれの果てであった。枯れてもなおその神威は失われずに残り、〈負〉の生命力を発揮し、悪疫の根源をなした。いわば、生と死が反転する。

ここには当時行われていた様々な芸態の縮図がかいま見えて興味深く、貴重である。軽業や曲芸の類が多いが、当時の芸の一切をまとめて披瀝し演じる芸能のオンパレードのようで、喧噪と喝采にあふれかえる一種の騒乱状態（マス・ヒステリア）が巻き起こされる。そこでおもむろに法師が呪文を唱えつつ、剣で神やその眷属《けんぞく》を切り払う所作を演ずる。見物衆の緊張と緩和、歓声やどよめき、騒乱や静粛が混在した現場が浮かび上がる。当時、あちこちの祭礼の折などによく演じられていたのであろう、その縮図がここに現出している。枯れてはいても圧倒的な存在感（オーラ）を示す巨樹を前にした祭礼の場で演じられ、同時にその由来も語られたに相違ない。

詳細はふれえないが、ベトナムには妖樹をめぐる説話が少なくない。十六世紀、明代の『剪燈新話《せんとうしんわ》』の翻案として知られる阮嶼《げんしょ》の『伝奇漫録』「木綿樹伝」は、『剪燈新話』の「牡丹燈記」をもとにするが、棺を破壊された男女の骸骨が河の中に散乱し、江上の寺の木綿の古樹にとりつく。樹齢百年を越える巨木で、切り倒すのが難しかったが、寺に宿った道人が樹上で亡者が戯れ笑っているのを聞いて、三枚の護符をそれぞれ樹に打ち付け、江の中に投げ、空中で燃やすと、大音響とともに古樹の枝は飛び散り、樹皮は焼けただれ、麻のごとく裂け、獄卒に鞭打たれながら空中を行く二人の姿が見えた、という。

また、十八世紀、武貞《ぶてい》の奇談集『見聞録』(『蘭池見聞録』)「樹妖」には、女鬼が大榕樹にとりつく話などがみえる。

一方、同じ『嶺南摭怪』「蛮娘伝」に出てくる巨樹はまた異なる様相を見せる。本書冒頭の序文には「蛮娘、木仏の母となり、歳旱、能く霖雨をなす」とある。後漢の献帝の時代、士燮《ししょう》が太守として越南一帯を支配していたが、天徳江の南に福巌寺という寺があり、西から伽羅闍梨《からじゃり》という僧が来て住持となり、信仰を集めた。そこに蛮娘という女がいたが、信心深かったものの訥弁で誦経ができず、僧達のために炊事を専門にやっていた。

五月の短い夜、誦経の間に飯を炊いたものの門で寝てしまい、戻った闍梨が傍を通り過ぎるや感応して懐妊、そのことを恥じた闍梨は三岐路の江辺の寺に移り、蛮娘は女子を産み、樹神に託し、子に成仏道と名付ける。闍梨は蛮娘に杖を授けて、旱魃の時に突いて水を出すように言い残して去る。

福巌寺に戻った蛮娘は、僧の指示通り杖を突いて水を出して民を救う。蛮娘が八十を過ぎた頃、かつて子を託した巨樹が倒れ、流木となって後の法雲寺《ほううんじ》前の江津に流れ寄るが、斧でも斬れず、三百人がかりでも動かなかった。蛮娘が手を清めて試みにふれると簡単に動き、岸に引き上げて樹を三つに切りわけて、匠が四体の仏像を造った。ひとつを蛮娘の所に置いたが、石となってしまい、斧で斬れないため、匠が淵に投げ捨てると光を放ち、沈み始めるや匠は命を落とす。請われた蛮娘が礼拝して漁師に頼んで引き上げてもらい、仏殿に安置し、金を貼って闍梨が四相にそれぞれ法雲、法雨、法雷、法電と名付ける。

蛮娘は仏母とされ、四月十八日に亡くなり、生き仏として尊崇され、その日は浴仏会(灌仏会)が今も

図 3-7　ハノイ，法雲寺の蛮娘像(著者撮影)

行われている、という。

経も読めなかった信者の蛮娘が天竺から来た伽羅闍梨と通じ、子ができるが樹の中に子を納める。いわば樹と一体化する。その樹が倒れて流木となり、引き上げられて切り分けられ、仏像が作られるが、ついで石と化してしまう。そして一種の祟りを引き起こすが、蛮娘によって安置される。一方、蛮娘は闍梨からもらった杖の呪力で水を出して旱魃から救うなど、数々の霊験を示し、最後は仏母や生き仏として崇められる、という伝記である。もともと語り物として広まっていたのであろう、文意の通じがたい面が少なくない。

蛮娘が渡来僧と密通してできた子どもを樹に納め、その樹が切り出されて仏像になる縁起譚と、僧からもらった杖の呪力で雨乞いがかなう霊力譚とが混合した話題である。前者は特に現存するベトナムの古刹法雲寺の縁起にもなっている。西方から来る異域の僧、伽羅闍梨の感応、霊力が軸となっている。ここでは、樹神と明示されないが、闍梨と蛮娘が子どもを抱えて樹に呼びかけ、名前をつけて差し出すや、樹が開いて中に子を納めると樹が閉まるわけで、神格化された樹神に呼びかけたとみてよいだろう。いわば、樹神がその子を引き受け、その申し子になるはずだが、この子どもが再び切り出されて仏像となり、さらに石と化して石仏となる展開で、樹神自体はあまり前面に出てこない。

一方、杖による水湧出譚は日本の弘法大師伝説をはじめ世界にひろまっており、雨乞いの儀礼に結びつく。この話もその話型の一環としてある。また、流木が停滞して動かず、それを伐採して仏像を造るのも、『長谷寺縁起』や『志度寺縁起《しどじえんぎ》』など日本でもひろく見られる仏像や寺院の縁起譚である。

人の子が樹木と一体化し、さらに石化して河に投げられるのは、水の力を得る呪性に関わるのであろうが、南インドからの仏法や僧の渡来にまつわるリンガ（陽石）信仰を示すと思われる。雲雨、雷電に関する命名は明らかに雨乞いと関連が深い。大西和彦説では「十四世紀以前、巨木信仰や自然石信仰とさらには農業に欠かせない気象信仰と結びついて広まっていったベトナム仏教の形態を彷彿とさせる」（発表資料）とするが、僧と女人の密通という性的なモチーフが根底にあるから、自然石ではなく、やはりリンガとみるべきであろう。

また、福厳寺や三岐路の寺など水辺の寺院が交通の要衝の地になり、異界との境界にあることも普遍性を思わせる。この話は異伝が多く、様々に語り継がれた経緯をうかがわせる。

今も法雲寺には、蛮娘像とともに、この石仏が本尊として秘仏となって祀られている（図3-7）。二〇一六年、参詣の折に、秘仏のご開帳を申し込んだが、石仏には服が着せてあり、結局正体はよく分からなかった。ベトナム仏教が南伝と北伝の合流点であることをよく示している。

朝鮮半島の場合

ついで朝鮮半島に転ずると、まずは有名な檀君《だんくん》神話がある。十三世紀の『三国遺事《さんごくいじ》』紀異一・古朝鮮にいう、帝釈天の庶子の桓雄《かんゆう》が人の世を救うために三千の徒を率いて太伯山《たいはくさん》頂の樹下に降臨、その場が神市とされる。熊と虎は人になることを願い、艾《よもぎ》や蒜《ひる》を食し、百日籠り、タブーを守った熊だけが女人となり、桓雄との間に壇君王倹《だんくんおうけん》が生まれる。起源神話の始祖伝承であるが、「壇」か「檀」かという問題はあるにしても、ここでも樹下が重要な場になっている。

同じ『三国遺事』巻五「宝壌梨木」にみる逸話では、旱魃のため宝壌《ほうじょう》が弟子の龍の子の璃目《りもく》に命じて雨を降らす。勝手に雨を降らしたと怒った天帝が、天使を使わし、天使は璃目を捕まえに来て行方を尋ねるが、宝壌が梨木を指すや天使は雷を落して天に戻る。梨の木は枯れたが龍が撫でると木は甦生した。一説には宝壌が呪術で生かしたともいう。その木は近年倒れたが、楗の椎を作って堂に安置した、という。

おそらく桑の木に類する梨の木をめぐる避雷と龍神の伝承が基底にあり、龍の子の璃目と樹木との一体化と甦生モチーフが話の眼目である。

ついで、『三国遺事』巻五「義湘《ぎしょう》伝教」では、海東華厳の祖とされる義湘が唐の長安の終南山、至相寺の智儼《ちごん》のもとに至る時、前の晩に智儼が夢を見る。海東に大樹がそびえ、枝葉がひろがり、中国まで覆っている。樹の上には鳳凰の巣があり、登って見ると、摩尼宝珠があってその光が遠くまでひろがっていた。夢から覚めた智儼は驚き、掃除をして待っていると、はたして義湘がやって来たという。

師弟の劇的な出会いを演出する奇瑞譚で、事前に師の方が何らかの機縁によって弟子の来訪を察知する型が多く、この種の話題は有名な空海と師の恵果の話をはじめ、高僧伝などでもみられる。ここでは、師の智儼が前夜に見た夢見で、枝葉が海東朝鮮半島から神州即中国まで覆った巨樹が圧倒的である。それが義湘の弟子入りの予兆となっているが、まさに海東から来て華厳宗を新羅にひろめる義湘の活躍を示唆する。義湘はまぎれもなく宝珠であった。

さらに朝鮮王朝時代の野談集の一つとされる、車天輅《しゃてんらく》の『五山説林草藁《ござんせつりんそうこう》』に王朝を建国した李太祖（イソンゲ）をめぐるこんな話がある（金英順氏の示教）。

康献大王が若い頃、七星の神を祀っていた。ある人が夜、路の傍の古樹脇に宿ったところ、夜中にある者が樹に向かって、「李侍中（イソンゲ）が某神を祀ってお供えをするから、そのおこぼれをもらいに行こうと思うが、行かないか」と誘う。樹の中から応える者がいて、「客が来ているから行けない」と。しばらくしてそのある者が戻ってきて言うには、「今夜は諸聖人が来られたが、お供えが清潔でなかったので怒って帰ってしまった。それで何ももらえずに戻ってきたよ」と。

一部始終を聞いたある人は、すぐさまイソンゲの屋敷を訪ねて拝謁をもとめたが、門番に「主人は潔斎の身だから会えない」と断られる。その人は再三、火急の用事だからとねばり、ついに対面を許され、事の経緯を話すと、イソンゲは館にその人を留め、数十日、潔斎し、終わってから、その人をまた樹に行かせる。はたして夜半にある者が現われ、「今日は李侍中がまたお仕えするから、一緒に行きましょう」と言い、樹中の者が「前の客がまた来てるから、行けない」と応える。しばらくしてある者が戻ってきて、「今日の李侍中はたいそうよく祀ったから、諸聖人は皆喜んだ。一座の中心の聖人が「李侍中は誠によかったから、何か褒美をあげよう。何がいいか」と言い、一同相談して、第一人が「三韓の地を与えるのがよいのでは」と言い、皆賛成した。それを聞いて、お供えを頂いて戻ってきた」と伝える。樹神が言うには、「私もそこに行けずに残念だった」と。その人は戻ってイソンゲにそのやりとりを伝えると、たいそう喜び、その人を手厚くもてなすが、その人はしばらくして立ち去り、ついに誰か分からなかった、という。

李太祖が七星信仰によって王朝を建国できたという由来譚であるが、その啓示が樹の神々をめぐるやりとりを聞いたある人物によってもたらされる。巨樹をめぐって、樹神と来訪神との応答をたまたま樹下に宿った者が耳にするという話型で、これもひろく伝わる。

たとえば、『今昔物語集』巻一一第二二話は飛鳥の本元興寺《もとがんごうじ》の縁起で、槻木の巨木を伐採して堂を造ろうとするが、何度斧をいれても人が死んでしまう。ある僧が雨の夜に雨宿りを装って木のうつほにいると、上方で、「しめ縄をめぐらして祭文を唱え、墨縄をかけて伐られたらひとたまりもない」と話し合うのを耳にして、その通りにしたら伐採できたという。

あるいは、巻一三第三四話では、天王寺の道公が熊野詣の帰途、紀伊国美奈部《みなべ》郡の海辺の樹下に宿る。夜半に行疫神二、三十騎が来て、樹下の道祖神を誘うが、馬の足が折れているのを理由に拒否する。その話を聞いた道公は翌日、絵馬の足を治してやり、『法華経』を誦すると、その功徳で道祖神は下位の身を棄て、補陀洛山《ふだらくせん》に転生した、という。

本元興寺の話は『捜神記』などが原拠とされるが、この種の話は南方熊楠も取り上げているように、世界共通の普遍的な話題であろう。樹下で樹神と外部の神とが談合する神々の話の型でもある。イソンゲの話もこうした型の一例で、七星信仰の儀礼もかかわり興味深いものがある。外から来るある者は祭りのおこぼれをもらう下位の神であり、儀礼の場に集まった上級の神々の談合を聞いて、樹神に報告する役目を持つ。日本の中世にも多い「談合する神々」の型であるが、しかもそれを道祖神など下位の神が聞いて樹神に報告するのを、また宿ったある人が聞く、という二重化した形になる。しかも一部始終を聞いた、ある人とはついに正体不明であり、この人物もまた神の化身の可能性が高いだろう。

以上、巨樹の神格化はおのずと聖地を生み出し、樹＝神はおのずと擬人化につらなり、人を救う善神や守護神となると同時に、人に祟って危害をもたらす悪神、荒ぶる神との両義性をもち、擬人化を越えて禽獣化する面もある。人間の生と死を探究していくとおのずと巨樹に出会う、そういう構造になっている。樹が放つ生命力（オーラ）をぬきに人の生死はとらえにくい。それは同時に樹が〈物語〉を生み出す強力な磁場となっていることをよく示している。

知の体系化の一例である系統樹のごとく、人間の発想や思考形態の深奥に樹木は深く根付いている。

人文学と生命科学との接近がいかに可能か、今後の焦眉の課題であり、精神的土壌や文化背景など、その影響や浸透力への追究をもあわせた総合的な視野が今後ますます必要となるであろう。

附記 鈴木彰「八幡縁起絵巻と地域社会——萩藩領の事例から」に指摘する『宮尾八幡宮社記』にも神功皇后の新羅侵略にまつわる巨樹伐採と造船をめぐるやりとりがあり、巨樹の信仰伝説の一例として注目される例である（パリBULAC、国際ワークショップ「八幡縁起、その流伝と変容——絵巻・神話・地域社会」・口頭発表、二〇一八年七月）。

II

東アジアの群像

『釈迦如来応化事蹟』複製(架蔵)

4　四つの門をくぐると──転生する釈迦伝

物語の原点としての仏伝

東アジアの宗教文化に最も広範な影響力をもったのが仏教である。古代インドに端を発して、ほぼ東アジア全域に及んだ宗教が仏教にほかならない。〈漢字漢文文化圏〉では中国に始まる道教や儒教もまた大きな力を持ち、仏教との反発、融合を繰り返してきた。しかし、東アジアの文化形成の重要な基盤に仏教があることは否定できない。前章まででみた須弥山、龍宮、巨樹なども天・地に相当する世界観がいかに仏教と関わり深いか、よくうかがえた。この仏教を創始したのが釈迦（ブッダ）であり、その生涯の物語はさまざまなかたちで永く語り継がれ、今日に及んでいる。

ここでは東アジアの文化創造の課題の一環として、釈迦の物語と絵画を中心にイメージとテクストの形象と変成の様相をたどってみたい。

釈迦の生涯の伝記物語、一代記は「仏伝」といわれる。そのおおよそは以下の通りである。

天上界の菩薩だった釈迦は、この世の一切衆生を救おうと決心して人間界に降り、北天竺の小国迦毘《かび》羅衛《らえ》国の王子悉達多《しつだるた》として生まれる。天上界から白象に乗って母摩耶《まや》夫人の胎内に宿り、ルンビニ園の無憂樹の下で母の右脇から生まれ、やがて成長し、耶輸陀羅《やしゅだら》と結婚して男子羅睺羅《らごら》をもうけるが、生の苦悩にめざめ、城を出て山に入り、出家し、苦行の果てに菩提樹の下で悟りを得る。その教えを説くために布教活動を行い、教団を形成し、多くの人々の帰依を受け、やがて跋提河《ばつだいが》のほとり、沙羅双樹《さらそうじゅ》の下で八十年の生涯を終える。

ここには一人の人間の生涯の典型が劇的に集約されている。これに荼毘《だび》にふした涅槃《ねはん》後の舎利をめぐる争奪戦や舎利の霊験譚、弟子の阿難《あなん》らによる仏典結集の逸話があり、さらに釈迦として生まれる以前の説話の膨大なジャータカ（本生譚《ほんじょうたん》）の一群がある。あるいは、目連《もくれん》や迦葉《かしょう》らの仏弟子をめぐる説話等々、釈迦を衛星のように取り巻く話題がひしめき、仏伝の物語群は釈迦とその周辺を含み込んだ、ひとつの宇宙が形作られている。これを総称して〈仏伝文学〉と名付け、釈迦の生涯は「仏伝」と呼び分けたいと思う。

仏伝は一般に「釈迦八相」という八段階で区分される場合が多い。下天《げてん》・託胎《たくたい》・出胎・出家・降魔《ごうま》・成道《じょうどう》・転法輪《てんぽうりん》・涅槃という八相が標準である（『天台四教儀』他）。最初の下天を「生天・下天」、「上天・下天」としたり、託胎を「入胎・住胎」にわける説もあるが、出家以後の区分はほとんど変わらず、出家に至る前段階の区分が細かいのが特徴である。一方、中国の唐代に書かれ、東アジアにひろまった王《おう》勃《ぼつ》の『釈迦如来成道記』（宋・道誠《どうじょう》の注解本）では、

兜率来儀《とそつらいぎ》相・毘藍降生《びらんごうしょう》相・四門遊観《しもんゆうかん》相・逾城《ゆじょう》出家相・雪山《せっせん》修道相・樹下降魔《ごうま》相・鹿苑転法《ろくおんてんぽう》相・双林涅槃相

という区分けもみられ、朝鮮王朝の仏伝『釈譜詳節《しゃくふしょうせつ》』などにも継承される。ことに生の苦悩にめざめるきっかけとなる「四門遊観」を特立したり（「四門出遊《しゅつゆう》」とも）、城を脱出しての出家と雪山での修行とを区別したり、降魔と成道を一体化するなど、比較的均等に生涯のそれぞれの時期を扱っていて、しかも

当該の場所とむすびついている点、分かりやすいとはいえよう。

　釈迦のイメージは、当初は実体のない法輪や足跡などで示されていたが、次第に形のある仏像として造形されるようになる。礼拝や尊崇、畏敬の対象となり、それにあわせて仏伝の物語も形作られていく。釈迦の生涯を段階に分けて劇的な展開をたどれるようにし、それぞれにさまざまな説話がちりばめられているのである。

記憶の仏伝

　仏伝がひろまる大きな媒体は、やはり絵画や造形であろう。インドからアジアまでひろく石窟の壁画に描かれ、刻み込まれた絵画や造型（レリーフ）が伝わる。涅槃会や誕生会など釈迦の生涯にまつわる儀礼にともない、大画面の涅槃図や釈迦八相図の類が寺院の堂内や境内に掛けられる。それら図像が脳裏に刻み込まれ、刷り込まれる。イメージのはたす役割は決定的であった。

　個人的な体験でいえば、幼い頃通っていた保育園がお寺にあった。釈迦の誕生を祝う花祭りの四月八日に、稚児の格好をして釈迦の誕生仏を乗せた象の作り物の山車《だし》を皆で引っ張って練り歩き、甘茶《あまちゃ》をもらって帰るのが楽しみだった記憶がある。涅槃会は陰暦の二月十五日であるが、陽暦では一ヶ月ずらして三月十五日に行う寺が多いのも、春を迎える行事の意識が潜在的に残っていて、陰暦の感覚が今も生きているからであろう。

　釈迦とは何者か、幼い頃はもちろん知るよしもなかったのだが、とにかく象の上に乗って、片手をあげている誕生像で、何か日本人ではない偉い人を祀っているという感覚は記憶に残っている。釈迦の存在や仏伝の物語はそうした年中行事を通して生活の習俗にとけ込み、心の深奥に浸透していたといえる。

涅槃図や誕生仏と象の山車に典型的なように、イメージのはたらきが仏伝の物語をより深く記憶させ、語り継ぐ契機となる。これにあわせて、書物にも挿絵をはじめ絵画がつく場合も少なくない。〈仏伝文学〉は言葉の文学だけではなく、おのずと図像の文学をも包み込んでいるのである。

仏伝の物語

仏伝の基本テクストは経典である。インドで作られたサンスクリット語の原典もあるし、東アジアで最初から漢文で作られたものもあろう。後者は「偽経」とされるが、それはそれで信仰され、権威をもち、多大な影響力を持ったわけで、「偽経」の「偽」は当たらない（「疑経」の「疑」も同様）。私見では、経典に擬する意味で、「擬経」と表記すべきだと考えている。どちらにしても、〈漢字漢文文化圏〉では漢訳された仏典が基本になる。すでに中国や西域で翻訳されたバイアスがかかった翻訳文学なのである。

経典というと難解で堅苦しいイメージが強いが、思想哲学面ばかりでなく、ほとんど物語や説話集といってよい経典も少なくない。仏伝経典はその典型である。大正新修大蔵経では、第三、四巻の「本縁部」に収められている。五世紀前半の求那跋陀羅《ぐなばっだら》訳『過去現在因果経』や六世紀末の闍那崛多《じゃなくった》訳『仏本《ぶっぽん》行集経《ぎょうじっきょう》』などはその代表である。西域や中国でサンスクリット語（梵語）から中国語に翻訳（漢訳）され、これが朝鮮半島や日本、ベトナム北部にひろまる。

中国ではこれら漢訳された仏伝経典を釈迦八相ごとにまとめ直した仏伝類書ともいうべき六世紀初の僧祐《そうゆう》撰『釈迦譜』が作られている（日本にも平安末期、十二世紀の古写本が伝存する）。こうした仏伝経典をもとに、法会仏事での説経などによって釈迦の生涯が語られ、ひろまっていった。仏事では、仏生会（灌仏会《かんぶつえ》）や涅槃会は文字通り釈迦の遺徳を賛嘆するために行われる法会であり、毎年決まった日に行わ

図4-1　ガンダーラのレリーフ，四門出遊の一場面（ガンダーラ美術館蔵，『ブッダ展 大いなる旅路』東武美術館他，1998年）

れる年中行事として定着していた。法会では和讃などの歌もうたわれ、絵解きなどもされた。複合的なかたちで仏伝が語られ、うたわれ、演じられたのである。私にいう〈法会文芸〉の典型といえるであろう。

ことに仏伝は先述のごとく文字テクストと絵画、造形とが互いに補い合うかたちでひろまる。寺院や石窟の壁画、彫刻、紙媒体の絵巻や絵入り冊子本、掛幅図、屏風絵など、さまざまな媒体で表現された。近代では、映画、漫画、アニメなどにもあらわされる。手塚治虫の漫画『ブッダ』はその代表作である。文字の書物だけでは見えてこない世界があり、表現媒体が複合した、いわばメディア・ミックスの世界がくりひろげられる。

たとえば、二、三世紀頃の有名なガンダーラの彫刻（レリーフ）がある。後でふれる「四門出遊」の一場面などである（図4-1）。これがさらに西域から中国に渡り、敦煌《とんこう》の莫高窟《ばっこうくつ》の壁画や絵巻などに描かれる。十世紀に下るが、若き仏陀が東南西北の門で老人や病人に出会う場面などがある（図4-2）。

日本では、最も古い仏伝の形象として、七世紀、最古の木造建築として知られる法隆寺の五重塔の内陣に釈迦の涅槃像がある。横たわった釈迦のまわりを弟子の羅漢《らかん》達が囲んで泣き叫んでいる塑像《そぞう》である。また、同じ法隆寺には著名な玉虫厨子《たまむしのずし》があり、その壁面には、「諸行無常」にはじまる無常偈《むじょうげ》の最後の句「寂滅為楽《じゃくめついらく》」を知るために鬼に食われる雪山童子《せっせんどうじ》、あるいは竹林で飢えた虎に我が身を与える薩埵《さった》太子《たいし》の説話が描かれている。いずれも釈迦の前世の姿を伝える本生譚であり、これらもインドや各地域で好んで描かれ、造形されたものとして名高い。仏像の伝来がよく問題にされ

図4-2　敦煌出土図，四門出遊の一場面（ギメ美術館蔵，前掲『ブッダ展　大いなる旅路』）

るが、仏伝の物語もまた同様であったことに着目したい。シルクロードはブッダロードにほかならない。東の終点が日本であった。

玉虫厨子に描かれた説話は、いずれも他者を救済するために自己を犠牲にする話で、菩薩道の神髄である慈悲をあらわす説話としてひろく喧伝される。釈迦が衆生を救うに値する存在として、前世の姿を語るもので、インド古来の民譚をもとにしている。動物が釈迦の前世である話も多く、たとえば獅子が猿の子を預かるが居眠りしている間に鷲に取られ、我が身の肉を切り裂いて取り戻す説話、老人への供え物が手に入らず我が身を火に投じてささげ、老人に姿を変えていた帝釈天《たいしゃくてん》によって月に込められる兎の話などがよく知られる（『今昔物語集』巻五第一三、一四）。獅子も兎も釈迦の前世の姿とされる。

法隆寺の絵画や造形は、仏伝がかなり早くから日本文化に浸透していたことを示す貴重な例である。仏伝の物語が仏法伝来とともに伝わり、次第に各地域の感性や想像力に応じたかたちに変わり、やがて〈仏伝文学〉という分野が形成されていく。経典から端を発した仏伝が多様に派生し、無数の化仏のごとく放たれ、和文の物語にまで展開する。その諸相をたどることは、仏伝ジャンルにとどまらず、釈迦の信仰にもとづく仏教の言説の全体像を照らし出すことに通ずるだろう。

仏伝の影響は聖徳太子伝をはじめ、『源氏物語』など広範に及んでおり、今日我々が想像する以上に深くおおきいものがある。研究はまだ充分進展していないが、仏伝の理解には日本の固有性とあわせ、東アジア全域への視野が欠かせない。物語の原点に位置することはもっとひろく認められ、追究されるべきであろう。

四門出遊の物語

ここでは、仏伝の具体的な例として、釈迦が出家する契機となる「四門出遊」(「四門遊観」)の部分をとりあげよう。王子シッダルタが生の苦悩にめざめ、妻子や王子の地位を棄てて、厳重な警護の城を脱出し、山林に入って出家する。そのきっかけが城の東南西北の門を出て、それぞれ老人・病人・死人・僧侶と出会うことにあった。これを「四門出遊」もしくは「四門遊観」という。

この物語の基本は、東門を出て老人と出会い、南門を出て病人、西門を出て死人、北門を出て僧侶とそれぞれ出会う、という展開で、すべては浄居天《じょうごてん》(『因果経』)という天人がシッダルタを出家させるために仕組んだ芝居であったとされる。この芝居とは、シッダルタをして人の生きる苦の根源である、老・病・死のおおもとが、生即ち生きることそのものにあることを認識させるためにあった。人が生きる限り避けられぬ宿命であり、その認識から釈迦は存在の洞察を深めていくことになる。生・老・病・死は人が背負わねばならぬ苦悩の根本であり、よくいわれる「四苦八苦」の四苦に相当する。

ここでは人の生涯が四段階に分けられ、四つの門ごとに示される。いわば、釈迦は人間が生き、老いて、病を受け、死に至る過程を門ごとに発見するわけである。門はまさに人生の節目をそれぞれかいま見せる窓口、人生発見の入り口となっていた。人生の過程を見出す入門にほかならない。人生の道程と門とを結びつけ、演劇的に仕組んだのが仏伝の物語であった。

それゆえ、仏伝のなかでも、この「四門出遊」は劇的な場面として物語の脚色が進み、絵画化・造形化しやすかったともいえる。以下、具体例で見ていこう。

今、東から順次、老人・病人・死人と出会うといったが、これは一般的な『過去現在因果経』にもとづくもので、日本には奈良時代の八世紀にこれを絵巻にした『絵因果経』が伝わる。絵巻全体の歴史のなかでも現存最古の作品とされる。ここにも「四門出遊」の例がみえる。上段が絵、下段が文章というスタイルだが、これはもともと中国にあった図巻様式を踏襲したものであろう。太子は馬に乗っていて、それぞれ老病死人をまのあたりにする。

あるいは、日本文学のなかではじめて仏伝を体系的にとらえた、平安末期十二世紀の『今昔物語集』は、個々の独立した説話を集積し、みずからの文体で語りかえ、部類統合したもので、『釈迦譜』(『因果経』系が多い)などを原拠にしながらも、漢文体によらずに片仮名交じりの独特の形象を作りあげた。仏伝の物語を出発点に、仏とは何か、人間とは何かを追究していったといえる。

『今昔物語集』では、「四門出遊」の南門で病人と出会うくだりでは、天人の変化した病人が病についてこう説明する。要約で示せば、「病人とは、飯食しても治ることがなく、四大という地・水・火・風の四元素の調和がくずれ、あらゆる節々が変調をきたし、傷み、気力も萎え衰えて安眠もできない。手足があっても自在ではなく、他人の力を借りて起き伏しするありさまで、これを病人というのだ」とされる(巻一第三話)。

四大とは、宇宙を構成する四つの元で、これに「空」を加えて五大ともいう。この四大・五大は宇宙のみならず、人間の心身をかたどり、病気とは四大・五大の調和が崩れることを指す、とされる。

一方、この『因果経』系と異なり、東門が老人ではなく、赤子の誕生を示す系統の物語もみられる。三世紀前半の支謙《しけん》訳『太子《たいし》瑞応本起経《ずいおうほんぎきょう》』がそれで、東門を出ると、道ばたで女性がお産をして赤子が膿《のう》血《けつ》や糞穢《ふんわい》にまみれて苦痛の声をあげていたとされる。つまり、ここでの四門は、誕生を加えた、生・

図 4-3　仏伝掛幅図(メトロポリタン美術館蔵)

老・病・死の四苦全体に出会うかたちになっている。四苦の前提から物語が構想され、四門に反映され、「生」の基本としての誕生場面が語られたことになるだろう。

後者の型は日本でも平安後期、十一世紀後半の『成尋阿闍梨母集《じょうじんあじゃりはははのしゅう》』にみえる。息子の成尋が中国に渡った後を慕う母の哀切な和歌集であるが、この「四門出遊」にもふれ、生・老・病・死の四苦になっている。直接に『太子瑞応本起経』によったかどうかは分からないが、仮によらなくても、法会などの説教で、この種の型の話が自在に語られていた可能性もあるだろう。時代は十六世紀に下がるが、メトロポリタン美術館蔵の仏伝掛幅図には、この型の四門出遊が描かれている(図4-3)。

同じような例は朝鮮半島にもみえ、高麗時代に作られた仏伝の『釈迦如来《しゃかにょらい》行蹟頌《ぎょうせきしょう》』にも、

一日、父王に啓し、四門の外を遊観し、四種の相を行見す。生・老・病・死を謂《い》うなり。

とあり、『太子瑞応本起経』によることが明記され、引用もされる。現在の韓国にも仏伝図はたくさん残されているが、十三世紀以降の高麗時代や朝鮮王朝時代が大半で、統一新羅や三国時代など古代のものは知られていない。右の『釈迦如来行蹟頌』に対応するような、東門が赤子誕生となる図像例はまだ不明である。韓国の有力な寺院には伽藍《がらん》の中に八相殿があり、大画面の掛幅図が掛けられたり、壁画が描かれたりする例が多い。同じ「四門出遊」の段でも、ずいぶん描き方が違うことがよく分かるし、同じ題材が共有されたひろがりにもあらためて驚かされる。

四門出遊と四方四季

これに対して、日本の中世十五、六世紀の仏伝物語の代表作である『釈迦の本地《ほんじ》』では、この「四門出遊」に四季の情景がかさねあわされる。『釈迦の本地』をはじめ、中世の仏伝では、「四門出遊」が太子七歳の折の体験とされ、結婚より時期が早いのが特徴であるが、もともと太子は道心篤く、王相より仏相の方が色濃いと相人からも予言され、父王は太子を慰めるために東南西北の四方に春夏秋冬の四季の庭園をあつらえ、四方に四季がかさねられる。これを「四方四季《しほうしき》」という。

図 4-4 『釈迦の本地』絵巻(ニューヨーク・パブリック・ライブラリー，スペンサー・コレクション蔵)

ここではニューヨーク・パブリック・ライブラリーのスペンサー・コレクション所蔵の十六世紀の絵巻をあげておこう(図4-4)。春の東門で、老人と出会う場面である。同じ場面でも、太子が馬に乗っているか、車に乗っているか、立って対面しているか、さまざまであり、その様式があらためて問われるだろう。いずれにしても、絵を無視して文字テクストだけ論じてもほとんど無意味であることがよく分かる。

四方四季はすでに『うつほ物語』をはじめ、『源氏物語』の六条院造営の構想にもかかわるとされ、『今昔物語集』巻一九第三三話にも具体的な例がみえる(話が途中で切れてしまうが)。すでに古代からイメージされていたことがうかがえるが、とくに中世以降のお伽草子などに例が多い。『浦島太郎』の龍宮、『酒呑童子《しゅてんどうじ》』の大江山の城などで、物語の舞台装置として欠かせないものになっていた。いわば、季節の時間の推移と景物や景観

図 4-5 『釈迦の本地』(筑波大学附属図書館蔵)

の美を、その場にいながら一度に眺めることを可能にする装置であり、時間が空間化され、様式化された典型であり、理想郷や異界をあらわす記号ともなっていた。

この四方四季が「四門出遊」と合わせて『釈迦の本地』にも組み込まれたわけだが、結果として吉相をもたらす異界性をもたず（出家成道にいたる要因にはなるが）、太子が憂き世の無常をより深く観ずる光景として機能させられる。はじめの東は春で青、まさに「青春」という言葉のもとにもなる方位だが、東の門は老人と出会う場になるから、『釈迦の本地』の絵画でも春の季節との結びつきは逆効果をもたらしているようにも見える。その矛盾がおもしろいといえばいえるが、四方四季と四門出遊の結合がおのずとそのような背反を招いたことは否定できないだろう。

「霞《かす》める空の梢《こずえ》には百《もも》さへづりの鶯《うぐいす》」云々の春をうたう景観や景物に対して、年八十あまりの翁《おきな》が杖にすがりつつ、涙を先に登場するさまは何とも奇異である。この翁がまた饒舌に老いの身を太子に向かって述懐する。「昔は人に教へて、今はかへって人に笑はるる。悲しきかなや、老いて再び児になる」云々と滔々《とうとう》と語り、「年がたてばあなたも私と同じような翁になってしまいますよ」と述べたてる。ついで、南門では夏の季節に病人と出会うわけで、これもややそぐわず違和感が残る。そうまでして四方四季とつらねるところに、お伽草子の読み物に対する読者の期待や要請が強かったことが示されていよう。いずれにしても、『釈迦の本地』では四方四季のもつ異界性はあまり生きてこないように思われるが、しかし、浄居天や帝釈天がこれらの老人や病人に変化するわけで、それなりに幻想的な場面としての意義は持ち合わせているともいえようか。これに対して、筑波大学本の挿絵は古拙な図像が特異である（図4－5）。

　この『釈迦の本地』に代表されるように、中世仏伝の物語の特徴は、「四門出遊」が結婚より先にくることがあげられる。室町時代の説話集『三国伝記』などもこれに該当する。太子は七歳か十二歳で四門をめぐって老病死の人生苦を知ってしまう。仏典では、『太子瑞応本起経』がこの型になっており、先の生老病死の型と同じように、一般の仏伝経典と対照的である。これが直接の典拠だったかどうかは確証がないが、いずれにしても物語化がより進んだかたちであることは確かであろう。

　これらの型では、「四門出遊」で生の苦悩を知り始めた太子の気をそらし、紛らわせるために周囲が結婚させようとする展開になる。そして貴族の娘耶《や》輸《しゅ》陀羅《だら》が候補となり、ほかの貴公子らとの妻争いになる。なかでも宿敵の提婆《だいば》達多《だった》との対抗戦が焦点となり、前哨戦としての象の放擲《ほうてき》をはじめ相撲や弓矢の力くらべになる。

図4-6　『釈迦の本地』（ジュネーブ，ボドメール美術館蔵，小峯和明・金英順・目黒将史編『奈良絵本　釈迦の本地』勉誠出版，2018年）

　『釈迦の本地』の伝本では、大半は弓矢の技芸くらべだけで、七つほどかさねた鉄の的をみごと太子が射貫くかたちになるが、スペンサー本だけは、中世に多い掛幅の仏伝図と同じように、相撲や象を投げ飛ばす場面があり、挿絵もついている。

　旧著で紹介したジュネーブのボドメール美術館本は特異な伝本であり、相撲は見られず、象を投げる場面は語られるものの、太子が象を片手で持ち上げ放り投げる画面ではなく、提婆達多が象を拳で打ち倒す場面が描かれている（図4－6）。諸本間での落差がおおきい。一般の仏伝では、

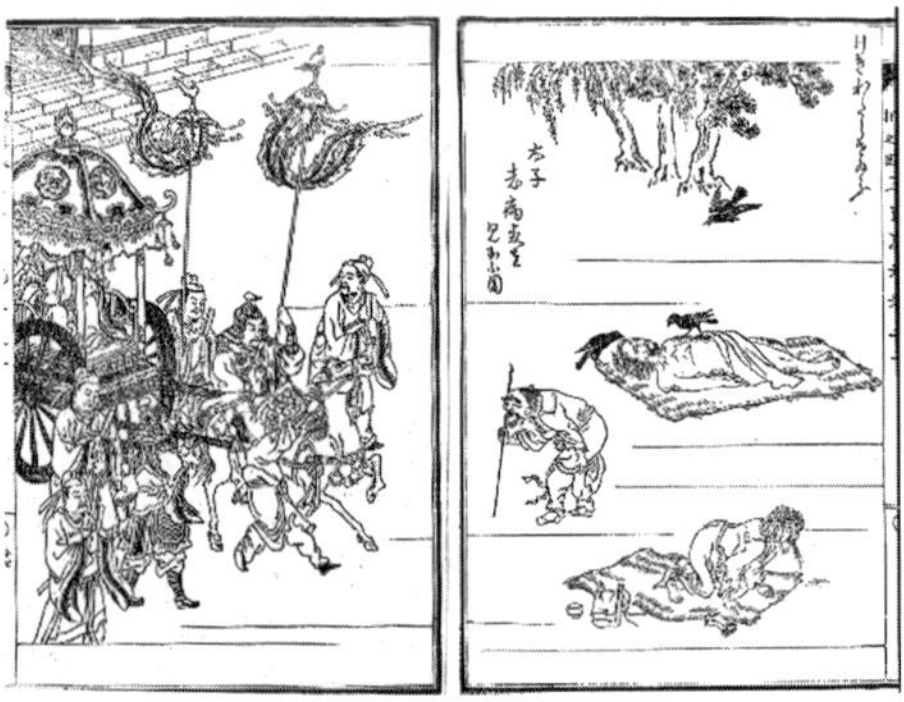

図 4-7 『三世の光』(著者架蔵)

城の入り口で提婆達多が一撃で象を投げ殺すが、太子が片手で持ち上げ、さらに外へ放り投げて甦生させる。また、弓矢以外に相撲でも太子が強く、提婆達多を軽々と投げつけ、圧倒的な力の差異を見せつける。

要するに太子が勝利を収め、耶輸陀羅を娶《めと》るわけで、物語の焦点が神話以来の話型である妻争いにあることは間違いない。太子のこの世の苦悩以上に世俗的な面での理想化がはかられ、俗の力がやがて聖なるものへ転化する構造になっている。そこに物語の趣向がもとめられたといってよいだろう。

こうした「四門出遊」と結婚の逆転は、中世以降に流行する大画面の掛幅図にもうかがえ、おそらく絵解きによって媒介されていたであろうことが確認できる。

また、挿絵に関していえば、十九世紀の浄土教系の仏伝である『三世の光』では、一面で太子が車で門を出た場面、もう一面で老・病・死人の三態を一度に描く構図になっている。太子の姿を一度ですませ、人生の三態を一画面に凝縮させるかたちである(図4-7)。これはいわば限られた挿絵のスペースを効率よく使おうとする版本の一種の節約術によるもので、構図としておもしろい作例である。

キリシタンと仏伝

ところで、仏伝はアジアにとどまらず、中東を経てヨーロッパにも浸透していた。キリスト教の聖人伝『黄金伝説』は特に有名であるが、その中のサンバルラン伝・サンジョサハツ伝はまさに仏伝が組み込まれたものであった。バルランとジョサハツは必ずセットになっており、仏伝に加え、釈迦が語る譬喩譚とが組み込まれている。そしてこれが十六世紀に日本に来たキリシタンによって語られることになる。古代に中国や朝鮮半島経由で伝わった説話が、時代を経て今度はヨーロッパから再度、伝わったのである。人の動きとともに、説話もまた数奇な運命をたどることになる。聖人伝と仏伝の交差はすでに常盤大定《ときわだいじょう》『釈迦牟尼伝《しゃかむにでん》』(丙午出版社、一九〇八年)などに指摘されている。

　尤も不思議にして奇中の奇と称すべきは、仏陀がセント、ヨサファットの名を以て、天主教会中に、十月二十七日の聖人として礼拝せらるること、是なり。
(八・三「耶蘇教会中の仏陀」)

　キリスト教公認とともに聖人伝も多く伝わり、仏伝との関連にもおのずと視野が及んだわけである。キリシタン時代の聖者伝でまとまったものは、『サントスの御作業』である。ローマ字本の文語体で、一五九一年、島原半島南端の加津佐《かづさ》で刊行された。訳者は日本人キリシタンの養方《ようほう》パウロ、洞院《とういん》ヴィセンテ父子である。巡察使ヴァリニャーノが日本の少年使節をローマから連れて帰る際に、活版印刷機を搭載、九州の島原半島や天草、長崎などで精力的な出版活動を展開する。それがキリシタン版であり、ローマ字本も漢字仮名交じり本(国字本)もあわせて出版された。

　『サントスの御作業』はその比較的早い時点での刊行である。現在はオックスフォード大学ボドリーアン・ライブラリーの所蔵、小型本で和紙にびっしり印刷されている。別にイタリアのマルチアナ図書館本も知られていて、加津佐版とも微妙な相違があるようだ。また、加津佐版の刊行とちょうど同じ年に宣教師のマノエル・バレトが写したローマ字写本も知られる(バチカン図書館蔵)。加津佐版とも重なりつつも表現には異同があり、ここでは、バレト写本によってみておこう(『キリシタン文学双書』教文館)。

このバルラン、ジョサハツ伝については、無常をあらわす有名な二鼠譬喩譚《にそひゆたん》（日本では「月のねずみ」）、西洋では一角獣のユニコーンの話題として知られる）をはじめ、いくつかの説話も語られるが、これは本書の第九章で扱うこととし、ここでは「四門出遊」の段のみに注目する。概要は以下の通りである。

インヂヤ国のアニビル王はキリシタンを嫌っていたが、優れた臣下が王の弾圧を避けて山中に籠《こ》もる。太子ジョサハツが生まれるが、占いの学者に予言させると、禁制のキリシタンに深くかかわるだろうとされたため、宮中に閉じこめ、人の生死や貧窮や病苦、ましてやキリシタンについていっさい悟らせないようにする。

また、武芸に秀でた大臣がいたが、キリシタンであったのを謀反と讒言《ざんげん》され、山中で助けた貧者からさとされ、出家してしまう。やがて成人した太子は、何でも秘密にする王の処置をいぶかり、次第に道心篤くなり、王に心の憂さを訴え、気晴らしのために城から出してもらう。すると、道のかたわらに乞食二人が立っていて、一人は盲目、一人は癩瘡《らいそう》であった。太子は何者か尋ねると、「血気腐りたる」さまの者と知る。「誰もそうなるのか、そうなる者は決まっているのか」など、問いただすが、「不生不滅の本尊」のみが知るとさとされる。

また、ある時には、

頭《かしら》に雪、霜を戴き、面に皺《しわ》を畳み、歯はみな落ちて、首歪《ゆが》み、腰屈《かが》みて、声振ひ、かすかに物言ふ翁あり。

という者がおり、これも「何者か」と尋ね、「最後はどうなるのか、人ごとにそうなるのか、時期はいつか」とたたみかけて問いただす。「時がくれば空しくなる」といわれ、「それは人ごとにそうなるのか」と聞き、「何人も逃れがたい」と教えられる。応えるのは当人ではなく、周囲の人々であるが、パターンは仏伝の四門出遊物語とまったくひとしい。

太子は「あらむつかしのこの世界や！」とショックをうけ、嘆きに沈む。これを晴らすには道心者に頼るしかないが、すでに王が迫害していたため、一人もいなかった。しかし、デウスのはからいにより、セナル国のバルランが啓示を受けて商人に身を変えて、風波をしのいでやってくる。バルランは宝の珠を種にたくみに取り入って説き伏せ、王子ジョサハツはキリシタンになる。王はこれを妨害するためにバルランに宗論をさせるが、バルランの勝利に帰す。王は半国を太子に与えた、という。

聖者伝のなかでも特に長く、物語性に富んでいる。バルランと王子ジョサハツの対話にいくつかの説話が語られ、二鼠譬喩の話もここに出てくる。

右にみた、太子が城を出て病人や老人に出会うくだりは、明らかに先の仏伝の物語、「四門出遊」をもとにする。仏典と聖者伝の先後関係をめぐっていろいろ議論はあるが、仏伝に共通する物語であり、偶然の類似とは思えないことが注目されよう。このバルラン伝では、病人と老人が出てくるだけで、死人は出てこない。死人については老人と出会って周囲と問答する会話から導かれるだけである。北門で出会う僧に相当するのが最後に出てくるバルランその人、ということになる。対応する城門ももとよりなく、道の途中での遭遇とされる。四門の四方の要素が消えているのが特徴ともいえようか。

また、引用した老人の描写など、『釈迦の本地』の表現に似通うものがある。

今は八旬にあまりて、頭には山登の雪を戴き、額は四海の波をたたえ、腰には梓の弓をはり立たんとすれば、脆《あやう》くひざ振るい、立ち居も心にまかせず。恐ろしき形、鬼神の有様にて候。

（真福寺蔵『通俗釈尊伝記《つうぞくしゃくそんでんき》』）

引用した真福寺本は『釈迦の本地』の中でもやや特異な本であるが、明らかに十五、十六世紀、室町時代の写本であり、キリシタン版と同時代にひろまっていた『釈迦の本地』の面影を伝えていると思われる。『釈迦の本地』がキリシタンのバルラン伝の翻訳に影を投げかけているとみてよいであろう。

とりわけ王子の鬱屈した思いや、それを思いやってあれこれ気を回す王といった父子の対比をはじめ、さまざまに仏伝の物語が作用している。それはたんに仏伝を典拠とし、たくみに取り込んだという次元だけではない。直接か間接かはさておき、『サントスの御作業』として翻訳される過程で、中世仏伝ともどこかで共鳴しあう回路があったことが重視されるであろう。

中世から近世、近代の仏伝へ

日本の中世は仏伝がさまざまに再生し、多様に展開した時代でもあった。それは物語の叢生《そうせい》の時代に当たる。『今昔物語集』をはじめ、十二世紀頃まではまだ漢訳の仏伝経典の枠組みを抜け出ていなかったものが、次第に日本人の感性や想像力にあった物語に変貌していく。『今昔物語集』の場合も、月に兎がこめられる話（巻五第一三）にみるように、天竺の話題でありながら、そこに出てくる食べ物が日本の野菜や果物、魚類に変わっている例もあり、少しずつ漢文脈から離脱する動きを見せ始めているが、まだ大筋は経典訓読の枠内にとどまるものが少なくない。

しかし、近年その写本が複数知られるようになった『釈迦如来八相次第』（真福寺、慶應義塾大学等）など、十四世紀の成立と思われる中世のあらたな仏伝が出てきた。仏典の注釈をとるスタイルも一方でありながら、物語自体が変容していく過渡的な姿を伝えていて注目される。ほかにも『教児伝《きょうじでん》』（金剛寺）をはじめ、いくつかの仏伝が作られており、これらは古代の仏伝に対する中世の仏伝とみることが可能である。これがさらに近世の仏伝、近現代の仏伝につらなっていくわけだが、やはりここでみた十五世

図 4-8　『釈迦八相倭文庫』いてふ本，1935年(著者架蔵)

紀以降の『釈迦の本地』が中世仏伝の代表といえ、近世にも古活字版から絵入り整版本に到るまで種々出版されるし、絵巻や絵入り写本の制作数は近世にむしろ多い。説経や古浄瑠璃などの語り物にもなり、それがまた挿絵付きで出版されてもいる。

ついで、十八世紀以降の近世の仏伝はあらたな時代の要請に応えて、仮名草子の『釈迦八相物語』、伝浅井《あさい》了意《りょうい》の『釈迦《しゃか》一代記《いちだいき》鼓吹《こすい》』、近松門左衛門の浄瑠璃『釈迦如来誕生会』、十九世紀の葛飾北斎が挿絵を描いた『釈尊御一代記図絵』、幕末・明治初期の小型絵本の合巻《ごうかん》といわれる『釈迦《しゃか》八相倭文庫《はっそうやまとぶんこ》』等々、あらたな仏伝が次々と産み出され、その多くは挿絵付きで出版されている。中世の「本地」ものから近世の「一代記」ものへ、と転換していく。近世では、一代記ものとして他に『釈迦如来八相一代記』、『釈迦御一代記絵抄』、『釈迦一代実録』、『釈尊一代之事』等々がある。近世仏伝の研究はまだまだ未開拓の領域であり、今後の課題が多く残されている。

なかでも、近世前期の『釈迦八相物語』は『釈迦の本地』などそれまでの仏伝と大きく変わり、釈迦の母摩耶夫人と姉の憍曇弥《きょうどんみ》(実際は摩耶の方が姉)との対立をはじめ、漢訳仏伝経典から離れた自在な物語展開をみせる。特にここで見てきた四門出遊の段が見られないのが特徴にもなっている。わずかに太子が宮殿の庭園の草木の四季の移り変わりを見て生老病死の無常を悟るところに、『釈迦の本地』の四門出遊における四方四季の影響をかいま見ることができよう。

それでも四門出遊の物語磁場は強固であったようで、近世後期の北斎が挿絵を描いた『釈尊御一代記図絵』などでは、また復活している。幕末の『釈迦八相倭文庫』に至ると、ほとんど日本の物語に変貌しており、太子は母の行方をもとめて遊郭を訪ね歩いたりするようになるのである（図4-8）。

そして、近代になると、明治期の神仏分離令を受けて廃仏毀釈《はいぶつきしゃく》の運動が起こる。仏教界は大きな打撃を受けるが、そこからあらたに西洋の仏教学を導入するようになり、漢訳仏典ではなく、サンスクリット語（梵語）の原典に立ち返ろうとする。科学的で実証的な学風が優勢になっていくが、同時に西洋に対する東洋を主張するナショナリズムにもかかわっていく。さらに二十世紀初頭には岡倉天心《おかくらてんしん》をはじめ多くの文化人がインドを訪れ、実際に仏蹟を踏査する時代になる。インドはもはや遠い聖なる想像上の世界ではなく、ヨーロッパ、ユーラシアとの往還に立ち寄れる大英帝国の植民地として姿をあらわすのである。

おのずと釈迦の生涯も見直され、あらたな仏伝が記述されていく。近代の仏伝の誕生である。明治以降、近代の仏教学の進展にともない、釈迦の伝記もあらたに書き直され、たくさん出版されている。その担い手は仏教学者や文学者であるが、まだ全貌は掌握しきれていないほど数が多い。とりあえず明治・大正期頃までを対象に収集を進めているが、著者の個性や方法、文体の差異はもとより、時代の思潮や風潮、イデオロギーや文化環境による制約もいろいろあるから、同じ仏伝でもずいぶんものによって異なる。

たとえば、明治期に流行する講談にも仏伝が語られ、速記本が公刊されていた。錦城斎貞玉《きんじょうさいていぎょく》口演、加藤由太郎速記『釈迦御一代記』で（中巻内題『釈迦御実伝』）、下巻は外題に同じで、巻末の広告目録は『釈迦御実伝記』、浅草・大川屋書店から明治四一年（一九〇八）に刊行されている。全三巻だが、私が入手したものは上巻が欠けている。もう一点、刊年未詳だが、一立斎文車《いちりゅうさいぶんしゃ》口演『釈迦八相記』があり、石川新聞月曜講談の刊行で全六十席。仏伝は高座の話芸にも乗せられていたのである。

一方、明治期の学術的な仏伝は二十世紀を迎える前後の明治三十年代頃から本格化し、著名な東京帝大の哲学者、井上哲次郎などが推進役を担っている。ブッダはアーリア人かどうかなどの人種論まで展開されるが、たとえば恵《え》美忍成《みにんじょう》『仏陀論』(哲学書院、一八九九年)には、井上哲次郎の序文があり、仏陀がそのまま隠遁していたら仏教もなかったし、今日「仏陀の事を説話するものも」いなかったであろうとする。仏陀が与えた衝動は「社会的変化を惹起し、世界の歴史に一新紀元を開くべき一大原動力」となったのだ、とまで言う。ブッダの存在意義を世界に向けて発信しようとする意気込みをみせる。そして、四門出遊に関しても、以下のように言う。

> 是れ詩人が将来を予想せる一齣の戯曲的形容に出づと雖《いえど》も、彼れ一城の太子、悉達が悲哀的主観性の次第に発揮し揺動し、転捩《てんるい》せる所、蓋《けだ》し彼の如き者あるを否定すべからず。

その物語性を「戯曲的形容」としつつ、「悲哀的主観性」の発動ととらえ、その意義を讃える。客観性を装いつつも主情性に拠っていることが知られる。新体詩にも関わった井上らしい発想でもあり、それほどにも仏伝の物語力が強かったといえようか。同じ井上哲次郎の『釈迦牟尼伝』(文明堂・前川文栄閣、一九〇二年)でも、漢訳仏典以来の伝統的な仏伝を「神怪不思議の説話」を混入した「荒誕無稽の小説」ととらえ、西洋の研究に見るべきものはあるが、「荒誕無稽の説話」中に埋もれた「世界的偉人の真相」を浮き彫りにできればよいとする。物語性への依存が西洋の新知見によってゆらぎながらも、そこにあらたな意義を見出そうとしているようだ。結果として、仏伝を「神怪不思議の説話」「荒誕無稽の説話」と、近代にジャンル化する「説話」と再定義しているところも見のがせないであろう。

これらをおしなべて総合的にみていけば、古代から近現代にいたる仏伝文学の通史が描けるだろう。

東アジアの仏伝

ここで目を転じて東アジアの仏伝をみていこう。一般に東アジアの仏伝文学というと、古代インドのサンスクリット語から漢訳された『過去現在因果経』をはじめ、いわゆる仏伝経典が注目されるし、六世紀に梁の僧祐《そうゆう》がそれらを部類し再編成した漢訳仏伝経典の類書『釈迦譜』、あるいは経典類の百科全書である唐代の類書『法苑珠林《ほうおんじゅりん》』などがよく知られている。敦煌でみつかった語り物の変文などにも仏伝はみられる。

そして、中国でも経典類とは別個にまとめられた独自の仏伝文学がある。その代表がまず七世紀、唐代の文学者である王勃《おうぼつ》が書いた『釈迦如来成道記《じょうどうき》』である。比較的短いもので、釈迦の伝記にはじまり、涅槃後の仏教流布や天竺、中国への伝来にふれ、最後に五言四十句に及ぶ詩句がつく。これが息長く読み継がれ、東アジアにひろまる。いわば、漢訳の仏伝経典とは別に東アジアの聖典となるのである。とりわけ宋代の慧悟《けいご》大師道誠《どうじょう》による注解本が出てからはさらに読みやすくなり、現在知られている大半はこの道誠注解本をもとにしている。

この『釈迦如来成道記』には挿絵はついておらず、末尾の長い詩句に焦点があり、その覚えやすさから流布したといえよう。仏伝は経典類や物語にとどまらず、歌や詩にもなり、詩歌の方がなじみやすく、口頭でもひろまりやすかったと想像できる。日本では、後白河院のまとめた『梁塵秘抄《りょうじんひしょう》』の今様の歌謡や法会などでうたわれる和讃などにも仏伝が乗せられているし、和歌にも詠み込まれていた。

『釈迦如来成道記』のひろがりは、たとえば十五世紀初めの朝鮮版が現存し（高麗版もあったに相違ないが未確認)、幾度も版をかさねている。日本でも江戸時代に和刻本が出ており、一六六六年版をはじめ一七五五年版など、これも何回か版をかさねている。和刻本は明代の一五七八年の僧明得《みょうとく》の刊行版をもとにしており、中国での改版本によることが明らかで、朝鮮経由で伝わった可能性も高い。というのも、十五世紀に『釈迦如来成道記』が朝鮮から日本へ贈られていたことが記録にみえるからである。『朝鮮王朝実録』の一四五九年八月、朝鮮国王世祖《せじょ》の日本宛書簡に、日本からの大蔵経要請に応えて贈られた書名のリストに、大蔵経以下いくつかの経典や注解書があり、それに続き、「成道記二部」等々を贈るとみえる。翌年の記録にも、斯波義敏《しばよしとし》の使者宝桂《ほうけい》への世祖の返書にみえる。さらに一四六二年一月には、琉球国の使者にも「成道記」「法華経」などを贈ったという。

これらの「成道記」は王勃の『釈迦如来成道記』を指すとみて間違いないであろう。経典に匹敵する聖典としてあり、確実に朝鮮半島から日本や琉球に伝わっていたことを示す。大蔵経の贈答が東アジアの外交戦略の有効な手だてとしてあった、その一環に『釈迦如来成道記』もあったことになる。残念ながら、それらの現物は残っていない。琉球では、首里王城の龍潭《りゅうたん》にある現在の弁財天堂がもともと経蔵であったから、当初ここに収められた可能性が高い(『琉球国由来記』)。

さらに、『釈迦如来成道記』はベトナムにもあった。ハノイにある漢喃研究院の所蔵である。当院は現在ベトナムに伝わる漢字漢文資料を大量に所蔵するベトナム最大の資料センターとなっている。フランスの植民地時代に極東学院が中心になって収集したもので、ベトナム戦争のさなかには空爆を避けて疎開させていたようだ。本書は一九二八年刊行、ハノイの郊外の村の瑞霊寺《ずいれいじ》なる寺院で供養に供されていたことが記され、寄進した人々の名前と金額までが記録されている。二〇世紀にもこの本が出版されていたことに驚かされる。

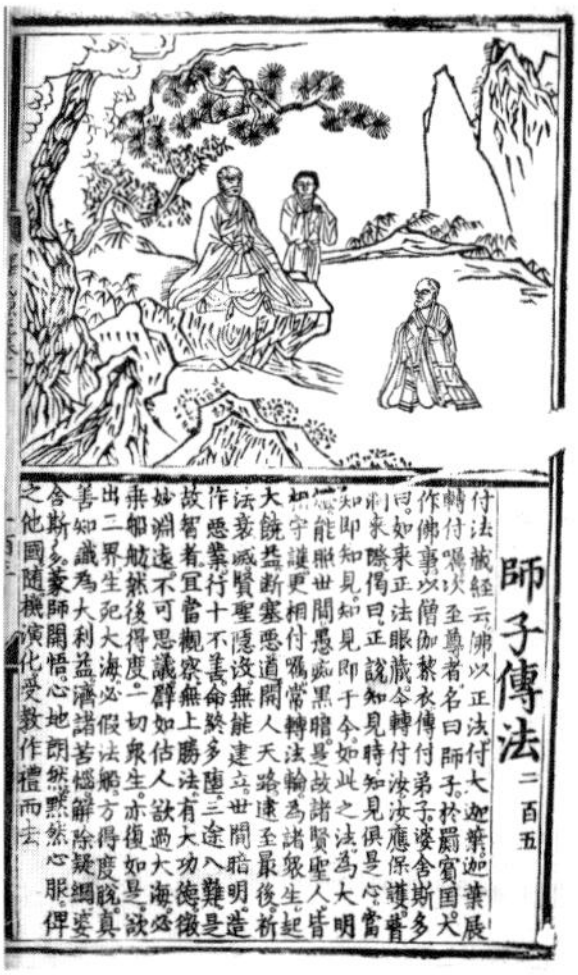

図4-9 『釈氏源流』宝成本(早稲田大学図書館蔵)

一九二八年といえば、二年後には香港でベトナム共産党が結成された時代で、植民地支配への熾烈な抵抗運動が展開されていた。すでに漢字漢文や日本の仮名に相当するチュノム(喃字)を捨て、アルファベットに転換するクオック・グー政策がとられていたが、漢字漢文の文化はまだ生き続けており、仏事供養の場で、人々から寄付を募ってあらたに出版されていたのである。ベトナムでは現在も寺院や宗廟《そうびょう》にはまだ漢字が残っているが、二〇世紀のハノイ郊外の村のお寺でこうした出版活動が存続していたのである。新しい刊行であるがゆえに、むしろ長い伝統が続いていたことを実感させるものがある。

ということで、時代を越えて地域を越えて、東アジアの各地にこの『釈迦如来成道記』がひろまっていたことに感慨をおぼえる。東アジアの古典として、より詳しい解読が待たれるであろう。

さらに『釈迦如来成道記』と合わせ、東アジアに影響を与えたのが十五世紀、明代の『釈氏源流』である。初版は一四二五年、南京の大報恩寺の宝成《ほうじょう》編、挿絵付きの刊本で全四百余段、釈迦の伝記(仏伝)からはじまり、インドから中国へ仏教がひろまる過程を僧伝の逸話主体に記述する史伝で、「釈迦垂迹《すいじゃく》」「為母説法」のごとく四字句の表題がつき、本文冒頭に経典類の出典が明示される。前年に亡くなった永楽帝の追善の意味があろうか。体裁は、一頁分(半丁)の上段が絵で下段が十八行の文章、「上図下文」の様式である(図4-9)。これは敦煌変文などに多い形式で、日本では現存最古の絵巻である奈良時代の『絵因果経』もこのスタイルである。

次に六十年後の一四八六年に改編された憲宗本《けんそう》では、見開き片面に四字句の見出しと出典名を明記した十三行の文章、もう一面に挿絵という体裁で、絵の内容は宝成本を継承するが、格段に絵の表現力が高まったといえる。この憲宗本には、巻頭に「御製釈氏源流序」「釈迦如来応化事蹟記《おうけじせきき》」という二つの序文があるが、後者の序文は実は先にみた王勃の『釈迦如来成道記』そのものであり、これが書名の混乱を招く要因ともなった。

ついで、十八世紀、清朝の永珊親王達があらたな改編版を作る。これは仏伝のみの二百段で、書名も『釈迦如来応化事蹟』と変わる。大版の版面に文章と挿絵が見開き形式で、『釈氏源流』とは章段や本文にも多少差異があり、挿絵は全く変わる（第Ⅱ部扉、図4-10）。この『釈迦如来応化事蹟』も伝本そのものが東アジアや欧米にひろまるが、中国以外での刊行例は見られない。

図4-10　『釈迦如来応化事蹟』（部分，ハイデルベルグ民族博物館蔵）

特に『釈氏源流』は宝成本、憲宗本ともに朝鮮版（前者・禅雲寺版、一六四八年刊、後者・仏岩寺版、一六七三年刊）やベトナム版があり、東アジアに広範に流布する。

日本では、江戸期一六四八年の和刻本があるが、書名は『釈迦如来応化録《おうけろく》』で挿絵もなく、章段も『釈氏源流』と出入りがある。これが宝成本より古い原本との説もあるが、中国版がないため根拠は薄い。

朝鮮半島では、一八世紀の『西域中華海東仏祖源流《さいいきちゅうかかいとうぶっそげんりゅう》』（松広寺、一七六四年）や十九世紀の『八相録』（一八四五年）にその影響が明らかで、前者は『釈氏源流』を起点に曹渓宗《そうけいしゅう》の系脈を仏伝からたどる天竺・中国・朝鮮の仏法三国伝来史となっている。後者は『釈氏源流』から仏伝の一七七段を抄出したハングル版で、版によって翻訳の位相が異なる。ベトナムではさらに『釈氏源流』を漢字と喃字交じりの六言・八言の詩形式に翻訳した写本も伝わり、十八世紀刊の、ベトナム独自で挿絵付きの仏伝『如来応現図《おうげんず》』も、『釈氏源流』の影響下にある。

四門出遊の挿絵から

ここでは『釈氏源流』の四門出遊に注目すると、まず宝成本、憲宗本では、四門出遊はそれぞれ東南西北門をめぐる段が独立し、「路逢老人」「道見病臥」「路覩死屍」「得遇沙門」という表題名となる。最初の三段は「本行経云」として『仏本行集経』に拠り、最後の段は『大荘厳経』に拠る。特に目を引くのは、清朝の改編本『釈迦如来応化事蹟』の挿絵であり、本文は『釈氏源流』を引き継ぐが、挿絵は全く異なり、遠景から街中を太子の一行の行列が練り歩く様が精細に描かれている。

なかでも西門で死者に出会う画面は、行列の先頭の車に乗っている太子が死者を見つける様が街の遠景を通して描かれるばかりか、烏が死者の肉体をついばみ、死体から雲がわき出て魂が天まで舞い昇っている様が描かれる。死者に烏が群がる様を太子が輿《こし》から見る構図は憲宗本にもとづくが、憲宗本の背景は城壁につらなる城門が描かれ、左上には木が二本立ち、死体は草むらに横たわっているのに対して、応化事蹟本は繁華な市街での光景に変わっている。

中でもドイツのハイデルベルグ民族博物館には、『釈迦如来応化事蹟』のばらになったためくりが二十二段分ほど所蔵され（文と絵の双方が対応）、しかも淡彩の綺麗な彩色が施されている。右から左へ輿に乗った太子一行がさしかかる。太子はすでに光背《こうはい》を戴き、仏像のイメージに近く、椅子に座し、周囲を警護の者が取り巻く。騎馬と傘をさした先駆けの集団がすでに通り過ぎた脇に、烏が数羽群がった男の死体がころがっている。ちょうど画面中央の真下に位置し、その両脇を山裾が左右から挟み込むように傾斜して囲んでいる。桃の花が一面を掩《おお》い、街の家並みにも桃がたくさん咲いている。死体の髪が伸びきった頭部から細い一筋の雲がわき上がり、画面最上部まで達し、わき上がる雲の真ん中に光背をつけた人物が両袖を併せて立っている（第Ⅱ部扉、図4-10）。

天界への転生を意味するのか、あるいは死体が作瓶天子《さくへいてんし》の化身であることを示唆するのであろうか。死者と太子をクローズアップさせた描き方が一般的であるが、ここでは高い視点から俯瞰する描法で一貫しているのが特異であろう。

朝鮮とベトナムの仏伝

ついで朝鮮半島とベトナムをみておこう。『釈迦如来成道記』や『釈氏源流』の影響については先述の通りだが、同時にそれぞれ独自の仏伝文学も制作されていた。朝鮮半島では、高麗時代の一三二八年『釈迦如来行蹟頌』と朝鮮時代の一四四六年『釈譜詳節《しゃくふしょうせつ》』、歌謡の『月印千江之曲《げついんせんこうのきょく》』、双方をまとめた一四五七年の『月印釈譜《げついんしゃくふ》』である。高麗時代の作とされていた『釈迦如来十地修行記《じゅうちしゅぎょうき》』は、近年の研究では中国撰とされている。

『釈迦如来行蹟頌』は仏伝をめぐる詩に経典類で注釈をつけたものである。おそらくモンゴルの制圧下にあって、仏教の力で対抗しようとする動きに関連しているだろう。朝鮮王朝時代の三書はセットになっており、有名な世宗《せじょん》が后の追善で命じたもので、後の世祖《せじょ》が編纂したのが『釈譜詳節』、これをもとにした歌謡集の『月印千江之曲』があり、さらに『月印千江之曲』を『釈譜詳節』で注釈したものが『月印釈譜』である。すべて刊本で、三種いずれも部分的にしか残存していないが、日本でも最近、日

図 4-11 『釈譜詳節』複製（左）と龍門寺の八相掛幅図（右）
（『朝鮮仏画』中央日報・季刊美術，1996 年）

本語訳と略注をつけた本が出て、読みやすくなった。世宗がハングル普及も企図した刊行の一環で、漢字ハングル交じり文である。『月印千江之曲』がどのような旋律であったか詳細は不明だが、宮廷でうたわれた記録があり（『朝鮮王朝実録』一四六八年五月一二日条）、歌舞をともなったであろう。日本の『梁塵秘抄』に匹敵する意義があろう。

その中で、『釈譜詳節』の巻頭に挿絵があり、ここに四門出遊が描かれているが、死者は棺に入れられて運ばれている。この挿絵と同じ図像が寺院の八相図にも描かれていて、その影響力がうかがえる（図4-11）。

ベトナムでは、特に注目されるのが、挿絵付きの刊本『如来応《にょらいおう》現図《げんず》』である。従来まったく知られていなかったもので、二〇一三年、ベトナムのホーチミン市の恵光修院《えこうしゅういん》という寺院とハノイの漢喃研究院で見出し、後者で四点、前者で二点を確認した。漢喃研究院本が最も古く、状態もよい伝本である。さらに二〇一八年に、パリのギメ美術館でも一点出てきた。忘れられ埋れていたベトナムの仏伝文学がにわかに浮かび上がってきたのである。

最善本とみなせる漢喃研究院所蔵、一八三二年（明命十三）版本でみれば、その編纂は一七四四年（景興五）で、後序によれば、慈山府桂陽県覧山東社の宝光寺での刊行である。住持《じゅうじ》の沙弥普和《ふわ》が仏の報恩供養のために寄進を呼びかけて刊行したらしい。巻頭に序文があり、ついで釈迦如来、普賢菩薩、文殊菩薩の図像が一面ごとにあり、「張三」から表の面に釈迦誕生の画面がきて、裏面に本文が配される。したがって、見開きでは絵と本文が対照できない。『釈氏源流』憲宗本と同じ体裁になる。

誕生から涅槃に至る八相の主要な段ごとに絵も表わされ、対応する本文がくるが、段によって文章の分量が異なる。短い段で七行(梵天讃歎)、長い段で二十行(誕生)である。本文の字形は章段によって様々で、篆書《てんしょ》や楷書、陰刻と陽刻等々、書体への工夫が種々みられる。後序がついて、さらに「十方僧伽供経列編于次」があり、最後は「護経蔵王菩薩」の図もみられる。供養の僧名や寄進者が列挙される。撰者ほか、詳細は不明だが、恵光修院本には、嗣徳十年(一八五七)や成泰十七年(一九〇五)本があるから、二十世紀に至るまで脈々と受け継がれていたことを知る。

おそらく『釈氏源流』の影響下になった作であり、前者のホーチミン市の恵光修院本の一つには、何と一部の紙の折り目に印刷された書名(柱題)に「釈氏源流」とあった(図4-12)。内容はまったく違うのに、なぜその書名が刻まれているのか、謎は尽きない。

図4-12 『如来応現図』(恵光修院蔵，著者撮影)

ここで問題にしている四門出遊に関してもそれぞれ四門ごとに独立して語られており、ここでは南門で病人と出会う場面のみ原文であげておこう。

> 爾時太子、宿福因縁、忽然発心、欲出遊戯。即召馭者言、「荘厳好車、出城遊玩」。太子乗車、従南門出、漸向園林。作瓶天子、化作病人、身体羸痩、面色痿黄、喘気微弱、命在須臾。太子見已、問馭者言、「此是何人」。馭者答言、「此是病人」。復問、「何名病人」。答曰、「此人不善安穏、威徳已尽、困罵無力、不久命終」。復問、「為

独一人、為当一切」。答言、「非独此人、一切未免」。太子告言、「若我此身、不脱是病、難得度者、我今不仮、園林遊戯」。即勒廻車還宮、静坐思惟、一心繫念出家。

出典の引用は省略するが、仏伝経典の代表である『仏本行集経』から抄出していることは間違いない。まだ不明の点が多いが、ベトナム独自の仏伝文学として注目されるもので、いずれその全体像を明らかにしていきたいと念じている。漢字やチュノム文字の資料はたくさん残されており、漢喃研究院を中心に今後も調査を続けていきたいと思う。

仏伝は人間の生と死の典型もしくは縮図である。とりわけ四門出遊の物語は、生老病死という、人が生きる限り避けることのできない宿命を、四つの門をくぐることで身をもって体得する形で描出する。仏伝のなかでも際だって象徴的な段といえる。我々は日々の暮しのなかで、はたしてどのような四門出遊を体験しているであろうか。

5　宝誌の顔——東アジアの肖像

遣唐使の吉備真備《きびのまきび》が中国で幽閉されるが鬼の仲麻呂の援助を受けて次々と難題を解決し、『文選《もんぜん》』や囲碁、予言書の『野馬台詩《やまたいし》』を日本に持ち帰る、という話（『江談抄《ごうだんしょう》』や『吉備大臣入唐絵巻《きびのおとどにっとうえまき》』）については、過去の拙著で繰り返し述べてきた。なかでも予言書（日本の中世には「未来記」という）の『野馬台詩』とそれを書いたとされる宝誌《ほうし》の存在が注目され、〈予言文学〉という領域にまで事は及んできた。宝誌はそうした予言者の面ともう一つは観音の化身という面があり、ここでは東アジア説話の観点から従来の論もふまえつつ、それら二つの面をめぐって宝誌像についてみていきたい。

宝誌をめぐる逸話

宝誌（宝志、四一八—五一四）は中国の五世紀の六朝《りくちょう》時代、南朝は梁代の神異僧《じんいそう》とされ、金陵（今の南京）で活躍した。予言をよく行い、後世、観音の化身とされる。日本や朝鮮、さらにはベトナムにまで知られる存在であった。すでに『梁高僧伝』巻十に伝記がみえ、宝公、誌公（志公）とも呼ばれる。

鳥の巣から生まれ、口に入れた鱠《なます》を吐き出して生き返らせるなど、その生涯は数々の伝説に彩られている。梁が亡びるきっかけとなった侯景《こうけい》の乱を予言したことから、以来、予言者として有名になる。長髪あるいは宝誌帽という帽子をかぶり、錫杖《しゃくじょう》を手にする異形の僧として知られる。

日本では、日本の終末を予言する『野馬台詩』の作者として知られ、また、肖像画を絵師に描かせる際、顔を割って中から観音の姿をのぞかせたという、観音化身の説話も著名である。

中国では、早くから伝説化が進み、それ故、『梁高僧伝』でも「神異」に部類されるが、敦煌《とんこう》本『梁《りょう》武問志公《ぶもんしこう》』も知られ、その中の武帝と宝誌とのやりとりは定型化しており、明清以降の語り物の宝巻などにもつらなる。古くは五世紀、北魏の洛陽繁栄を描いた東魏の楊衒之《ようげんし》『洛陽伽藍記《らくようがらんき》』巻四「白馬寺」などでも、すでに「形貌醜陋、心機通達、過去未来、三世を預覩し、発言讖に似て解くべからず」とみえるように、過去や未来にも通じ、予言の讖《しん》にも似た不可解な言辞を弄したとされる。

六朝の梁代には、「誌法師墓碑銘」(『芸文類聚』巻七七)があり、先の『梁高僧伝』巻十・神異「梁京師釈保誌伝」、ついで隋の『南史』巻七六・隠逸伝「宝誌伝」などがある。唐代では、『集神州三宝感通録《しゅうしんしゅうさんぽうかんつうろく》』下巻、『景徳伝灯録《けいとくでんとうろく》』巻二七、『神僧伝』巻四、『法苑珠林《ほうおんじゅりん》』等々にみえるが、おおよその様相は大差ないといえる。なお、『景徳伝灯録』巻二九には、「大乗讃」「十二時頌」「十四科頌」など宝誌に仮託されたうたが挙げられている。

さらに十二世紀の南宋では、日本のお盆のような儀礼の水陸会《すいりくえ》が始まり、その始祖に宝誌が祭りあげられる。類書の『仏祖統紀《ぶっそとうき》』巻三三では、梁武帝の夢に神僧が出現、六道救済のために「水陸斎会《すいりくさいえ》」を要請し、宝誌が儀礼文を作成、五〇五年、金山寺で始めたという。儀礼の始祖伝承であり、その儀礼は梁誌公大師《りょうしこうだいし》撰『法界聖凡水陸普度大斎勝会儀軌』民国六年刊(寧波天童寺)などを通して今も行われている。宝誌像が観音化身だけでなく、地蔵化身もみられるのも、この水陸会と関連があるとされる。ちなみに『仏祖統紀』巻三六、三七には、編年式に宝誌の事蹟が記されている。予言で俗衆を幻惑させたとして獄につながれたが、市井で遊行するのを皆が目撃したとか、逸話がたくさん列挙される。

南宋の周季常《しゅうきじょう》、林庭珪《りんていけい》の描いた「五百羅漢図」には、実は「応身観音図」として宝誌和尚像があることも知られている（旧大徳寺蔵、現ボストン美術館蔵、図5−1）。椅子に座した宝誌が顔を裂くと観音が現れ、周囲の者がそれを凝視する様が劇的に描かれる。さらに、二〇〇九年春、ベルギーのブリュッセルの歴史美術博物館で宋元代と思われる、宝誌の顔を裂いて中から観音が現れる姿の壁画を偶然目にした（図5−2）。かなり大きな壁画で天井に近い高い位置に掲示されてあった。まさに顔が真っ二つに割れて中から観音の顔が出てくる瞬間をとらえたもので、すぐに宝誌と分かる図像であった。いつ頃描かれ、どこにあったものかはよく分かっていない。

類書の『太平広記』では、梁簡文《りょうかんぶん》が侯景と同年の生まれであることを予言したり（巻一四六「定数一」宝誌、朝野僉載《ちょうやせんさい》）、いくつかの逸話がみられる（巻一六三「讖応」誌公訶、公嘉話録《こうかわろく》）。

宋代の覚範《かくはん》『石門文字禅』巻三〇「鍾山道林真覚悟大師伝」に引かれる「五公符」は宝誌作とされ（「四柱記」、「十二時偈」なども同様）、観音化身のこともみえるが、太平興国七年（九八二）、舒州《じょしゅう》の柯萼《かがく》が

図5−1　「五百羅漢図」の内，「応身観音図」（部分，ボストン美術館蔵，『聖地寧波』奈良国立博物館，2009年）

図5−2　宝誌像（ベルギー王立歴史美術博物館蔵）

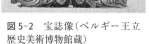

異僧に会い、神示で松の根元から瑞石を掘り出すと、篆文《てんぶん》に讖《しん》(予言)が記されており、それは宝誌が聖宋の国祚無窮を讖したものであった(『文淵閣四庫全書』集部九九、台湾商務印書館)。土中から発掘された石碑が「讖」即ち予言書であった例は、日本の「聖徳太子未来記」の碑文などにも共通する点で興味深い。

予言者としての宝誌のイメージは、「五公経」や「五公符」の宝公、誌公の名で「誌公讖」、「誌公符」と呼ばれて歴代帝王に重視されるばかりか、ひろく民間にも影響力を持っていたようである(『中国預言救劫書』)。

絵巻の錯簡と宝誌像

旧著ですでに取り上げたが、日本の平安末・鎌倉初期に後白河院が作らせたとされる『吉備大臣入唐絵巻』(ボストン美術館蔵)では、『野馬台詩』の解読や日・月の動きを封じて真備が許され、日本に帰還する後半を欠く。その物語は原拠の大江匡房《おおえのまさふさ》の言談『江談抄』やそれをもとにする鎌倉期写本の『吉備大臣物語』(『江談抄』の抜書きか)で知られるが、残念ながら肝心の解読以降の絵画は残っていない。近年の錯簡《さっかん》復元研究によって、補修の際の貼り間違いで、宝誌が『野馬台詩』を書く場面は冒頭に近い部分に残存することが判明した。唐の宮中で夜中にある人物が紙を手に何か書いている(図5-3)。その人物が宝誌であることを最初に指摘したのは黒田日出男氏であり、毛皮を身にまとっていることが根拠だったが、それだけでは宝誌である確証がなかった。

ついで前著(二〇一八年)で、この図像の独特のかぶり物に着目し、それが中国の晩唐の作とされる敦《とん》煌莫高窟《こうばっこうくつ》・第三九五窟(千仏洞壁画・第一四七窟も)に描かれた三重布帽をつけた老貌の像をはじめ(図5-

4）、四川省の十一世紀、宋代の石仏夾江千仏巌《きょうこうせんぶつがん》石窟や大足北山《だいそくほくさん》石窟（図5-5）、石篆山《せきてんざん》石窟等々の石仏にみられる独特の宝誌帽または三布帽と呼ばれるかぶり物にもとづくであろうことをつきとめた。

絵巻の図像は、かぶり物というより太いスカーフ状の布を頭に巻いているもので、中国のいわゆる宝誌帽のかぶり物とは合致しない。絵巻の宝誌像の出処ももとより不明で、立証の最後の決め手を欠くきらいがあるが、何らかのものを頭にかぶったり、巻いているというイメージが宝誌にはずっとついており、それが絵巻の図像にも投影されたとみなせるのではないだろうか。

黒田説に指摘される毛皮を身にまとっていることに関して附言すれば、『梁高僧伝』以来の宝誌像は、「僻異」のごとく、一所に定住せず飲食も定まらず、髪の長さ数寸、常に街をさまよい歩き、錫杖を手に持ち、その先には剪刀《せんとう》や鏡がかけてあり、あるいは一二匹の帛《はく》もあったという。一種の風狂の徒であり、飄然としたイメージが作られていた。宝誌といえばそれがトレードマークになっていたようである（曲尺は阿修羅像や漢代画像の「伏羲《ふくぎ》女媧図《じょかず》」などにみえる）。

梁武帝に問われて、不老不死の薬を尋ねもとめるくだりがあり、十一世紀末期、北宋の大足石篆山石

図5-3　『吉備大臣入唐絵巻』宝誌像（ボストン美術館蔵，小松茂美編『吉備大臣入唐絵巻』日本絵巻大成3，中央公論社，1977年）

図5-4　敦煌莫高窟の壁画（小峯和明『遣唐使と外交神話——『吉備大臣入唐絵巻』を読む』集英社新書，2018年）

図5-5　大足北山石窟の宝誌像（著者撮影）

窟には、「問誌公和尚曰世間有不失人身薬方否」という題記の石仏が残り（一〇八五年）、弟子の童を連れて薬草の採取に赴くイメージの宝誌像がみられる。そのようなイメージを背景にすれば、ただの僧ではない、独特の宝誌像にもとづき、毛皮を身にまとう図像も必然化するであろう。

今のところは、日本における宝誌像の徴証は以下に述べる観音化身の像しか見出せず、本来の宝誌像に関する手がかりは薄いといわざるをえない。言い換えれば、『吉備大臣入唐絵巻』に残存する、宝誌が『野馬台詩』を書いている画面自体、宝誌像史から見てもきわめて貴重な図像ということになるのである。

中国で宝誌像を見た日本僧

もとより文献に記載されるだけだが、八世紀後半以降、遣唐使として中国に訪れた僧が宝誌像を実見した記録が残されている。七六六―七七九年（唐・大暦年間）に奈良の大安寺僧戒明《かいみょう》が金陵の宝誌旧宅を訪れて礼拝、十一面観音の真身を実見、木像を将来したのが初見である（「誌公十一面観世音菩薩真身」『延暦僧録』）。これが十二世紀の大江親通《おおえのちかみち》による『七大寺巡礼私記』に、大安寺仏殿の宝誌像として記録されている。宝誌和尚の木像は高さ三尺、仏壇の辰巳の角に置かれ、両手で顔の皮をはぐと中から仏身が現われた、という。仏身は十一面観音菩薩像であるが、残念ながら、この像は現存しない。

九世紀前半の八四〇年、円仁《えんにん》は五台山《ごだいさん》に向かう途次の三月、登州開元寺《とうしゅうかいげんじ》で日本の遣唐使の祈願による僧伽《そうぎゃ》和尚の堂内壁画の西方浄土と補陀落浄土図《ふだらくじょうどず》を見る。僧伽和尚は観音の化身で知られる。もう一人の観音化身が宝誌和尚で、四月に醴泉寺《れいせんじ》で十一面観音の化身像を見る。その五日後に黄河を渡っている（円仁『入唐求法巡礼行記《にっとうぐほうじゅんらいぎょうき》』）。

はたして、円仁は宝誌が書いたという『野馬台詩』を知っていたかどうか、円仁が見た宝誌の観音化身像とはどんなものだったであろうか。円仁将来の目録には「壇龕僧伽誌公邁廻三聖像」がみられる（『入唐親求聖教目録』）。

さらに十一世紀後半の一〇七二年、中国に渡った成尋《じょうじん》の『参天台五台山記《さんてんだいごだいさんき》』巻四では、十月二十三日に開封の啓聖院を訪れ、四日後の二十七日に七容院で宝誌像を礼拝している。痩せて黒く、紫の袈裟・衫裙《さんくん》を着け、袖を挙げていて手も見えるが、骨もあらわに痩せこけていた、という。また、北宋の銭若《せんじゃく》水《すい》らの『太宋皇帝実録』巻三三、九八五年に桑門《そうもん》宝誌の真身を得た、という。

日本の宝誌――予言者から観音化身像へ

中国に渡った僧達が見た像は観音の化身であったが、宝誌はその一方で予言者としての面も見せていた。先ほどから繰り返し述べている予言書『野馬台詩』の作者としてである。概要のみ示せば、『野馬台詩』は五言二十四句の短詩で、「東海姫氏国」で始まり、「魚膾生羽翔」「黄鶏代人食」「黒鼠喰牛腸」「百王流畢竭」「猿犬称英雄」等々、動物の暗喩を連ねた怪しげな文言が連ねられ、「青丘与赤土」「茫々遂為空」という終末的な句で結ばれる。

この予言書は八世紀末から九世紀初にかけて伝来し、奈良朝末期の孝謙《こうけん》から光仁《こうにん》・桓武《かんむ》への代替え――即ち天武系から天智系への王統交替――と平城京から長岡京、平安京への遷都という古代の大きな転換期の予言書として機能する（「延暦九年注」『延暦寺護国縁起』所引）。つまり、『野馬台詩』は詩そのものだけでなく、その文言がすでに当代の予言として解読され、注釈されていたことになる。

さらには冒頭の「東海姫氏国」が日本を指すとされ、『日本書紀』講読における「日本」の異称としての「野馬台《やまと》」（倭／ヤマト）の語源説の典拠として引かれ、十一世紀頃から「百王流畢竭」（百王、流れ終わり尽きぬ）という句が日本の天皇の代々に結びつき、天皇百代で日本は終わるという、いわゆる百王《ひゃくおう》思想の典拠として、『野馬台詩』は影響力を持った。

日本の終末を予言する象徴的な詩と遇され、古代後期から中世をつらぬいて強力な磁力を持ち続け、詩句の文言の意味を事変の予言として様々に解釈する、おびただしい注釈書を生み出した。その大半は現実に起きている出来事の解釈や過去に起きた政変や歴史事件の解釈に向けられ、この詩句にそのことはすでに予言されていたのだと、その真意を読み取ろうとする。過去を透視することで現実や未来を見すえようとする指向性を持っていた。

先に引いた詩句の動物の例で言えば、「猿と犬、英雄を称す」の猿と犬が応仁の乱の細川勝元《ほそかわかつもと》と山名《やまな》宗全《そうぜん》を暗示するとか、「黄鶏、人に代りて食す」「黒鼠、牛腸を喰らう」の黄鶏《おうけい》と黒鼠《こくそ》がそれぞれ光仁《こうにん》帝と道鏡《どうきょう》だとか等々、歴史上の人物に比定したり、現実の事件にあてはめたりして、歴史を読もうとしたのである。いわば、現実からすれば未来も見えないが過去も見えない。しかし、過去は歴史をたどれば見えてくる。その過去を予言の形を通して透視するという技であり、予言は過去にも向けられていたのである。

特に十二世紀初期の大江匡房の言談筆録の『江談抄』では、『野馬台詩』がすでに注釈を備えて広まっていることが示唆され、「英雄」の語の典拠として引き合いに出される。具体的には吉備真備が遣唐使として中国に渡って王から突きつけられる難題の一つで、長谷観音や住吉神の霊験で蜘蛛の糸を伝って解読する。他の難題の『文選』や囲碁とともに、日本に持ち帰る由来譚として、『吉備大臣入唐絵巻』に結実化する。

以来、『野馬台詩』は日本の終末や歴史を予見する讖緯書《しんいしょ》として、時代を越えて影響力を持ち続ける。中世に盛行する〈聖徳太子未来記〉と双璧であり、相互に関連し合っている。宝誌はまさにこうした『野馬台詩』の作り手として君臨し、以後、中世神道説にまで及ぶようになるのである。

その一方で観音化身としての肖像画をめぐる説話がひろまっていた。王が宝誌の肖像を描かせるために、複数の絵師を派遣したところ、宝誌は面前で自分の本当の顔はこれだ、と言うや爪で顔の皮をはぐと、中から観音が現われた。絵師はそれぞれの変化身の観音像を描いた、という。この説話は『宇治拾遺物語』、『打聞集《うちぎきしゅう》』などの説話集で知られていたが、その背後にある宝誌像までは掘り下げられていなかったわけである。

しかも、他に『覚禅抄《かくぜんしょう》』、『阿娑縛抄《あさばしょう》』、『白月抄《びゃくげつしょう》』、『図像抄《ずぞうしょう》』等々の密教の事相書や図像書にも多く引かれていることも明らかになっている。つまり『宇治拾遺物語』などにあるのは、これら事相書類から逆に派生したものという経緯になるだろう。観音化身といえば、同様の予言書に仮託される聖徳太子もまた救世観音の化身とされるから、予言書の担い手と観音とは深く結びついているといえよう。

そうして、宝誌は中世神道の世界にも関わってゆくが、その回路もまた観音化身説から来ているのである。その前段階として、すでに宝誌が神に近い位置を占めていたことが平安期最後の国史である『三代実録』にうかがえる。貞観六年(八六四)正月十四日条の慈覚大師円仁の卒伝に以下のようにみえる。

円仁は二、三年経っても帰国できずにいたが、夢に達磨《だるま》和尚、宝誌和尚、南岳天台六祖大師(恵思禅師)及び聖徳太子、行基和尚、叡山大師(最澄)等が一緒にやって来て、「お前を日本に帰国させるためにここへ集まってきたのだ」と言い終わるや、前後を囲んで東に送り届けた、という。

いわば、達磨や恵思、聖徳太子に行基に最澄という中日の名だたる僧聖が結集して円仁を帰還させた、というわけで、中世によくみられる「神仏の談合」の一例に相当する。その一員に宝誌が加わっていたことが着目される。達磨は禅宗の始祖、恵思は天台宗の始祖で聖徳太子への再誕説があり、聖徳太子や行基は観音や文殊の化身で日本仏教の開祖とされ、最澄は日本天台宗の開祖である。これらの面々と比べると、一般的には宝誌の知名度は低いし、業績面でも周知のものがない。何故、宝誌がここに登場するのか、その必然性が見えにくい。

そうなると、ここで宝誌が登場するのはやはり観音の化身説が基本で、未来の予言者のイメージが重なっていたからと見るほかないだろう。円仁は先述のように、当人の日記『入唐求法巡礼行記』に、当初庇護された山東半島の赤山《せきざん》から五台山に向かう途次に立ち寄った醴泉寺で宝誌の観音像を礼拝しているので、少なくとも観音化身像に関しては認識していた。円仁が『野馬台詩』そのものやその作者としての宝誌を知っていたかどうかまでは不明である。年代的には、円仁の時代に『野馬台詩』は伝来していたとみなせるが、はたしてどうであろうか。少なくとも、九世紀後半の円仁の卒伝に宝誌がこのような位置に座していたことは、後世の宝誌像を見る上でも重要な意義を持っているといえよう。

以後、『江談抄』から『吉備大臣入唐絵巻』に至る経緯や『野馬台詩』の注釈をめぐる様々な問題はすでに何度もふれているので、ここでは繰り返さない。

伊豆の宝誌像

以後、日本の宝誌は『野馬台詩』の影響力とともに観音化身説の流布とあいまってイメージが増幅されていき、中世に活発化する神道世界にも浸透していくことになる。ここでは、その前にまずは東国で制作された著名な宝誌観音像についてふれておこう。

宝誌の観音化身説ですぐさま連想される像がある。それが十一世紀に東国で作られた宝誌像である（図5-6）。現在は京都の西往寺《さいおうじ》所蔵、京都国立博物館に寄託される。以前は博物館の常設展に展示されていて、おなじみであったが、評判になるにつれ、秘仏化しつつある印象を受ける。二〇〇〇年の東京国立博物館における一木造りの仏像の特別展の目玉として展示され、注目を集めた。

『西往寺縁起』によれば（原文未見）、「伊豆国庭冷山」に安置されていたとされ、僧光舟《こうしゅう》が貞享四年（一六八七）仲秋の正日に伊豆国の山中から西往寺に移してきたという。「庭冷山」とは賀茂郡河津町谷津《かもぐんかわづちょうやつ》の天嶺山《てんれいざん》を指し、その北麓に平安期の古仏二十四体を伝える南禅寺《なぜんじ》があり、もとはここにあったとみなされる（図5-7）。千葉県山武市の称念寺にも「奈禅寺」山中にあったとされる聖観音像が伝来する（『房総志料続編』）。南禅寺は平安時代十一世紀末期に実道《じつどう》法師が、行基の開創とされる那蘭陀寺《ならんだじ》を再興したのがもととされるが、詳細は不明。一四三二年の山津波で堂が破壊され、仏像も埋もれてしまうが、十六世紀半ばの戦国時代、南禅和尚（正光院）が谷津の那蘭陀寺跡地の土中から仏像群を掘り起こし、建立した仏堂に納め、「南禅堂」と呼び、それが南禅寺となったらしい。

今もここに現存する薬師仏などの出自は十世紀にさかのぼる。文化環境からみれば、宝誌像もまた、この那蘭陀寺にあったのが山津波で埋もれてしまい、後に掘り起こされて、京へ運ばれたとみるのが理にかなっているだろう。思えば、仏像もまた数奇な運命をたどって今日に生きながらえている。

図5-6　宝誌木像（西往寺蔵，『図録 特別展 木にこめられた祈り』読売新聞東京本社，2006年）

図 5-7　伊豆河津の南禅寺(著者撮影)

この宝誌像は東国に際立つ鉈《なた》彫りの一木造りの典型例でもある。まさに真っ二つに縦に割れた顔の中からさらに観音の顔がのぞける、という仏像としてはきわめて特異なもので、玉葱の皮をむくように、いくら割ってもまた何度でも顔が出てきそうな動きがあるのが最大の特徴といえる。一般の仏像にはそのような動きはない。一定して鎮座する不動性や静謐こそが仏像の真髄であろうが、この宝誌像には次々と顔がのぞけるような動きがある。いつでも自在に変わりうる、まさに観音の変化身を象徴するような生きた像といえる。

この像が造られた由来に関しては一切不明であるが、宝誌観音化身説がそれだけ流布していたことを示す。戒明が伝えたという大安寺の宝誌像とのつながりがどこまであるのかは分からないが、この像はそれだけ多く作られていたことの片鱗を見せているということであろうか。いったんは埋もれて再び地中から発掘されたとすれば、まさに予言書が土中から見つかってそれが後に影響力を持つこととも重なりあう。観音の化身たる、この宝誌像は日本の行く末を予見し、この世を見定め続けているといえるのではないだろうか。

称名寺の説草から

このような宝誌像がすでに十一世紀に東国の伊豆で制作されていたことは、宝誌の観音化身説のひろまりをよく示している。そのことと以下に述べる相模の称名寺《しょうみょうじ》で中世の宝誌をめぐる説草資料が書写され、残されたこととは何らかの関連性があるのではないだろうか。

称名寺とは金沢北条氏の菩《ぼ》提寺《だいじ》で学問寺であり、ここに残された文書資料群は、現在、隣接する神奈川県立金沢文庫に移管されている。ここには天台宗の唱導で名高い安居院《あぐい》の僧、澄憲《ちょうけん》の息子聖覚《せいかく》が京から鎌倉に来たことを始め、東国の僧が奈良や京に赴くとともに、安居院流の資料をはじめ東大寺の学僧弁暁《べんぎょう》の唱導資料等々、京と東国の交流をしのばせる貴重な資料群が現存する。まさに中世の宗教世界を今日にそのまま伝える宝庫といってよい。

とりわけここに伝わる資料群の中でも、「説草《せっそう》」と呼ばれる小型の冊子は、実際に仏事法会の場で朗唱された生の資料として注目される。紙を二つに折って、何枚か重ね、折れ目を糊付けする簡便な装幀(粘葉装《でっちょうそう》)で、五寸四方の懐に入るような小型本である。簡便なるがゆえに使い捨てにされやすく、経年劣化で表紙や末尾が欠損したり、虫喰いなど破損が進んでおり、解読には難渋するが、法会という場でどのようなことが語られ、朗唱されていたかを直截に示す。しかもその大半は十三、十四世紀に書写されたものであり、年時からみても貴重である。

このような説草資料に、宝誌をめぐるものが四帖も残されている。すでに指摘されているが、まだ充分検証されていないものもあるので、ここでふり返って見ておこう。宝誌にかかわる称名寺説草は以下の四点である。

A　『宝志和尚現本形事』(330–3)
B　『宝志和尚伝』(299–16)
C　『天照大神儀軌《てんしょうだいじんぎき》』　宝志和尚伝(9)
D　『天照大神儀軌解』　宝志和尚口伝　自此下巻(11)

このうち、Aは三人の絵師が王の命により肖像を描くため宝誌のもとに派遣されるが、宝誌が真の姿はこれだと言って両手で顔の皮をはぐと、金色の菩薩が現われる。一人は十一面、一人は千手、一人は聖観音をそれぞれ描く。驚いた王が使いを差し向けるが、すでに宝誌はかき消すように姿を消していたという。

　この説話は、すでに『宇治拾遺物語』や『打聞集《うちぎきしゅう》』でなじみのものであるが、相互に微妙な差異があ

る。細かい表現では『打聞集』が詳しく、『宇治拾遺物語』もそれに準じ、説草Aが最も簡略である。

『打聞集』で示せば、宝誌が「ウルハシキ法服ヲトトノヘテ」現われ（説草は「威儀具足」）、絵師が「書ク

ベキ絹ヲ並テ」待ち構える。宝誌は「大指ノ爪ヲ以テ額ノ皮ヲ指切テ、面ニクビヲ左右シテヒキノケ

テ」となる。Aは「左右ノ手ニテ被破テ」とあるだけで、叡山学僧の学習ノートとされる『打聞集』が

最も劇性に富んでいる。絵師が描いた観音像も、Aは十一面、千手、聖観音、『打聞集』は三人の内、

千手と聖観音のみ、『宇治拾遺物語』も十一面と聖観音で一人分抜けている。

ただ、末尾の意味づけは『打聞集』がなく、Aや『宇治拾遺物語』にはみられる。

「観音菩薩三十三ノ誓用ニ酬テ、済度利生ノ為ニ且《しばら》ク比丘ノ形ヲ現ジ給ケリ」トゾ、時ノ人語リ申

シ侍ケル云々。（説草A）

それよりぞ、「ただ人にてはおはせざりけり」と申し合へりける。（『宇治拾遺物語』）

『宇治拾遺物語』は「ただ人」ではないという超越者のイメージを強調し、一方のAは観音の三十三

変化身による衆生救済の意義を強調する語りになっている。『打聞集』はその末尾を自明のこととして、

あえて省略したのであろう。直接関係はさておいて、『宇治拾遺物語』などの説話集を考える上でも、

こうした説草類が重要な意義を持つことを示している。

　次のB『宝志和尚伝』は、後半は右のAにほぼ同様だが、前半が異なり、特異である（図5‐8）。新羅

に沙弥《しゃみ》元孝《げんこう》なる者がいて、智恵優れ、よく衆生を教化し、説法も奥深かった。唐の国王、名は大宋文皇

図5-8　説草『宝志和尚伝』(神奈川県立金沢文庫保管)

帝が発願して、「衆生のために三身一体の観音像を作りたい。伝聞するに、新羅に神通自在の沙弥がいるようだから、仏像造りを頼みたい」と言い、新羅に使者を差し向ける。新羅国王はその由来を聞き、沙弥が使者に会うと元孝は、「我は求めに応ずることはできない。何故かと言えば、我が大師宝誌和尚こそ観音の化身であり、今は長安で衆生を教化している。早く戻ってその旨を奏上すべきでしょう」と言い、書簡をしたためる。使者は戻って報告した。

国王はすぐさま勅使を沙弥の文書を携えて宝誌のもとに遣わしたが、所在が分からなかった。ある人が言うに、「長年、市で乞食をしていて、まさに聖人は俗と交わり、凡夫は知りがたく、人とは思えない」と。勅使と役人は市でその乞食の元に手紙を届け、礼拝、勅旨を伝える。乞食者がその手紙を見ると、「弟子元孝が申し上げますに、海波を隔てておりますが、大師和尚の御尊体つつがなく、元孝は御恩を被り、当国に縁あって済度をはたし、遺るところは無縁の者だけです。伏してお願いします、元孝は任無く、発念の至り、謹しんでお願い申し上げます」とある。

勅使がこの旨を国王に報告すると、国王は乞者のもとに赴き、礼拝して、大願を述べると、和尚は、「それなら三人の造工を遣わし、三身一体の身を造ってください」と言う。国王は歓喜して戻り、三人の名仏師を派遣した。和尚は右大指の爪で自分の顔の眉間から頤《あご》まで裂り開き、仏師に見せた。一人は三目八臂《さんもくはっぴ》の不空羂索《ふくうけんじゃく》、その身は一丈で、一人は十一面観音、一人は千手千眼観音、長六尺で光明を放ち照り輝くと見た。三人はそれぞれ見た通り描くと、乞者は忽然と消えた。

この説草は『大蔵経』図像部所収の『図像集』巻二末「観音末」とほ

ぼ同文であるが、末尾には、「或記」から興福寺南円堂の不空羂索観音や金色丈六不空羂索観音の名が記される。また、真言の事相書集成の『覚禅抄《かくぜんしょう》』巻五十「不空羂索」にもみえるが、より簡略である。ここでは、観音の種類で不空羂索身が出てくるが、『秘抄《ひしょう》』巻八にも、「師説」として、宝誌和尚は不空羂索身で八臂《はっぴ》あり、南円堂像《なんえんどう》もそうだと言い、近代世間の画は皆八臂であり、宝誌の遷化時は六観音身だとある。興福寺南円堂の観音に結びつけられたらしい。

このBで注目されるのは、何と言っても前半の新羅の元孝とのやりとりで、最初は新羅の僧の評判を聞いて唐の国王が使いを差し向けるが、逆に唐に大師がいるからと書簡を渡されて、あらためて宝誌のもとに赴くという手の込んだ設定になっている。そもそもこの元孝とは誰なのか、該当しそうな僧が見当たらない。新羅で「元」の名のつく僧といえば、まずは著名な「元暁《がんぎょう》」であろう。元暁なら『宋高僧《そうこうそう》伝《でん》』にも列挙される新羅を代表する高僧で、市井《しせい》に身をおく風狂の聖《ひじり》として描かれる。

有名な高山寺の『華厳宗祖師絵伝《けごんしゅうそしえでん》』「元暁絵」にも絵画化されており、イメージとしては重なり合うであろう。もとより元暁と宝誌とでは年代は合わないが、そうした実体を軽々と超えるのが説話であり、実在の時差は問題にはならない。特に著名な人物に結びつきやすい。

この説話の出処もよく分からないが、宝誌の観音化身譚がおのずと新羅の元暁をも引き寄せ、より仕組まれた説話の綾を浮き上がらせてくるところが興味深い。宝誌譚が東アジアへの回路を押し開いたといえようか。

肖像画の意味するもの

ここで、肖像画の意味するものについて、あらためてふり返っておこう。額を裂いて真の姿を露顕させる話は、他にも『宇治拾遺物語』にみえる。丹後の老尼が地蔵に会いたい一心で暁に徘徊中、博徒に紹介されて地蔵という名の童に会い、童は手にしていた若枝で自分の額を切り裂く。すると中から地蔵菩薩の顔が見えた、という（第十六）。

一方は高僧、一方は庶民の童という差はあるが、額の中から菩薩の顔がのぞくモチーフで共通する。額の奥底からのぞける内部にこそ真の顔や姿があり、表面はまさに仮面にすぎない。顔の二重性にとどまらない、存在そのものの正真の提示である。変相や変身譚にもつらなるが、それだけ生身への期待が高かったことをあらわし、神仏の身体性が指向されていた。中世によく出てくる「外面《げめん》似《じ》菩《ぼ》薩《さつ》、内心如《ないしんにょ》夜叉《やしゃ》（外面は菩薩に似るが内心は夜叉のようだ）」という女人蔑視的な成句なども、このような肖像の問題からあらたに照射できるだろう。

肖像の真相は決して表面だけでは見えない、その裏面にこそ真実が隠されている、それをあばきだすのが肖像画の本質や使命だともいえる。ここでの焦点は描かれる存在の側にあり、描く側はその対象に圧倒されるにとどまる。絵師は対象の真実を伝える伝達者の役割を持つ。描かれる対象の絶対性や優位性はゆるがない。

また見方を変えれば、この話は表面の顔を描かれるのを忌避した話としても読める。菩薩の姿をあらわすことで、表面の顔は無化される。存在そのものがかき消すごとく消えてしまうわけで、真相をあらわにするようでいて、結局外面は消えてしまう。実際、宝誌は姿そのものを消すことで、宝誌としての顔の痕跡を抹殺したとみなせる。宝誌は仮面にすぎず、観音はまた別の存在にいくらでも変化しうるわけであるから、ゼロ記号のようなもので、宝誌という個性は抹消され、煙に巻かれる始末になる。たとえば、だましだまされる仕掛けを物語の方法とする『宇治拾遺物語』の本性にもかなった典型例でもある。

中世の神道へ

右の説草のA、Bは、いずれも絵師の肖像画において宝誌が顔を裂いて観音の化身であることをあかす話題であったが、一方、C、Dになると、一転して中世神道に関わってくる。Cは『天照大神儀軌』で副題に「宝志和尚伝」とあり、Dは『天照大神儀軌解』でやはり副題に「宝志和尚口伝　自此《これより》下巻」とあるので、C、Dはセットとみてよい。要は天照大神と大日如来が集合し、さらには観音と集合することで、宝誌ともつながってくる、という構図である。これについてはすでに研究もあり、小著でも以前ふれたことがあるので、簡略に述べるが、『宝志儀軌相伝事』の切り紙伝授に、「宝志和尚伝」を長寛二年(一一六四)五月二十二日に京の二条烏丸の宿所で写した、とある。平安時代末期にはこのような伝授がなされていて、真福寺蔵『日本紀三輪流《みわりゅう》』も同様で、種々ひろまっていたようだ。

古代神話で有名な天照大神が天岩戸に籠もってしまい、世間が暗闇になってしまう話があるが、その時に現われたのが何と宝誌であった。宝誌が日月の恩徳をたたえ、浄不浄を選ばずあまねく慈悲を施すという偈《げ》を三遍唱えると、天照大神が天岩戸から出て来て、日月の光が戻った。宝誌は驚喜し涙を流し、入定《にゅうじょう》して、その真実の姿を観想すると、伊勢神宮の内宮は胎蔵界《たいぞうかい》で七百尊、外宮は金剛界《こんごうかい》で五百体尊からなり、七所別宮天は七十二星であった。和尚は入定から出て、三衣の九条、七条、五条の各種袈裟をそれぞれの尊像に与え、微妙の音声で「善い哉、善い哉。蓮花王」云々と以下、長い詩頌で讃歎する。そして、額から光を放ち、衆会《しゅえ》の人々を照らすと、観音像が現われ、しばらくして姿を消す。「在世一千五百歳、遇帝二十三代以然《もってしかり》」。即ち日輪宮殿内は大日如来と観音の両体があって代わりに世間を照らした、という。

『古事記』『日本書紀』の古代神話では、天岩戸を開けるのは手力男命《たぢからおのみこと》だが、ここでは宝誌の偈の力である。中世神話の典型例といえる。伊勢の内宮と外宮も密教の胎蔵界と金剛界に比定され、あまたの尊像が居並び、宝誌はそれぞれに袈裟を与え、讃歎の頌を朗唱する。いわば、天照大神が大日如来と観音との同体であることを確認し、披瀝《ひれき》する重要な役割を負っていたわけである。宝誌はついに中国から日本の伊勢神宮にまでやって来たことになり、天照大神の存在証明のお墨付きを与える役目を持つにいたるのである。先に見た『三代実録』で達磨や恵思、聖徳太子らに匹敵する神格化を得ていたことなどにつらなってくるだろう。

宝誌がそのような役廻りを負ったのはほかでもない、宝誌もまた観音の化身だったからで、また予言者としても君臨していたからであろう。真福寺本ではさらに、修法《しゅほう》としての天照大神法は「日本紀秘巻」にあり、吉備大臣が宝誌和尚に会って伝えたものだ、という。予言書の『野馬台詩』は宝誌が作って、吉備真備が解読して日本に持ち帰るはずだったのがここでは反転して、「天照大神法」は真備が宝誌に伝授した、という現象が起きている。ことの真偽は確かめようもないし、詮索しても不毛であり、荒唐無稽の説として一蹴されかねないが、そのような言説を次々と生み出し続けた中世の思想や表現の磁力を思うべきであろう。

いずれにしても、天岩戸神話をめぐって、中世神道ではこのような観音化身の回路を通して宝誌と天照大神を結びつけ、再創造しているのであった。

これと関連するのが、観音霊場として名高い長谷寺《はせでら》の観音霊験譚を集めた中世の『長谷寺験記』第六にみる「唐朝馬頭夫人得端正成守護神事」である。陽成天皇の時代、唐では僖宗《きそう》皇帝の第四后に馬頭夫《めずぶ》人《にん》がいたが、醜貌にもかかわらず寵愛を受けていたことをねたんだ后達が花見の宴を利用して、夫人の顔を露呈させようと画策する。困った夫人は医師から紹介された穀城山《こくきさん》の素神仙人《そしん》に頼み込む。仙人は、もとは宝誌で、日本の長谷観音が最も優れていると言い、はたして長谷観音に祈願すると美形になったという。

宝誌の書いた『野馬台詩』を吉備真備が解読する時に、長谷観音に祈願したら蜘蛛が降りてきて、その糸を伝ったところ解読できたという霊験譚を承け、今度は宝誌が長谷観音に帰依し、馬頭夫人もそれにならう、という展開になる。長谷観音にはほかに新羅の后を救う話もあり、その影響力は東アジアにも及んでいたとされる。

この話題は、『源氏物語』の注釈書の『河海抄《かかいしょう》』や『源中最秘抄《げんちゅうさいひしょう》』玉鬘《たまかずら》帖にもあり、長谷観音の霊験譚としてよく知られていたようだ。様々な宝誌とその物語が日本では派生していたことが着目されよう。

また、十七世紀初頭に琉球に赴いた浄土宗の学僧、袋中《たいちゅう》の『題額聖闡讃《だいがくしょうきゅうさん》』第三(檀王法林寺蔵写本)に、仏教の言う「四生」即ち四種の生命誕生(卵生《らんしょう》、胎生《たいしょう》、湿生《しっしょう》、化生《けしょう》)をめぐって、仏は胎生か化生かの議論に関連して、四生の具体例を挙げる。卵生の例として、鳥の巣から生まれ、鳥の爪を持っていた宝誌の名が挙げられる。ちなみに化生は興福寺の仲算《ちゅうざん》、湿生は菊籬《きくのまがき》から生まれた陶淵明《とうえんめい》、苑から不意に現われた菅原道真(『天神縁起』)などが挙がる。もって宝誌の聖化の高さが知られよう。

朝鮮半島の宝誌

はじめに述べたように、宝誌の存在は中国と日本にとどまらない。朝鮮半島やベトナムにも及んでいた。先の称名寺の説草に新羅の「元孝」が出てきたが、まずは、朝鮮の宝誌をみておこう。

図 5-9　海印寺の大寂光院

朝鮮半島の宝誌で最も有名な例は、大蔵経の一切経版収蔵で著名な海印寺《へいんさ》(図5-9)創建の縁起譚である。『伽耶山《かやさん》海印寺古籍』(『朝鮮寺刹史料』)などで知られるが、十八世紀後半の『青荘館全書』巻三「嬰処文稿」一「記海印寺八万大蔵経事蹟」にも同種の記載がある。

宝誌は臨終に際して「踏山歌《とうざんか》一篇」を弟子に託し、寂後に新羅の僧が来るであろうから歌で伝えよ、と遺言する。はたして数年後、順応《じゅんのう》、利貞の二人の僧が新羅から宝誌に会いに来るが、すでに亡くなっていた。弟子に託された歌と戒律を承け、合掌し、陀羅尼や念仏を唱え、墓を開けると、宝誌が「新羅の牛頭山《ごずさん》はよい地だからそこに寺を建てよ」と言う。

順応、利貞は戻って、牛頭山に行くと、そこは伽倻山のことで、木こりの翁に尋ねると、水も豊かで鉄の瓦もたくさんあると教えられる。その頃、哀荘王《あいそうおう》の后が背中に疽《かさ》ができ、八方手を尽くしても治らず、使者が伽倻山まで来て順応、利貞に治療を依頼する。しかし二人は都に行くのを拒否、かわりに血の色のごとき赤糸を渡し、苑の梨花樹と疽をつなげば治ると言い、はたしてその通りにすると治り、褒美に寺を建ててもらった、という。この後、八万大蔵経をめぐる病気平癒の由来譚もみえる。

類似の海印寺由来の話題は、朝鮮時代の文集『東文選《とうもんぜん》』巻七五「巨済県牛頭山見庵禅寺重修記」(『牧隠文藁』巻五)にもみえ、海印寺参詣をめぐる『太華子稿』巻四「遊伽倻記」では、新羅末期の名高い崔致遠《さいちえん》の詩などにまじって、宝誌の木像も安置されていたらしい。宝誌は海印寺の縁起に関わる僧として長く記憶され続けたのである。

『樊巌先生集《とがんせんせいしゅう》』巻四「詩丹丘録」下・登仏殿には、詩句にちなんで、殿柱の蜂房を合わせ、寺には宝誌が伝えた鉢があるとされる。『東文選』巻六四「三角山重修僧伽崛記」（李預）には、康僧会《こうそうえ》や道安《どうあん》、鳩摩羅什《くまらじゅう》に並んで、優れた僧聖の一人に宝誌の名前が挙げられる。

十二世紀、高麗の崔惟清《さいいせい》「白鶏山玉龍寺贈謚先覚国師碑銘」（『東文選』巻一一七）には、張良についで宝誌の予言がいまだ現れないという。「先覚国師」は高麗統一時の予言者として知られる道詵《どうせん》のことで、彼もまた『道詵秘記』など種々の予言書があった。道詵の先蹤として中国の予言者の先例である、軍師で名高い張良と宝誌がイメージされていた。また、高麗時代の一切経収集で名高い義天《ぎてん》の編『釈苑詞材《しゃくえんしざい》』の巻一九四に、「誌公墓銘」の名がみえる。

さらには、朝鮮時代でも予言書が種々ひろまり、しばしば弾圧の対象となったが、その中に「誌公記」の名がみえる。この「誌公」はまぎれもなく宝誌であろう。たとえば、『朝鮮王朝実録』世祖三年（一四五七）五月二十六日条、八道観察使《はちどうかんさつし》の諭に、「古朝鮮秘詞、大弁説、朝代記、周南逸士記、誌公記、表訓三聖密記、安含老元董仲三聖記、道証記、智異聖母」等々、禁書が列挙され、最後に「道詵漢都讖記」の名が挙げられる。ここの「誌公記」なる書の内容は知られないが、道詵のそれらと並び、予言書や予言を借りた政道批判などであったろう。

上の『青荘館全書』にも引かれる「踏山歌」は、『高麗史』巻一二二「金謂磾伝」に「道詵の踏山歌」の名でみえる。一般には「踏山記」とも言うが、宝誌にとどまらず、すでに予言的なものとしてあったようだ。ほかに、『朝鮮王朝実録』の「踏山記」としては、太宗五年（一四〇五）十一月二十一日条、太宗六年（一四〇六）三月二十七日条、成宗十二年（一四八一）七月二十日条等々が知られる。後世の予言書としては、特に『鄭鑑録《ていかんろく》』が有名である。

ベトナムの宝誌

宝誌の影はベトナムでも確認できる。ベトナムの僧伝集成である『禅苑集英《ぜんえんしゅうえい》』は、黎朝《れいちょう》の永盛十一年(一七一五)刊で、「武寧山報徳寺大捨禅師」伝の条に宝誌の名がみえる(漢喃研究院所蔵刊本)。「昔、梁武帝、常に是を以て宝誌禅師に問うに、誌、亦かくのごとし。今窃《ひそ》かに陛下の挙に対せん」。王と僧の関係をめぐる先例として梁武帝と宝誌の関係が挙げられたものであるが、それだけ周知のものだったことがうかがえる。

『禅苑集英』では他に、「鼓山寺法順禅師」伝に、「既に法を得、語を出せば、必ず符《ふ》讖《しん》に合い、当に黎朝創業の始運とならん」と黎朝創業にまつわる讖が取りざたされていたことがうかがえる。また、「天徳府駅郷六祖寺万行禅師」伝には、「或いは語を発せば、必ず天下の符讖となり、黎大行皇帝の最も尊敬せるところとなる」といった例がみえ、王権と仏法の相即《そうそく》に讖の予言が鍵を握っていたらしいことがかいま見える。

ベトナムの予言書については、すでに前著『予言文学の語る中世』で簡略にふれたが、詩人として知られる阮秉謙《ぐえんへいけん》(白雲、程国公とも)の予言書が流布していた。『讖記秘伝《しんきひでん》』、『程国公讖記』、『程国公記』、『白雲院程国公録記』(漢喃研究院所蔵写本)等々、乱世にまつわる種々の予言書が作られていた。『白雲庵程国公詩集』なる詩集も残されており、詩に讖の予言詩が付随し、予言書にまでひろがり、予言者としてのイメージが肥大化し、仮託されていったのであろう。聖徳太子や宝誌と変わるところはないだろう。詩讖をめぐる話題は、たとえば十七世紀の説話的類書の『公余捷記《こうよしょうき》』(『越南漢文小説集成』第九巻)の続編・名儒名臣「武探花寄詩成讖」の科挙をめぐる話題がある。

図5-10　霊谷寺の宝公塔(著者撮影)

図5-11　志公殿にあった額図(著者撮影)

あるいは、十七世紀の章回《しょうかい》小説の歴史叙述『越南開国志伝《えつなんかいこくしでん》』には、莫《も》の阮倦《ぐえんうん》が讖詩四句「三五之時、黒龍遇虎。軍削龍城、生擒文武」を見ても意味が不明であった。しかし城を破って初めてその意味が分かったという。「三五之時」は光興十五年であることをさし、「黒龍」は壬辰歳、「遇虎」は正月、「軍削龍城」は即ち昇龍《たんろん》城、「生擒文武」は常公だという(巻一)。あるいは、秀明等の讖文「雖有同姓、亦非苗裔。九九之数、非三則四」(巻五)等々、讖とその解読をめぐる逸話も少なくない。

まだ調査が充分及んでいないが、宝誌と結びつく回路はまだいろいろあり、今後も探索を続けていく必要があろう。

宝誌の墓と三絶詩

これも前著(二〇一八年)でふれたが、二〇一六年秋、南京大学講演の折、野村卓美氏の案内で、宝誌の墓参がかなった。南京の北郊、紫金山の東南、孫文の中山陵近くの霊谷寺にある。廟《びょう》の志公殿と宝公塔とが祀られている(図5-10)。訪れた時に志公殿は閉まっていたが、軒下に宝誌の伝記の場面ごとの絵額がいくつか立てかけてあった（図5―11）。宝公塔には名高い「三絶詩」が刻まれていた。これは唐の呉道子（呉道玄）の描いた誌公肖像、李白の「誌公画讃」、顔真卿の題字をいう。詩と書と肖像の三位一体を指す。この三布帽をかぶって錫杖を肩にかついだ図像が宝誌のイメージを決定づけたのであろう。これについては金文京氏の卓論があるので、詳述を避けるが、詩は以下の通り。

虚空其心、寥廓無主。（其の心を虚空とし、寥廓として主なし）
錦幪鳥爪、独行絶侶。（錦の幪《かぶりもの》に鳥の爪、独行して侶を絶つ）
刀斉尺量、扇迷陳語。（刀もて斉《そろ》え尺もて量り、扇は陳語に迷う）
丹青聖容、去住何所。（丹青せる聖容、何所に去住せん）

李白没後八十三年後の会昌五年（八四五）には、この霊谷寺の前身である蔣山寺に墓があったという。金文京論では、理髪業に関する『浄髪須知』に宝誌が出てくることや彼の持ち物の鏡やはさみなどからみて、「宝誌は宋元以降、理髪業の祖師の一人」だったとする。増殖する宝誌像を思わせ、興味深い。

宝誌和尚は予言者・観音化身として、文字通り東アジアを横断してそのイメージは持続し、くり返し再創造された。東アジア共有圏の典型としてその意義は大きい。日本の物語も絵画も、東アジアを視野に入れることで格段に広く、深く読めるようになる。宝誌の肖像は今もその問題の射程が広く長いことを示している。宝誌をめぐる旅はまだまだ終わりそうもない。

附記　二〇二四年十月十八日、山東省済南市の山東大学及び山東交通学院講演の折に、李銘敬・高陽・趙倩々各氏と円仁が宝誌像を見たという醴泉寺《れいせんじ》を訪れた（『入唐求法巡行記』開成五年八四〇・四月六日条）。円仁は瑠璃殿内にあった誌公和上の影を礼拝、「誌公和上は是十一面菩薩の化身なり。其本縁は碑上に鐫着す。和上は朱氏、金城の人なり。此の長白山に降霊して滅度す。其の後肉身は向かう所を知らず。但影像を作って国を挙げて敬重す。堂西の谷辺に醴泉あり」とし、和上の滅後は泉水涸れ尽くして空井となったという。はたして唐代開元年間の碑文が現存しており、ガラスケースに覆われていたが、碑文の裏側には三布帽をかぶり錫杖をかついだ宝誌像の線刻が確認できた。

6　見える鬼と見えない鬼——鬼の東アジア

はじめに——北京とパリで

鬼とは何か。日本では鬼と言えば、すぐに体全体が赤や青で筋骨隆々とし、角が生え、牙をむきだし、虎の毛皮をはいた恐ろしい姿が連想される。赤鬼や青鬼の類の具体的な妖怪の姿がイメージできる。しかし、そのようなイメージはいったいいつ頃から、どのようにできたのか。いかに受け継がれてきたのか。そもそも鬼とは何なのか、我々はなぜそのような異類のイメージを必要としてきたのか。研究はたくさんあるが、そうした根本的な問いかけにはまだ充分答えられずにいる。

一九九九年春、初めて北京日本学研究センターに出講した折、大学院生と鬼の話をしていて、どうも話が通じないなと思っていたら、鬼の概念が中国と日本とでまったく違うことに気付かされた。同じ「鬼」と言っても、中国や朝鮮半島など東アジアから見ると、日本での「鬼」とはまるで違うイメージであり、何故そのように変わってきたのか、相互の関係をどう読み解くのか、今も難題であり続けている。ここでは、可能な範囲で日本と東アジアの鬼についていくつかの角度から検証していきたいと思う。

「鬼」は中国では「霊」とほぼ同義で、古代日本でも「鬼」は『万葉集』に「モノ」と訓読される。語源は「隠」とされていたが、近年の説では「瘟《おん》」（えやみ）と同音の「遠《おん》」説が提起される。いずれにしても、姿形の分からぬ得体の知れないモノをさす言葉で、それが次第に超越的な力をもつ異類異形、妖怪変化の象徴となり、恐ろしい姿の魔物をイメージするようになる。その恐ろしさゆえに「鬼神」として神格化される場合もある。鬼は時代を越えて、残虐で人や動物を殺す畏怖の対象として受け継がれる。「鬼の〜」とか「土俵の鬼」や「鬼才」等々、屈強の者や道を究めた者など一般の常識を越えた特別の技量を持った人物の比喩にも使われる。驚嘆や驚愕、畏怖や憧憬などが入り交じった概念であろう。

　その一方で、「心の鬼」や「疑心暗鬼」の言葉が示すように、心や精神にまつわる鬼の問題もあり、「鬼病」や仏教医学の分野も深くかかわっていることにも気付かされる。

　事のきっかけは、二〇一六年九月の北京大学における講演会の折（その時は、本書の第九章でとりあげる無常を表わす二鼠譬喩譚《にそひゆたん》がテーマだった）、主催者の陳明氏の新刊『印度仏教神話：書写与流伝』を寄贈され、早速拝見したところ、第七章「雪山薬樹華千——仏教神話中的薬物使用与神異治療」で「行病鬼王」などの「鬼病」にふれていることを知った。

　さらに同じ年の十月、パリのコレージュ・ド・フランスにおけるベルナール・フランク教授没後二十年記念のシンポジウムで、鬼のテーマで研究発表を行った。というのも、フランク氏の遺著である講義録『風流と鬼——平安の光と闇』を再読したところ、すでに古代の鬼（カミ、モノ、オニ）のテーマを精細に追究し、オニの概念と形態、鬼の生態と化生などが扱われ、その一環として「鬼と病」の問題から、仏教医学や医学書『医心方《いしんぽう》』への着眼がみられたからである。

　しかも、私自身、その本の書評で過去に「ことに鬼と病の関係への着目は慧眼であり、今後深められるべき重要なテーマといえる」（『國文學』一九九九年二月）と述べていたのである。恥ずかしながら自分で書いていて全く忘れていたが、北京の陳氏とパリのフランク氏との研究が期せずして、仏教医学を背景にした「鬼病」の問題で結びついたのである。言いかえれば、「鬼病」の問題から、仏教医学の分野が豁然《かつぜん》と開けてきたともいえる。

仏教医学の分野から

仏教医学とは、古代インドで仏教とともに発展した医学で、仏教の哲学的、根源的な身体と精神の探究の成果が如実に投影され、仏教病理学、仏教生理学と呼びうる、今日の科学的な究明にも匹敵するものがある。漢方医学とも異なり、外科手術もあるし、西洋医学にも対比しうる体系性をもっている。先世行業病、現世失調病、身病・心病、内苦・外苦、誘因、心身一如、縁起、煩悩、業、坐禅、智恵、慈悲等々が鍵の言葉になる。

『法華経』と並ぶ大乗経典の『維摩経《ゆいまぎょう》』文殊師利問疾品《もんしっぽん》・第五に以下のようにいう。

維摩詰云はく、「癡と有愛とより則ち我が病生ず。一切衆生病めるを以て、この故に我病む。もし一切衆生の病滅すれば、則ち我が病滅せん。所以《ゆえ》いかんとなれば、菩薩は衆生の為の故に生死に入る。生死有らば、則ち病有り。もし衆生、病を離るることを得れば、則ち菩薩もまた病無からん。この病、地大に非ず、また地大を離れず。水・火・風大もまたかくの如し。しかも衆生の病は四大より起る。其の病有るを以て、この故に我病む」と。

維摩居士《ゆいまこじ》は、「愚痴と執着の煩悩から病が生じる。すべての衆生が病めるから私も病気になる。衆生の病が治れば私も治る。なぜなら菩薩は衆生と共にあるからだ」と言い、つまり衆生の病も四大から起きるのだ、とする。天台宗の『摩訶止観《まかしかん》』巻八上「病患境《びょうかんきょう》」でも、病気になる六つの原因の一つに「鬼病」を挙げ、鬼が四大や五臓にとり付いて病気になるという。

四大とは、地・水・火・風の宇宙を構成する四要素で、同時に身体をも形作る（これに空も加えて五大とも）。地・水・火・風は、堅・湿・煖・動に相当し、持（任持《にんじ》）・摂（摂取）・熟（成熟）・長（増長）を起こす。四大と身体が即応する一体化の認識が根源にある、宇宙と合一させた身体論である。

「鬼病」と行疫神

鬼の問題を解く一つの鍵は、まさにこのような仏教医学を背景にした「鬼病」にあると考えられる。先の陳明氏の著書が指摘する「鬼病」と「行病鬼王」、「行疫流行神」をめぐる問題群である。『摩訶止観』巻八に、「四鬼病とは、四大五蔵は鬼にあらず。鬼は四大五蔵にあらず、若し四大五臓に入らば、これ鬼病と名づく」「一国王有りて、鬼病空処に在らば、屢《しばしば》針にて殺さる。鬼王自ら来り、心上に住在せり。針を拱手するに、故に亦、鬼病有るを知りぬ」云々とある。

鬼が身体の四大や五臓に入り込んだのが「鬼病」であり、邪巫《じゃふ》は鬼病を呪術で祓おうとし、医師は湯薬で治療する。身体の四大五臓でない箇所では鍼で治療できるが、心臓に定着すると鍼ではどうにも対処できなくなる。そこに「鬼王」がやって来て心臓に住みとどまる、と擬人化したもので、国王に「鬼王」が対比される。この「鬼王」は後出の行疫神を指す「行病鬼王」をはじめ、種々の「鬼王」がいて特定できない。

後段には、「兜《と》醯羅鬼《けいらき》」という鬼も登場して青や黄色の姿まで示されるが、『摩訶止観』の湛然《たんねん》の注釈書『止《し》観輔《かんぶ》行伝弘決《ぎょうでんぐけつ》』巻八之二には、「兜醯羅鬼」は「五色之鬼」で、五臓を病ませるというから、眼耳鼻舌身の五根を通して五臓に入ることを意味し、青赤黄白黒の五色と五臓がそれぞれ対応している。後述の鎌倉期の『渓嵐拾葉集《けいらんしゅうようしゅう》』の青面金剛《しょうめんこんごう》法には「伝屍病」に関する五種の「天魔鬼」第四に「兜醯羅鬼」が見え、頭は僧形で腰下は蛇という異様な図像が明示される。四大や五臓の病に「鬼病」が深くかかわっていることが知られる。

『摩訶止観』本文で続く第五の「魔の所為」は、説明文では「魔病」とされ、「鬼(病)」と異ならず、「鬼」は病身の身を殺すが、「魔」は観心を破り、法身慧命を破り、邪念を起こさせ功徳を奪うのだ、という。「鬼病」と「魔病」が対比されるが、前者の殺傷力の強さが後者との識別の区分になっているようだ。

大蔵経のデータベースで検索すると、「鬼病」の用例は二四二例出てくる。『仏入毘耶離除一切鬼病経』という経典名もあり、『陀羅尼集経』などの真言の陀羅尼系に用例が多く、病気退散の修法で唱えられる呪文の文言によく出てくる。仏教医学では周知の病であり、『大方等陀羅尼経』などでは、

乾陀鬼病、狂乱鬼病、不語鬼病、不開眼鬼病、吸人精気鬼病、唾人鬼病、視人鬼病、食膿血鬼病、棄米火鬼病、魑魅鬼病、迷人鬼病、食髪鬼病、能令人無心識鬼病、食人心鬼病、大疫鬼病

等々、細分化された「鬼病」があまた出てきて、際限がない。要は四大不調による五臓などのバランスの崩れから様々な「鬼」が作用して「鬼病」を引き起こし、その「鬼病」の内実も多種多様に増殖していたことを意味する。

『今昔物語集』の典拠として知られる、遼代の仏教説話集『三宝感応要略録《さんぼうかんのうようりゃくろく》』下巻第二五「罽賓国行千臂千眼像法免難感応同経」(典拠『千臂千眼観世音菩薩陀羅尼神呪経』上巻)には、昔、罽賓国《けいひんこく》に疫病が流行した。ある人が病にかかり、一日二日たたずに死んだ。すると婆羅門真諦が現われ、この千臂《せんぴ》千眼《せんげん》観音像の陀羅尼で修法を行い、治療して疫病も収まり、行病鬼王が国境を出たという。

また、『太平広記』巻一〇八には次のような話が見える。成都の李琚《りきょ》という人が大中九年(八五五)、

四月十六日に急に疫疾にかかり、恍惚状態の内にある者が現われ、「行病鬼王」と名乗り、李琚を罵って、「お前は多くの罪を犯したがまだ連れて行かなかった。明日また三人の妻と来るから酒の席を用意しておけ」と言う。李琚は饗応してどうして妻が三人いるのかと聞くが、その妻たちは怒ったり泣いたり声は聞こえるものの、他の人には見えず、二十一日に去って行き、李琚はこれを見送る。その後、李琚は冥土に連れて行かれるが、『金剛経』の書写の功徳で戻ることができた、という。

経典の書写の霊験による冥土往還譚の典型だが、冒頭に「行病鬼王」が現れ、三人の妻をも連れてきて饗応させる。冥土の獄卒の類であろうが、名前の印象はより強い。『地蔵菩薩本願経』巻一「忉利天宮神通品」第一にも、娑婆《しゃば》世界の諸大鬼王として、悪目《あくもく》鬼王、噉血《たんけつ》鬼王、噉精気《たんしょうき》鬼王、噉胎卵《たんたいらん》鬼王について「行病鬼王」が出ており、これらの鬼王達が集まったという。ちなみに前章でみた宝誌《ほうし》和尚もこの「行病鬼王」と関連があったようだ。宝誌は、「行病鬼王」の侵入を防ぐ密教の観音陀羅尼の呪力を持ち、予言力が宝誌の観音化身をもたらした、という。

このような「行病鬼王」こそ日本でいう「行疫流行神《ぎょうやくるぎょうじん》」に相当すると考えられる。十二世紀の『今昔物語集』巻二七「霊鬼」第十一「或所膳部、見善男伴大納言霊語」には、行疫流行神になった大納言伴善男《とものよしお》が登場、公に仕えた恩に感じて流行病の勢いを抑えた、とまでいう。歴史上名高い応天門放火事件で伊豆に配流され、戻れずに亡くなった一種の怨霊である(『伴大納言絵巻』、『宇治拾遺物語』)。『今昔物語集』では、行疫流行神の善男は以下のように述懐する。「私は思いの外に公のために罪を犯して重い罰をこうむったが、公への恩義があるので今年、天下に疫病がはやって多くの人が死ぬところを咳病に止めたのだ」と。

この流行病は今でいう、インフルエンザなどに相当するのだろう。『三代実録』によれば、応天門事変前後の貞観年間はたしかに咳病が流行していたようだ。ここの伴善男は、怨霊としては菅原道真の天神や崇徳院《すとくいん》などと比べると、だいぶパワーが弱い印象ではあるが、それでも流行病の度合いを左右しうる力を持っていたようだ。

また、十三世紀の無住の仏教説話集『沙石集《しゃせきしゅう》』には、各話の表題に「鬼病」そのものの用例がみられる。

中頃、比叡山のある僧が日吉の大宮に参籠した夜半、夢にもうつつにも非ず、大勢の異形の行疫神を見る。「天下の災いであるから、山の僧も少々頂戴しよう」と言うと、神人が、「山門の学者を許してはならぬが、山を下りて郷里に帰ろうとしている僧がいるから、それを少し病気にしてやれ」と言うのを受けて、疫神達は出かけた。しかし、その郷里に帰ろうとしていた僧が、『摩訶止観』の円満頓足《えんまんどんそく》の文を誦《じゅ》していたため、鬼神は近づくこともできず、そのまま日吉大社に引き返し、神も「それではどうにもならない」と言ったので、異類どもは去った、と見て、参籠の僧はその僧の所に行き、その話を伝えると、僧はそのまま比叡山にとどまった、という（巻五本・一「円頓の学者の鬼病免れたる事」）。

比叡山の僧が日吉大社に参籠した折の夢想で、帰省しようとしていた僧が行疫神の標的にされるが、『摩訶止観』を暗誦していたため、助かったという話題。表題の「鬼病」の内実は、疫病であり、「行疫神の異形なる」＝「疫神ども」＝「鬼神」＝「異類ども」と場面ごとに言いかえられ、表現の多様性がみられる。これも先の伴大納言の話と同様の「行疫神」にほかならないだろう。話末には、円頓止観の肝心の文の力で、日の光が霜露を消し、薬師仏が病患を癒やすように、災難を除き、業障も必ず消えるであろう、という。

別に『沙石集』巻五本・四「慈心ある者の鬼病を免るる事」をみてみよう。

中頃、三井寺《みいでら》に式部という若い僧がいた。また侍従《じじゅう》という優れた学僧もいた。式部は学問がなかったが、性格が穏やかで、人から好かれ、情けや慈悲があり、子ども達も里から来てなついていたので、絵を見せたり、遊戯をして遊んでいた。ある上役が新羅明神に参籠して夢に見たのは、異類の鬼神が宝前に参り、神官一人が会って、「式部を助け、侍従を召せとの明神の仰せである」と言った、とある。

侍従は学生《がくしょう》であっても自利の心で無益であり、式部は慈悲ある者で不憫だとの新羅明神のお告げがあり、結局、式部は助かり、侍従は病没する。ここでは、「異類の鬼神」とある。いくら学が優れていても自利ではだめで、慈悲の利他の方が勝るという話題。夢想譚の型である地主神と疫神とのやりとりで、先の例とも共通する。しかも表題に「鬼病」とあるだけで、本文にはなく、疫病の意味で使われていることが明らかである。

ついで同じ十三世紀の『渓嵐拾葉集』には、「青色大金剛夜叉辟鬼《へきき》魔法、別名を辟鬼殊法という。鬼病が次第にひろまり、あちこちで流行する。夫妻子孫や兄弟姉妹等に伝わり、それで時の人が屍鬼《しき》病と伝えた。天下の名医も治療できず、仏法が衰退していき、国王大臣后妃婇女や国中の僧尼も鬼神に犯されるばかり。上品は癩児、中品は伝屍、下品は狂乱とされ、それで父母も親しい者を忘れ、妻子も恩義を棄てた、という」などとあり、ここでは疫病としての「鬼病」が明記される。

一方、時代が下がって、十六世紀以降の語り物の古浄瑠璃『阿弥陀の胸割り』などにも疫神は登場するが、だいぶ恐ろしさは薄れている印象を受ける。

その物語は、天竺の吠舎釐《ヴぁいしゃーりー》国の慳貪《けんどん》な長者「かんし兵衛」を懲らしめるための尖兵として、釈迦が第六天魔王に始まり、「九万八千の疫神達」、「地獄の異類異形の鬼共」、「牛頭馬頭《ごずめず》、阿傍羅刹《あぼうらせつ》」の鬼等を次々と派遣するが、悪魔を払う剣で撃退されてしまう。次々と異類異形を繰り出していく物語の漸層《ぜんそう》法《ほう》とでもいうべき手法の一環だが、「行疫神」がパロディめいた面に傾斜していく方位がよくうかがえよう。

いずれにしても、「鬼病」の内実が行疫流行神に代表される、疫病をもたらす疫神であったことをこれらの言説類はよく示しているであろう。

また、ここでは充分展開できないが、近年着目される医事説話の分野から鬼や虫の問題を扱う面とも深く交差するであろう(美濃部重克、二〇一三年)。

鬼の起源

かつて、鬼の語源は『和名類聚抄《わみょうるいじゅしょう》』にいう「隠」=オニ・ヲニ(於邇)説が通説化していた。これに対して、近年の山口健治論(二〇一六年)は、『和名類聚抄』の説は傍注であって、決定的な根拠を欠くとし、疫病を意味する「瘟」(オン、えやみ)が音通で「遠」に通ずるとの「遠」説を提起して注目される。鬼・瘧鬼(エヤミノカミ、オニ)からみる解釈で、「隠」説よりも説得力があるといえよう。たとえば、平城京二条大路・出土木簡にみる「遠遠遠遠遠遠物物物物」の文字列は、出土場所がまさに追儺《ついな》の場であることなどからみて、ヲニ(遠)=モノ(物)とみなせ、その説を裏付けるだろう(図6-1)。

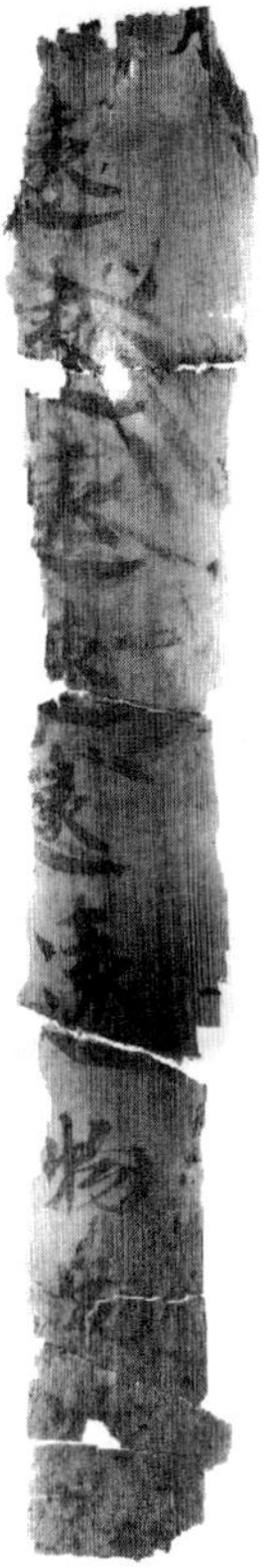

図6-1　平城京二条大路・出土木簡(新木簡データベース「木簡庫」より)

また、木簡の「南山之下、有不流水、其中有一大蛇九頭一尾、不食余物、但食唐鬼、朝食三千、暮食」は中国の医書『千金翼方《せんきんよくほう》』に拠っており、「唐鬼」＝瘧鬼＝瘟鬼という瘟神《おんしん》信仰にもとづくとする。瘟疫観から鬼を考える説である。「邪鬼、鬼神、姦鬼、鬼魅、鬼」（『日本書紀』）、「餓鬼、妖鬼」（『万葉集』）、「疾鬼」（『常陸国風土記』）等々の上代文学にみる多様な表記とあいまって、「瘟」（「遠」）こそヲニだ、ということになるだろう。

そのことは、芸能史で名高い追儺の儀礼である鬼やらいとも重なってくる。これは郷儺《きょうだ》、追儺等々、東アジアの儺《おにやらい》文化といわれる芸能にひろがり、疫鬼、鬼、怨霊はまさに鍾馗《しょうき》、五道神《ごどうしん》、武塔神《むとうしん》、牛頭《ごず》天王《てんのう》などの疫神信仰ともつらなってくるのである。

いわば、鬼をめぐる儀礼、芸能と仏教医学にみる「鬼病」との交差であり、根源としての「鬼病」観がある。鬼の儀礼にかなうのがまさしく「鬼病」であり、「行病鬼王」であった。仏教医学から追究してきた鬼の問題と儀礼や芸能にみる鬼のありようとがここで重なりあう。従来から言われてきた芸能における問題の根源が実は「鬼病」などをはじめ、仏教医学にみる鬼観にもとづくことが明らかになる。芸能面から特化するだけではなく、今後さらにこうした仏教医学にいう基層から追究されるべきであろう。

まさに「鬼病」なる「見えない鬼」が、外部に形象化されて「見える鬼」に変貌するのである。

鬼のイメージと文芸

現在につながる日本の鬼のイメージはいつ頃から形作られたのであろうか。早い例に八世紀の『風土記』がある。『出雲国風土記』大原郡《おおはらぐん》・阿用郷《あよのさと》にいう、古老伝へて云く、昔、或る人、此処に山田を佃りて守りき。その時、目一つの鬼来て、佃る人の男を食ふ。その時、男の父母、竹原の中に隠れて居りき。時に、竹の葉動けり。その時、食はるる男、「動く動く」と云ひき。故れ、阿欲と云ふ。神亀三年、字を阿用と改む。

人を食う一つ目の鬼が不意に現われ、田にいる男を食ったという話で、異形の者の背後に、日常に潜む非日常の異界や異類の存在を強く意識させる不気味な話題である。竹は人の生と死にかかわる面が少なくないが、この説話も該当するであろう。鉄の文化をめぐる製鉄の道具のたたらと従事者の片目の問題を示唆するとされるが、この鬼の正体はよく分からない。

九世紀の『日本霊異記《にほんりょういき》』でも、鬼が女人を食う話があり（中巻第三三）、「鬼啖《きたん》」の語もみえる。この鬼は男に姿を変えて婿入りし、持参した財宝は実は畜生の骨だったという。我が身も物も変化させる力を持っていた。先の『出雲国風土記』の話よりもさらに怪異性がまさり、来訪する異人の面も持つ。一方、上巻第三の有名な道場法師《どうじょうほうし》と鬼の話題では、

鬼、夜半ばかりに来れり。童子をのぞきて視て退く。鬼また後夜の時に来たり入る。すなはち鬼の頭髪を捉へて別に引く。（略）童子、四角に鬼を引きて依り、灯の蓋を開く。晨朝の時に至りて、鬼おのが頭髪を引き剝たれて逃げたり。

明くる日に、その鬼の血を尋ねて求め往けば、その寺の悪しき奴を埋み立てし衢《ちまた》に至りぬ。すなはち知りぬ、その悪しき奴の霊鬼なりといふことを。頭髪は、今に元興寺にありて財とす。

とあり、道場法師に頭髪をつかまれ引きずり回された鬼の血の跡をたどると、寺の悪事を働いた従者を埋めた衢に行き当たり、鬼の正体が分かったという。衢はまさに生と死、異界と此界の境界である。この話から霊鬼は頭髪をそなえ、血を流す存在であったことが知られる。『摩訶止観』の注釈書『止観輔

行伝弘決』（湛然、八世紀）や『弘決外典鈔《ぐけつげてんしょう》』（具平親王《ともひらしんのう》、十世紀）を『日本霊異記』解読の鍵とする河野貴美子論（二〇一六年）によれば、「鬼」（キ）は「帰」で、死んで鬼となって骸《むくろ》が衢の土に埋められた、とみる中国の概念に符合する、という。先の婿入りの鬼とも相違し、鬼の多面性がうかがえる。東アジアの志怪譚類をふまえた怪異譚が法会の場の教説として頻繁に語られ、熟成していたことがうかがえる。

十世紀、仮名の初期物語の『竹取物語』にも、貴公子の難題譚でくらもちの皇子が偽装して騙《かた》る遭難譚に「鬼のやうなる物、出できて殺さんとしき」とあり、これは漂着した島での異人表象の典型例となっている。奇怪で恐ろしいモノは、異人も異類もひとしなみに「鬼」と形容された。つまり鬼とは外部の他者にほかならない。『伊勢物語』のこれも著名な芥川の段に「鬼はや一口に食ひてけり」という「鬼一口」の成語にかかわる表現がみえる。『出雲国風土記』や『日本霊異記』の「鬼啖」に等しく、民俗の深い基層につらなるのであろう。

ここに至るまでの、文字の世界に残らない口頭伝承（フォークロア）の長く厚い層を思うべきであろう。平安時代の都市社会の進展に応じて、鬼はその異類・異形性を高めていく。平安時代こそ鬼が明確な形で文字文芸に躍り出てくる画期の時代といえよう。

十一世紀、『源氏物語』で名高い紫式部の歌とその詞書《ことばがき》にみる、これも著名な鬼の例があり、しかも絵画化されていたらしい。

絵に、物の怪のつきたる女のみにくきかた描きたる後に、鬼になりたるもとの妻を、小法師の縛りたるかた描きて、男は経読みて物の怪せめたるところを見て、

亡き人にかごとをかけてわづらふもおのが心の鬼にやあらむ

返し

ことわりや君が心の闇ならば鬼の影とはしるく見ゆらむ
（『紫式部集』四四、四五）

物の怪のとりついた女と、その背後にいる物の怪の正体である鬼になった元の妻、その物の怪を小法師が縛り上げ、男が誦経によって物の怪を調伏する図像をもとにした歌。この設定は今の時代では分かりにくいが、森正人氏の詳細な分析があるように（二〇一九年）、男と二人の妻をめぐる嫉妬や怨念の凝縮された姿であり、おのずと一編の説話を表わしてもいる。それに和歌で、「心の鬼」「心の闇」「鬼の影」を重ねたものである。

元の妻は死霊か生霊で現われ（それを「鬼」とする）、今の妻にとりついていて、それを男（夫）が経を読んで追い払おうとしている。「小法師」とは験者が呼び寄せた護法童子《ごぼうどうじ》であり、元の妻の霊を縛り上げて責めさいなんでいるわけで、その姿は一般の人には見えない。この絵は見えないモノをも描いているわけで、森論にいう「異次元同図法」とする把握が適切である。『信貴山縁起絵巻《しぎさんえんぎえまき》』の有名な空飛ぶ剣の護法童子が描かれるのと同様である。見えないものを描くのが当時の絵画の持つ呪的ともいえる力技であった。

ここでいう鬼とはいかなる図像イメージであったか。呪縛される面からみると、それなりの妖怪系の実体ある鬼の姿ともとれるが、ここはやはり東アジアに伝統的な霊（生霊か死霊か）に相当すると思われる。残念ながらこの絵はもとより紫式部の時代の鬼の図像は残されていない。鬼をめぐる実体的なイメージの如何は不明である。

平安後期、十一世紀後半の短編物語集『堤中納言物語《つつみちゅうなごんものがたり》』の『虫めづる姫君』には、「鬼と女は人に見えぬぞよき」という有名な一節がある。これが鬼の語源の「隠」説などにも響いてくるが、見えない鬼を指向する背景には、すでに見える鬼の異形への畏怖が感じられる。あるいは、『法華経』などにみる、しばしば女性に変じた羅刹鬼などのイメージを重ねあわせてもよいだろう。

しかし、その一方で時代とともに鬼は人の身近にいる異類の典型となり、祭礼をはじめ、さまざまな姿かたちで登場するようになる。畏怖の観念とともに、共同体のすぐ隣にいる親しみやすいイメージも加わっていく。すでに十三世紀の『宇治拾遺物語』にみえる、昔話と共通する有名な「こぶとり爺」に出てくる鬼なども(第三話)、どこかなじみやすく人間に近く、その一方でこぶをとったりくっつけたり、人智を越えた力を持つ何かを思わせるものがある。

見えない鬼――「鬼ニヤ有ラム」

十二世紀の『今昔物語集』巻二七「霊鬼」は、霊や鬼などの怪異を語ることをテーマとする、怪異譚の一大集約として注目されている。この巻で『今昔物語集』は徹底して怪異の正体を分析し、霊・鬼・精・物・狐・野猪《くさいなぎ》などに分類し、序列化しようとしている。怪異の実体を見きわめ、言語によって正体をあばくことで制圧し、さらには人と妖異との棲み分けをはたそうとしている。妖怪変化譚を無目的に趣味的に語っているわけではない。

そこには人が怪異とともに棲み分けて生きなくてはならない社会的な要請があり、切実感がある。「妖怪が出没したり、鬼が住みついているような危ない所には近づくな」といった教訓には、闇に生きるものたちに向けられた切迫した思いが伝わってくる。暗闇が真に生きていた時代でなければ想像しえない世界であろう。フランク氏のいう「超自然的判決例」の解釈も所以なしとしない。

しかし、問題は明確で具体的な鬼だけではない。『今昔物語集』には、実際に鬼が登場しなくとも鬼ではないかと想像される型が少なくない。これを称して「鬼ニヤ有ラム」型と見定めることができる。

人が何かわけの分からない恐怖にとりつかれた時、その原因を鬼ではないかと想定し、名付ける、それが「鬼ニヤ有ラム」である。登場人物がそう思う場合と語り手がそのように判断する場合とがある。たとえば、食べ物を入れておく餌袋《えぶくろ》から忽然と中身が消えた話（巻二七第一二）でも、これは鬼ではないか、と誰かが言うや、皆一様に怖れたという話がある。残虐な話でなくても、鬼のしわざと考えられ、周囲も反応するところに共同幻想としての鬼のイメージがうかがえる。ここに、見える鬼と見えない鬼の相関がある。

『今昔物語集』は「霊鬼」の正体をあばき、怪異を序列化し、言語で制圧しようとする。死への恐れ、見知らぬ他者や異界への畏怖などに根ざす、人の心の奥底にひそむ、とらえどころのない恐怖を実体化して「鬼」と名付ける。そのような幻想領域を取り出している。「鬼ニヤ有ラム」は曖昧なイメージではない、明確な実体をそなえた具体的な鬼の形象が一方にあってはじめて成り立つ。

だから、リアルな鬼の描写と、想像や幻想のうちの「鬼ニヤ有ラム」とは決して別次元にあるわけではなく、相互補完的にかかわりあっている。鬼が簡単には現われない面と、ひとたび出現するや圧倒的な力で人を食い殺す面との両面性を『今昔物語集』はとらえている。紫式部の歌の「心の鬼」「心の闇」「鬼の影」などとも響き合う。「鬼ニヤ有ラム」はそうした、見えない鬼をいかに見すえるかに腐心し、あるいは背後や深層に見えてくる「鬼」のイメージに恐懼する人々の心意を表わす表現なのである。

図 6–2　『地獄草紙』の鬼（東京国立博物館蔵，小松茂美編『餓鬼草紙 地獄草紙 病草紙 九相詩絵巻』日本絵巻大成 7，中央公論社，1977 年）

平安期にはすでに今日につながる鬼のイメージが定着し

ており、それは『往生要集《おうじょうようしゅう》』などに凝縮される地獄絵や六道絵《りくどうえ》などによる地獄のもつリアリティの増幅、深化が深くかかわっていたであろう（図6-2）。人の死後、「地獄は必定《ひつじょう》」との認識の進展に見合って、地獄の獄卒がついには人間の共同体に侵出してきた結果にほかならないと思われる。

それは同時に紫式部の言う「心の鬼」「心の闇」「鬼の影」などという人の精神に深く宿す鬼の問題、「我が心でありながら混沌として得体が知れず統御の埒外にあるもの、それゆえ鬼と呼ばれるほかないもの」（森正人、二二六頁）であり、これこそ仏教医学の課題でもある「鬼病」にもかかわってくるであろう。

地獄の鬼から地上の鬼へ

結論から先に言えば、今日我々がイメージする鬼は、仏教でいう六道世界の餓鬼や地獄の鬼に相当する。地獄道に堕ちた亡者を責めたてる獄卒こそが鬼のイメージの原型と思われる。地獄に限られていたモノが次第に俗世の異類として浮上し、表舞台に登場するようになる。人は邪悪なものとして排除する対象を常に必要とし、鬼はその象徴としての意義を持つ。鬼は日本の社会に多様にイメージ化された、〈負〉の想像力に作用し続ける。人が生きる限り負い続ける死の恐怖とも密接につらなっているだろう。疫病などと結びついて「鬼病」の「鬼」が実体化され、『出雲国風土記』や『日本霊異記』にみるような基層の人食い鬼とも結びつき、具体的な図像イメージを獲得して、より増幅していくのである。

こうした地獄の鬼の形象はおのずと絵画化され、それがイメージの形成に決定的に作用した。地獄絵の鬼のイメージこそ、一般的な鬼の原型であり、それが東アジアで薄く、日本で強いのは、まさに地獄観の差違にかかわるのではないだろうか。日本では、次第に死後の地獄のイメージが強くなっていくが、これは言いかえれば、現実と接続しつつも隔絶する他界としての死後の世界がリアリティを持っていたからで、現実中心の道教や儒教の死生観と基本的に相違する。「地獄は必定」という見方がひろまるのに合わせて、地獄の鬼達がさりげなく、当たり前のごとく現世にも侵出してきた、ということではないだろうか。

地獄ではなく、一般的な次元での鬼の具体的なイメージを伝えるごく早い例は、『吉備《きびの》大臣《おとど》入唐《にっとう》絵巻《えまき》』の著名な阿倍仲麻呂の鬼であろう（図6−3）。十二世紀末期から十三世紀初期、後白河院の命による制作とされる。

図6−3　『吉備大臣入唐絵巻』阿倍仲麻呂の鬼（ボストン美術館蔵，前掲『吉備大臣入唐絵巻』）

遣唐使として中国に来た仲麻呂が難題を解決できずに殺され、怨念がもとで鬼になる。後から来た吉備真備と親しくなって、難題解決の援助を行う。実際は、二人は同じ船で入唐し、真備は先に帰国した。二度目の派遣の折、真備は長安で仲麻呂と再会したはずだ。帰国の途次、揚州で鑑真も乗せるが、仲麻呂の乗った第一船のみベトナムに流され、結局戻れなかった。そうしたことがこのような説話をもたらしたのであろう。

絵巻の物語でみれば、真備は日本から来た優れた人物として中国の王に怖れられ、楼閣に閉じこめられる。そこへ深夜に鬼が訪ねてくる場面。この後、真備の毅然とした態度に威圧されて、鬼は正装の束帯《そくたい》姿に変身してあらわれるが、形相や手足の爪など異類の面影は消えていない。

仲麻呂の鬼の形象は、現在の我々の抱く鬼のイメージとほぼ変わらない。地獄絵から抜け出た鬼のイメージの現存する最も早い例に当たるのではないだろうか。恨みが残って鬼となり、異国に来て帰れずに亡くなった人々、

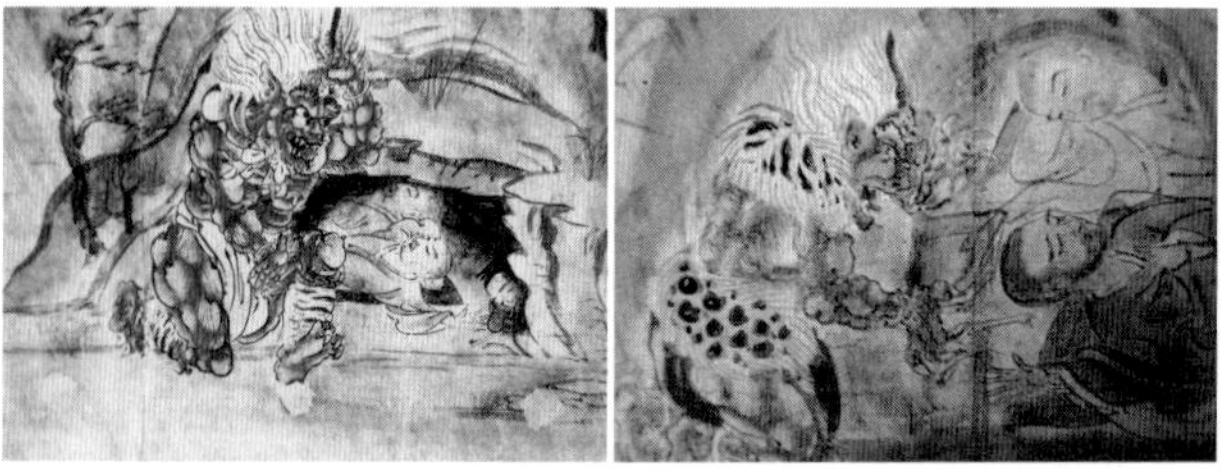

図 6-4 『華厳宗祖師絵伝』義湘絵(左), 元暁絵(右)の鬼の図(高山寺蔵, 前掲『華厳宗祖師絵伝』)

不本意にも命を落とした人々の浮かばれぬ霊の姿がここに凝縮される。『万葉集』にいう「行路死人」の海外版にほかならない。怨霊や浮かばれない魂を鎮魂、慰《い》撫《ぶ》する、御霊《ごりょう》信仰にも近い(これらの絵巻を私見では「御霊絵巻」と呼んでいる)。海外で不運にも命を落とした魂が仲麻呂の鬼の図像に凝集される。

絵画化された鬼の早い登場として注目され、このようなイメージは十世紀から十一世紀辺りに進展する地獄・極楽思想の深化とも対応しているのではないだろうか。森正人論(二〇一九年)では、鬼と獄卒を峻別し、それが一体化してくるのは、「平安時代極末以降」(一九四頁)とするが、『今昔物語集』震旦《しんたん》部の唐の『冥報《めいほう》記《き》』にもとづく冥土蘇生譚では、双方とも獄卒を「鬼」としており、冥界の存在を「鬼」とする中国本来の用法も混在している点も無視できない。イメージ変移の問題は文献だけからは即断できないだろう。

ついで古い図像が十三世紀前半、鎌倉時代の『華厳宗祖師絵伝』(高山寺蔵)にみる鬼の形象である。中国の『宋高僧伝』をもとにしつつ、義湘《ぎしょう》絵の詞書では、

> 元暁法師、夢のうちに鬼物に襲はれて、心安からずして驚きぬ。もとより智者なれば、この時に甚深唯識《じんじんゆいしき》の道理に悟入す。昨日は常の塚なりと思ふに、心平らかにして怖れなし。今夜は亡人の墓なりと見て、忽ちに鬼物に襲はる。一切の諸法、皆一心の変ずるところなり。心の外に氏師を尋ぬべからず。「我はこれより帰りなむ」といひて、新羅に留まり給ひぬ。

となる。夢の中に現われた鬼、それは心の中に宿る実体のない鬼であった。すべ

ては心に帰着する、「三界唯心、万法唯識」(『宋高僧伝』義湘伝)であることを悟った元暁は新羅に戻ってしまう。「義湘絵」、「元暁絵」ともに同じ夢見の場面を絵画化しており、実像の鬼が墓穴をのぞき込む姿が描かれている(図6-4)。この鬼も先の仲麻呂の鬼と共通するイメージである。ここでは、「心の鬼」が実体化され、明確な図像として形象されている。この「義湘絵」の鬼は一体どこを見ているのか。中の義湘らをのぞいているが、同時に読者に顔を見せている、そういう形象であり、完全に中をのぞき込んでいる「元暁絵」と全く対照的である。

「心の鬼」と実体的な鬼のイメージが交差する例として興味深いものがある。

鬼の諸相――物語とイメージの肥大化

時代が下がるにつれ、鬼は妖怪系の恐ろしい巨大なイメージとして肥大化していく。すでに『法華経』などの仏典系でも羅刹鬼《らせつき》などがよくみられる。ふだんは女で、時に恐ろしい鬼に変化するが、十二世紀には、図像の上で和装の十二単衣の女房に変貌する。修行者を守護する十羅刹女《じゅうらせつにょ》として描かれ、暴悪な羅刹鬼と柔和な女人との両面性をもっていた。実際、『今昔物語集』をみると、羅刹は容易に女人と鬼とに変化している。普賢菩薩《ふげんぼさつ》は、『法華経』の行者や信者の守護神で、十羅刹女はさらにその守護を務める役目を負っていた。

十五、十六世紀、室町期の作とされる『百鬼夜行絵巻』は、しばしば「百鬼夜行」そのものを描いたと誤解されているが、本来別物であり、絵巻はむしろ道具類を妖怪化させて室内でパレードをくり広げる「百鬼夜行」のパロディとみなすべきである。絵巻に描かれた場が室内であることは、女房達の化粧(化生)場面にみる几帳やほかに唐櫃《からびつ》や皮籠《かわご》などの収納具が描かれることからみて明らかである。同時にその唐櫃はまさしく鬼が破壊しており、そこから妖怪と化した古道具が続々と出てくる構図となっている。諸本によっては、この場面を巻頭にすえるものもあるほどで、まさに物の妖怪達を統括するような役目を鬼は帯びている（図6−5）。鬼の位置は明らかに道具類の妖怪より上位にある。

図6−5　『百鬼夜行絵巻』の鬼（小松茂美編『能恵法師絵詞　福富草紙　百鬼夜行絵巻』日本絵巻大成25，中央公論社，1979年）

ついでお伽草子の仏伝文学である『釈迦の本地《ほんじ》』の冒頭、雪山童子《せっせんどうじ》と鬼の話題をみると、名高い「諸行無常」の無常偈《むじょうげ》の最後の一句「寂滅為《じゃくめつい》楽《らく》」を教えてもらう替わりに命を鬼に捧げる童子こそ、後の釈迦であったという本生譚《ほんじょうたん》（ジャータカ）である。とりわけ、十七世紀前半と思われるロンドンの大英博物館所蔵絵巻がこの鬼の描写に意を注いでいる（図6−6）。童子を食べなんとする鬼は、まさに「七面大王」に相当し、これが帝釈天《たいしゃくてん》の化身だったわけだが、童子よりも鬼の方がはるかに巨大に描かれ、背に負っている七つ道具まで精細に提示される。明らかに焦点は童子ではなく、鬼に当てられている。これも読者に顔を見せる意味合いが強く、印象深く描かれる。

お伽草子の代表作として有名な『酒呑童子《しゅてんどうじ》絵巻《えまき》』は、鬼の絵巻の代表でもあり、十六世紀の狩野元信による作（サントリー美術館蔵）は、数多い諸本の代表となっている。神変鬼毒酒《じんぺんきどくしゅ》で酔いつぶれた童子の正体が鬼になり、頼光達によって鎖につながれる。斬られた酒呑童子の首が飛んで頼光の兜に食い付く場面は特に知られている。斬られた首が飛ぶイメージは蘇我入鹿の例にもみえ、怨霊と結びついている（『多武峯縁起絵巻』）。

『酒呑童子絵巻』の諸本の中で最も古いとされる十五世紀の逸翁《いつおう》美術館蔵『大江山絵巻《おおえやまえまき》』は、日本中世に流行した田楽を演ずる鬼達を描く点、きわだった特徴をみせる（図6–7）。画面の右端にみえる鼻高の赤い面は芸能の「王の舞」の面を示し、天狗イメージの原型のひとつと見なされる。

ついで、これも十五世紀、ベルリン東洋美術館蔵『天稚彦草子《あめわかひこそうし》絵巻《えまき》』の後半に天上界にいる天稚彦の父が赤鬼として登場、天上界に来た姫に次々と難題を化し、最後は瓜を投げると割れて水が出て天の川となり、天稚彦と姫の二人の中がへだてられる七夕伝説の機縁となる。

あるいは、最初にふれた疫病の正体としての鬼の表象は、『春日権現験記《かすがごんげんけんき》絵《え》』や『融通念仏縁起《ゆうずうねんぶつえんぎ》絵巻《えまき》』に見出せる。後者は鬼の集団が門前に押しかけ、経文念仏を聞く有名な場面であるが、ここはいわゆる鬼とは異なる異形異類に対するあらん限りの想像力を駆使して描き分けられた物の怪の姿が登場している。

図6–6　『釈迦の本地』絵巻，雪山童子と鬼（大英博物館蔵，平山郁夫・小林忠編『秘蔵日本美術大観2』講談社，1992年）

図6–7　『大江山絵巻』の鬼（逸翁美術館蔵，小松茂美編『土蜘蛛草紙　天狗草紙　大江山絵詞』続日本絵巻大成19，1984年）

このように、物語絵巻にみる鬼は、徹底して主人公に対峙して、その存在を脅かし、時として援助者となる〈他者〉の表徴として描かれ続ける。それは、釈迦の前身に与える試練や天稚彦のごとく男女の恋愛がかかわる試練を化すモノもあれば、酒呑童子のように、京の都自体を恐怖に陥れる反社会、反権力のモノもいる。鬼はそのような社会、共同体における必要悪の象徴であり、人がいかに排除すべき〈他者〉を常に必要としているかが最も端的に表わされている、といえるだろう。

東アジアの鬼への序章

ここで、東アジアの鬼に向かうステップとして、再度「鬼病」にかかわって、十世紀末の医学書『医心方』と百鬼の例からたどっておこう。

『医心方』は永観二年(九八四)、医師丹波康頼《たんばのやすより》の撰で、全三十巻。宮中に献上された。医師の倫理・医学総論・各種疾患に対する療法・保健衛生・養生法・医療技術・医学思想・房中術などからなる。天文二二年(一五五四)、正親町天皇《おおぎまちてんのう》により典薬頭半井家《てんやくのかみなからいけ》に下賜された。二十七巻分は十二世紀の平安時代、一巻分は鎌倉時代に書写され、二巻と一冊分は江戸時代の後補で、中国の散逸した医書を多く引用することなどから、東アジアにおける最も貴重な医書といえる。

この『医心方』巻二六第一三「僻耶魅方」をみると、「兼名苑《けんめいえん》」からの引用で、鬼をめぐる話がみられる。宗定伯《そうていはく》が夜中に鬼と遭遇、「自分は新しい鬼で鬼法を知らないが、鬼の恐れるものは何か」と聞くと、鬼は「人の唾だ」と答える。定伯は鬼を担いで歩き、鬼が降りるといっても許さず、明け方になって地面に降ろし、鬼が羊に変化したところで唾を吐いて、羊のまま千五百銭で売ってもうけたという。『捜神記《そうじんき》』(新修版・巻二二)、『法苑珠林《ほうおんじゅりん》』巻六、『太平広記《たいへいこうき》』巻三二一等々にも引かれる逸話で、中国では教科書にまで載るほどよく知られた話である。

ここで目を引くのは、男が鬼を背負い、最後は羊にしてしまう展開であり、また唾を吐いて変化させる型である。百鬼夜行と唾の呪力で、人が吐くか鬼が吐くかという違いと、人が鬼を背負うか、鬼が人を背負うかとの違いが注目される。

中国では、「人が鬼を背負う話」として、

女鬼は男を道に迷わせ、一晩中ずっと墓の間を歩かせた。そして、鶏が鳴くと、「下ろしてください」と言ったが、男は聞こえないふりをして、女鬼の尻をしっかり抱え込んで放さなかった。やがて、黒縄を取り出し手を後ろにそらして見ると、肥った大きな雄羊であった。

(鈴木博訳『鬼の話』一九九七年)

という例がある。フォークロアとしてそのモチーフは生き続けている。

これに対して、日本では鬼が僧を背負う話になる。十二世紀後半の『地獄草紙』の一部として知られる断簡の「勘当の鬼」図である(松永家旧蔵、現在は福岡市美術館蔵)(図6-8)。これは『地獄草紙』(東京国立博物館蔵)や『辟邪絵《へきじゃえ》』と詞書筆者が同一人物かとされる。

天邪鬼が毘沙門天に仕えていたが勘当され、忉利《とうり》天《てん》を追放されるが、天竺で寺を同じく追放された僧侶と出会う。彼を肩に乗せて歩くと、人々には浮遊して見えたので尊崇されるが、夜叉神に見破られ、鬼は僧を見捨て逃亡する、という説話の詞書《ことばがき》があり、鬼に乗る僧の姿が印象深く描かれる。これはやはり鬼の実体化のイメージがなければ人を背負う形象は考えにくく、中国の例ときわめて対照的な構図といえよう(中国にも鬼が人を背負う話はあるが)。

図6-8　『地獄草紙』断簡「勘当の鬼」図(福岡市美術館蔵,『やまと絵　受け継がれる王朝の美』東京国立博物館, 2023年)

唾の呪力でも同じことが言えそうである。『医心方』巻十四第五「治魘不寤方」では、『病源論(諸病源候論)』に云うに、人は眠っている時に魂魄《こんぱく》が外に遊び、鬼に取られてしまい、その精神が弱っているとさからうことができない云々。臥魘《がえん》(うなされる)で眠れない時は火を照らしてはいけない。その踵足の母指の甲際を甚く噛み、多くその面に唾をつければ治る、という。また、絶妙の美女を熟視してはいけない。まさに魑魅の物が人をして深く愛させるからだ。北を向いて魁岡神に唾してはいけない。凶事だ、という（『医心方』巻二七第一一「雑禁」）等々の例がある。

さらに『太平広記』巻二四二「粛穎士《しゅくえいし》」に、穎士が黄昏に美女と遭遇するが、野狐に違いないと唾を吐きかけると死んで野狐となった。その女は店の女だったという。

あるいは、『夷堅志《いけんし》』三志辛・巻二「永寧寺街女子」にも、唾をめぐる女人とのやりとりの話がみえる。

また、澤田瑞穂『鬼趣談義――中国幽鬼の世界』には、

> 六十余歳の陳老人が夜道をゆく。二人連れのものに遇って同行するうち、幽霊らしいと気づいて、「幽霊の畏れるものは何かと問う」と、「唾だ」と答えた。そこで老人が唾を吐きかけると、両幽霊は二、三歩退き、目を怒らせる。再び唾を吐きかけると、それぞれ半分に縮まる。三度めの唾で姿を消した。（清・黄鈞宰『金壺浪墨』巻一「陳在衡」）

といった諸例が挙げられる。いずれも唾を吐くのは人間であり、妖怪らを撃退する呪的な意味合いをもっている。日本でも、ここでは例示しないが、『俵藤太物語《たわらのとうだものがたり》』、『太平記』巻十五などの俵藤太のムカデ退治で、三本目の矢尻に唾をつけて退治できたという、唾の呪力がよくうかがえる。

これに対して、『今昔物語集』巻一六第三二「隠形男依六角堂観音助顕身語」では、十二月大晦日に一条堀川の橋（戻り橋）で百鬼夜行に遭遇、鬼に唾をかけられて透明人間になってしまう男の話がある。

概要は、観音の霊験譚で六角堂にいつもお参りしていた男が鬼の唾で透明人間になったことに気づき、観音に助けを求める。夢に現れた観音からここを出て最初に会った者の言うことを聞けと言われ、お堂

を出て最初に会った恐ろしげな牛飼い童に言われるままついて行くと、ある貴族の屋敷でとても入れそうもない門の隙間からすっと入ってしまう。奥の部屋に入ると、姫が病気で寝ている。周りを女房達が囲んでいるが、牛飼い童は男に打ち出の小槌でこの姫を叩かせる。もとより童と男の姿は姫や女房には見えていない。男は言われるまま姫の頭や腰を叩くと姫はたいそう苦しむ。

しばらくして、加持祈禱のために僧が呼ばれて来る。すると、牛飼い童はさっさと逃げだし、男はそのまま置き去りにされ、僧が不動明王の火界の呪文を唱えると、それが炎となって男の着物に付いた。どんどん燃えたので、男は堪えきれず声を上げて叫ぶと、もとの姿となって現われる。「男、真顕《まあらわ》ニ成ヌ」という表現が生きている。それまで人に見えなかった者が叫び声とともに目の前に姿を現わす様が「真顕」に凝縮される。験者《げんじゃ》の僧と姫と周囲を取り巻く女房達の前に不意に男が現われるわけで、さぞかし皆は驚いたことであろう。男は火界の呪文によって異界からこちら側に戻ることができたわけで、牛飼い童は悪神の眷属《けんぞく》、手下であった、という。

男は鬼に唾を吐きかけられて透明人間になるばかりでなく、打ち出の小槌で娘の体を叩かされる。その度に娘は苦しがる、まさに悪神が取り付いて、打ち出の小槌で叩いていたことが病苦の原因をなしていたのである。日常と隣り合わせの異界があり、異界側に入り込んでしまった男が、異界からこちらの日常世界を見るまなざしで物語が展開する。

当時は病とは、悪神が差し向けたモノが人の身体を叩いたり痛めつけることによる、という因果論で解釈されていたことが分かる。可視化された病の真因といえる。見えない裏の世界をかいま見て、男は戻る。呼ばれた修験者の加持祈禱による火界の呪文で衣に火が付き、男は叫び声をあげてもとの世界に戻る。それらのことどもはすべて男が帰依していた六角堂の観音の霊験であった、という実に手の込んだ物語である。

まさに見えない世界と見える世界のはざまに男は立ち入ったのであった。行役神《ぎょうやくじん》とは明記されないが、これこそ「鬼病」にも相当する病の原因をなすもので、ひとつの解釈学の帰結があったといえよう。

こうした唾に関しては、右の話をもとに分析した崔鵬偉論（二〇一九年）が詳しく、貞観九年（八六七）の『安祥寺資財帳《あんじょうじしざいちょう》』にみる、僧の不実に怒った執金剛神《しゅこんごうじん》が顔に唾を吐きかけて病気にしてしまう例を引き、『大方等陀羅尼経《だいほうとうだらにきょう》』巻四の「唾人鬼病」という病名などとも関連づけて示唆的である。

それにしても、この透明人間の話題は興味深く、はたして観音霊験はどこまで作用しているのであろうか。最初に会った者の言うことを聞けと言うのがお告げであるから、悪神の眷属たる牛飼い童と出会うことを知っていて、観音はすべての展開を見通していたことになる。まさに物語の演出者にほかならない。

ちなみに、ここで取り上げた『医心方』には興味深い説話がいろいろ出てくるが、「百鬼」の例もみられる（巻二六第一三「辟耶魅方」）。西王母玉壷丸《せいおうぼぎょくこがん》という薬を一つ頭上に付ければ恐れることは何もなく、葬式に出ても一つ持っていれば百鬼を避けられる。野外にとどまったり墓に行く時も一つ焼けば、百鬼は逃げ去る。一つを緋色の袋に入れて男は左、女は右の肘に掛けておけば、山精鬼魅も皆恐れる、という。辟邪法の一環として丸薬の効用がうたわれていた。

東アジアの鬼

最後に東アジアの鬼の諸例を拾っておこう。

まず中国では、鬼の例はたくさんあり、研究も多くあってそれ自体、一書のテーマになるので、ここでは鬼の具体的なイメージはいかなるものだったのかにしぼり、宋代の類書『太平広記』の鬼を中心にみておきたい。当書では、巻三一六から巻三五五まで、全四十巻、長短併せて四百話以上もの話題がまさしくすべて鬼にまつわるテーマで埋め尽くされている。以下、鬼の形状やイメージがたどりうる特徴的な例を原文表記のまま次頁の表にまとめておこう。

鬼のイメージの多様性に圧倒されるが、これらによると、体軀は「長丈余」「長数丈」など長身かつ痩身で、全体の色は黒や赤の場合が多く、眼は赤や黄、褌を着け、手に鑿や斧を持つ場合もある。自在に変身し、姿を消したり不意に現われたり、文字通り神出鬼没で、人語を解し、二鬼の対で行動することが多い。出現する場所は厠、路の側、軒、門等々、境界にまつわる所が多い。冥界の獄卒も登場し、人から賄賂をもらったりもする。日本のそれに似かよう例とそうでない例とが混在しており、概念にかなり幅がある。日本の鬼に比べ、より人の世界に身近に密着していて、それゆえ得体の知れぬ恐ろしさを感じさせる面もあり、圧倒的な超越的な威力を持つ日本の鬼との相違点も目立つ。

さらに注意すべきは、当書には「鬼」の部類にあっても、必ずしもすべてに鬼が出てくるわけではないことである。「鬼」の語彙がない話も少なくない。鬼が登場しなくても「鬼」としてとらえている例が多い。たとえば、沙門竺恵熾《じくけいし》が永初二年に亡くなり弟子が皆寺を出たが、明道《みょうどう》が病で一人だけ残ったところ、竺恵熾の霊が現われ、生前肉を絶つことができず、その報いに餓狗地獄《きくじごく》に墜ちたことを知らせた、という話がある(巻三二四・竺恵熾)。これなどは因果応報の悪報譚であり、恵熾の死霊を鬼とみなしているから、この部類に該当するわけである。むしろ本来の冥界の存在たる「鬼」にかなった例とみなせるだろう。

あるいは、尼の員智《いんち》が終南山で夏に修行中、夜の月明かりに大声で泣く者がいる。長八尺余で嗚咽甚

① **婦形変**為鬼。(巻 318・楊羨)
② 忽見一鬼, **長丈余**。(巻 318・李経)
③ 嘗於厠見一鬼。**長丈余**, **色黒而眼大**, 着白単衣, 平上幘。(巻 318・阮徳如)
④ 県中一鬼。**長三丈余**。跂上屋。猶垂脚至地。(巻 319・臨湘令)
⑤ 此鬼亦入。既入戸。鬼便**持斧**。行棺墻上。(巻 319・王戎)
⑥ 庁事東頭桑樹上有鬼。**形尚孺**。長必害人。(巻 320・劉道錫)
⑦ 有新死鬼。**形疲痩頓**。(巻 321・新鬼)
⑧ 忽見厠中一物。**如方相**, **両眼尽赤**, 身有光耀。(巻 321・司馬義)
⑨ 忽有一**赤鬼**。**長可丈許**。首戴絳冠。形如鹿角。[略]鬼乃吐舌張眼。以杖竿擲之。即四散成火。(巻 322・陳皐)
⑩ 会稽郡常見大鬼。**長数丈**, 腰大数十囲, 高冠衣服。[略]悉見火中有鬼。甚長大。頭如五石籮。其状如大酔者, 左右小鬼共扶之。(巻 323・謝道欣)
⑪ 鬼手中出一**鉄鑿**。可尺余。安著都督頭。便挙椎打之。(巻 323・施続門生)
⑫ 元嘉中。見一鬼。長三尺。一足而鳥爪。背有鱗甲。(巻 324・張承吉)
⑬ 母霊牀頭有一鬼。**膚体赤色**。**身甚長壮**。(巻 325・司馬文宣)
⑭ (黄父鬼)婢云, 意事如人。鬼遂数来。**常隠其身**。**時或露形**。**形変無常**。乍大乍小。或似煙気。或為石。或作小児。或婦人。或如鳥如獣。**足跡如人**。**長二尺許**。**或似鵞跡**。**掌大如盤**。(巻 325・郭慶之)
⑮ 有一鬼。**細長黒色**, **袒著犢鼻褌**。(巻 325・王瑤)
⑯ 忽見鬼満前。而傍人不見。須臾**両鬼入其耳中**。**推出魂**。**魂落屐上**。[略]問魂形状云何。道猷曰, **魂正似蝦蟇**。云, 必無活理。鬼今猶在耳中。視其耳皆腫。明日便死。(巻 327・馬道猷)
⑰ 向晨詣厠。于戸中遇一鬼。**状如崑崙**。**両目尽黄**。**裸身無衣**。(巻 327・道人法力)
⑱ 路側有一鬼。衣黄衣, 立高塚上, 神彩特異。(巻 328・慕容垂)
⑲ 何処鬼。言未終, 前檐頭鬼忽垂下二脛。**脛甚壮大**。**黒毛且長**。(巻 332・蕭正人)
⑳ 乃出門, 即見前鬼。**髡頭裸体**, **背尽瘡爛**。(巻 339・羅元則)
㉑ 江淮訛言, 有厲鬼自湖南来。或曰毛鬼。或曰毛人。[略]旁又有鬼。**玄毛披体而鬼変化無方**。人言**鬼好食人心**。(巻 339・劉参)
㉒ 二鬼相顧。我等受一酔之恩。須為作計。[略]見二鬼挈其銭而去。(巻 343・李和子)
㉓ 鶴鵲楼下見二鬼。各**長三丈許**。青衫白袴。連臂踏歌曰。(巻 346・踏歌鬼)
㉔ 即鬼物昼見。奇形怪状。変化倏忽。[略]乃空中語曰。吾鬼神。不欲与人雑居。(巻 355・陳守規)

だしかったが員智は正念して恐れなかったため、その者は何も言わずに去ったという(巻三三〇・尼員智)。これも正体は不明だが、長身であることなどが先の鬼のイメージにかなっているし、尼に関わるとすれば冥界の存在でもあった可能性もあるだろう。要は正体不明であることがおのずと「鬼」のイメージにつらなってくるわけで、そうした心的機制は『今昔物語集』の「霊鬼」のとらえ方と共通するだろう。

また、先に見た鬼を背負う宋定伯の話(巻三二一)に反して、鬼が書生を背負う話(巻三二一・安宜坊書生)もみられるように、「鬼」をめぐる問題は様々にひろがっていく。

ついで朝鮮半島の場合、鬼の古い例では、朝鮮古典の始発に位置する、十世紀の散逸した説話集『新《し》羅殊異《らぎしゅい》伝《でん》』第八にいう、「志鬼は新羅活里駅の人なり」「悶絶することやや久し。心より火出でてその身を焼く。志鬼すなわち火鬼に変ず」との「火鬼」の例がある。新羅の善徳女王《ぜんとくじょうおう》を恋慕した志鬼が霊廟寺で女王の行幸を待つうちに眠ってしまい、目覚めたらすでに女王は帰還後であり、女王が置いていった腕輪を目にして悶絶し、心火でその身をこがし、塔まで焼き尽くしたので、「火鬼」となったとされる。「志鬼」の名は他に例が見えず、「志」は「地」に音が通ずるので、仏教伝来以前の地主神的な存在であろうとされる。新羅時代の遺物で壁画や瓦などに鬼の図像が見られるのもあわせて注目されるだろう(図6-9)。

図6-9　新羅の壁画の鬼図（慶州博物館蔵）

高麗時代では、十三世紀の『三国遺事』巻一「桃花女　鼻荊郎《びけいろう》」に例をみる。

亡き真智大王と桃花女から生まれた鼻荊郎が異能ぶりを発揮し、夜な夜な鬼を引き連れて遊び回り、王から命じられて鬼に橋を造らせる。それでこれを鬼橋という。さらに王から鬼の一人吉達を役人に取り立て、興輪寺の楼門を造らせるが、吉達は狐に変身して逃亡、鼻荊郎はこれを追って殺害したので、鬼達はその名を恐れた。人々はそのことを詩にうたい、貼紙にして魔除けにしたという。

桃花女の名から桃と辟鬼のイメージが浮かび上がるし、鬼を使役して橋を造らせるのは日本の役行者《えんのぎょうじゃ》が鬼神を使役して葛城と金峯山に橋を架けさせる話と似かよう。この鬼には被差別的なアウトローのイメージが漂う。

同じ巻一「太宗春秋公」では、百済衰微の予兆の一つに、宮中の槐樹《えんじゅ》が人の泣き声のような声を発したとか、宮殿の南の路上で鬼が悲しみの叫び声を挙げたといい、蝦蟇《がま》が数万匹も樹上に登ったり、鬼が王宮に入ってきて、「百済は滅ぶぞ」と大声を挙げて地にもぐり、そこを掘ると一匹の亀が現われ、その背に「百済円月輪、新羅如新月」とあり、新羅勃興の兆しと読んだ巫者を王は殺してしまった、という。様々な怪異現象が列挙され、百済滅亡の前兆に結びついていく、その中に鬼の予言があった。鬼が地にもぐって、そこから亀が現われるという転換も興味深い。

あるいは、同じ『三国遺事』巻五「密本摧邪」では、僧の密本が善徳女王の病を『薬師経《やくしきょう》』の加持祈禱で治す。所持していた六つの環が飛んで女王にとり付いていた老狐と先に祈禱していた興輪寺の法惕《ほうてき》とを外に投げ飛ばした、という。また、丞相《じょうしょう》の金良図《きんりょうと》が子どもの頃、口もきけず体が硬直して動けなくなってしまう。一匹の大鬼が多くの小鬼を率いて家に入りこんでいた。鬼達は家のご馳走を食い散らかし、巫者の祈禱も馬鹿にして侮り、法流寺の僧を呼んでも鬼達は鉄の槌で頭を打って殺してしまう。密本が呼ばれると、小鬼達はおびえるが、大鬼は侮るものの、密本が来る前に四方から鉄で身を固めた大力神が現われ、大勢の鬼を縛り上げて去った。ついで無数の天神が現われ、円陣を組んで守護し、そこへ密本が現われるが、経を開けるまでもなく、良図の病は治った、という。

この鬼はやはり「鬼病」の鬼を示し、最初の「桃花女」の鬼は超越的な存在に使役される鬼、そして「太宗春秋公」の怪異の予兆を示す鬼等々、その姿は多様であり、本来は人には見えない存在が説話を通して実体化され、活動する様が可視化されているといえる。先の『太平広記』の諸例とも共通するであろう。

ついで朝鮮時代では、王朝創設期に活躍した鄭道伝《ちょんどじょん》の「謝魑魅文《しゃちみもん》」(一三九七年)に用例がみえ、『朝鮮王朝実録』をはじめ、成俔《せいけん》『浮休子談論《ふきゅうしだんろん》』、金時習《きんじしゅう》『金鰲新話《きんごうしんわ》』「南炎浮洲志《なんえんぶしゅうし》」(一四三五―一四九三年)等々が挙げられる。

朝鮮半島で鬼に相当するのが「トッケビ」である。これに関しては、近年の朴美暻論(二〇一五年)が興味深い成果をあげている。トッケビの初例は、ハングル表記の早い例の『釈譜詳節《しゃくふしょうせつ》』(一四四七年)が初例とされる(『月印千江之曲《げついんせんこうのきょく》』(一四四九年)、『月印釈譜《げついんしゃくふ》』(一四五九年)二一巻にも共通するか)。「ドッカビに福を請い、命乞いをするが、最終的には得られない」という一文である。ハングル表記によって、その語彙が明らかになった例であり、漢字表記ではすべて「鬼」と表記されてしまう可能性が高く、早くから口頭伝承でトッケビが伝わり、語られていた経緯をうかがわせるであろう。

あるいは、朝鮮時代十七世紀の野談ジャンルの嚆矢とされる柳夢寅《ゆもんいん》『於于野談《おうやだん》』にも興味深い鬼の例がみえる。野談集は日本の説話集に相当する。口頭伝承を文字化して、教訓や批評を加えたり、意味づけするもので、文学にとどまらず、歴史や宗教、民俗、美術等々、様々な分野から解読しうる興味深く重要な分野である。当初は漢文体が中心で、次第にハングル本が増えてくる。朝鮮時代に作品が多く輩出するジャンルであるが、日本ではまだ充分知られていない。簡便に読めるテクストがないので、訓読文を挙げておこう(大阪中之島図書館蔵写本『東話』、朝鮮漢文を読む会による)。

権擘《ごんらん》、少時に友人の疫に染まり、闔《こう》家混じて、時気、将に救わざらんことを聞き、往きてこれを観むとす。衆の止めて曰く、「一身を顧みず烈火の中に於いて、活人せんとするに、禍、一家に延べば奈何《いかん》せん」と。曰く、「生死に命有り、故人の阽《えん》死を見て、恝《けい》視して済わざるは不義なり。薬を賷ちて往き、之を救わむ」と。其の家に入れば、僮僕、死して相枕す。友人、擘の手を握りて泣き、因りて共に宿し、覚めて之を視れば、友、已に潜かに身を抽きて、他へ避る。擘、帰らんと欲すれども、夜なれば尚早なり。衆の屍を歴て、庁の外に出て、坐して仮寐す。

時に、細雨の収まり初めて、月色熹微なり。忽ち両鬼有り。倒さまにして簑衣をかぶり、墻を超えて入り、直に趍り前みて曰く、「其の人、遁れけり」と。庁の外に出て之を覓むれば、擘の在るを見て、其の一鬼の曰く、「其の人、在り」と。一鬼の曰く、「権政丞なり、干すべからず」と、復び墻を超えて走り、擘、衣を褰げて之を追う。行きて一曲巷に到りて、鬼の曰く、「其の人、此に在り」と。遂に門を超えて入れば、俄かに哭声有り。

権擘は一五世紀前半の実在の人で、世祖朝の文臣、歴史学者、文人。安東権氏《あんどんごんし》で、父は『高麗史』編纂者の一人、権踶《ごんてい》。韓明澮《はんみょんひ》とともに癸酉靖難《きゆうせいなん》のクーデターで首陽大君《すやんてぐん》（世祖）の即位に力を尽くし、左議政に上り詰める。首陽大君に親友の韓明澮を紹介するが、後に裏切られることがこの話にも関係するかとされる。この権擘が若い頃、友人が疫病にかかったのを、家族が止めるのも聞かずに見舞いに赴く。従者も亡くなっており、友の手を握って共に休むが、目覚めると友はすでに権擘を見捨ててよそへ避難しており、館の外でそのまま夜を過ごす。

やがて小雨も収まり、月明かりに見ると、鬼二匹がいて、逆さに蓑笠《みのかさ》をかぶっている。垣を越えて中に入ると、すでに友人はいない。鬼が館の外で権擘を見つけるが、「権政丞だから殺してはいけない」

と言い、垣を越えて出る。権摯が後を追うや、鬼は小道に入り、「あいつはここにいたぞ」と門の中に入ると、急に中で悲泣の声がした、という。

親友が見舞いに来たにもかかわらず、それを見捨てて逃げ出した男が鬼に見つかり命を奪われた、という顚末であろう。鬼が蓑笠をおびているのは、日本の鬼の隠れ蓑や隠れ笠を思わせて興味深い。鬼が二匹の対で行動するのも、先の『太平広記』で二鬼の例がいくつか見られたこととも重なってくる。疫病の原因をそのような実体化した鬼としてとらえていたこともよく分かり、本章の冒頭で取り上げた「鬼病」とも共鳴するであろう。ここでも、見えないはずの鬼の姿や会話がとらえられ、実体化された鬼によって疫病にかかる人間が特定され、選ばれていることが知られる。

最後に東アジアの〈漢字漢文文化圏〉としてベトナムを無視できないが、鬼に関してはまだ事例の検証が不十分で解明の余地が多く残されている。すでに鬼神の論として、グエン・ティ・オワイン氏の論（二〇一二年）があり、鬼神をめぐる内外の研究状況にふれ、妖異の現われる場として、大樹、堂、家、墓地、塚等々に着目し、鬼退治の説話をめぐって、鬼を退治する人物、鬼退治に使う物、道具などを分析し、退治の方法に格闘、問答などがあることにふれている。また、鬼に関するベトナムの資料として『粤甸幽霊集録《えつでんゆうれいしゅうろく》』『嶺南摭怪《れいなんせきかい》』『伝奇漫録《でんきまんろく》』『公余捷記《こうよしょうき》』『蘭池見聞録《らんちけんぶんろく》』『雨中随筆《うちゅうずいひつ》』等々があることも概括している。

いくつか示せば、十五世紀の『嶺南摭怪』巻一「鴻厖《こうひょう》氏伝」には、帝宜《ていぎ》伝子の時代、蚩尤《しゆう》が代りに国を守り、南の「赤鬼国」に赴くとある。この「赤鬼国」がどういう世界か、具体的にどういうイメージか、詳細は不明である。巻一「狐精伝」には、山下の穴に九尾の白狐がいて、寿命千余年、妖怪変化し、人となったり鬼になったりした、という。同じく巻二「金亀伝」にも、金亀、曰く、「これ、山川の精気、前の王これに附き、国のために讐を報いんとす。あわせて千載の白鶏有り。化して妖精となりて、七曜山に隠れて在り。山中に鬼有り。乃ち前代の楽工、此に埋葬して、化して鬼となる。傍に一館有り、人往来して宿す。館の主の名は悟空、一女あり、あわせて白鶏一隻あり。これ鬼精の余気にして、凡そ人往来して此に至り泊宿せば、鬼精、化して千形万状となり、以て人を害して殺し、死者甚だ多し。（略）」と。

（『越南漢文小説集成』第一巻、ベトナム漢文を読む会・金英順氏）

という例がみえる。白鶏が「妖精」となったが、その山中に「鬼」がいた。昔の楽匠が埋葬されてそのまま「鬼」となったもので、この白鶏もまた「鬼精」あり、ここに宿った者を殺した、という。ここの「鬼」は伝統的な死体が埋められて残る悪霊に等しく、先の『日本霊異記《にほんりょういき》』の道場法師伝に出てくる鬼と共通する。それは人に限らず鶏から発する精気もまた「妖精」「鬼精」となり、人に祟るのである。

あるいは、成立はだいぶ下がるが、奇談集の『喝東書異《かっとうしょい》』「山鬼」では、柴山下は樹木叢翠《じゅもくそうすい》、「鬼」が白昼に出て人に祟ったという。薄暮に農民の男が通りかかると、長身の「鬼」（「長鬼」）が左手をつかみ、「小鬼」二匹が右手をつかんで高樹の頂きに縛り付けた。家人が探し回り、樹下まで来るが、男は口を押さえられ何も言えなかった。数日後、山寺の鐘が鳴り、「長鬼」が寺の和尚が施しをくれるから行ってくると出かけ、二匹の「小鬼」が見張っているが男はこれを倒してようやく樹を降りる。男の体は蜘蛛の巣や雀の糞などにまみれていて、髪は鬼状態だったが、家で守られ、薬で治療し、半年後に回復した、という（『越南漢文小説集成』第十二巻）。

ここでは「鬼」の正体は不明であるが、山中に生息し、人に祟る存在で、上記の『嶺南摭怪』の「金亀伝」に等しい。しかも長身の鬼と小さい鬼二匹とがいて、寺院で施しを受けていた。おそらく供養の物を取っていたのであろう。

一方、地獄の閻魔に仕える獄卒「鬼卒」も登場するから（『見聞録』、『越南漢文小説集成』第十五巻）、すでにベトナムにおいても「鬼」は多様な存在としてあり、一元化できないことを知る。

「鬼」という漢語に記されることで、特有の鬼のイメージが消される面と、一方で鬼のイメージが共有される面との双方が混在ないし拮抗しあう位相がうかがえる。このことは日本をはじめ、朝鮮、ベトナムなど〈漢字漢文文化圏〉において共通の課題であり、ひろく総合的に鬼の課題を引き受けるべきことを提起するものとなっている。はたして、漢語の「鬼」に合致するのか、あるいは地域独自の妖怪（モノ）の翻訳なのか、予断を許さない面がある。

以上、まずは鬼をめぐる東アジア世界で何が問題になるかを検証してみた。鬼の問題は、東アジアにおいて依然として錯雑としており、文化史的な意義はもとより、広義の生命科学と人文学との連関をとらえる上で重要な課題であり続けるだろう。今後も継続して仏教医学の課題やイメージ表象と関連づけて鬼の問題を追究していきたいと思う。

III

東アジアと東西交流文学

楠山正雄訳『新訳イソップ物語』
岡本帰一画，1916 年(架蔵)

7　授乳の神話学――摩耶とマリア

母なるもの――摩耶とマリア

前々から気になっていて、あちこちの講演や講義で話したり、短文を書いたりしているが、まだ解決のつかない問題がたくさんある。そのひとつが摩耶《まや》とマリアの授乳図の偶合である。いうまでもなく摩耶は釈迦の母、マリアはキリストの母であり、いずれも世界宗教の始祖の母として崇敬を集める存在である。

以前、パリのルーブル美術館でマリアが赤子のキリストを抱いた、いわゆる聖母子像がやたらと多いので、気になりだしてことごとく写真に撮ったことがある。カソリック教圏ではことにマリア信仰は絶大で、基層の女神信仰の系脈を思わずにはいられない。母と子の永遠の宿命のようなものがそこには深く刻まれているからであろう。人は誰しも母から生まれてくる、そこに自らの存在の始原を呼び覚まされるものがある。とりわけ母と子のつながりを象徴するのが授乳である。乳は人がこの世に生を受けて最初に口にするものであるし、乳は血と言われるように生命の根源である。まさに「この世のあらゆる慈愛の聖なるシンボル」（マリリン・ヤーロム『乳房論』）と言えよう。

ゼウスが人間の娘アルクメネに生ませたヘラクレスを不死身にするために、女神の女王ヘラが寝ているすきにその乳を吸わせるが、ヘラが目覚めて怒り、ヘラクレスを乳房から引き離すと、乳が天に吹き出し、それが天の川となったという、有名なギリシャ神話がある。不死身のゼウスの由来と天の川の起源譚となっているが、生命の根源ともいうべき授乳の神秘性をものがたってあまりあるであろう。

摩耶の授乳

摩耶とマリアの授乳図の不思議な偶合は、授乳の相手がいずれも赤子ではないことだ。摩耶の相手は息子の釈迦ではあるものの、すでに悟りを開き、涅槃《ねはん》も遠くないほどの高齢である。摩耶は釈迦を産んで七日で亡くなり、天上界に再生していたから、成長後の釈迦を見ることがなかった。一方、マリアの相手は十二世紀の聖人ベルナルドゥス（ベルナール）である。なぜ我が子のキリストではなくベルナルドゥスなのであろうか。まずは摩耶をめぐる説話からみていこう。

『今昔物語集』巻三第二話にいう。天上界に再生した摩耶を教化しようと、釈迦は弟子を連れて須弥山頂の忉利天《とうりてん》に昇る。歓喜園の波利質多羅樹《はりしったらじゅ》（円生樹）の下で（本書第一章「須弥山の図像と言説」参照）、文殊《もんじゅ》を使いにして摩耶を呼びに行かせる。すると摩耶は、釈迦の伝言を聞いただけで、乳が自然に出てきて、「もし私が娑婆世界で産んだ子でいらしたなら、この乳はあなたの口に入るでしょう」と言い、二つの乳をしぼったところ、乳汁ははるかに飛んで釈迦の口に入ったという。摩耶はこれを見て喜び、世界が振動し、摩耶は釈迦のもとへ赴き、釈迦の説法を聞いて解脱できたという。釈迦はそのまま三ヶ月滞在するが、やがて涅槃に近づいたことを示し、下界に降りてゆく。涅槃にまつわる前段階の仏伝物語に欠かせない逸話となっている。

この話で気になるのは、摩耶と釈迦の位置関係とその距離感である。摩耶は忉利天の宮殿にいて、その場で乳を飛ばすはずで、一方の釈迦は円生樹の下にいたわけだから、忉利天上とはいえ、かなりの距離があり、摩耶の乳は長駆ほとばしって飛んでいったことになる。まさに乳が母と子を結びつけ、実の親子の証《あか》しや絆となる、劇的な物語の趣向である。摩耶が息子のことを意識したとたんに乳が自然に出てきたところに、母性の極みが示されている。

法会の場で

右の話の原拠は斉代の曇景《どんきょう》訳『摩訶摩耶経《まかまやきょう》』にあり、六朝《りくちょう》の僧祐《そうゆう》が仏伝経典を集成、部類した仏伝類書の『釈迦譜』にも引用される。日本では、法会の説法の権威であった天台宗の安居院《あぐい》を代表する澄憲《ちょうけん》の唱導書『言泉集《ごんせんしゅう》』に出てくるから、法会の場でよく取りあげられていたことがうかがえる。『言泉集』は法会の説法で使われる小型の冊子本（「説草」）の集成で、当該冊の表紙には、「孝養句《きょうようく》　為亡母」とあり、亡くなった母親の追善《ついぜん》供養などで読み上げられる。法会の主催者の願意を述べる願文《がんもん》の対句を抜き出したものや経典の一部の抄出からなる。法会の場に応じていろいろ使い回しされる簡便なマニュアルといえる。

その『言泉集』では、「悲母之恩」として『心地観経《しんじかんぎょう》』（唐の般若訳『大乗本生《ほんじょう》心地観経』八巻）から母十徳なるものが引用され、その後に「仏果猶母子縁不忘文」として『摩訶摩耶経』から関連の一節がひかれる。内容は先の『今昔物語集』と変わらないが、『摩訶摩耶経』では文殊が摩耶のもとに赴き、釈迦の教化の意志を伝える時や、摩耶の乳を釈迦が飲んだことを確認して、釈迦のもとに喜んで往く時に、それぞれ偈《げ》が唱えられる。偈とは経典に出てくる詩であり、本来うたわれるもので、経文の内容を要約したり補足したり、増幅させる役割を持つ。うたの荘厳な響きが、よりドラマチックな高揚感を聴衆にもたらしたに相違ない。聴衆は追善の対象である亡母と摩耶とをかさねて受け止め、感嘆や悲嘆の涙に誘われたであろう。

中世の唱導書のひとつ、『金玉要集《きんぎょくようしゅう》』巻三「悲母事《ひぼのこと》」にもこの話は出てくる。やはり「摩耶経云」として摩耶の授乳の部分が引用される。母と子のつながりを語る上で欠かせない故事となっていたことがうかがえる。

乳の代償

乳房や授乳をめぐる話題は、さかのぼって九世紀の仏教説話集として名高い『日本霊異記《にほんりょういき》』にも少なからずみえる。大和のみやすなる者が母の扶養もせずに、貸し付けた稲を母から厳しく取り立てようとした。気の毒がった周囲が援助するが、嘆き悲しんだ母は胸をはだけて乳房を出し、泣き泣き、「吾れまた乳の直《あたい》を徴《はた》らむ。母子の道、今日に絶ゆ。天知る、地知る、悲しきかな。痛きかな」と訴える。息子は突如、証文を焼き捨て、気がふれたようになり、家は燃えてしまい、最後に飢えこごえて死んだという(上巻第二三)。親不孝がもとで狂い死にする息子の悪報譚である。「お前を育てた乳の代価を払ってくれ」とまで言う母の絶叫は、胸をうつものがある。「乳の直」とは子を育てた代価を払えということだが、それが乳に集約されるところに母と子の因縁の深さを直截に表しているだろう。

先の『心地観経』第三によれば、赤子が飲む母乳の量は「百八十斛《こく》」とされる。これが後述の百石賛《ももさかさん》嘆《だん》のうたにつながってくることは明らかであろう。

また、同じ『日本霊異記』に、寂林《じゃくりん》という僧が見た夢に、太って裸の格好でふたつの乳房が腫れて竈《かまど》のようにたれ、乳から膿が流れて苦しんでいる女に出会う。事情を尋ねると、邪淫のために幼児を捨てて乳を与えなかった報いを受けているのだ、と言う。夢からさめてその家を探し当てると、はたしてその通りで、子供達は寂林を導師に供養を行い、母は救われた、という(下巻第一六)。

あるいは、息子が臨終を迎え、母の乳を飲めば命が延びるといい、母が飲ませると「ああ、母の甘い乳を捨てて私は死んでしまうのか」と言って息を引き取る(中巻第二)。

これら一連の説話は母と子をめぐる宿業《すくごう》や因縁がテーマとなっており、一方は母の業により、他方は子の悪業が報いを受ける型で、「甘い乳」が鍵語といえる。法会の場でこれらの説話は語られたに相違なく、聴衆の悲嘆の涙を誘ったであろう。母と子の宿業が乳に象徴され、人々の心深く浸透したことが想像できるのである。

また、同じ『日本霊異記』に、防人《さきもり》の吉志火麻呂《きしのひまろ》が妻会いたさにお役免除を画策し、同行の母が死ねばその服喪を理由に帰還できると考え、母を殺そうとするや、大地が裂けて地中に堕ち、それを止めようとした母の手には息子の髪の髻《もとどり》だけ残ったという話(中巻第三)がある。右の臨終の息子が授乳を承ける話と並んでおり、いずれも子を思う母の慈愛が読む者の胸を打つ。火麻呂の話は後世、やはり安居院の唱導世界で語られ、叡山文庫本や大谷大学本『言泉集』にも語られるが、母が息子にいうせりふに、

> 胸には乳房あり。汝、百八十石の乳味を飲む処なり。腹は汝、九ケ月、二百七十日の間、宿りし所なり。足といへば、汝を養はんが為に東西走り求めし足なり。手といへば、湯を沐し、頂を撫でし手なり。

とある。私の胸の乳はお前が百八十石も飲んだところだし、おなかはお前が二百七十日も宿ったところで、足はお前を養うためにあちこち走り回ったもの、手は湯をわかし、頭を撫でたものだ。そのような母をお前はどうして殺そうとするのか、と言う。哀切きわまるせりふで、語りの響きが聴衆の胸に深く

刻まれたであろう。乳の百八十石は、先の『心地観経』にいう赤子が飲む母乳の量が「百八十斛」であるのと共通する。原話の『日本霊異記』にはない一節であり、法会の場で聴衆をひきつけるために取り込まれたと考えられる。

百石賛嘆

おそらく奈良時代には、「百石賛嘆」といわれる母の恩を強調する歌謡がひろまっていたであろう。ちなみにこの時代の「石」という単位は、「斛」に同じで、中国の度量衡にならえば、四鈞《きん》で一石、一鈞は三十斤《きん》なので一石は一二〇斤。漢代の斤は約二五八グラムに相当するから、一石は約三一キログラムになり、百八十石は五五八〇キログラムほど。あるいは、新羅時代は一石が俵一俵で本来は十五斗、一石は一八〇リットルに相当するから、いずれにしても、かなりの量になるだろう。

九世紀の唱導資料の『東大寺《とうだいじ》諷《ふ》誦文稿《じゅもんこう》』に、

百石云、八十石云、乳房之恩、一モ未報。（百石と云い、八十と云う、乳房の恩にいまだひとつも報いず）（二二九―二三〇行）

とある。断片的な記述だが文献上、最も古い。これは、勅撰和歌集の『拾遺和歌集』巻二十「哀傷」にみる、

百くさに八十くさそへて給ひてし乳房の報ひ今日ぞ我がする（一三四七）

といった類の歌をふまえていることは間違いない。この歌は「百石に八十石をそえて母から賜った乳で育てていただいた母への恩返しを今日この場で致しましょう」という内容で、行基菩薩の作とされる。母が子を育てるのに百八十石もの乳を費やしたという、母の恩を強調するもので、通称、「百石賛嘆」

法会の場などでうたわれ、歌謡としてひろまったのであろう。作者は光明皇后《こうみょうこうごう》の説もあって一定しない。集団でうたわれる和讃などの歌謡とみなすべきで、行基や光明皇后作者説は後世の付会である。

『日本歌謡集成』には、比叡山延暦寺や高野山の所伝も引かれており、宗派を問わずひろくうたわれていた。名古屋の真福寺には、「百石賛嘆盤色調中」という切り紙があり、歌の後に、口伝《くでん》が引かれ、「行基菩薩偽作」とし、『五道受生経』の一節が引用され、「声明根本」「深々秘々究終」云々とある。「盤色調《ばんじきちょう》」は雅楽などの音階名であるから、そのような楽音にあわせて歌われる重要な声明としてあったことがうかがえる。

十世紀の末に尊子内親王に献上された源為憲《ためのり》の仏教入門書『三宝絵《さんぼうえ》』下「灌仏《かんぶつ》」にも、この歌はみえるが、

　百石に八十石添へてたまへてし、乳房の報い今日せずは、いつか我がせん、年はをつ、さよはへにつつ

となる。「今日ぞ我がする」の結句が、「今日せずは　いつか我がせん（今日この場で恩返ししなければいつできるであろうか）」に変わり、さらに「年はをつ、さよはへにつつ」というやや文意不通の語句が続く。『古讃集』にみる比叡山の例では、「今日せでは、何かはすべき、年も経ぬべし、さ代も経ぬべし（今日しなければ、いつできるだろうか。年もたってしまうだろう、どんどん時も過ぎてしまうだろうよ）」とあり、この方が分かりやすい。異伝がたくさん生ずるほど、それだけ流布して様々にうたわれていたことを示している。

『三宝絵』が仏事の年中行事の「灌仏会」にこの歌をあげているのは、他に例を見出せないが、やは

りその場でうたわれたことを示していよう。「灌仏会」は四月八日、釈迦の誕生を祝い、その恩徳を慕う仏事で、寺院では「仏生会《ぶっしょうえ》」と呼ばれる。宮中や貴族社会で行われる儀礼を指すとされる。ここも宮中の事例を示すとみてよいだろう。大臣から宮廷の女房にいたるまで一人一人、誕生仏の作り物の山形に水をそそぐ、灌頂《かんじょう》の所作が行われ、釈迦の生誕とその母摩耶夫人を賛嘆して、この歌をうたったのであろう。摩耶に捧げられたうたの可能性が高いと思われる。

百石賛嘆は子を育てる母の苦労や恩愛の深さを哀切にうたい込み、百八十石という具体的な数量を示すことで人々の心奥深く浸透していたといえる。これが当時の法会の場を媒介にひろまり、うたわれていたことを見のがせない。

この歌が『拾遺集』に載せられたのは、それだけひろまっていたからでもあり、行基の名を冠することで、歌謡ではなく和歌として格上げしようとした経緯を示すと考えられ、実際にそのように伝承されていたのであろう。

ちなみに、歌の「百石」は「ももさか」と読まれるが、「ももさく」「ももくさ」など様々な読み方があった。歌い継がれる過程で次第に意味も分からなくなったのであろうか。

『万葉集』巻十一「ももさかの舟かくり入る八占いさし母はとふともその名はのらじ」(二四一一)などに類する万葉的な歌語に相当すると思われる。

奇蹟の授乳

百石賛嘆は『東大寺諷誦文稿』にとどまらず、法会の唱導世界で定番だったことは、逐一引用しないが、その後、安居院の『言泉集』亡母帖、『澄憲作文集《さくもん》』三三「父母報恩」、『貞慶表白集《じょうけいひょうびゃくしゅう》』上巻第二一「悲母三五日」をはじめ、『金玉要集』「悲母事」等々、中世の法会唱導の資料類に頻繁にみえることから明らかである。十三世紀、西行に仮託された仏教説話の『撰集抄《せんじゅうしょう》』巻四第一、巻九第四などにも、

十月身を苦しめ百八十石の乳をすひて、朝夕胸の間をつつき、久しく膝の上にあそびて、

とみえ、母の恩をあらわす定型としてよく知られていた。

親への孝養《きょうよう》を説く経典で東アジアにひろまった擬経《ぎきょう》の『父母恩重経《ぶもおんじゅうきょう》』にも、

母乳を飲むを計るに、八斛四斗、千日提携して、塵垢《じんこう》を遮蓋《しゃがい》し、乾を推して湿に就かしめ、苦を噛みて甘を吐く。

母乃ち児の為に身を屈めて下就し、両手を長し、不浄を拭除し、其の口を吹嘘して、乳を以てこれに与ふ。乳を含み、母を看て、其の声を嬉々とす。母、児を見て喜び、児、母を見て喜ぶ。二情思想し、慈愛親重、情親の相念じたること、此に過ぐる莫《な》し。

などとみえ、母と子の情愛の証しに乳が重要な仲立ちであることが強調される。ただし、ここでは、百八十石が「八斛四斗」となっているが。

このような百石賛嘆の歌と密接するかどうかはさておき、授乳をめぐる奇譚ともいうべきいくつかの話題があるので、次にみておこう。

『今昔物語集』巻一九第四三話では、女御《にょうご》の侍女だった女が若い頃は風流多情であったが、後にある家の乳母になり、育てた子が尊い僧になったことから、道心篤くなり、『法華経』を信奉し、いろいろな法会を聴聞していた。ある時、法会の帰りににわか雨に遇い、とある屋敷の門に雨宿りしたところ、中の荒れた小屋に母と子が泣いている。事情を尋ねると、去年と今年続いて子を産んだが、養育できず途方に暮れている、と言う。乳母は見るに見かねて子一人を預かることにする。しかし、預かってはみ

たものの、どうにもならず、日頃信奉している『法華経』に祈ったところ、二十五年も途絶えていた乳が突然張り出し、乳がほとばしり出て、ついに子を育てることができた、という。

老婆が赤子を助けるために『法華経』に祈ったところ、感応があって、乳がほとばしり出たわけで、一種の法華経霊験譚となっている。この説話は同類話がみられず、どこでどのように語られ、ひろまっていたのか不明であるが、やはり法会の場での教説にふさわしい題材のように思われる。老婆が道心篤く、様々な法会を聴聞していたとされるのも、現場に参集する聴衆の関心をひきやすい設定であるし、法華経霊験にとどまらず、授乳をめぐる話題として、百石賛嘆などにも接続して語られうる話だったのではないだろうか。

図 7-1　『二十四孝』授乳図(ニューヨーク・パブリック・ライブラリー，スペンサー・コレクション蔵)

中国の孝子伝の代表『二十四孝《にじゅうしこう》』は、日本や東アジアにひろまったが、ここにも授乳の話題がみられる。日本のお伽草子『二十四孝』で示せば、唐夫人が自分の娘にではなく、姑に授乳するという話である(図 7-1)。孝行もここにきわまるというか、子への授乳から老婆への授乳という屈折した反転行為であり、極端な例を提示することで一般的な徳目や教訓を説く定型とはいえるが、一種のアイロニーをも感じさせる。老婆は幼児の反転であるばかりか、老いが幼さに回帰していくことの象徴的な行為ともみなせようか。

しかし、紀元後のローマでは、牢獄にいる母親のために乳を与える娘の話が語られ、その孝行が讃えられて、母親は罪を許され、博愛の女神を祀る神殿が造られたという。娘の親への授乳はあり得ない話ではなかったかもしれない。後のルネサンスでは、この話がキリスト教の施しの美徳に結

びついて様々に絵画化され、中には十六世紀中期のジャン・グージョンの「親孝行」図のように、母親が父親に入れ替わる例もあった。この絵を紹介するヤーロムの『乳房論』では、「父娘の近親相姦的な色彩が加わった」とする。今村昌平監督の日活製作の映画『にっぽん昆虫記』（一九六三年）では、主演の娘役の左幸子が病気の父に自分の乳を飲ませるシーンが出てくる（二〇一九年、パリの映画館で盟友の故パスカル・グリオレ氏と観た）。この父は実の父ではなく、娘は思慕の念を抱いていたから、近親相姦以上に性愛的なものを思わせるが、授乳による親と子の反転に人の生の複雑さが浮き彫りにされるだろう。

　現実にはありえないことが説話の世界で語られるのは、そこに不如意な日常を生きる人々の思いが凝縮されているからである。現実には奇蹟が起きなくとも、奇蹟が起きたという説話こそが人々を元気づけ、明日を生きる勇気や希望を与えたのである。生きにくい世をいかに生き抜くか、思い通りにならない現実にどう耐えて生きていくか、説話はそういう人々の心の桎梏《しっこく》をつかの間解き放つ大事な役割をはたしていた。霊験や奇蹟の話譚をたんに荒唐無稽だとか、取るに足りない、でっちあげの嘘八百だと決めつけ、唾棄するような見方は、人の生きる思いや願い、祈りの心意が理解できていない、と言わざるをえないだろう。だから、人はいつの時代・社会でも説話を必要としているのである。

乳を飛ばす夫人たち――蓮華夫人と鹿女夫人

　話を摩耶の授乳に戻して、母と子の証しが授乳ではたされる同じモチーフは、『今昔物語集』巻五第六話にも出てくる。般沙羅《はんしゃら》王《おう》の后が五百の卵を産んだために、恥じた后は密かに箱に入れて恒伽河（ガンジス川）に流してしまう。それを拾った隣国の王が持ち帰ると、卵から五百の王子が生まれ、武勇にたけた若者に成長し、もとの国を攻める。城を包囲された般沙羅王は窮地に陥るが、后はすべて我が子に相違ないと事情を話し、高楼に登って五百の王子に向かって経緯を語ると、親子の証明とばかり乳汁が五百の王子に向かって飛び走り、すべての口に入った。王子たちは真実を知って撤退、その後両国は親密になった、という。

この話の原拠は『倶舎論記《くしゃろんき》』とされるが、『雑宝蔵経《ぞうほうぞうきょう》』の蓮華夫人や鹿女夫人《ろくにょぶにん》の話にも変形され、仏典説話類書ともいえる『六度集経《ろくどじっきょう》』や『経律異相《きょうりついそう》』などにもひかれ、玄奘三蔵《げんじょうさんぞう》の『大唐西域記《だいとうさいいきき》』にもみえる。

やはり乳汁が数百人の口に入ったというモチーフの異様さが注目を集めたのであろう。蓮華夫人と鹿女夫人の話はほとんど同じ話の異伝といえる。蓮華夫人の話は、深山で鹿が仙人の尿を飲んで妊娠し、娘を産み、仙人が育てる。狩りに来た王が、その娘の足跡が蓮華になるのを見て驚き、それを追って行方をつきとめ、妃にめとるが、五百の卵を産み、その卵は流される。敵国で卵から生まれた子ども達は成長して武人となり、母の国に攻めてくるが、夫人が乳汁を飛ばしたところ、それぞれの口に入り、母子の証しを得る、というものである。鹿女夫人の話では子どもは数千人となる。乳が千の筋になってほとばしった、というのだから、すさまじいものがあるが、この種の話題が好まれ、さまざまに語り伝えられたことをうかがわせる。

日本では、『宝物集《ほうぶつしゅう》』巻一などにもみえ、何が宝物かの議論で子供こそ宝だとする説の例証としてあげられる。説話の概要にふれた後で、「般舎羅がかいごは、ついに母に帰し、安息国《あんそくこく》の商人はふたたび父を人になしき」云々と、ほとんど成語化したかたちで引用されている。前者にいう「かいご」は卵を意味し、『今昔物語集』と共通の話をさすとみて間違いない。『今昔物語集』では五百の卵を産むが、『宝物集』では五百葉の蓮華があり、その葉ごとに五百の卵があったとされる。后が高楼に登って因縁を説き、乳を飛ばす設定は同じく、物語のドラマ性が最もきわだつ山場ともいうべき場面で、聴衆や読者を引きつけたであろう。

後者は安息国の商人が父を助けた話であろうか。いずれにしても、成語のごとく要約されるほど、これらの話はひろまっていたことを示唆していよう。般舎羅国の話題には、『雑宝蔵経』にみる蓮華夫人や鹿女夫人のような鹿の尿を飲んで妊娠するモチーフはみられない。『今昔物語集』のこの話の前話（巻五第五）が波羅奈国《はらなこく》の鹿母夫人の話題であり、いわば鹿にまつわる前半と授乳の後半を分離して別個の話として独立させた形になっている。鹿母夫人の話は『報恩経《ほうおんきょう》』系とされるが、双方が前後並んで配列されているのは、何らかの機縁を思わせるものがあったからであろうか。

そして、金沢文庫保管・称名寺所蔵の法会唱導用の「説草《せっそう》」資料群の一つに、「千字文説草《せんじもんせっそう》」と呼ばれる一群がある。そこにもこの般舎羅の卵の話が記された「般遮羅王五百卵事」という外題《げだい》の一帖が近年、見出された。外題の下には「母子契深事合之、阿弥陀尺可□□」とみえ、阿弥陀仏の経釈にも関わるようだが、母子の縁の深さを語るもので、表紙右肩には分類を示す記号としての『千字文』の「公」字があり、この群は「廻向《えこう》」に相当することから、「亡母の追善供養など、母への廻向のため、母子の恩愛を物語る説草として機能していた」（恋田知子、二〇一五年）とされる。

内容も原典に比較的近い『今昔物語集』などに比べて、后の出産までの過程や武者の王への恩にふれるなど、原典にない部分が際立つ。鉄の的を射通す悉達太子《しっだたいし》や弓の名手の養由《ようゆう》を引き合いに出すなど、語りの特徴がよく表われている。平安、鎌倉期にこの話題がもてはやされていたことを示しており、『今昔物語集』や『宝物集』の基盤が浮き彫りにされる。さらには中世以降の仮名本『曽我物語』において弁財天の由来の物語にもなり、勇猛な者でも母の教えに従う譬えとして引かれるように、法会で語られた説話のひろがりを示している。

朝鮮半島の事例

これら一連の話題が朝鮮半島にも伝わっていたことを趙恩馤氏が指摘している（二〇一三年）。これによれば、初例は、釈迦の仏伝文学の章（第四章）でもふれた、十五世紀の朝鮮王朝時代の仏伝で、初期の漢字ハングル交じりの刊本としても着目される『釈譜詳節《しゃくふしょうせつ》』巻十一にみえる。釈迦が摩耶教化に天上界に赴いた話題にちなんで、二人の前生譚として忍辱太子《にんにくたいし》の本生譚《ほんじょうたん》と鹿母夫人の説話が引かれる。これらは『報恩経』によるため、授乳譚はみられない。

以下、一七二七年の「広法寺事蹟碑銘」、一八三七年の『平壌続誌《へいじょうぞくし》』「雑志」、一七六五年以前の『輿《よ》地図書《ちずしょ》』「古跡」、一八二〇年以後の『安州牧邑誌《あんしゅうぼくゆうし》』などが紹介されるが、授乳のモチーフをもつのは後者の二例である。いずれも「鹿足夫人」の名前になり、両者はほぼ同様で、生まれた子供は十二人、授乳と同時に母子の証明になる鹿の足形が足袋と一致する足袋合わせのモチーフでも共通する。『輿地図書』では高麗、『安州牧邑誌』は高句麗とされるが、いずれも十二三千里平野の地名起源譚になっている。

趙論文ではさらに、一九一九年の三輪環『伝説の朝鮮』や一九八四年の『韓国口碑文学大系』など、口頭伝承の例も検討されている。三輪の著書は植民地時代に採録した朝鮮の説話が日本語で刊行されたもので、三種類の異伝が紹介されている。それぞれ先にひいた前近代の文献に対応しており、詳細は省略するが、子供の数は七人、九人、十二人、千人とそれぞれで、授乳のモチーフがあるものは三例、鹿足や足袋合わせは二例、頭陀寺《ずだじ》や合掌《がっしょう》川、十二三千里平野などの由来譚になり、戦争の相手国は中国が

図 7-2　『釈迦の本地』画帖（立教大学図書館蔵）

大半、后は東明王の妃とされるものが二例といった差異がみられる。

従来の韓国の研究では、朝鮮王朝時代の『釈譜詳節』を起点に、朝鮮半島の事例のみで検証されており、仏典そのものの多様な変容や日本の例が見のがされていることが趙論で指摘される。逆にみれば、日本でも柳田國男や早川孝太郎らによって、口承文芸面での「鹿と足袋」などのモチーフが着目されるものの、朝鮮半島の例は視野に入っていなかったわけで、東アジアへの視野のひろがりが今後さらにもとめられるであろう。

『釈迦の本地』の挿絵

ここで再び、摩耶の授乳に戻ると、日本の仏伝物語の代表作、十五、十六世紀のお伽草子『釈迦の本地《ほんじ》』にも語られ、特に絵巻や絵入り本に劇的に絵画化されるようになる。『釈迦の本地』では、忉利天に至った釈迦は須弥山《しゅみせん》頂上の円生樹から善法堂に入っていた（本書第一章）。すでに摩耶は帝釈天《たいしゃくてん》の后となっていて、文殊の言上を受けて五百人の天人を従えて対面する。須弥山論で述べた善法堂《ぜんぼうどう》が対面の舞台であった。

しかし、釈迦が弟子を連れて二十四人で来ていたため、摩耶はどれが我が子か分からないと言うと、釈迦は「あなたが乳を飛ばして口に入ったものがあなたの息子です」と応え、はたして乳汁が「白き糸を引きはへたるがごとく」飛んで、釈迦の口へ入ったという。原拠の『摩耶経』では、乳は「白蓮華」のごとしと形容され、摩耶が主体的に乳を飛ばすのに対して、『釈迦の本地』では、釈迦の方が主導権をとって摩耶に提言するかたちになる。主導する主体が入れ替わっている。

何より『釈迦の本地』は、諸本でこの場面がさまざまに絵画化されていて興味はつきない。ここでもいくつか例示しておこう。問題は場の設定で摩耶と釈迦の位置関係がどうなっているかにある。両者が左右どちらにいて向き合っているか、高低差をつけているか否か、立っているか座しているか等々の対比があることだ。たとえば、東洋文庫本や大英博物館の絵入り本などでは、ほとんど並んで対面、対座しているため、乳の糸が横に直線的に飛んでいるのに対して、立教大学本では、両者のいる建物が分かれていて距離感があり、摩耶がより高い所から乳を飛ばし、釈迦のもとに届く格好で、乳の線も太く、まるでホースの放水のように描かれている。乳汁がはっきり分かるように描く場合と曖昧なものとがあり、立教大学本はより親子の証明としての表出が意識化されているといえるだろう（図7―2）。

授乳の図像学

この場面で最も劇的な構図は、十七世紀の金刀比羅宮《ことひらぐう》の絵巻であろう（図7―3）。摩耶は左手のやや高い位置におり、しかも雲に乗っていて、右手の下方に立っている釈迦めがけて乳汁が飛んでいく。その乳汁の白い線がゆるやかな曲線を描き、みごとに釈迦の口に入るさまがあざやかに描き込まれている。釈迦達は立ち姿である。摩耶は雲に乗っているので、さながら阿弥陀の来迎図のような趣きになっている。

ほぼ同時代の大英博物館所蔵絵巻も、左右逆の構図になるが、やはり摩耶は雲に乗って右手上方から左手下方に座している釈迦に向かっている（図7―4）。こちらの釈迦達は座っており、座像より立像の方が劇的な効果をもたらしやすい印象を受ける。

釈迦と摩耶の位置が右か左かは、画面を観る者の視点が釈迦側か摩耶側かの差異にかかわる。絵巻は必ず右から左へ巻いていくから、観者の視点は右から左へ動き、おのずと右側にいる人物からの視点にかさなる。右から左への動きは、要するに文章の縦書きに対応している。右手に釈迦がいれば、観者は釈迦の視点に立って左手から乳汁が飛んでくるのをどう受け止めるか、という見方になるし、逆に摩耶が右手にいれば、観者は乳汁がどこへ飛んでいくかを見定める、という見方になる。

とはいえ、絵を見る視点は自在に動かせるから、二人の左右の位置関係がどうであろうと、あらためて摩耶の乳の出たところから釈迦の口に入るところまでを確認する、乳汁の行方をたどり直す行為は、意識しないでも自然に反復されるであろう。

何より乳房をむき出しにした摩耶の姿がこの物語ではごく自然に絵画化され、それを観ながら物語を

図 7-3　『釈迦の本地』絵巻(金刀比羅宮蔵，石川透編『魅力の奈良絵本・絵巻』三弥井書店，2006 年)

図 7-4　『釈迦の本地』絵巻(大英博物館蔵，前掲『秘蔵日本美術大観 2』)

図 7-5　『釈迦の本地』古浄瑠璃本(大阪大学附属総合図書館蔵)

味わうことができる。『釈迦の本地』の絵巻や絵入り本が数ある仏伝のなかでもとりわけ多く制作されたのも、こうした物語の絵画化に対する関心の高さに要因があるだろう。

近世の古浄瑠璃本『釈迦の本地』の挿絵では、双方の距離が近く相対する形で描かれている（図7–5）。これに対して、先にふれた（本書第四章「四つの門をくぐると」）中国の『釈氏源流《しゃくしげんりゅう》』では、「為母説法」の段があり、『摩耶経』の一節を引いてはいるものの、挿絵の図版の通りで、乳が飛ぶような構図はまったく見られない（図7–6）。画面中央左側で釈迦が円生樹《えんしょうじゅ》下で結跏趺坐《けっかふざ》して光を放ち、右下で摩耶が立って釈迦の使いの文殊の言上を聞く構図である。摩耶の授乳の絵画化はタブーとなっているようで、『釈迦の本地』との差異はおおきい。これは時代を追うごとに物語の内容や筋立てそのものが享受者にあわせて自在に変わっていく日本の仏伝と、仏典の規範から決して逸脱しない中国や朝鮮半島の仏伝との対比にそのまま対応しているといえよう。その日本でも、摩耶の授乳をそのまま絵画化したものは、『釈迦の本地』にしか見出せないのである。

図7–6　『釈氏源流』「為母説法」憲宗本（複製，上海古籍出版，1994年）

マリアの授乳

乳を飛ばす夫人のモチーフはマリアも同じである。ただ、相手はキリストではなく、聖ベルナルドゥスであった。彼は十二世紀後半、フランス生まれのシトー派の神学者で、簡素を重んじ、教会分裂騒動を収束させるなど教会政治に力を発揮し、十字軍遠征に対してもかかわりが深かった。彼は熱烈なマリア崇拝者でマリアを幻視し、マリアからしたたる乳が唇をぬらして霊力を得た、という逸話があり、十三世紀になると、それが絵画化されるようになる。「聖ベルナルドゥスの幻視」と題される絵画が種々制作されたようだが、同時に授乳図も描かれるようになる。これも時代をつらぬいて描き続けられたようだ。

作例がどの程度残されているのか見当もつかないが、知り得たいくつかの例で見ていくと、多くはマリアが左手にいて、ほとんどキリストを抱いたまま、乳を出し、右手にひざまずいたベルナルドゥスの口に入っている。ワルシャワ国立美術館蔵のオレンツォ・ヴェネツィアーノの作例などは、中世の古い作例の印象を与える（図7-7）。十七世紀のプラド美術館蔵のアロンソ・カノの例はベルナルドゥスの方が大きく描かれ、マリアは生身ではなく、もはや壁につけられた塑像であるが、乳汁の線がみごとに描かれ、先に見た金刀比羅宮の絵巻に匹敵する（図7-8）。

一方、十五世紀末期のフランドル派の作例はマリアの乳とベルナルドゥスの顔はほぼ同一の高さで、キリストの頭上を飛び越すかたちでやや斜め下に乳が飛んでいる（図7-9）。下から乳房を見つめる赤子

図7-7　オレンツォ・ヴェネツィアーノ「マリアのベルナルドゥスへの授乳」(ワルシャワ国立美術館蔵)

図7-8　アロンソ・カノ「マリアのベルナルドゥスへの授乳」(プラド美術館蔵，シルヴィ・バルネイ『聖母マリア』創元社，2001年)

のキリストの表情はうつろな感じであり、マリアの顔は大きく強調されている。乳が口に入ったベルナルドゥスは同時に口元から五線譜が飛び出しているから、何か歌われているのであろう。いわば、絵巻の画中詞《がちゅうし》に等しい。右手には細長いハンケチ状のものを握り、左手では本を抱えている。おそらく聖書であろう。

二、三の知り得た例から、マリアの場合は常に左側にいるため、それが固定化された様式で、左右自在に変わる摩耶の授乳図と異なるのでは、と勝手に思いこんでいたのだが、西洋中世の祈禱書の挿絵に、マリアが右側にいて高い椅子に座り、右手の乳をおさえて左側にひざまずくベルナルドゥスに授乳する例があることをインターネット情報で知った。やはりことは単純ではないことを再認識させられた。

その後、二〇一二年にハイデルベルク大学での絵巻のセミナーに赴いた折、日本美術史専攻のメラニー・トレーデ氏より、同僚にこの絵を研究している先生がいることを聞いて、当時大学院の修士課程に在籍していた酒井公子氏のお世話で、その図版集を見せていただいたところ、おびただしいマリアの授乳図が掲載されていた。書物の挿絵が大半で、章ごとの見出しや段落替えのカット風の箇所ばかりのようで、実物は小さい絵であろうが、図版集では拡大され

図7-9　フランドル派による「マリアのベルナルドゥスへの授乳」(リエージュ近代美術館蔵)

図7-10　「マリアのベルナルドゥスへの授乳」(Gabriel Hammer, *Bernhard von Clairvaux in der Buchmalerei: Darstellungen des Zisterzienserabtes in Handschriften von 1135-1630*, Schnell & Steiner, 2009)

図 7-11　「マリアのベルナルドゥスへの授乳」十字架のキリスト(Gabriel Hammer, *Bernhard von Clairvaux in der Buchmalerei*)

図 7-12　『酒飯論絵巻』(部分, 文化庁蔵, 茶道資料館編『酒飯論絵巻――ようこそ中世日本の宴の席へ』六一書房, 2018 年)

図 7-13　石膏・女人像(クリュニュー中世美術館蔵)

ていて分かりやすい。これによれば、おおよそ思いつく限りのあらゆる両者の対面で、立ったり座ったり、一方は座り一方が立ったり、左右の入れ違いはもとよりほとんど統計をとる意味がないほど多種多彩な図像が集成されていて、めくるめく思いがした(図7-10)。

特に驚かされたのは、マリアとともに描かれているキリストが赤子ではなく、すでに磔《はりつけ》にされた状態の画面もあることだった(図7-11)。赤子のキリストを抱いているがゆえにマリアの授乳は意味を持つはずだが、最後の磔にされた場面でもベルナルドゥスに乳を飛ばしている図様は何とも異様な感じを与えずにはおかないものがある。

このような摩耶とマリアの授乳図の偶合ははたして偶然か、あるいは何らかの影響関係があるのか、それが長年抱いている難問である。しかし、一方から他方への単線的な因果関係や影響関係だけに還元して読もうとしてもあまり生産的ではないだろう。

人類が存在する限り、母と子という永遠不変の宿命的なテーマは続くし、母性と生命のきわみである授乳の営みは続くだろう。絵巻の授乳で言えば、酒がいいか、飯がいいかを三人で論争するかたちの十六世紀の『酒飯論絵巻《しゅはんろんえまき》』という絵巻があり、最後の画面には調理をする男と乳飲み子をかかえて授乳しながら柄杓《ひしゃく》を手にする女が描かれる（図7－12）。二人はおそらく夫婦であり、暗に家族を表わしていると思われるが、飲食をテーマとする絵巻の最後に乳飲み子が登場するのは、やはり人が最初に口にするのが乳であることの意味を問いかけているように思われる。

まだ授乳図の呼び覚ます事例はたくさんあるであろう。これもたまたまパリのクリュニュー中世美術館で見出したのだが、頭のない女人像で、片手を乳房にあてがい、乳を出しているように見える石膏像があった（図7－13）。これもマリアではないだろうかといろいろ想像をめぐらしている。

乳の本源的な力や神秘を表出した聖母といえる摩耶とマリア二人の授乳図を、あれこれ対比させながら、今後も読み解いていければと思う。

附記　マリアに関して附言しておくと、以前少しく検討したことがあるが（小峯、二〇〇八年）、イタリアから中国に来たイエズス会宣教師・高一志（P. Alphonsus Vagnoni 1566–1640）によって、一六三一年に『聖母行実』というマリアの伝記・霊験記の漢訳本が公刊されている。巻一はマリアの伝記、巻二はマリアをめぐる後世の様々な言説が十項目、巻三はマリアの数々の霊験、奇蹟譚十項に及び、百話を越える。伝本はフランス国立図書館や北京の中国国家図書館、上智大学キリシタン文庫や早稲田大学図書館を始め各地に所蔵され、さらにソウルの韓国教会史研究所にはハングル版も二点あり、総合的に検証する機会があればと思う。

霊験奇蹟譚では、絵師が悪魔像を醜悪に描いたところ、本物が抗議に現われ、猛風を起こすが、壁画の聖母像から手が出てきて絵師を救い出す（第六）、洪水で街に疫病が流行、市民が聖母像を持って街を練り歩いたところ、たちどころに収まった(第四二)、街が外敵から攻められるが、「奇美女」が奮戦、弾も当たらず市民を助ける、これこそ聖母だった(第四五)等々、東アジアの観音菩薩にも匹敵する霊験の話題にあふれている。

一方、日本に来た宣教師マノエル・バレトが一五九一年に写した、ローマ字表記の日本語の、いわゆる「バレト写本」に『聖書』や『聖人伝』とは別にマリアの霊験譚を集めた『聖母奇蹟物語』があり、一二話の霊験譚がみられ、中世の語り物の影響による口語的表現が注目される(小峯、二〇二四年)。十三世紀のフランスで作られた『聖母奇跡物語』などがあるが、原拠など詳細は未詳である。明治期の一八九一年の『聖母《せいぼ》瑪利亜《まりあ》伝《でん》』(立教大学海老沢有道文庫)などもあるが、伝記中心で霊験奇蹟譚はみられない。今後の課題としておきたい。

8 アジアのイソップ――〈東西交流文学〉の世界

世に言うイソップ寓話は、古代ギリシャに生まれ、ヨーロッパ諸国はもとより中東から東アジアにまで伝わった。まさにユーラシアにまたがり、複数の言語に翻訳、翻案された説話世界として注目される。主に動物達を喩えにした短い話に、処世や生活の知恵に関する教訓をさりげなくそえる。分かりやすく面白い話題の数々が普遍性を持ったからであろう。中には各地域の民間伝承のように定着したものもあり、私に言う〈東西交流文学〉の典型となっている。

とりわけ十六世紀の大航海時代、キリスト教のアジア伝来にともない、日本では十六世紀末期に九州天草でローマ字口語体のキリシタン版イソップ『エソポノハブラス』が出版され、さらに十七世紀中頃には挿絵付きの文語体『伊曽保物語《いそほものがたり》』も公刊、文字通り「日本のイソップ」となる。しかも後者とほぼ同時代の中国でもイソップは漢訳され、その後も複数の出版があいついだ。そして、十九世紀の明治期には、それら漢訳イソップがさらに日本語訳されて公刊される。名実ともに「アジアのイソップ」が展開するのである。

また、イソップは文字テクストだけではなく、挿絵や絵本など絵画イメージも深く関わっており、絵画表象のあり方も見のがせないし、動物文学や環境文学からの検証も可能である。ここでは、それら東アジアのイソップを総括的に展望し、翻訳文学としてのイソップの表現位相を絵画イメージとあわせて考察してみたい。

イソップに関しては、すでに旧著『説話の森』で検討したが、その時は日本のキリシタン文学としての解読のみで、アジアへの視座がまだなかった。その後、研究の超領域化に応じてイソップの問題も東アジアからとらえ直せるようになり、課題はよりひろがってきた。まずは、先行研究をもとに、アジアにおけるイソップの翻訳を年譜で示しておこう（章末の略年譜参照）。〈東西交流文学〉とは、おのずと翻訳文学の問題にもなる。

日本における口頭伝承の事例についても多くの例が報告されているが、その大半は版本の『伊曽保物語』から口承化されたもので、イソップ寓話が昔話のごとく語られた事例として貴重である。

日本のイソップ——翻訳文学の展開

日本ではまず文禄二年（一五九三）にキリシタン版『エソポノハブラス』が刊行された。巡察使ヴァリニャーノが天正少年使節帰還と共に西洋から舶載した活版印刷機によるもので、九州天草の学林で発刊、世に天草本イソップといわれる。最大の特徴は当時の西日本地域の口語体がローマ字で表記されていることで、日本語資料として早くから注目されていた。同じ口語体の『平家物語』（八坂本系統の抜粋）や『金句集《きんくしゅう》』と合綴《がってつ》された一冊本の体裁で、和紙にびっしりと細かいローマ字で印刷される。現在はロンドン大英図書館蔵である（勉誠文庫に影印所収）。

この天草本イソップの原典は、ドイツで発行された一四七七年版シュタイン・ヘーヴェル本とされ、「原・伊曽保物語」に相当する。近世の『伊曽保物語』も同一系統から別途に翻訳され、イソップ伝は改変されているといわれる（小堀桂一郎、一九七八年）。

天草本の序文は、「人は実もない戯言には関心を向けるが、「真実の教化」には退屈するから、身近な話を集めて刊行する。樹木には無用の枝葉が多くあっても、その中に好い果実があるから枝葉も無用ではないのだ。ラテン語を日本語に分かりやすく書き直して、種々推敲して出版する。日本語の勉強に役立つと同時に、よりよき道を人々に教える仲立ちとなるであろう」、という趣意である。

キリシタンの日本語の学習と共に、日本人にアルファベット文字を教える意味も持ったであろう。日本語への「和らげ」が口語体まで行き着いたところに本書の史的意義がある。巻頭にはイソップの伝記があり、以下、「エソポが作り物語の抜き書き」として七十の寓話が集められている。

ついで十七世紀前半から半ばにかけて出版された『伊曽保物語』がある。当初、古活字版で刊行され、後に万治年間に絵入り整版の版行をみる。天草版は西洋の活版印刷機であったが、こちらは日本の木版刷り、文体も文語体で、挿絵も日本の絵になる。伊曽保の風貌は当時の御咄衆《おはなししゅう》のイメージである。上中下三巻九十四話だが、上巻二十話と中巻十話まではイソップ伝で、寓話は全六十四話になる。天草版とは話に出入りがあり、直接の関係にない。

以下、他に着目すべきは、十九世紀初期の司馬江漢《しばこうかん》『訓蒙画解集《きんもうがかいしゅう》』である。司馬江漢は西洋画の導入で知られ、本書にも本文と絵がそえられる。あるいは、十九世紀半ばの戯作で著名な為永春水《ためながしゅんすい》『絵入教《えいりきょう》訓近道《くんちかみち》』でも絵入りのイソップが制作される。すでに日本の風俗の絵になっており、動物寓話も頭に蝉や蟻を乗せた人物像が展開する。

さらには、一七世紀後半にはイソップの絵巻も作られており、寛文・延宝期のいわゆる奈良絵本系の豪華絵巻の一つで、『伊曽保物語』をもとにする。当絵巻の所在は以前から取り沙汰されていたが、近時、アメリカのローレンス・マルソー氏によってその存在が明らかにされ、公刊された(二〇二一年)。

新村出「西洋文学翻訳の嚆矢」(初出『太陽』一九一〇年四月、『新村出全集』第七巻)によれば、大槻如電《おおつきじょでん》「伊曽保物語のものがたり」(『此花』第四枝、明治四二年四月)に指摘される、雛屋《ひなや》立圃《りゅうほ》の絵巻三巻で、一八八五年頃に日下《くさか》部《べ》鳴鶴《めいかく》所蔵の「伊曽保物語」の絵巻が『絵《え》入朝野新聞《いりちょうやしんぶん》』に掲載された、という(武藤禎夫、一九九七年)。このことは、南方熊楠の「『大日本時代史』に載せる古話三則」(『早稲田文学』三二号、一九〇八年六月)にも一部、引用されている。

予、明治十八年ごろの新聞紙切抜きを集めたる中に、『絵入朝野新聞』第七九一—二号、香雪散人の「旧訳伊曽保物語考」あり。要を抄せんにいわく、「日下部鳴鶴が、このごろある方より得られたる『伊曽保物語』三巻、云々、表紙は紺紙に金泥もて、蓮水草など由ある様に描き、丹色の標題に、紅の唐糸の組紐をつけ、草彫りつけたる鍍金軸を付けられたり。すべての装飾は、足利将軍の代の中ごろより、元亀(熊楠按ずるに、元亀二年、元就七十五で卒す)天正以前ごろまでの物語文の古写本、また仏経などに類多し、云々。これもまた、かの耶蘇の教の行なわれしころ、外国人の口ずから教えられしを、何人かよく質問して、かく皇詞に書記し、云々、筑紫の大友か、周防の大内の家などに受けえたるものならんか、下略」。もって元就《もとなり》の存日、業《すで》にイソップ譚の渡来ありしを知るべし。

(『南方熊楠全集』第三巻、五四頁)

これによると、元亀、天正と言えば、一五七〇年代から九二年辺りまでを指し、天正が文禄に改元され、天草本イソップが刊行される前に相当する。年代的に少し早すぎるから、ここに書かれていることはそのまま受け入れられない。しかし、絵巻の装幀の説明からみて、いわゆる奈良絵本に近い豪華本であることが明らかであった。この熊楠の論は「毛利元就、箭を折りて子を誡めし話」という節で、毛利元就の有名な三本の矢の話をめぐって、典拠がイソップにあるか否かが焦点になっている。前年に同じ

『早稲田文学』に掲載された中尾《なかお》傘瀬《さんせ》の論を承けており、内外の類話を披瀝し、日本、中国、西アジアで期せずして相似た話が作られ、英雄が臨終に「幼稚園教誨風の振舞い」の由来を述べるのは、「時千載を差え、道万里を隔つといえども、人情は兄弟なるを証するに余りあり」と言う。

イソップ寓話の考証にもなっているが、はからずも絵巻の存在をめぐる記事の証言者にもなっている。長年、この絵巻のことが気になっていたが、二〇二一年に刊行されたローレンス・マルソー編『絵入巻子本　伊曽保物語』で詳細な解題及びカラー図版、詞書《ことばがき》の翻刻などがつき、ようやくその全貌を見ることができた。公刊を記念してオンライン形式でシンポジウムも開かれ、おおいなる啓発を受けた。

ついで時代は近代に移ってますますイソップの再生は進化していく。明治初期、十九世紀後半の渡辺温の『通俗伊《つうぞくい》蘇普物語《そっぷものがたり》』が近代始発期のイソップとして影響力を持った。英語のトーマス・ジェームス『イソップ寓話』の和訳であり、挿絵を藤沢梅南《ふじさわばいなん》、榊篁邨《さかきこうそん》、河鍋暁斎《かわなべきょうさい》など、当代を代表する画家が描いている点でも注目される。その序の「例言」にいう、

　此度、予が訳述せし此伊蘇普氏の寓言譬喩は、徳教を婦幼に説示す径捷にて、いかなる村童野婦といへども、其事理を解し易き事、恰も我邦の落語に異ならず。故に今其訳言をも易解を主旨として、原文の意に随つつ、俗言俚諺語にて書取たり。願くは看官唯、其説話の有益なると、意味の深優なるとに注意して、猶又一層の分解を加へ、童蒙へ説諭せらるる事あらば、予が本懐是に過ず。若夫、行文の拙悪と訳字の鄙陋とを論駁するものあらば、大に訳人の意に違へりとす。（略）
　余此書を訳述するに、先づ俚耳に入易きものを抄訳して、意味の解し難きものを残したり。後日閑暇のときあらば、是をも拾遺補訳して、以て梓に上せんとす。原書を看る人此書を読み、脱落ありと思ふ事なかれ。

（平凡社・東洋文庫）

これによれば、イソップの寓言譬喩《ぐうげんひゆ》は、「徳教《とっきょう》」を婦人幼児に説示する近道であり、「落語《おとしばなし》」と異ならない。訳出も分かりやすさを旨とし、原文に従いつつも「俗言俚《ぞくげんり》諺語《げんご》」で表した、という。さらに注目されるのは、「説話《はなし》」の有益さと意味深優とを重視し、より解釈を加えて「説諭」をしている、耳に入りやすい話を優先し、難しいものは排除したので、たんなる脱落ではないと強調する点である。

明治五年(一八七二)という、近代でも比較的早い時点での「説話」の用例としても着目され、しかも「はなし」のルビがついている。この後にも、原書に「或人他人」とあり、「話説《はなし》」に勢いを失う場合は、仮に固有名を当てはめたとか、「経」と記したのは、「経済略説」にある「話説《はなし》」を取り合わせて訳した、とあり、語順を変えた「話説」に同じ「はなし」の訓がついている。「説話」も「話説」も同義に扱っていることが明らかで、近世期に流行した白話の影響とみることができる。なお、中田敬義『北京官話伊蘇普喩言』は、本書の漢訳本であり、中国語学習の意味合いがあったようである。英訳→和訳→漢訳という翻訳文学の妙がみられる点、注目されよう。

ついで英訳の一方で漢訳そのものの出版もあった。一八七六年の阿部弘国『漢訳伊蘇普譚《かんやくいそっぷものがたり》』であり、これは香港英華書院版『伊娑菩喩言《いそほゆげん》』の漢文本に訓点を施したもので、漢文体に返り点や片仮名の送り仮名がついている。後の前田儀作編、小野辰三郎訳『漢訳批評　伊蘇普物語』も同様である。これらは中国で漢訳イソップとして古典化されたトームの『伊娑菩喩言』(『意拾喩言』の改訂版、後述)に拠り、中国版イソップが日本に波及したものである。名実ともにイソップはアジアのそれになったといえる。阿部本の序では、「世善和愛国之御哀、開化之一助」が強調されている(早稲田大学図書館本)。

さらに、一八八八年の田中達三郎『寓意勧懲《ぐういかんちょう》　伊蘇普物語《いそっぷものがたり》』は、英語のタウンゼント本の和訳であり、例言などは渡辺温本にならっている。寓話の文体は、「お刑罰をうけなければならねへ」(第二七)、「我輩の邪魔をしやがる」など、俗語調の口語体になっている。

一八九二年の鈴木青渓訳『新訳　伊蘇普物語』は、絵を抜粋して一頁分、六段に分けて一括して掲載する体裁である。虎陵道人の序には、談笑の間に「微妙ノ真理」を悟らせるのが「稗史小説」の本領であろうが、少年には「比喩的小譚」で教育に充てるがよい、という。また、凡例に絵を入れるのは、読誦するだけでは「倦厭」の情をおこすから、「心目」を喜ばせ、「観感啓発」の一助とするのだ、という。絵画の効用が意識されている。文体も、です、ますの丁寧体になっている。

ついで取り上げたいのは、イソップ当人の伝記である。天草本や『伊曽保物語』は巻頭に詳しいイソップ伝を載せていたが、後世になると、伝記そのものは後退し、序文に簡略にふれるか、全くふれないものが多くなる。それに対して、一八八九年の堀三友、秋野繁吉による『伊蘇普実伝』は、独立したイソップの伝記のみを刊行した小冊で貴重である。松村介石の序では、「一喩一言悉《ことごと》く儼然《げんぜん》襟を正して謹聴すべきものに非らざるはなし」、イソップは「至誠熱血の士」で、「聖賢偉人の腸を悟得するもの」だと力説する。

中国・朝鮮のイソップ

ついで中国のイソップに関しては、すでに内田慶市編『漢訳イソップ集』の成果があり、詳細な書誌研究をふまえ、漢訳本の影印も集成されていて有益である。この内田論によると、十七世紀初めに著名なマテオ・リッチがその著作中にすでにイソップから数話も引用しており、これが中国での初例とされる。次にまとまったものでは、宣教師ニコラス・トリゴーの『況義《きょうぎ》』が嚆矢で、写本四点がパリのフランス国立図書館に所蔵される。日本の江戸期の『伊曽保物語』刊行とほぼ軌を一にしている。

ついで十九世紀前半、ロバート・トームの『意拾喩言』(一八四〇年)が影響力を持つ。漢訳本の多くはその系統にあり、二十世紀初頭辺りから、その域を脱した別途の漢訳本が刊行される、という見通しになる。内田論では、これに加えて、方言版や中国風のイソップにもふれている。ついでにいえば、日本でも坂井徳三編『中国イソップ物語』(冨山房、一九五二年)が出ているが、これは『戦国策』以下の諸書から著名な故事成語を挿絵付きで分かりやすく説き起こしたもので、イソップを模したあらたな中国故事集である。

なかでも、トームの翻訳はまさに画期的で、内田論にいう「文語白話混交体」により、「盤古初《ばんこ》」、「昔大禹《だいう》治水」、「神農《じんのう》」など、中国の神話世界にあわせた語り出しなどに典型化される。享受する側に寄りそった「限りない中国文化への同化」が意識されていたという。この『意拾喩言』は当初、『意拾秘伝』として刊行され、その後に増補改訂版として刊行された。

『意拾喩言』はさらに十九世紀中頃に『伊娑菩喩言』と改称され、世にひろまった(『遐邇貫珍』に連載)。それを見た一人が吉田松陰であったことも目を引く。そして、『伊娑菩喩言』は日本でも訓点をつけて刊行された。先にみた一八七六年の阿部弘国本と、一八九八年の小野筑山(晋三郎)本である。『漢訳伊蘇普譚』がそれで、英訳から漢訳へ、そして訓読へ、という展開をたどる。英和対照や英漢対照など、言語世界の拡充と翻訳のひろがりがイソップの大きな特徴であり、『聖書』の翻訳にも匹敵するといえようか。トームの漢訳の影響下を脱するのは、林紓《りんじょ》『伊索寓言』からとされ、二十世紀初頭にまで下がるのである。

『意拾喩言』の序では、漢文習得の便宜として、『英華字典』は重要な手引きであるが、字義だけであり、「詞章句読」にまでは到らず、まして「執筆成文」は望むべくもないため、字典では読み方がないから、学習の手引きとなるようイソップを選んだ、という。

なお、朝鮮のイソップに関しては、すでに研究があるが、一八九六年のハングル本教科書『小学読本』を嚆矢とするようで、それが何をもとにしているか、朝鮮にいつ、どのイソップが入ってきていたか、まだ明らかではない。

イソップの伝記と肖像

イソップはその寓話ばかり特立されることが多いが、その伝記もまた一編の物語、もしくは説話集のようになっていて、無視できない。ニューヨーク・パブリック・ライブラリーのスペンサー・コレクションには、絵入り写本の『メディチ家のイソップ』があり(図8-1)、イソップの肖像も見えるし、プラド美術館には、ベラスケスの描いた「イソップの肖像」(一六三八年)もある(図8-2)。それらの肖像も交えて、イソップの伝記についても簡単に見ておきたい。

図8-1 『メディチ家のイソップ』イソップの肖像(ニューヨーク・パブリック・ライブラリー, スペンサー・コレクション蔵, 日本語版, 1992年)

まずは、天草本『エソポノハブラス』であるが、「エソポが生涯の物語略」として、「これをマシモ・パラヌデといふ人、ゲレゴの言葉よりラチンに翻訳せられしものなり」と述べ、以下のように語る。

エウロパの内ヒジリヤといふ国のトロヤといふ城裡の近辺に、アモニヤといふ村がおぢゃる。その村に名をばエソポというて、異形不思議な仁体がおぢゃったが、その時代エウロパの天下に、この人にまさって醜い者もおりなかったと聞こえた。まづ頭はとがり、眼はつぼう、しかも出て、瞳の先は平らかに、両の頬はたれ、頸はゆが

図8−2　ベラスケス「イソップの肖像」（プラド美術館蔵）

み、長は低う横張りに、背はくぐみ、腹ははれ、垂れ出て、言葉は吃りでおぢゃった。これらの姿をもって醜いこと、天下無双であったごとく、知恵のたけた者も、この人に並ぶことはおりなかった。

（角川文庫）

冒頭から「異形不思議な仁体」、「醜い者」として描出され、頭、眼、瞳、頰、頸《くび》、背丈、背、腹、吃音に至るまで微細に語られ、その醜さに対応して「知恵のたけた」ことがより強調される。この身体の形容はすでに指摘される当時の狂言「今参り」などにも共通するもので、伝統的な語り部の残像を宿しているといえる。

これを『伊曽保物語』上・第一「本国の事」と比べると、以下のようになる。

さる程に、エウロウパのうちヒジリヤの国トロヤといふ所に、アモウニヤといふ里あり。その里にイソポといふ人ありけり。その時代、エウロウパの国中に、かほど見にくき人なし。その故は、頭は常の頭二つがさあり。眼の玉つはぐみ出て、その先平らかなり。顔かたち、色黒く、両の頬うなだれ、首ゆがみ、背低く、足長くして太し。背なかがまり、腹ふくれ出て、まがれり。物いふ事おもしろきなり。その時代、このイソポ、人にすぐれて見苦しく、きたなき人なり。されども、才覚、又ならぶ人なし。

（岩波文庫）

こちらでは、頭、眼、顔、頰、首、背、足、腹の順で描かれ、吃音は「物いふ事おもしろき」と和らげられている。天草本では、色黒や足までには言及がなかった。天草本の力感ある表現に比べると、同じような形容であっても和文の和らいだ洗練された表現に変貌していて、随分印象が異なる。また、『伊曽保物語』では、イソップの肖像も描かれ、憎形《そうぎょう》のお伽衆《とぎしゅう》やお咄衆のイメージになっている（図8−

3）。

あらたに紹介された『伊曽保物語絵巻』では、背中が丸まった風体のイソップが描かれており、『伊曽保物語』の挿絵とは全く様相を異にしている（図8-4）。

また、トームの『意拾喩言』小引では、伊娑菩は二千五百年前、記厘士国の一奴僕であったが、「背佗而貌醜」、天賦の才があり、国人はその聡敏なるを憐れみ、大臣とした。それでこの譬喩によって国を治め、人々は理性を尊び、聖となした。後に他国からそねまれ、崖から落とされて亡くなった。後に啓蒙を用い簡便で分かりやすく、あまねく諸国にひろまったという。イソップその人については、「貌醜」などの形容がみられるだけで簡略である。

先にふれた明治期に流布した渡辺温の『通俗伊蘇普物語』「伊蘇普小伝」では、

図8-3　『伊曽保物語』イソップの肖像（武藤禎夫校注『万治絵入本 伊曽保物語』岩波文庫，2000年）

図8-4　『伊曽保物語絵巻』(清明会館蔵，ローレンス・マルソー編『絵入巻子本 伊曽保物語』臨川書店，2021年)

希臘亜の古賢伊蘇普は、紀元前五六百年の際に当り、小亜細亜の比利西亜といふ処に生れたる人なり。此人少時はなはだ薄命にて、希臘亜の雅典の市人に身をひさぎて奴となり、既にして復小亜細亜、沙摩斯島の撒入斯氏及び邪的門氏へ転売《う》られ、茲に数年の星霜を送りけるに、成功労を立たるにより、遂に其身を贖ふ事を得て、始て不羈の身となりたり。

図 8-5 『通俗伊蘇普物語』挿絵（渡辺温訳『通俗伊蘇普物語』平凡社，2001 年）

是に於て伊蘇普は四方周遊の志を発し、王侯に説き、士庶に諭すに、専ら寓言諧謔を以せり。故に当時才学の富贍なる事を世に知られ、後世になりては、寓言譬喩の鼻祖と称せらるるに至れり。

という。すでに身体にまつわる表現は姿を消し、「はなはだ薄命」で「身をひさぎて奴となり」という奴隷の身分だけ強調される。本書のイソップ肖像画はギリシアの哲学者の風貌で、人々を前に語っている様子も描かれ、すでに醜悪なイメージは消え去っている（図8-5）。

前述の最も詳細な伝記である一八九九年の堀三友、秋野繁吉『伊蘇普実伝』では、

伊蘇普はヒリヂーの一賤民にして、羅馬建国（耶蘇紀元前七百年代）の頃、アモリュムとなん云へる片田舎に生れたりき。（略）何となれば、造物主は如何なる趣考にて、伊蘇普を造りしものか、其の脳髄には、極めて霊妙不可思議なる智恵を授けたるに拘らず、其の容顔の醜きこと、殆んど人間の顔とは思はれざるのみならず、生れながらの唖にして、言語の使用さへ全く出来ざる、不具者に形をつくられたればなり。斯る有様なれば、例ひ伊蘇普は、奴隷となるべき身分の家に生れざるも、到底他人に使役せられて、生活すべき人物としか思はれず。且つ伊蘇普の性質は、極めて寡欲正直にして、富貴幸福を貪るの心なく、此等のものには真に淡泊無意の人なりき。（著者架蔵）

ここでは、「人間の顔とは思はれ」ない醜さで、「不具者」とされる。一方、性格は「寡欲正直」で「富貴幸福を貪」らず、「淡泊無意の人」だという。以下の展開は、おおむね天草本などとも類同するが、話題の順序や内容に出入りがみられる。明治の文体を味わうため、長くなるが原文を引用しておこう。

（葡萄）―旅僧道案内、善行により不具全快―
却って伊蘇普は、己が棲家に帰りしに、炎暑と歩行とに心魂太く疲れ果てしかば、木蔭の風に吹かれつつ、肌押し開き汗を拭ひて憩つ居りしに、いつの間にか我知らず其まま華胥に遊びける。
折柄何処より来りけん、白髪の一老人身に白き衣を纏ひ、忽然として伊蘇普の前に現はれ出で、物をも言はず腕差し延ばして、伊蘇普の口を開き舌を捻るよと思ひつつ、驚き覚むれば、何ぞ計らん木の下蔭の仮寝の夢、総身汗に浸されて、「アア今のは夢なりしか」と、思はず漏せし独言の、不思議や苦もなく話し得るに、二度吃驚して、猶ほ「是れ我れは、夢中の人か」と、ウロウロ辺を見回しつつ、車！鍬！馬！…扠て不思議！と、何事も己がままに言ひ出でて少しの淀みも無かりしかば、さては、夢に見し老人こそ已れに言話の術を授たるなれ。奇妙奇妙と、拆舞雀躍《たくぶじゃくやく》、手の舞ひ足の踏み処をも知らざりしは、推し計られて哀なり。此の不思議なる出来事こそ伊蘇普が其第一の主人を代へ、其赫々たる名誉を表はすの原因とはなれりけれ。

以下、詳細は略すが、イソップは商人に売り買いされ、変転し、数々の機知機転によって次第に認められ、自由を獲得する。

此時に当りて伊蘇普は、彼の有名なる伊蘇普物語を著せり。伊蘇普初めに之をリヂー国王に献じ、リヂー国王又、之れをサモース共和国に送れり。此著こそ伊蘇普が非常なる名誉を博したる原因にして、其頃よりして伊蘇普は諸国を遍歴し、当時の碩学博士等と互に議論を上下せしが、終にバビロニアに到り、其国王リセリュスに事《つか》へて大に其信用を受けぬ。吁、流水再び帰らず、誰か知らん、彼が再びバビロニアの土を踏まずして、空しく泉下の鬼とならんことを。

ここで目を引くのは、イソップ自ら「伊蘇普物語」を著わしたとする点で、それがもとで名声を得て、諸国を遍歴したという。

遂に神扉を排して殿中に闖入し、伊蘇普を捕へて、かたへなるヒアンベーの岩上より数千丈の深谷に投げ落せしかば、何かは以て耐るべき、身骨ともに微塵となりて、立も昇らぬ深霧の中に、果敢なき名残を留めしこそ、無残と言ふも愚かなれ。

其後間もなくデルフ府に悪疫流行して、勢最も猖獗《しょうけつ》を極め、日々之れに罹りて死するもの算を乱しければ、デルフ人は大に恐れ、神仏に祈禱を凝し、陰陽士を呼びて之を占はしめしに、「こは疑もなくアポロン神の祟りなれば、デルフ人民の為せる悪業を懺悔して、伊蘇普の魂魄《こんぱく》を慰むるに外なし」とぞ答へける。住民等は之を聴きてますます恐れ、直に一の三角塔を建立して、且つさまざまに祈禱をこらせしかば、やがて疾疫は止みたれども、デルフ人の所業は、独り天神地祇の怒を招きしのみならず、諸国の人民も亦た痛く其の背理を悪み、希臘国王の如きは将に使節をデルフ府に遣し、厳しく其罪を責問し、重科を以て之を罰しけりとなむ。

イソップを殺した人々へのアポロン神の祟りが悪疫流行となって現われたために住民は三角塔を建立し供養した、という。イソップの御霊信仰のような趣きとなる。時代が下がるほど、イソップの伝記そのものへの関心は薄れ、序文で簡略にふれられる程度になってゆくが、その点で、独立したイソップ伝記を語る『伊蘇普実伝』は貴重である。

イソップ伝から寓話の世界へ

イソップ伝には、すでにイソップが寓話を語る現場が描き出されている。天草本でいえば、リヂヤ国王のケレソからある村が貢ぎ物を献上せよと言われ、イソップに相談して拒否するが、王からまずイソップを差し出せば許してやろうと提示された際に、イソップは譬《たと》えで狼と羊の話題を出す。狼が羊にまず犬を差し出せば助けてやると言い、羊がそれに従って犬を差し出して、結局は羊も狼に食われてしまう話である。この話は、『伊曽保物語』上巻第十「リイヒヤより勅使の事」にもみえる。

ついで、そのリヂヤ国王に謁見した際、赦免を申し出るときの譬えに、男がイナゴを取りに行く途中で蟬を見つけ殺そうとすると、蟬が「自分は五穀草木に障りがなく、人にも仇をすることもなく、梢で鳴き、夏の暑さを慰めるだけです」と言って助かる話を引き、自分と蟬は同じで、ただ道理を人に教えるだけですと語って許される。この話も『伊曽保物語』上巻第十一「伊曽保、リイヒヤの国に行く事」にもみえる。

そして、イソップがデルホス島で最後に殺される時に、事態を悟ったイソップが譬えで次のように言う。「鼠と蛙が親しくしていたが、蛙が饗応するとだまして、鼠の足に縄を付けて川に引きずりこむと、鼠が自分は命を落としても後の一族がただではおかぬぞと言い、そこへ鳶《とび》(猛悪人と形容)がこれ以上ない望みだと言って鼠も蛙もつかみ取って裂き食った。この鼠こそ我が身で、バビロニヤもエジットもただではおかぬぞ」。そう語ってイソップは殺され、はたしてデルホスは後に滅ぼされた、という。

これは『伊曽保物語』中巻第九「イソポ、臨終において鼠蛙の譬へを引きて終わる事」に等しい。寓話として独立して語られる話が伝記の中で機能しているわけである。

さらには、寓話の第十二条には、「エソポ、アテナスの人々に述べたる譬への事」では、アテナスの人々が主人がいなくて談合がもつれたため、主人を定めたところ、厳しく成敗されたので後悔しているという話を聞いて、イソップが譬えを引いて言う。蛙が主人がいないので、天に祈って主人を求めたところ、柱一本を与えられたので乗り物にしていたが、「無心の枯木」なので、またあらたな主人を求めたところ、鶴を与えられ、ことごとく蛙は食われてしまう。天に訴えるが事すでに遅く、夜な夜な天に向って甲斐ない恨みを鳴いて叫んだ、という。

『伊曽保物語』中巻第二五では、鶴ではなく、鳶になっている。天草本では、一連の寓話の中で、この条のみ、イソップの会話に寓話がひかれる体裁で、いわば語りの現場が投影されている点で注目されるのである。

以下、『エソポノハブラス』では、寓話が「エソポが作り物語の抜き書き」として提示される。寓話を指す「作り物語」という規定が、かつての『源氏物語』を指した「作り物語」(『今鏡』など)の例と対比されて興味深い。

なお、『伊曽保物語』では、中巻第九「イソポ、臨終において鼠蛙の譬へを引きて終わる事」の末尾に、「案の如く、西国の帝王より武士に仰せて、かの島を攻められける。それよりして、かのイソポが物語を、世に伝へ侍るなり」と、物語の流布が記され、ついで第十「イソポ、物の譬へを引きける条々」が続き、

つらつら人間之有様を案ずるに、色に愛で、香に染めける事を本として、能く道を知る事なし。されば、この巻物を「脱文」一本の樹には、必ず花実あり。花は色香をあらはす物なり。実はその誠をあらはせり。

とあって、次の第十一「狼と羊との事」から寓話に移っていく。

イソップの伝記と寓話の連続性がこれら初期の天草本や『伊曽保物語』にはみられる点、説話の語りの問題として注目しておきたいと思う。

寓話の実例から

以下、寓話の具体例から検討していこう。ここでは、骨をくわえた犬が川の流れに映った己の姿に気付かず、もっと大きい骨と思い、それをとろうとして口を開け、くわえていた骨を落としてしまう周知の話を取り上げる。

『エソポノハブラス』上巻第三「犬が肉を含んだ事」（一五九三年）

ある犬、肉を含んで川を渡るに、その川の真中で、含んだ肉の影が水の底に映ったを見れば、己が含んだよりも、一倍大きなれば、影とは知らいで、含んだを捨てて、水の底へ頭を入れて見れば、本体がないによつて、すなはち消え失せて、どちをもとりはづいて失墜をした。

下心

貪欲に惹かれ、不定なことに頼みを掛けて、わが手に持った物をとりはづすなといふことぢゃ。

犬がくわえていたのは一般に知られているような骨ではなく、肉である。水底に頭を入れたら、本体がなかったという空虚感が強調される。貪欲を戒める教訓に収束する。『伊曽保物語』中巻第十三「犬、肉の事」（一六三九年）の場合でも、

ある犬、肉を咥《くわ》へて川を渡る。真中にて、その影、水に映りて大きに見えければ、「我が咥ゆる所の肉より大きなる」と心得て、これを捨てて、かれを取らんとす。故に、二つながら、これを失ふ。その如く、重欲心の輩は、他の宝を羨み、事にふれて貪るほどに、忽ち天罰を蒙る。我が持つ所の宝をも、失ふ事あり。

というようにほぼ同様であるが、「天罰を蒙る」として教訓の重みがより増している。ほぼ同時代の漢

図 8-6　『新訳伊蘇普物語』魚の骨をくわえた犬(著者架蔵)

訳本『況義』では、

一犬咥肉而跑、椽木梁渡河、下顧水中肉影。又復云、肉也急貪属、唼口不能噤、而咥者倏、河上群児、為之拍掌大笑。義曰、其欲逐逐、喪所懐来、庬也可使忘影哉。

と、犬の様子を川上から見ていた子供達が手をたたいて大笑いしたという。観客が参加して笑いを加えており、見る者が介在していることが注意される。

漢訳『意拾喩言』(一八四〇年)やそれを受けた『漢訳伊蘇普譚』「犬影」(一八七六年)では、川に映った肉を奪おうとして犬が幾度も溺れそうになったという。

『通俗伊蘇普物語』巻一第十八「犬と牛肉の話」(一八七二年)では、

犬、肉舗より肉一塊盗出し、引くはへたるまま溝をわたるとて、橋の中ほどに至りたる時、其影の水へ写れるを見て、他《そ》の犬、己のくはへ居るより大きなる肉を銜居《くわえお》るよと心得、夫をもまた吾ものにせんものをと、水に写れる肉にくらひ付しに、今まで己が銜し肉、水底に沈み、前に得しものをさへ、一時に失ひけるとぞ。

諺に、影を握むで、実を失ふといふ事あり。凡世の中の人々は、浮雲たる富を慕ひては、固有せる真の宝を失ふ、浅ましき事ならずや。

となり、ここでは犬が肉屋から盗み出したという前提がつく。影をつかんで実を失う話を、「浮き雲たる富」と「真の宝」という二項対比の形で収めている。

これを漢訳した『北京官話伊蘇普喩言』「貪犬失肉」(一八七八年)では、小児を介在させたり、『通俗伊蘇普物語』にいう影をつかむ諺を「鏡花水月」の比喩でとらえている。

ついで『海国妙喩《かいこくみょうゆ》』(一八八八年)では、話の筋立てが詳細になり、物語化が進展し、結婚式の厨房に犬が入り込み、料理人が居眠りしている間に肉を盗む設定になっている。『新訳伊蘇普物語』(一八九二年)下巻第十六譚「犬と影」では、肉が魚の骨に変わり、挿絵もそのようになっている(図8-6)。「大欲は無欲に似たりとは此の事です」と意味づけされる。

また、『伊氏寓言選訳』(一九一〇年)では、他の犬に奪われるのを恐れて家に戻ってから食べようとする設定にもなっている。誰でも知っている話になるにつれ、より手の込んだ筋立てが必要になるのであろう。

挿絵の表現機能――写実と戯画のはざま

最後に挿絵の問題について簡略にふれておこう。イソップの寓話はその話の内容とともに挿絵のもつイメージ表象が大きく関わっている。かつてのメディチ家に伝わるイソップの絵本をはじめ、ラ・フォンテーヌのイソップには粋な挿絵がついていたし、『伊曽保物語』の版本の挿絵もまた印象に残るものである。寓話の登場者の多くが動物であることから動物の表象の点からも見のがせないし、本草学《ほんぞうがく》や博物学の図譜との関連もあるであろう。また、近年学界で関心の高い擬人化の問題も深く関連する。本草学系の写実的な図譜から、動物が人のごとく形容

図8-7　『伊曽保物語』挿絵，蟬と蟻(前掲『万治絵入本 伊曽保物語』)

図8-8　為永春水『絵入教訓近道』「蟻と蟬のはなし」(武藤禎夫『絵入り伊曽保物語を読む』東京堂出版，1997年)

図 8-9 『密画挿入伊曽保物語』(前掲『絵入り伊曽保物語を読む』)

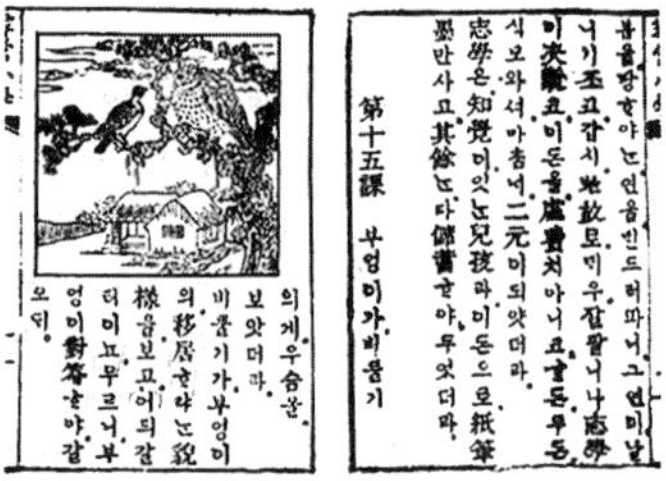

図 8-10 韓国『尋常少学』(ホギョンジン他『近代啓蒙期朝鮮のイソップ寓話』図書出版社, 2009 年)

されたり、人の頭が動物戯画化されたり、デフォルメされ、カリカチュア化されたもの、漫画に至るものまでその位相は多岐にわたる。

また、典拠との関係においても、西洋の挿絵を継承するもの、脚色したもの、独自に描かれたもの等々、様々である。絵画が物語そのものを表す独立性を持つもの、絵画によって物語性が際立つものなどがあり、イメージの饗宴と言いうる。図像がすでに寓話と教訓を喚起するわけで、私にいう〈絵画物語〉論の典型例ともいえるだろう。

ここでは通覧するに留めるほかないが、見通しを述べておけば、近世の『伊曽保物語』の味わいある挿絵に対して(図 8-7)、為永春水『絵入教訓近道』「蟻と蟬のはなし」(一八四四年)などでは、人間の図像に変り、頭に載せた虫類で主体を示している(図 8-8)。擬人化の変奏の一種といえる。司馬江漢『訓蒙画解集』(一八一一年)でも軽いタッチで動物図が描かれている。

楠山正雄訳『新訳イソップ物語』(一九一六年)の岡本帰一画などはいわゆる擬人化の典型的なもので(第Ⅲ部扉)、河鍋暁斎の一枚物「伊蘇普物語」(一八七三年)も登場者は人の格好をしているが、頭は動物になっている。同じ暁斎でも、『通俗伊蘇普物語』の挿絵では、ジョン・テニールの原画をもとに描いており、これは同じ作品の挿絵を描いた榊篁邨の場合も同様である。

また、『密画挿入伊曽保物語』(一八四四年)に見える蛙の図像は、明らかに平安末期の名高い『鳥獣戯画』甲巻に描かれた蛙の図像を模したものといえる(図8-9)。

漢訳の『伊娑菩喩言』上海施医院蔵版では、博物学系の図鑑によったと思われる写実的なものが多く、『伊索寓言演義』(一九一五年)では、「挿画百幅　蓋し美国最新出版の本に拠る」とあり、アメリカの本の挿絵をそのまま使っているが、これと日本での『寓意勧懲伊蘇普物語』とは絵が等しい。

ハングル本の「朝鮮耶蘇教書会」本(一九二一年)においては、西洋画の模写と朝鮮画との混在がみられ、『尋常少学』などの教科書にも投影している(図8-10)。

小結――〈東西交流文学〉の意義

以上、縷々述べてきたが、最後にまとめておくと、イソップは十六世紀末期以降、キリスト教伝来にともなって東アジアに伝わり、絶好の言語学習書や教訓啓蒙書、教科書として日本や中国を中心に出版され、東アジア文学圏の一円に流布した。従来、キリシタン文学というと、日本対西洋の一対一の関係に終始する傾向があり、日本と中国の古典を対比する和漢比較研究と類同する単線的受容論に陥りやすかった。しかし、イソップ寓話は分かりやすくおもしろく、かつ教訓啓蒙にもふさわしく、また言語習得にも簡便な対象として、多種多様に翻訳され、語り継がれており、日本だけを見ていてもその全体像は明らかにはならない。

西洋ものの翻訳文学には相違ないが、文字通り欧米の言語をもとにした漢訳と和訳、中国語と日本語の翻訳がさらにまた交差する重層的な位相が出来する。ここまで多種多様に翻訳が生み出された例は他の文芸には見出しにくく、イソップならではの文学現象とみるべきであろう。

英訳をもとに漢訳され、カノン化されたロバート・トームの『意拾喩言』が、日本でも訓点を施して『漢訳伊蘇普譚』として刊行されたり、英訳をもとに和訳された渡辺温の『通俗伊蘇普物語』がさらに漢訳されて『北京官話伊蘇普喩言』として出版されるなど、双方向からの翻訳がなされている。あるいは、日本でも中国でも、英文のものが刊行されたり、英漢、英和対照のものもある。様々に言語の交差するテクストとしてイソップは特筆される。また、天草本をはじめ、田中達三郎『寓意勧懲　伊蘇普物語』や鈴木青渓『新訳伊蘇普物語』等々、当代の口語体で書かれたものもあり、文語体、口語体の言語位相からも着目される。写本と出版文化の面からも見のがせない。

さらには、挿絵の付く本が少なくないのも特徴的である。すでに万治版『伊曽保物語』に挿絵がつき、御咄衆的なイソップの肖像も登場する。あるいは、為永春水の『絵入教訓近道』では、鳥獣虫の擬人化に特異な描き方がみえ、『通俗伊蘇普物語』では河鍋暁斎ら当代を代表する絵師が西洋画を手本に挿絵を描いている。『密画挿入伊曽保物語』もあり、中国でも林紓『伊索寓言』など、挿絵を伴うものがいくつかある。本草学や博物学の写実性から擬人化を経た戯画化やデフォルメもあり、多彩である。

あるいは、動物・植物・果実の地域や時代による差違の課題もあり、たとえば、有名なアリとキリギリスの話も西洋の諸本によっては蟻ではなく、蟬の場合もあったりとか、イソップ伝でも無花果《いちじく》が柿に変わる等々、相違がいろいろ見られる。翻訳はたんに皮相の言葉の違いだけではなく、文化の違いや異文化・多文化交流の位相からとらえられなくてはならないだろう。また、寓話としては、注解、教訓、啓蒙、教育の様相や語り手と聞き手の相関の問題もあり、説話学からの解読もより広範になされる必要がある。

イソップは翻訳文学として、西洋の英語他各種の言語から、中国語訳、日本語訳が様々に用いられ、やがてそれぞれの地域や国にかなったイソップとして再生していく。しかもそれが一方通行ではなく、双方の言語に翻訳される多言語状況が将来される。さらには口語と文語の位相、注釈の如何、教訓の様相、挿絵の如何、出版文化の様相、あるいは動物や植物の位相差など、〈東西交流文学〉や〈環境文学〉の面から多くの問題が投げかけられているのである。ここではその問題の端緒に至ったに過ぎず、さらなる追究は他日を期すしかない。

附記1　イソップ寓話が口頭伝承で昔話化した事例については充分検討のいとまがなかったので参考までに資料を挙げておく(［　］内の数字は万治版『伊曽保物語』の説話番号による)。

土橋里木編『続甲斐昔話集』郷土研究社、一九三六年［下8、22］
今村勝臣編『岡山県御津郡昔話集』三省堂、一九四三年［中18］
今村義孝・泰子編『秋田むがしこ』未来社、一九五九年［中16］
武田正編『佐藤家の昔話』謄写版、一九七四年［中13、下8、22］
佐藤義則編『羽前小国昔話集』岩崎美術社、一九七四年［下32］
山下久雄編『加賀昔話集』岩崎美術社、一九七五年、山根秀雄［上7］
武田正編『山形県昔話集成草稿』一九七六年［下17］
大橋和華編『恵那昔話集』岩崎美術社、一九七七年
小沢つるの語り(一九〇一年生)［上5］

附記2　『朝日新聞』二〇一四年九月の記事によれば、明治四五年(一九一二)、当時十歳だった昭和天皇が「裕仁新イソップ」を創作していたという。どんな作であったか興味がわくと同時に、この時期はイソップ出版の全盛期に相当するわけで、どんなイソップを読んでいたかも興味深いものがある。

【略年譜】アジアにおけるイソップの翻訳

一五九三年　キリシタン版（天草版）『エソポノハブラス』。天草の学林（コレジオ）で出版。上下巻70話、ローマ字表記の口語体
一七世紀初頭　古活字版『伊曽保物語』上中下巻94話、漢字仮名交じり文語体
一六〇八年　マテオ・リッチ（Matteo Ricci, 利瑪竇）『畸人十篇』で数話引用
一六一四年　パントーハ（Diego Pantoja, 龐迪我）『七克』筆写9話
　　　　　トリゴー（Nicolas Trigault, 金尼閣）『況義』写本4点。16話、22話
一六二〇年　『戯言養気集』下-2［中21］
一六三九年　寛永十六年・古活字版『伊曽保物語』
一六四五年　アレニ（Julius Aleni, 艾儒略）『五十言余』3話
一六四五年　『ひそめ草』上-19［中28］
一六四七年　『悔草』下7、8［下23、29］
一六五九年　万治二年・絵入整版『伊曽保物語』挿絵・上中下巻94話（上巻20話・中巻10話はイソップ伝）
一六六〇年　『わらんべ草』「いそほと云物語に」［中20、28、下、19、24、31］
一六六二年　『為愚痴物語』5-1［下17］
一六六七年　『理屈物語』1-5［中5］
一六七〇年　『浮世物語』3-7、14、5-1［中6、1、25］
一六七二年　『小さかづき』1-5［中25］
一六八一年　『うかればなし』下-14［下17］
一六八七年　『籠耳』4-9［上5］
一六九二年　『噺かのこ』4-5［下23］
一七世紀後半　『伊曽保物語絵巻』

一八〇二年　樗襆道人『鄙都言草』「伊曽甫と言へる草紙に」〔下19〕
一八〇六年　平田篤胤『本教外篇』上巻：『畸人十篇』の和訳〔下20、33〕
一八一一年　司馬江漢『春波楼筆記』「伊曽保物語と云ふ書は西洋の訳書なり。其の原本紀州侯にあり。予直に見たり」〔中16、39、下31〕
一八一一年　司馬江漢『訓蒙画解集』『無言道人筆記』五話引用〔中16、39、下19、20、31〕挿絵
一八一五―一八二一年　ウィリアム・ミルン(William Milne)『察世俗毎月統記伝』5話
一八三八年　柴田鳩翁『続々鳩翁道話』2-上〔下19〕
一八四〇年　ロバート・トーム(Robert Thom、羅伯聘)『意拾喩言』82話『意拾秘伝』の増補改訂
一八四四年　為永春水『絵入教訓近道』16話、挿絵
一八五三年　メドハースト(Medhurst)『遐邇貫珍』連載＝上海施医院版『伊娑菩喩言』73話、挿絵
一八五七年　吉田松陰、『遐邇貫珍』『伊娑菩喩言』読む。「馬鹿同遊」引用
一八六二年　高杉晋作、『伊娑菩喩言』舶載
一八七二年　渡辺温『通俗伊蘇普物語』山城屋、全6巻237話
挿絵：藤沢梅南、榊篁邨、河鍋暁斎。トーマス・ジェームス『イソップ寓話』の和訳
一八七二年　福沢諭吉『童蒙をしえ草』引用
一八七三年　福沢英之介訳『訓蒙話草』91話、挿絵
一八七三年　河鍋暁斎「伊蘇普物語」錦絵
一八七六年　阿部弘国『漢訳伊蘇普譚』青山清吉、73話。香港英華書院版『伊娑菩喩言』訓点
一八七八年　中田敬義『北京官話伊蘇普喩言』渡辺温、山城屋佐兵衛、237話。『通俗伊蘇普物語』の漢訳
一八八五年頃　日下部鳴鶴所蔵「伊曽保物語絵巻」『絵入朝野新聞』791、792号(香雪散人「旧訳伊曽保物語考」
→南方熊楠、引用)
一八八六年　大久保常吉、滝村弘方画『密画挿入伊曽保物語』42話、挿絵
一八八六年　大久保常吉編、香雪散人『伊曽保物語』春陽堂、挿絵
一八八八年　洋装本『改正増補　通俗伊蘇普物語』280話

一八八八年　田中達三郎『寓意勧懲　伊蘇普物語』有斐閣、313話、挿絵
一八八八年　張赤山『海国妙喩』天津時報館、70話
一八八九年　小川寅松訳『伊蘇普物語』英文
一八九二年　鈴木青渓訳『新訳伊蘇普物語』積善館、281話、挿絵
一八九三年　『養心喩言』中国方言訳
一八九六年　朝鮮・ハングル版尋常小学校教科書『小学読本』3巻18-20話、挿絵　↓漢訳本の伝来の如何不明
一八九八年　前田儀作編、小野辰三郎訳『漢訳批評　伊蘇普物語』港屋。73話
一八九九年　堀三友、秋野繁吉『伊蘇普実伝』(外題「伊蘇普戯伝」)救済新報社
一八九九年　佐藤治郎吉『少年書類　新伊蘇普物語』
一九〇一年　張学海『泰氏寓言』23話
一九〇二年　河島敬蔵『英文　伊蘇普物語註釈』浜本明昇堂
一九〇二年　西村酔夢訳、東条鉦太郎画『イソップのはなし』冨山房、24話、挿絵
一九〇三年　林紓『伊索寓言』商務印書館、挿絵
一九〇七年　巌谷小波訳、杉浦非水画『イソップ御伽噺』三立社、160話、挿絵
一九〇七年　上田万年解説、梶田半古画『新訳伊蘇普物語』鍾美堂、160話、挿絵
一九〇七年　雨谷一菜訳、谷洗馬画『伊蘇普物語』吉川弘文館、313話、挿絵
一九〇七年　佐藤潔訳『正訳伊蘇普物語』小川尚美堂、126話、挿絵
一九〇七年　『寓語抄訳』ハングル版
一九〇八年　『笑話』ハングル版
一九〇八年　『東方伊朔』上海美華書館　↓中国風イソップ
一九〇九年　夏目漱石『それから』に引用
一九〇九年　陳春生『伊朔訳評』上海協和
一九一〇年　『伊氏寓言選訳』上海華美書局、84話
一九一〇年　馬場直美『ポケット新訳イソップ物語』盛花堂、260話、挿絵
一九一一年　西垣堯則『新訳イソップ物語二百話』立川文明堂、200話、挿絵

一九一一年　宋憲奭『伊蘇普の空前格言』普及書館、ハングル版
一九一一年　巌谷季雄訳『イソップお伽話』三立社、挿絵
一九一二年　菅野徳助、奈倉次郎訳註『伊蘇普物語』三省堂
一九一三年　ハングル版
一九一三年　高木敏雄『新イソップ物語　世界動物譚話』宝文館、挿絵
一九一四年　『寓意談』(『新文界』)ハングル版
一九一五年　ハングル版
一九一六年　孫毓修『伊索寓言演義』商務印書館、133話、挿絵
一九一七年　楠山正雄訳『新訳イソップ物語』冨山房、挿絵
一九一八年　巌谷小波編『イソップ物語』挿絵
一九一九年　『英漢対照　伊索寓言詳解』商務印書館、126話
一九二三年　巌谷小波編『イソップお伽話』田中宋栄堂、挿絵
一九二四年　藤浪由之訳、猪飼春江画『新訳イソップ物語』大古田文英堂、挿絵
一九二五年　春秋社訳編『イソップ童話』春秋社、挿絵
一九二七年　楠本正雄編、武井武雄画『イソップものがたり』冨山房、挿絵
一九二七年　菊池寛訳編『イソップ童話集』文藝春秋社、挿絵
一九二九年　小坂潔編『イソップお伽』弘文社
一九三〇年　『伊所伯的寓言』上海亜東図書館
　　　　　　山崎光子訳、武井武雄画『イソップ寓話集』誠文堂、挿絵

*［　］内の数字は万治版『伊曽保物語』の説話番号を示す。
*便宜上、先行研究にもとづき、一九三〇年頃までとしたが、未確認のものもあるし、見落としも少なくないと思われる。日本近世期は『伊曽保物語』の引用が多く、明治期以降、英訳本が主流となる。イソップ寓話の公刊は今日に及ぶまで、子ども向けの絵本を中心に脈々と続いている。ハングル版の原典は未詳。ベトナム版の漢訳や喃字訳本に関してはまだ見出せていない。

9　二鼠譬喩譚・「月のねずみ」追考——説話の〈東西交流〉

はじめに

研究の出発点であった『今昔物語集』(十二世紀前半)が、天竺《てんじく》の釈迦の伝記から始まる問題に端を発して、通時代に及ぶ〈仏伝文学〉がテーマになり、それに応じて日本で天竺の説話や言説がどう息づいていたか、強い関心を抱くようになった。その一環として、『今昔物語集』に直接利用されたとされる歌学書『俊頼髄脳《としよりずいのう》』をみていて、歌語の「月のねずみ」のいわれを説く説話が眼にとまった。それが無常を説く、いわゆる「二鼠譬喩譚《にそひゆたん》」である。原拠は漢訳仏典にあり、『俊頼髄脳』の話題はいかにも説教での語りをふまえたもののようであった。

話の概要は、漢訳仏典系によれば、ある男が野原で象に追われ、古い穴(井戸)に逃げ込むが(もしくは断崖に追い詰められ)、下の脇から四匹の蛇が現われ、底では龍が待ちかまえ、すがりついた蔓の根(草の根)を白黒二匹の鼠がかみ切り始める。男は絶体絶命の窮地に陥るが、木の上にある蜂の巣から蜜がしたたり落ちて男の口に入り、男は自分の危機的な状況を忘れてしまう。さらに、木がゆれて巣から蜂が飛び出て男は刺され、野火が起きて木が燃え出す云々。それが、人が生きている姿そのものだ、という。

原拠は五世紀の宋天竺三蔵求那跋陀羅《そうてんじくさんぞうぐなばっだら》の訳『賓頭盧突羅闍為優陀延王説法経《びんずるとらじゃいうだえんおうせっぽうきょう》』で、賓頭盧尊者が優陀《うだ》延王《えんおう》に説法する一節にみられる。『俊頼髄脳』では、象が虎に、蛇が鰐《わに》に、蔓が草の根にそれぞれ変わるが、蜂蜜以下のくだりはない。人は死と隣り合わせに生きているにもかかわらず、そのことを忘れて生きているにすぎない、という無常を説く譬喩譚である。話の焦点は白・黒の二鼠にあり、他の異類が入れ替わっても、鼠だけはどこの地域のどの説話でも一貫して変わらない。白黒二匹の鼠とは、日と月すなわち昼と夜の時間を意味する。

折しも、松原秀一『中世ヨーロッパの説話』(一九七九年)が刊行され、これに拠りつつ調べていくうちに、仏典はもとより中国類書をはじめ引例が多く、日本では『万葉集』にさかのぼり、平安期には歌語「月のねずみ」となり、中世には『古今集注』、『和漢朗詠集注』等々の注釈書にも引かれ、さらに用例は西洋にも及び、それが日本で再びキリシタン文学として再生する。文字通りインドから中東、ヨーロッパ、東アジア等々、ユーラシア世界にまたがるひろがりを持つ、東西交流や比較文化論の絶好の題材であることを知った。

研究の初例は村岡典嗣『続日本思想史研究』(一九三九年)と思われ、以後の先行研究も少なくない。私はまず『俊頼髄脳』を中心に分析し、『朗詠集注』などを加えて論考を公表(一九八〇年)、その後見つかったおびただしい中世の注釈書やお伽草子などをもとに全面的に改稿して、『説話の声』(二〇〇〇年)に収録したが、さらに『敦煌願文集《とんこうがんもんしゅう》』にも、二鼠・四蛇の対句表現がたくさんあることが分かり、二〇〇一年三月の台湾大学での日本漢学学会で報告した。その報告書は台湾版と日本語版双方で公刊され、後に『中世法会文芸論』に再録した(二〇〇九年)。

ところが、二〇〇一年一一月、韓国全羅道での寺めぐりの際に、聖地馬耳山《ばじさん》の麓のお堂の壁画に、この二鼠譬喩譚が描かれているのを偶然見つけて驚愕した。和漢比較研究の常として、それまで中国との比較ばかりで、隣の韓国のことをまったく意識していなかったことに、その時初めて気づかされた。おびただしい先行研究でも、朝鮮半島に言及したものはほとんどなく、以来、朝鮮半島を抜いた研究はあり得ないと考えるようになった。

その後、杉田英明氏の『カリーラとディムナ』など中東世界を中心とする文献とイメージをめぐる詳細な研究も出され、これをふまえて「その後の「月のねずみ」考」(二〇〇五年)にまとめた。杉田論に関しては二〇〇四年の慶應義塾大学における講演をもとに論考(二〇〇六年)にまとめられた。以上を集約して、ここでは追記しておきたいと思う。

韓国の壁画から

お堂の壁に描かれた、たった一枚の絵から、ものの見方が大きく変わった。右の馬耳山のお堂の壁画は、地上の象、逃げて樹下の蔓につかまる男、地底の四蛇、蔓をかみ切る白黒鼠、木からしたたり落ちる蜂蜜が描かれていることから分かるように、漢訳仏典に即して描かれたもので、しかも絵が新しいだけに、かえって表現の伝統を感じさせるものであった(図9-1)。

その後、金英順氏からネット情報で韓国寺院の壁画に同様のものがいくつもあることを教わり、それ以外にも、訪れた寺院の壁画で

図9-1　韓国，馬耳山のお堂の壁画(部分，著者撮影)

図9-2　韓国，海印寺の壁画(部分，著者撮影)

図 9-3　ナーガルージュ・ナコンダのレリーフ（杉田英明「中東世界における「二鼠譬喩譚」」『比較文学研究』第 89 号，2006 年）

いくつかを見出した。海印寺の宝経堂、道詵寺、救仁寺、宝光寺、皇芬寺、徳周寺等々だが、これ以外にもまだまだたくさんあるはずで、釈迦八相や十牛図《じゅうぎゅうず》などとならび、寺院の堂の外壁部の壁画の一様式になっていたことをうかがわせる（図 9-2）。従来の研究では、これら韓国の事例がほとんど抜け落ちていたのである。

　この二鼠譬喩譚は、すでに四世紀の古代インドの叙事詩『マハーバーラタ』にみえ、図像では三、四世紀前半の南インド、ナーガルージュ・ナコンダ出土のレリーフにも見えることが指摘されている（図 9-3）。漢訳仏典では、先に引いた、五世紀の求那跋陀羅《ぐなばつだら》の漢訳『賓頭盧突羅闍為優陀延王説法経』（以下、『優陀延王説法経』と略）、鳩摩羅什《くまらじゅう》訳『衆経撰雑譬喩経《しゅうきょうせんぞうひゆきょう》』などがつとに知られる。人は常に死と隣り合わせに生きているが、ともすればそのことを忘れてしまう、という無常をたとえる寓話である。日常生活にまぎれて忘れてしまいがちな存在の根本を振り返り見直すべきことを、きわめて分かりやすい寓話で説いてみせる。その明快さがどの世界でも通用する普遍性をもち、ひろく普及する要因となったといえる。

　これが世界中に伝播する過程で、象は東アジアで虎になったり、イスラムで駱駝になったり、ヨーロッパで一角獣（ユニコーン）になったりするが、時間をあらわす白黒二匹の鼠だけは一定して変わらない。この二鼠は、漢文脈では井戸や谷底で待ちかまえる四匹の蛇と対にされる場合が多い。四匹の蛇は仏教でいう宇宙の根源要素である四大（地・水・火・風）を喩えるとされる。つまり、二鼠と四蛇とが対になっていれば、もう間違いなくこの二鼠譬喩譚を指すと見なすことができるのである。

　そして、日本ではさらに和歌によまれる歌語「月のねずみ」として表現され、ひろまっていった。

「月のねずみ」がこの説話をさす記号や隠喩となっていた。

日本でのひろがり

インドから西域を経て東アジアに仏教が伝わったように、この二鼠譬喩譚も仏法伝来とともに各地に根を下ろしていった。中国では、有名な鳩摩羅什訳の『維摩経《ゆいまぎょう》』方便品にみる「是身如㆓丘井㆒」をもとに、四世紀末の僧肇《そうじょう》の『注維摩詰経』に詳しく語られ、道教の教説書である『抱朴子《ほうぼくし》』外篇巻二・任命一九にも「覧二鼠、遠寤」とある。さらに七世紀の唐代の類書『芸文類聚《げいもんるいじゅう》』七七や同時代前後の『敦煌願文集』などにみえる。前者は「浄居寺墓誌銘」に「隙陋白駒、藤縁黒鼠」とあり、亡くなった人を追悼する法会の願文などに読まれる場合が多いのも、無常を主題とするこの説話によく合っているといえる。

とりわけ『敦煌願文集』は貴重で、「毎驚二鼠、常懼四蛇」とか、「両鼠催年、恒思嚙葛。四蛇促命、本自難留」「懼二鼠之危藤、憂四蛇之毀篋」「毎恐四蛇之毀篋、二鼠之侵藤」等々、「二鼠」(両鼠)と「四蛇」の対句がかなりの頻度でみられ、唱導世界で頻繁に取り上げられていたことが知られる。

日本でも八世紀の『万葉集』巻五、神亀五年(七二八)、任地で正妻の大伴郎女《おおとものいらつめ》を亡くした大宰帥大《おお》伴旅人《とものたびと》に山上憶良が捧げた有名な「日本挽歌《にほんばんか》」序に、「二つの鼠競ひ走りて」「四つの蛇争ひ侵して、隙を過ぐる駒、夕に走る」と引かれる。「隙を過ぐる駒」の譬喩も、隙間から覗いているうちに馬があっという間に通りすぎてしまうように人生ははかないことを意味する。無常をあらわす譬喩で、「白駒過《はっくか》隙《げき》」と成語化される。憶良は遣唐使として中国に渡っているから、文献ばかりでなく、一般向けの説教である俗講などの語りでも、この話を耳にする機会があったであろう。

また、聖武天皇『雑集』「鏡中釈霊実集」八七にみる「画観音菩薩像讃一首并序」にも、二鼠の藤を侵すを嗟き、四蛇の篋に恚《いか》るを懼る。

とあり、『敦煌願文集』の表現と合致し、無常の譬喩として東アジアにおける表現型が共有されていたことがうかがえる。

名高い空海の詩文集『性霊集《しょうりょうしゅう》』四「酒人の内公主の為の遺言」（弘仁四年・八一三）に、

四蛇、身府に相闘ひ、両鼠、命藤を争ひ伐る。

とあるのも同様で、『性霊集』の中世の注釈書、頼恵《らいえ》の『性霊集注』四には、『明宿願果報経《みょうすくがんかほうきょう》』『譬喩経』『優陀延王説法経』などが引用される。『明宿願果報経』には、逃走する者に狂象を放って踏み殺させる国法により、象に追われた罪人が穴井に逃げ込むと、中に大龍が待ちかまえ、井の上には四毒蛇がいて、つかんだ草の根を二白鼠がかみ切る、とある。ここでは白黒ではなく、両方とも白である。狂象は無常、龍蛇は地獄と地水火風の四大で、二鼠は日月、草根は人の寿命の譬えで、日月が時を刻んで人の命を食うのだという。

『譬喩経』は『経律異相』に近く、黒象に追われ、深澗《しんかん》に堕ちて樹根につかまり、二鼠がかみ切り、岸辺から三黒蛇が出てくる。ここでの三蛇は三毒（貪・嗔・痴）に喩えられる。天を仰いで救いを求めると、甘露が降って口に入って昇天するところが他にない展開である。

『優陀延王説法経』に関しては先に見た通りだが、ここでは譬喩のみにふれている。曠野は生死、丘井は人身、樹根は人命、白黒鼠は昼夜、樹根を嚙むのは念々滅、四毒蛇は四大、蜜は五欲であることが知られ、それだけ一般化していたことを意味するだろう（三龍・三毒は省略される）。それぞれ微妙に話の細部は異なり、それぞれの喩えを説明しているが、白黒の鼠が昼夜、日月を意味することは変わらない。

そうして一〇世紀の平安時代には、この話は「草の根に露の命のかかれるを月のねずみの騒ぐなるかな」など和歌にも詠まれるようになる。無常の譬喩として法会の場で頻繁に語られ、うたわれたりして、おのずと貴族や一般の人々にも知られるようになっていったことが考えられる。最も早い例が「たのむ世か月のねずみの騒ぐまの草葉にかかる露の命は」（『高光集』三四、『続詞花和歌集』巻一〇・四六二）で、多武峰少将《とうのみねのしょうしょう》（如覚法師《にょかくほうし》）として知られる藤原高光《ふじわらのたかみつ》の作であることも偶然ではないであろう。

ちなみに彼は白居易の有名な「長恨歌」に拠る詠作でも名高い。一般的な世の無常というより、肉親との死別や自らの死の予感など、人の生死がより身近に痛切に感じ取られる時にこの説話が想起され、和歌にも述懐されるようになったのであろう。その時に選び取られた言葉が「月のねずみ」であった。「日のねずみ」の言い方もあるが、日月を意味する白黒二匹の鼠のうち、採用されたのが「月のねずみ」という語彙で、いかにも和歌にふさわしい、響きのよい表現として定着していったことが想像できる。

和歌を詠むための指南書や歌学書には、歌語「月のねずみ」の典拠としてこの譬喩譚がしばしば引用される。その最も古い例が先述の十二世紀初めの『俊頼髄脳』である。右に引用した和歌の歌語の注釈として説話が語られる。冒頭で世の中の無常を説く譬喩で経文にみえるとされ、最後は「心ある人は、世のはかなきことを思い知らなくてはいけない」という教訓で結ばれる。説教の語りそのままに記述されていると思われる。それまではおそらく口頭で語り継がれていたものが、あらたな歌語の見直しや本説（典拠）の検証に迫られて、あらためて記述されるようになったと思われる。

この『俊頼髄脳』では、象が虎になり、男は野原の古井戸に逃げ込み、中に鰐が待ちかまえていた、という設定に変わっている。蜂蜜の一節はみられない。仏典系が「象・龍蛇」型とすれば、注釈系では「虎・鰐」型となっていて、対比される。法会の場などを媒介にさまざまな型が作られていたことが想定できよう。

十三世紀の奈良興福寺の学僧、笠置《かさぎ》の貞慶《じょうけい》作とされる『貞慶表白《ひょうびゃく》集』に「四蛇毒を吐き、月の鼠常に騒ぐ。六賊剣を抜き、羊の歩みやや近し」とみえる。「表白」は法会を遂行する中心の役割を勤める導師が法会のはじめにその意義を述べる文章で、施主《せしゅ》(願主)が法会の由縁や祈願を述べる「願文《がんもん》」と同様に、漢文の対句の修辞が凝らされる。漢文の対句であれば、「四蛇」に対して「二鼠」もしくは「両鼠」とするのが一般的であるが、ここでは「二鼠」ではなく、「月のねずみ」という歌ことばに変わる。しかも和歌によく詠まれる「騒ぐ」という表現とあわせて使われていることが注目される。形式は漢文の対句であるが、表現内容は和歌の修辞に変換されているのである。法会の唱導世界で自然に、あるいは意識的に使える言葉として「月のねずみ」はあったことを示すだろう。

同じように、その後にみえる「羊の歩み」という語も、殺される羊の歩みが遅くとも、死は確実にやってくる、という意味で、無常の譬喩とされる。これも『源氏物語』「浮舟」などに用例がみえ、和歌にもよく詠まれる表現であった。

以下、すでに拙著『説話の声』で詳述しているので詳細は割愛するが、『和漢朗詠集』の注釈や『古今和歌集』の注釈、あるいは『法華経』の注釈等々、日本の中世(一三—一六世紀)に活発になる古典の注釈世界にこの説話はひろくみられる。

また、以前から知られる『源平盛衰記《げんぺいじょうすいき》』に、もう一つ別の用例が見出せたので、付け加えておこう。

　哀哉《あわれなるかな》、黒白二ノ鼠、木ノ根ヲ噛ムガゴトク也。　(巻三四「法住寺城郭合戦」)

ここでは鼠がかじるのが蔓や草ではなく、木の根に変わっているが、それだけ譬喩として流布していたことを示している。これら歴史叙述と注釈世界が深くかかわっていたことは事あらためていうまでもない。注釈の言説が同時代の新たな文芸創造を生み出す触媒となっていたことがよくうかがえるだろう。

十七、十八世紀の江戸時代でも、たとえば俳諧で有名な蕪村に「牙寒き梁《はり》の月のねずみかな」の句があり、「見る月の鼠戸開け天の原」(立圃)なども知られる。後者の句は、南方熊楠《みなかたくまぐす》の「巨樹の翁の話」(『南方閑話』所収、『南方熊楠全集』二巻)に引かれる。明代の類書『瑯邪《ろうや》代酔編《だいすいへん》』を引用した後に、『立圃《りゅうほ》句集』から引く。源俊頼《みなもとのとしより》の「わが頼む草の根をはむ鼠ぞと思へば月のうらめしきかな」をふまえるという。先述のように、俊頼は歌学書『俊頼髄脳』で月のねずみの歌語のいわれを語っていたが、同時にそれにもとづいて歌も詠んでいた。歌の詠みぶりでは、「月のねずみ」ではなく、あえて月とねずみを分離させているところが特異である。

あるいは、近世随筆の天野信景『塩尻《しおじり》』に「月日の鼠　黒白鼠は経論の説、無常のたとへなり」とあり(宮腰直人氏示教)、大田南畝《おおたなんぽ》『蜀山百首《しょくさんひゃくしゅ》』「雑二十首」に「日の鼠月の兎のかはごろもきて帰るべき山里もがな」とある。ここでは「月の兎」に対して「日の鼠」とされる。まだまだこの種の例は今後も出てくるであろう。

さらには、十七世紀の中国でも、著名な宣教師マテオ・リッチの『畸人十篇《きじんじゅっぺん》』にこの話は引用されるが、追いかけるのが毒龍で、井戸から待ちかまえるのが虎狼という、今までにないパターンである。このマテオ・リッチの著述を日本の幕末の国学者平田《ひらた》篤胤《あつたね》がまた引用する、という重層化した連関が生じていた。一八〇六年、篤胤の『本教外篇《ほんきょうがいへん》』の「不許他見」にもみえるが、追いかけるのは象や虎ではなく、「あまたの悪獣」で、底には大蛇が待ち構え、取り付いた草葉の露の甘さに苦を忘れるという設定になる。ことに大蛇の形容が詳しく、

背は紺青緑青を塗りたるごとく、腹は朱を塗りたるごとく、眼は金椀のごとくにきらめき、口をはりたるその舌を見れば、焔の様にひらめき、生臭き息の暖なるを吹きかけつつ、堕ちば食はんと待

図 9-4 『浄土五祖絵』善導巻(光明寺蔵,『鎌倉の絵巻』鎌倉国宝館図録第 5 集, 1957 年)

ちうけたり。

とあり、旧稿で検討した『俊頼髄脳』の鰐の描写に酷似するもので、異類の形容としての類型を示していよう。とりわけ、篤胤と熊楠という、近代日本の草創期に世界的な視野をもった知の巨人が、いちようにこの説話をとりあげていることが印象深い。

そしてさらに注目されるのは、二鼠譬喩譚が一六世紀、室町期の浄土教祖師伝の絵巻『浄土五祖絵《じょうどごそえ》』(光明寺蔵)の善導《ぜんどう》巻に描かれていることだ(図9-4)。この絵は、善導を害しようとした男がその威光にうたれて改心して帰依し、罪を償おうと樹から飛び降りるが阿弥陀に救われる、という話の間の画面に、不思議なことに何の脈絡もないまま割り込み、はめこまれるようにして位置する(錯簡《さっかん》の可能性もあるが前後関係は不明である)。虎に追われた男が遁走、前方の上から龍が雨雲と電光とともに降りてくる画面に続き、断崖で樹の蔓につかまる男の姿が描かれる。断崖の下は深い淵であるが、下から待ちかまえるはずの蛇や龍はみられない。蔓は樹の幹から延び降りてきて、たしかに白黒の鼠が両側からかじっている。蜂の巣も出てこない。

この画面が二鼠譬喩譚を指すことはまぎれもないが、今までのものといささか様相が異なる。善導の講釈場面と男が柳から飛び下りる場面とにはさみ込まれるという、画面の位置がいかにも納まりが悪く、分かりにくいし、詞書《ことばがき》にはこの説話は出てこない。しいていえば、善導の講釈の内容にかかわる一挿話ということであろうか。今は後考を待つしかないが、説話が絵画のイメージと密接にかかわって表出され、享受されていることの意義をあらためて考えさせてくれるだろう。説話と絵画が一体化した表現の媒体となっているからこそ、世界にひろまる普遍性を獲得できたともいえよう。

東アジアの場合

韓国の絵画について先に述べたが、文献にもこの二鼠譬喩譚が利用されていることがごく最近分かってきた。高麗時代の一三二八年、天台僧無寄《むき》の編になる釈迦の伝記『釈迦如来行蹟頌《しゃかにょらいぎょうせきしょう》』に、詩文とその注釈としての経典が引用されている。上下二巻で、上巻は仏教の宇宙観、仏伝、涅槃《ねはん》後の天竺での仏教流布、下巻は中国への伝来、教義などが中心で、天台五時八教説が基軸となっている。五言の詩句をつみあげ、それに仏典から注釈を施す体裁で一貫する。

ここでも無常を論ずるくだりに石火光や魚少水の喩(『出曜経《しゅつようぎょう》』)とあわせて引かれる。

　又念無常身、猶如石火光。又、無常の身を念ずるに、猶、石火の光のごとし。

　井枯魚少水、象逼鼠侵藤。井は枯れ、魚、水少なく、象逼《せま》り、鼠藤を侵す。

無常をあらわす表現の一環として「象逼り、鼠藤を侵す」とあるように、二鼠譬喩譚をふまえていることは疑いない。「侵藤」は先にみた『敦煌願文集』や聖武《しょうむ》の『雑集《ざっしゅう》』の「二鼠之侵藤」などに共通し、「象逼」に仏典の表現がそのまま投影されていることが知られる。「侵藤」の表現が東アジアに共有されることを示すと同時に、説話の冒頭を受けた「象逼」がより譬喩の内実を投影していることが着目される。他の詩句表現にはみられない特徴といえよう。そして、この詩句の後に注釈のかたちで仏典が引用される。それが始めに書名をあげた『優陀延王説法経』である。唐代の仏典類書『法苑珠林《ほうおんじゅりん》』にも引かれるように、二鼠譬喩譚では最も一般的であるといえる。

さらには、次の朝鮮王朝時代にも例がいくつかみえるので、引いておこう。

天上九龍施法水、人間二鼠嚙枯藤。　天上の九龍は法水を施し、人間に二鼠、枯藤を嚙む。
鵞鵝声乱功収蔡、蝴蝶飛来妙過膝。　鵞鵝の声乱れて蔡を功収し、蝴蝶飛来して妙に膝を過ぐ。
（『芝峯類説』巻一二「文章部五」元詩）

また、

化翁固疾足、二鼠兼四蛇。　翁化して固く足疾く、二鼠、四蛇を兼ねる。
人生落其内、天地一網遮。　人生その内に落ち、天地一網にして遮る。
歳窮日又暮、此夜復幾何。　歳窮り日又暮れ、この夜復た幾何ぞ。
（『游齋先生集』巻之三・禁中録「次蘇子瞻守歳」）

とある。あるいは、「頭上の光陰二鼠を催す」（『稼亭先生文集』巻一四・古詩「送安員之曝史南帰」）の例もあり、引用は省略するが、経典故事を引用した注釈もついている。

いずれも朝鮮の官僚文人（両班《やんばん》）によるもので、「枯藤」と「嚙」の組み合わせをはじめ、「四蛇」との表現などからみても、二鼠譬喩譚をふまえることは明らかである。朝鮮時代にも、人の世のはかなさや仏教の無常にまつわる譬喩として定着していたわけで、いかに人々の心の奥深く浸透していたかが見てとれるであろう。

これらに加えて、もうひとつの別のルートに禅問答の事例があったらしい。西山美香氏の示教によれば、和刻本の明暦元年（一六五五）版、駒澤大学図書館蔵『新刻禅宗十牛図《しんこくぜんしゅうじゅうぎゅうず》』の末尾にみる「苦楽因縁之図」がまさしくこの二鼠譬喩譚にほかならない（図9-5）。序に、十牛図にそえて、「苦楽因縁之図」をあげ、物欲の故を知り、本然を証せしめんとした、という。我が身もまた、「夢《む》幻泡影露《げんほうえいろ》電《でん》」の喩であるとも言い、二鼠譬喩譚が苦楽因縁の文脈におきかえられている。

この図の後に『優陀延王説法経』系の一節が引用される。譬喩を語った賓頭盧尊者が王に苦楽の多少を聞かれた際に応じたもので、存在の憂苦とともに、受けがたき人身を失えば永く苦海に沈むことが強調される。特に「曠野」を「三界」、「樹」を「苦身」、「井」を「黄泉路」、「手攀藤」を「愚痴」、「蜂蜜」を「夫妻」に、それぞれたとえている。「四蛇」も「四大」ばかりか、「四罪」や生老病死の「四門」とも対照される。『優陀延王説法経』の譬喩とも異なる特異なもので、最後は念仏による極楽往生に収斂する。

またさらに、「藤摧堕井命難逃、象鼠蛇攻手要牢」という頌《しょう》もついており、「十牛図」とは無縁のようでいて、最後の「総題」で、「再観苦楽有因縁」云々と結びつけられている。二鼠譬喩譚も禅宗系の言説にむかえとられ、あらたな意味づけが施されていることが確認できる。

図9-5 『新刻禅宗十牛図』「苦楽因縁之図」(駒澤大学図書館蔵)

図像に関しても、絵画の様式は明らかに中国系で、右手の巌にいる尊者と王が、左手から延びた松の枝にからまる藤にぶら下がった男の姿を指し、眺めながら対話しており、下から象も見上げている。白黒の鼠は松の枝の左右から男のつかまった藤蔓をかみ切っている。蜂の巣は描かれないが、蜂が三匹ほど男の顔の上を飛んでいて、男の口に蜜が入っているようにみえる。

男の下には八角形の石の欄干に囲まれた井戸から三頭の龍が男に向かって焔をはき出し、四匹の蛇が舌を出して伸びあがっている。

この図像は杉田論に指摘される、十九世紀の杭州で発行された教化文書のそれにきわめて似ている。こちらは、巌はなく、右手に尊者と王とその下臣の三人がいて、その上方に雲に乗った釈迦らしき仏がいる。見上げる象や左手の松の樹、白黒鼠やぶら下がった男は同様で、『十牛図』像よりも若い感じである。男の周囲を取り巻くように四匹の蜂が飛んでいる。左手下方の井戸は欄干がなく、石の二段組の構造で、下段中央に「井」文字が刻まれ、中の三龍に対して、蛇は外側にいる。詳細は不明であるが、駒澤大学本『十牛図』にみる「苦楽因縁図」と杭州の教化図とは同根のものであろう。

さらには、韓国の寺院では禅問答にこの説話が使われているようだ。「岸樹井藤図《がんじゅいとうず》」と呼ばれるもので、名高い玄奘三蔵《げんじょうさんぞう》の伝記『大慈恩寺三蔵法師伝《だいじおんじさんぞうほうしでん》』巻九、玄奘が少林寺での訳経許可を王に請う上表文にみる表現で、「衆縁仮合、念々無常。雖岸樹井藤、不足以儔危脆」とある。玄奘が六十年の半生を回顧して世の無常を説く文脈であるから、この二鼠譬喩譚をさすことは間違いないだろう。実際に『優陀延王説法経』では、岸の樹下の井戸が舞台になり、葛や蔓が命綱になっている。

この「岸樹井藤」が禅問答に使われていたことは、朝鮮王朝時代の『緇門警訓註《しもんけいくんちゅう》』（元代の参禅弁道書の注釈）に、

譬如春霜暁露、倏忽即無、岸樹井藤、豈能長久、念々迅速、一刹那間

云々とあることからうかがえる。『禅門拈頌』や『祖庭鉗鎚録《そていかんついろく》』などにもみえるとされる。近代の例になるが、恵庵《けいあん》禅師の禅問答書『禅関法要《ぜんかんほうよう》』（一九七九年）に「岸樹井藤」は禅問答の恰好の題として語られていたらしい。これら禅問答と寺院の堂の壁画に絵が多く描かれていることとは無縁ではありえないだろう。説教などの唱導にとどまらず、禅問答というかたちでこの説話がひろまっていたことは、説話のあり方を考える上でもあらたな示唆を投げかけるに違いない。

ヨーロッパへ、再びアジアへ

二鼠譬喩譚は、インドに端を発して仏教伝来の道筋とともに東アジアに広まったが、それだけにとどまらない。インドから中東、イスラムを経て、ヨーロッパにも伝わっていった。まさにユーラシア世界をかけめぐる説話の典型であった。特に杉田英明論（二〇〇六年）は、中東のイスラム圏における伝播の様相をたどり、ヨーロッパへの展開を精細に跡づけた貴重な成果である。以下、杉田論によれば、八世紀前半のイブン・アル・ムカッファ『カリーラとディムナ』、八世紀後半の仏伝の中世ペルシャ語訳を介したアラビア語版『ビラウハルとブーザーハフ』をはじめ（時代的には、中国の唐代『敦煌願文集』、日本の奈良時代『万葉集』や聖武の『雑集』に相当）、ビザンチン帝国に至って、そこから東欧と西欧に普及した。

イスラム圏では、象が駱駝《らくだ》に変わるだけでなく、穴に入って蛇の頭に足を乗せて両手で木の根をつかみ、それぞれを白黒鼠がかみ切るという跨ぎ型になる。男が穴・井戸に落ち、蛇の頭に乗る型は一貫している。『カリーラとディムナ』の挿絵では、左手で枝をつかみ、右手で蜜を手にする珍しい型もみえ、それを上から駱駝がのぞき込んでいる（図9-6）。男が両手につかんでいる草木や花にも意味があるはずだが、そこまでは追究できない。草花の文化史の考察が必要であろう。

図9-6　ナスルッラー『カリーラとディムナ』（カイロ写本，前掲「中東世界における「二鼠譬喩譚」」）

すでに本書第四章・仏伝の四門出遊でふれた「聖バルランとジョサハツ」は、中世に崇敬された聖人伝で、一〇二八年に「ヴァルラームとヨアサフ」(Varlaam and Ioasaph)という名でギリシア語に訳され、一〇四八年にラテン語に翻訳、その名は「バルラームとヨサファト」(Barlaam and Josaphat/Iosaphat)となる(ラルカ・ニコラエ、二〇一二年)。十三世紀のギリシア語からラテン語に翻訳された有名な『黄金伝説』、あるいは『ゲスタ・ローマーノールム』などでは、キリスト教の聖者伝「サンバルラン伝とサンジョサハツ伝」に釈迦の伝記が混在しており(本書第四章「四つの門をくぐると」参照)、その一逸話として二鼠譬喩譚が語られる。十四世紀のヴァチカン写本、一四七六年の中世ドイツの刊本の挿絵等々、時系列でも地域別にも、ほぼその伝播の様相がたどれるほどである。仏伝がキリスト教の聖者伝として再生する、その一翼にこの説話も位置づけられている。キリスト教の聖者伝に取り込まれることで、この説話の寿命や世界はさらに延び、ひろがっていったのである。

一方、図像にはだいぶ差異が生じている。右の十五世紀後半のドイツ刊本の挿絵では、男を追いかけるのが一角獣になっている(図9-7)。左上下からそろって待ちかまえる一角獣と龍。男は木の果実を手

図9-7 『サンバルラン・サンジョサハツ伝』ドイツ刊本の挿絵(個人提供)

図9-8 ルーマニアの教会の1828年の図像(ラルカ・ニコラエ氏提供)

にする。ここでは蜂蜜が果実に変わっている。それを見ながら語り、聞いているのがサンバルランとサンジョサハツである。男が木に登り、根元を鼠が嚙《かじ》り、一角獣が待ち構える構図のものもあり、木登り型に変わっていくようだ。それとともに、ラルカ氏によれば、ルーマニアの教会の一八二八年の図像では、木に登っている男に対して、木の幹を左右から嚙るのはロバであり、鼠は出てこない（図9－8）。もはや譬喩譚の位相が大きく変わってしまったようだ。

そうして、十六世紀末期、キリスト教の伝来に伴い、この聖者伝を媒介に二鼠譬喩譚は再び日本へ輸入される。九州の島原半島加津佐《かづさ》で活版印刷機によってローマ字表記の和文語体で出版される、『サントスの御作業』がそれである。現在、オックスフォード大学やマルチアナ図書館に所蔵され、ヴァチカンには加津佐版と同じ頃のバレト写本も伝わる。同じ説話が時代を変えて、東アジアルートではなく、ヨーロッパ経由で日本へ伝わった、誠に数奇な説話が旅する事例である。

先にふれたように、十七世紀の中国でも、著名な宣教師マテオ・リッチの『畸人十篇』にこの話は引用される。追いかけるのが毒龍で、井戸で待ちかまえるのが虎狼という、今までにないパターンである。ヨーロッパ経由の再生譚は日本だけではなかったし、マテオ・リッチの著述を日本の幕末の国学者平田篤胤がまた引用する、という重層化した連関が生じていたわけである。

近代の変容

ちなみに西山美香氏の示教によれば、蔡志忠『マンガ　禅の思想』（一九九八年）にあるように、マンガの例もあった。ここでは虎に追われて断崖の藤蔓に捕まり、下からまた虎に狙われ、断崖で見つけた野いちごを口にする設定である（図9－9）。最後に僧が「過去を思わず、未来を思わず、今の一瞬を大事にし、縁に随うことが幸福を生むのさ」と言う。上からも下からも待ち構えるのは虎である。

この「虎・いちご型」とも呼ぶべき型は、さらに虎と男の絵を立体的に折り込んだ英語版の禅入門の絵本 *Fishing for the Moon and other Zen Stories*（二〇〇四年）にも共通している。見開きで九話分あるうちの第二話に見える（図9-10）。今までみてきた型とも大きく相違する、あらたなヴァージョンであった。二鼠譬喩譚とその図像の変転には絶え間がないようである。いずれも禅宗の系統の言説であり、この種の型がよく浸透していたのであろう。

そうして、現代でも、二鼠譬喩譚の図は描き続けられている。榊栄樹「無常の虎」（一九七四年）や方丈堂出版のホームページなどにも図像を見ることができる。

インドの仏典にはじまり、東アジアはもとより、中東、ヨーロッパと、二鼠譬喩譚の世界的なひろがりを追って東西交流文化をめぐる旅をしてきた感じだが、人が世界を往きかえば、説話もまた世界をめ

図9-9 『マンガ 禅の思想』より（蔡志忠作画 和田武司訳，講談社＋アルファ文庫，1998年）

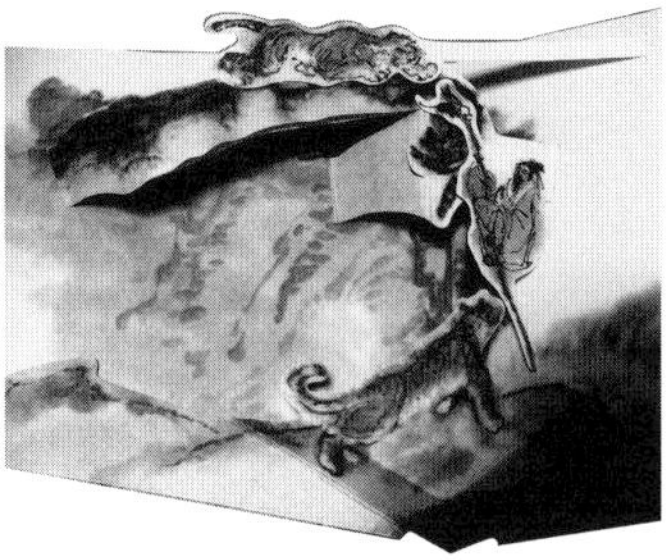

図9-10 *Fishing for the Moon and other Zen Stories*, "Parable of the Strawberry"（著者架蔵）

アジア	断崖か穴・井戸で草(蔓・枝)にぶら下がり型	象➡虎，蛇➡鰐
インド・中東	穴・井戸の跨ぎ型	象➡駱駝，中東は左右の手で別々に草や木をつかむ
ヨーロッパ	木登り型(跨ぎ型もあり)	象➡一角獣，蜂蜜➡果実，鼠➡驢馬
近代(禅宗系)	断崖でぶら下がり型	上も下も虎，蜂蜜➡いちご

ぐる。すべての世界はつながっていることを再認識させられる。

また、説話の類型としては、上記表のような様相になるだろう。しかも、文献と図像がセットになり、どの地域でも言葉の世界だけではとらえきれないイメージの表現媒体にも拠っていた。日本の絵巻、朝鮮半島の堂壁画、中国刊本の挿絵、イスラムの細密画、西洋刊本の挿絵等々、説話とイメージのかさなりがこの説話をよりひろめさせたといってよい。

また、この説話の多くは、仏や尊者と王をはじめ、譬喩を語って聞かせる対話問答の型が背景にある。語り手と聞き手からなる時空間に生きていた説話であることをあらためて体得できるであろう。人が生きている姿の原質を直截にとらえた説話としての普遍性を持つばかりか、人間存在の、生と死のあわいの〈表現〉を共有しあえる場が、図像の媒体ともあわせて、この二鼠譬喩譚の背後にはありありと浮かんでくるのである。

同じ〈漢字漢文文化圏〉のベトナムに関してはまだ未調査であるし、タイやカンボジア、ミャンマー等々、南アジアから東南アジアの仏教世界に関しても不明である。韓国の事例を見落としていたのは、こちらの眼の問題であったように、視野を広げ、視点を変えれば、まだまだ例は見つかるだろう。

その後の「月のねずみ」考には終わりがない。今後もいまだ見知らぬ事例がたくさん出てきて、その度に認識を更新させ続けてくれるであろうことを期待したいと思う。

附記　その後、二〇〇六年十二月、北京大学での講演の折、主催の陳明教授がこのテーマですでに口頭で発表しており、多くの図像データを所持されていたのに驚かされた。その後、陳氏は『敦煌願文集』をはじめ、漢籍や漢訳仏典の検証及び多方面の図像を主とする論考を中国語で次々と公刊している(巻末、参考文献一覧)。

結章　説話の東アジアへ

東アジアの共通語としての「説話」

今まで、東アジアにおける説話について、世界観・群像・東西交流の三つの柱からそれぞれ個別に検討してきたが、最後に今後の課題についてささやかな展望を提示して綴じ目としたい。まず、前半は東アジアにおける「説話」の語誌を手がかりに第三極としての、あらたな「説話」=「話芸」論への提言を試み、後半は上記に即した東アジアにまたがる興味深い事例を二つ取り上げて検証してみたいと思う。

序章で述べたように、「説話」という語彙は東アジアの共通語としてある。現代中国語でも「説話」は普通に「話をする」意味で使われるが、本来は「話芸」を指す文学用語であった。八世紀の唐代小説『高力士外伝《こうりきしがいでん》』にみる例が初例とされる。玄宗が退位し、楊貴妃を失って悲嘆にくれているのを宦官《かんがん》の高力士が芸能で慰めようとする一節に「或講経、論議、転変、説話」とあり、「講経」「論議」「転変」についで「説話」が併記されている。

朝鮮半島でも、新羅時代の遁倫《とんりん》撰『瑜伽論記《ゆがろんき》』巻四上には、「説話」をそのまま表出するのを「開論」、隠喩的にするのを「合論」とする。口を開いて笑うのが「現歯」、喉の中で声を出すのが「啞啞」だという。用例は省略するが、歴史叙述の『高麗史』や『朝鮮王朝実録』にも「説話」の用例は少なからず

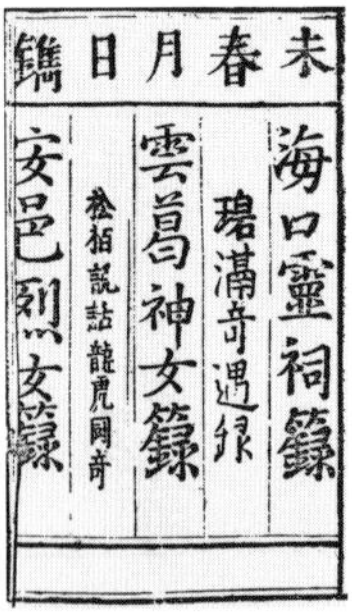

図10-1 『伝奇新譜』(漢喃研究院蔵,『越南漢文小説叢刊』伝記類二巻,台湾：学生書局)

みえる。また、『説話中出《せつわちゅうしゅつ》』(東国大学図書館蔵)という写本がある。『経律異相《きょうりついそう》』『法苑珠林《ほうおんじゅりん》』などの漢訳仏典類書をはじめ、中国の説話類書『太平広記』等々からの抜書がみえる(写本の書写年代も未詳で、書名が当初からのものかは不明)。

これとは別に『閑説話《かんせつわ》』(国立中央図書館蔵)という写本もあり、禅宗系の著述に、『禅門拈頌説話《ぜんもんねんじゅせつわ》』をはじめ、有炯《ゆうけい》『禅源遡流《ぜんげんそりゅう》』には「説話云」などの引用の型がみえ、洪基《こうき》『優曇林下録《うどんりんかろく》』「上虚舟師主書」には「説話一巻」とあり、同『禅門証正録』「初三処伝心説」に「作説話三十巻、釈拈頌三十巻」とある。禅宗系の書物で、確たる言説として「説話」があったことをうかがわせる(『韓国仏教全書』より)。

さらに韓国では、植民地時代からの影響で民俗学系の研究者が主導するかたちで、学術用語としての「説話」が定着しており、「説話」を銘打つ論文も多く、文献説話、仏教説話、風水説話等々、「～説話」を冠する研究書も少なくない。孫晋泰『韓国民族説話研究』(一九四六年〔『孫晋泰先生全集』太学社、一九八一年復刊〕)、張徳順『韓国説話文学研究』(ソウル大学校出版部、一九七〇年)、黄浿江『新羅仏教説話研究』(一志社、一九七五年)等々は初期の代表的研究である。

ついで、ベトナム(越南)をみると、明代の志怪小説集『剪燈新話《せんとうしんわ》』の翻案ものの一種で、十八世紀前半の『伝奇新譜《でんきしんぷ》』表紙の書き付けに「松柏説話」とあり(漢喃研究院蔵)、本文にも「実権輿於松柏説話」とみえる(図10-1)。一八一一年刊本の付録・短編の漢文である。また、十八世紀、武芳堤《ぶほうてい》の説話系類書『公余捷記《こうよしょうき》』神怪「羅山阮監行記」にも「新貢士第出、其師当少留、別有説話」とみえる。

十五世紀前半に、黎利《れいり》が明の支配を排除し、大越国を建て黎太祖となり、後期黎朝を開く過程を描く

『皇越春秋《こうえつしゅんじゅう》』は、『三国志演義』の影響下になる歴史ものの章回小説で、第一回「陳子孫恃強失国、胡父子肆虐専君」巻頭は「説話天下大物也」のように、「説話」で始まる(『越南漢文小説集成』第六巻)。同様に十六世紀前半から後半に及ぶ後黎朝と莫朝との対立から、十七世紀、北鄭《ほくてい》と南阮《なんげん》に分かれて覇権を競ったベトナムの南北朝内乱を描いた歴史演義小説『越南開国志伝』でも、冒頭は、「説話越南一境、自雄、趙与丁、李、陳、黎六代、廃興相継」と歴代の王朝名を列挙するかたちで「説話」が冒頭にくる(『越南漢文小説集成』第七巻)。当時は「説話」で始まるのが「さて」などに相当する語り出しの型になっていた。中国の明清時代に流行する白話小説の型をふまえているだろう。

また、琉球でも十八世紀の漢文説話集『遺老説伝《いろうせつでん》』第一二五話に「久燕宴、説話間」とみえ、これは話をする意味の用法である。別に沖縄県立図書館・東恩納文庫所蔵の琉球版『童子庶談《どうじしょだん》』に「説話与故事」云々の一節がある。

もって、語義は一定せずとも、「説話」語彙が東アジアに共有されていたことは明白で、今後、日本だけでなく、よりひろい問題群に及ぶ可能性が高い。「説話」は文字と口頭伝承の接点、相克、重層をあらわす語彙であり、双方の交差する位相の差異が問われる。「説話」は名詞としてのみ見なされがちであるが、語る行為と書く行為の交じり合い交渉し合う、動詞の「説話する」へ、立体的な動きのある言葉として見直されるべきであろう。

話芸としての説話

先に引用した唐代の例のごとく、東アジアの都市社会の発展に応じて、説話は話芸としての意義を担い、専門家は「説話人」と呼ばれ、唐宋代に語り芸の講釈、俗講などが展開された。南宋、元になると、話本ジャンルが確立し、さらには平話《へいわ》(評話)、演義等々、注釈や講釈からまたあらたな物語、小説が生まれていった。日本に残存する『大唐三蔵取経詩話』(高山寺旧蔵)など、後世の『西遊記』に到る前段階の講釈系のものとして注目される。

隋の『后顔録《こうがんろく》』では、玄感《げんかん》が「一箇の好話」を「説」いたという(『太平広記』二四八「侯白」)。ここでの「話」は物語の「故事」に相当し、語構成から「一箇の好話」を「説」く、「説・話」が出てくる前段階を示している。それが先にみた唐代小説『高力士外伝』にみる、「或講経、論議、転変、説話」の「説話」につらなってくる。唐帝の墓を毎日、上皇と高公が親身に掃除し草取りをし、経を講じ論議し、唱導し「説話」したという。玄宗の憂愁を晴らすために高力士が語る話芸の一つである。「転変」は『続高僧伝』巻四〇「善権伝」にみえ、「転」は「囀」に同じで、唱導を意味する。六朝《りくちょう》から唐代の仏経の吟誦を「転読」という。「転変」は「講唱変文」に通じ、「説話」は「講故事」につらなる。「転変」の方が「説話」より抑揚に富み、朗詠性や音楽性が強かったと思われるが、具体的な芸態は不明である。(本田義憲論では「説話を転変す」と訓むが、並列とみるべきであろう)。

唐の元稹《げんしん》の詩の一節「翰墨題名尽、光陽听話移」の自注にも、「一枝花の話」を「听《きん》説」するとある。(『元氏長慶集』巻十)。「一枝花」は唐代きっての名妓李娃《りあ》。李娃をめぐる「話」であり、唐の白行簡《はくこうかん》作『李娃伝』に関連するだろう。「説話」は「故事」に相当する意味や用法で、基本は講経や吟唱などに匹敵する語りの話芸を指している。

宋元代になると、商業経済の発展によって都市文化が繁栄、人々の癒しや娯楽としての話芸である「説話」の各種が流行した。「説話」をもとに「話本」ジャンルが形成される。有名な資料に端平二年(一二三五)の『都城紀勝《とじょうきしょう》』「瓦舎衆伎」条に「説話四家」の解説がみえる。個々の事例との対応など記述がやや曖昧であるが、張兵『宋遼金元小説史』によると、以下のように区分できよう。

①小説(即銀字児)　短編の物語。恋愛物、怪異、伝奇等々、多分野に及ぶ。
②説鉄騎児　合戦、軍記ものの類。
③説経　仏事、仏教にまつわる類。
④講史書　歴史ものの講談、講釈。

これらの話芸は街や市に寄席や小屋掛けが特設され、「勾欄」「瓦舎」「茶坊」「酒肆」等々と呼ばれる場で演じられた。その筆写本が「話本」や「評話」(「平話」)で、文芸のジャンルと化し、やがて明清の小説につらなる。「説経」も寺院僧坊に限らず、市中で俗人によっても語られ、「俗講」と言われた。話芸のプロの「説話人」の中には名前も記録される名人もいたようだ。

図10-2　『清明上河図』(部分, 遼寧故宮博物院蔵, 伊原弘編『「清明上河図」をよむ』勉誠出版, 2003年)

北宋の王君玉《おうくんぎょく》『雑纂続《ざっさんぞく》』「冷淡」に「斎筵聴説話」の例があり、同時代の『酔翁談録』にも「説話」がみえ、これは霊怪、烟粉、伝奇、公案、朴刀、杆棒、神仙、妖術等々の多種多様な芸を指す。著名な『東京夢華録《とうけいむかろく》』にも、傀儡などの芸能にまじえて、「講史」「小説」などの項に名人の名前が列挙され、ほかに具体例は分かりにくいが「説諢話」「合生」「商謎」などがある。

有名な北宋末期の首都開封《かいほう》の都市景観を描いた図巻『清明上河図《せいめいじょうがず》』の一場面にも、包子を売る店の前で、ひげ面の講釈師が輪のように周囲を取り巻いている聴衆を前に熱弁をふるう様子が描かれる(図10-2)。これは「説話人」の類であろう。

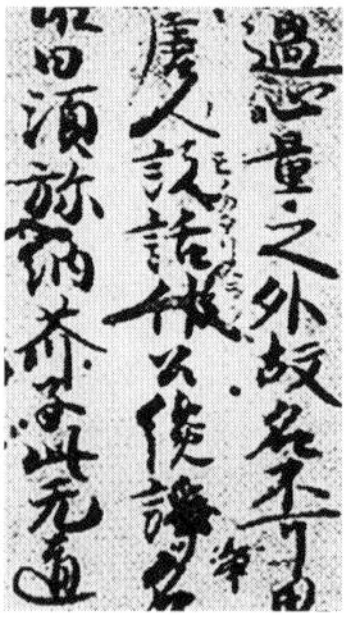

図 10-3 『授決集』（真福寺蔵，『週刊朝日百科　世界の文学』第83号，2001年）

そうした唐宋代に展開した説話芸の行方は、確実に日本や東アジアにも影響を及ぼしたと思われるが、どうであろうか。日本での「説話」の初例とされるのは、円珍《えんちん》『授決集《じゅけつしゅう》』（元慶八年〈八八四〉）にみる「唐人説話」（「唐人、説話す」）である（本田義憲）。円珍が弟子の良勇に伝授した口決書《くけつしょ》で、長安での体験をふまえて語られたもの。真福寺所蔵『授決集』の鎌倉期写本には、当該箇所には朱で「モノカタリスラク」との訓がついている（図10-3）。漢語の「説話」を和語の「モノガタリ」（「物語」）と翻訳した例として注目される。中国でも、この例をふまえた中国の論考もあり、隋唐五代の説話を譬喩類、志怪伝奇類、仏教類に区分している。

『太平広記』巻二五一「劉禹錫」の「昔、一話有り、曽て老嫗の山行する有り、大虫有りて羸然《るいねん》跬歩《きほ》して進まず」（「劉賓客嘉話録」）とか、同・巻二五七「馮涓」に「偶《たまた》ま一話を記す、大王に対して説かんと欲す、可なるかな」（「王氏見聞録」）等々の事例は、「一話」が「説話」（「モノガタリ」）である状況をよく伝えているであろう。

円珍がふれる「唐人説話」は、円珍自身が『仏説観普賢菩薩行法経記《ぶっせつかんふげんぼさつぎょうほうきょうき》』でいう、「講には二種類あり、俗人を対象にするのが俗講、僧を対象にするのが僧講」の「俗講」に相当すると思われる。内容は『維《ゆい》摩経《まぎょう》』の解説をめぐるたとえ話（譬喩、因縁）で、長安など都市における俗講で耳にした可能性が高い。『維摩経』を漢訳した鳩摩羅什《くまらじゅう》が須弥山《しゅみせん》を芥子《けし》に納める維摩居士《ゆいまこじ》の譬喩を秦王に語ると、秦王が不審がったため、羅什が鏡を瓶の中に納めて、ましてや維摩居士ならば、と説得する話題。極大極小の対比的な反転の故事として名高く、円珍の事例は東アジアに広範にわたる唱導活動の一端を伝えている。

中世の動向――講釈、評話、演義

宋元の評話（平話）、演義等々の話芸は、近現代の「評書」にも引き継がれ、北京評書大会など、現在もテレビで女性講釈師が活躍しているほどである。先にふれた『大唐三蔵取経詩話』（高山寺旧蔵）には「中瓦子張家印」の印がみえ、小屋掛けの話芸場を示している。このような講釈の語り芸は、たとえば日本の能で、玄奘《げんじょう》が深沙大王《じんじゃだいおう》の援助を受けて流沙《りゅうさ》や葱嶺《そうれい》を越えて『大般若経』を手に入れる、スペクタル風の能「大般若」などに投影されているとみることができよう。

有名な『三国志演義』の前身ともいうべき元代の『三国志平話』は、平話（評話）という話芸にもとづく、元の刊本『新刊全相平話三国志』全三巻として今日に伝わる（内閣文庫蔵『全相平話五種』所収）。中国ではつとに湮滅し、日本でのみ現存する、いわゆる逸存書《いつぞんしょ》である。

巻頭は、後漢の光武帝時代の書生司馬仲相《しばちゅうそう》が天帝の命により冥土で裁判を行う。原告は漢朝の建国の功臣でありながら謀略で殺害された韓信《かんしん》・彭越《ほうえつ》・英布《えいふ》の三人、被告は彼らを謀略で殺した漢の高祖劉邦とその妻の呂后《りょこう》。司馬仲相の快刀乱麻の判決によって、天帝は韓信を曹操に、彭越を劉備に、英布を孫権にそれぞれ転生させた、という。

裁判説話の一種だが、日本の『太平記』などにみる、政争や戦争による犠牲者の怨霊達が後世の乱世を画策し筋書きを描く、いわゆる怨霊史観による歴史語りにも匹敵する。このような評話（平話）や演義といわれる語り芸と、日本の十五、十六世紀の幸若舞曲《こうわかぶきょく》（『舞の本』）、説経節、古浄瑠璃など一連の語り物との距離は意外に近いのではないだろうか。それら日本の語り物の源流に講釈、評話、演義類があるのではないだろうか、と夢想する。今後の課題である。

日本近世から明治近代へ

時代が下がって近世以降になると、明清時代の唐話・白話の影響から「説話」「話説」の用例が増えてくる。以下に要約しておこう。

近世の比較的早い例に「説話問答ニ度重ナレバ、次第々々ニ高クナリ」（『為人鈔』三、寛文二年版・一六六二年）があり、「俚言に膾炙し、常談説話に是を引拠し用語せること」（『譬喩尽』天明六・一七八六年）、「可喜可咲之説話、鄙俚猥褻無所不至、使人解頤捧腹」（『白痴物語』文政八・一八二五年）など、咄《はなし》の本や譬喩集などに見出せる。

また、「説話」の表記に「ものがたり」の訓をつける例も少なくない。「絶て紹巴が説話《ものがたり》を聞かず」（『雨月物語』「仏法僧」安永五・一七七六年）、「いかなる説話《ものがたり》かある」（『南総里見八犬伝』五・二、文政六・一八二三年）をはじめ、『鬼武作《おにたけさく》説話《ものがたり》』（文化二・一八〇五年）、『故事《こじ》附《つけ》古《こ》新説話《しんばなし》』、『自来也《じらいや》説話《ものがたり》』等々、書名の例も目に付く。

あるいは、異文化に関するものもある。「紅毛天竺、或唐人ノ説話（セハ）聞伝フル処ヲ以テ、記之者ナリ」「昔日異国ノ説話、所聞多ト云トモ、今遺忘セリ」（『華夷通商考』宝永五・一七〇八年）、「此記ハ漂流民源三郎等九人ノ説話ヲ記ス」（『安南紀略藁』巻一風土記、寛政八・一七九六年）、「故に唯その臆記して説話せるままを雑録せり」（『環海異聞』序、文化四・一八〇七年）、「説話の簡潔に随ふて記し付たり」（『楽郊紀聞』凡例、安政六・一八五九年）等々がある。

これらを総合していえることは、「説話」は内容の如何にかかわらず、ひろく「話をする行為」であるとともに、「話の内容」をも概括する用語として使われることである。

明治になってもこの傾向は同様であり、前の第八章でふれたイソップ本の序文にも、「其説話の有益なると、話説に勢を失ふ処は、経済説略にある話説を接合せて訳したる」（渡辺温訳『通俗《つうぞく》伊《い》蘇普物語《そっぷものがたり》』例言、明治五・一八七二年五月）とか、『漢訳《かんやく》伊《い》蘇普譚《そっぷものがたり》』（明治九・一八七六年）では、「俗云、説話少者実説話多、必失、世間好説話者、当慎之勿忽」とあり、明治二十年（一八八七）の『伊蘇普物語』では、イソップの「寓言譬喩を集めた」もので、「その説話の有益なると、意味の深優なる、古来未だ嘗てかくの如き書を見ざるなり」とまで言う。イソップの語る寓話がまさに「説話」としてあることが宣言されている。ここでも、「説話」はイソップの語る行為と話の内容との両面を担っている。

おおよそ、明治二十年代、十九世紀末期辺りに、今日につらなる「説話」の用語が定着しつつあった経緯がみえてくるであろう。

ちなみに国会図書館のデータベースで明治以降、「説話」のつく書名を検索すると、以下のような例がみられる。

篠田仙果編『浴客必読伊香保説話』篠田久治郎、一八八〇年
福岡広業編『戯作新説話・脩身一斑　初編』聚文社、一八八一年
阿部弘蔵編『修身説話』全七巻、中根淑閲・金港堂、一八八七年
後藤薫・草風亭芳之著『黄金之花・経済説話』後藤薫、一八八八年
『農事説話集』静岡県、一八八八年
ウィリヤム・ジョーンス著、四方素訳『馬太伝説話』米国聖教書類会社、一八八八年
山崎文之允・真山寛編『小学修身科掛図説話』凌寒堂、一八八九年
三輪鑑蔵、今井道雄共編『修身説話・小学脩身規範』吉岡兵助、一八九〇年
永沢小兵衛著『遠刈田温泉説話』永沢小兵衛、一八九一年

愚鈍斎著『俚諺説話・諷世嘲俗』藍外堂、一八九二年
松永伍作述『養蚕業説話之概要』静岡県周智郡、一八九二年
横山順編『歴史説話・幼年教育』『修身説話・幼年教育』浜本明昇堂、一八九四年
ジエー・バチエラ著『アイヌ人及其説話』上中下編、教文館、一九〇〇―〇一年

十九世紀に限ってもこれだけあり、温泉案内から経済や農業、養蚕、修身、教育、歴史、俚諺等々、多分野にわたって使われていることが知られる。アイヌの話やキリスト教のマタイ伝の翻訳も「説話」としてみられ、こうした動向の延長に、一九〇四年の高木敏雄の『比較神話学』などを皮切りに、本格的な神話学や説話学が勃興していくのである。

ここでとりわけ着目されるのは、『修身説話』(一八八七年)、『小学修身科掛図《かけず》説話』(一八八九年)、『修身説話』(一八九〇年)等々、教育界における修身科をめぐる「説話」の名辞である。明治の学校教育界で始まった修身科の教材や教育方法をめぐって、「説話」が具体的な対象となり、言説行為としての「説話」もそこに重ねられてくるのである。

この面に着目した竹村信治論(二〇一三年)では、明治十三年(一八八〇)の「教育令改正」で「修身科」が学科の筆頭に位置づけられたのをふまえた『改正教授術』(明治十六年・一八八三)という授業の指導書を軸にする。教室及び教授法をメディア空間の問題として詳細に検証し、そこに「説話」語彙が頻出することから、メディアとしての「説話」論を展開している。

以下、竹村論によれば『改正教授術』には、

修身口授ハ、生徒ノ感動ヲ提起スルヲ以テ重要ナル目的ト為スヲ以テ、説話スベキ事実ヲ撰ムニ当リテハ、先ヅ其事実ノ感動ヲ起スベキヤ否ニ注意シ、　(第二「教師ノ注意」三)

或ハ形ヲ以テ説話ノ事項ヲ模擬シ、努メテ生徒ノ感動ヲ喚起スルニ注意スベシ。（同・四）
生徒未ダ文字ノ智識ニ富マザレバ、文字ニ関シテ講説スルハ、甚ダ困難ニシテ随ヒテ益少シ。故ニ説話ヲ主トシ、格言ハタダ之ヲ暗誦セシムルヲ可トス。且其説話ハ生徒ノ日々実験スル所、及其他生徒ノ親知スル事物ニ就キテ…（「順序方法」第一歩）

云々と「説話」の用例が頻出する。別の箇所にも、「余ハ又汝等ニ面白キ説話ヲ為シ聞カスベシ」云々とみられる。

これらからすると、生徒の感動を喚起するために、「説話スベキ事実」すなわち「面白キ説話」をよく吟味する必要があり、具体的に「説話ノ事項ヲ模擬」しなくてはならず、知識の浅い生徒に対して、「説話」を主にして「格言」は暗記させればよく、したがって「説話」の内容は生徒がよく見知っている事柄にもとづいて教授すべきことが力説される。

「説話」は「「話題」と「語り」との複合」であり、「「説論」として話題を語ること」である。「説話」ジャンルの認定に関して竹村論では、

「「説論」として話題を語ること」、「話題を用いて語られた「説論」」を一つのジャンルとして認知するところに成立したのが「説話」だったということになる。

と規定、「文芸ジャンルとは位相を異にするジャンル性の認定」だとする。「説論」を軸にする立論は、かつての今成元昭論にいう「説話」を物語内容の「素体」と末尾に教訓や意味づけを施す「説示」との構造から定義し、「説示」に重きを置く論と基本は重なってくる。

そして、竹村論の「説論」とここでみている話芸の課題とは決して無縁ではありえないだろう。修身などの学校教育での「説論」の「説話」と、話芸としての「説話」の交差は、コミュニケーションやメ

ディア論からみても、今後の「説話」論を展開させる大きな布石になることは間違いないと思われる。

〈説話本〉の提唱

話芸論に戻すと、新聞記事のみで実物は未見だが、王笑止著『泰平新話《たいへいしんわ》』（嘉永六・一八五三年九月）という講談台本が紹介され、その内題下に「亜墨利加船来航兼土佐萬次郎説話」との注記がみえる（『朝日新聞』夕刊・二〇一七年六月十四日）。新聞の見出しには「ペリー×ジョン万次郎　講談で実現」とあり、小見出しには「接点のない二人を扱った台本、発見」という。有名なペリーとジョン万次郎が出会う架空の講談本であり、私に言う、〈説話本〉の早い例としても注目される。

立教大学図書館・江戸川乱歩文庫蔵『地獄之記』は、地獄語りにことよせた当代の世相を諷刺した講釈の筆記として注目される（明治十四・一八八一年）。その第一に「播州ノ客道フ、我的亦我州ノ故事ヲ説話シテ、衆ノ与メニ聴カシメン、便チ扇子ヲ執テ打下、一拍説キ起シ道フ」とある。乱歩自身の考証「明治十四年上期、又ハ中期ノ作ナルベキ歟」（昭和十六・一九四一年）云々とあり、静岡の者が富士をはじめ、お国自慢を語るのに播磨の者が対抗して、「故事ヲ説話シテ」聴かせる、というもの。内容は源平の一ノ谷合戦で熊谷直実が平敦盛を呼び返す『平家物語』「敦盛最期」で著名な段や他に丹後の者が頼光四天王の酒呑童子退治譚を語る例などもある。

ついで『地獄之記』の三年後に刊行された、名高い円朝の落語『怪談牡丹灯籠《かいだんぼたんどうろう》』の速記本の序にも、

其活発なる説話の片言隻語を洩さず、之を収録して…
其筆記を読んで、其説話を親聴するの感あらしむるに至りしを以て…
速記法を以て、円朝子が演ずる所の説話を其儘直写し…

我国に説話の語法なきを示し、以て招来我国の言語上に改良を加へんと欲する…

等々、「説話」語彙が頻出する（若林玵蔵《わかばやしかんぞう》、明治十七・一八八四年）。円朝の語りを「説話」として読んでいることが明白で、それをいかに「収録」「直写」「親聴するの感あらしむる」「実況を見るが如く」筆記するかが問題視され、語りと筆録のあわいが問われている。

さらに円朝本と同年に、北畠道龍《きたばたけどうりゅう》『印度《いんど》紀行釈尊墓況《きこうしゃくそんぼきょう》　説話筆記』（緒言・森祐順、明治十七・一八八四年）が刊行される（図10-4）。ここにも、

北畠道龍師、印度内地ノ状況釈尊墳墓ノ実践ヲ説話イタサレタリ。

其説タルヤ、政治宗教ノ関係及ビ釈尊墳墓ノ実況ヲ弁知スルニ足ル、実ニ希世ノ説話タリ。

来阪セラレタルヲ以テ有志者、説話ヲ請求ス。

余固ヨリ浅識寡聞ナレトモ、其説話ノ大略ヲ筆記シテ梓人ニ授ケ、

等々をみる。「実践ヲ説話」とか「希世ノ説話」、「説話ノ大略ヲ筆記」云々とあり、やはり口頭の講演が「説話」であり、それを筆記したことが明記される。講釈ではなく講演であるが、これも広き「話芸」に含めてよいであろう。先の修身の教育もまたこれに該当するのではないだろうか。

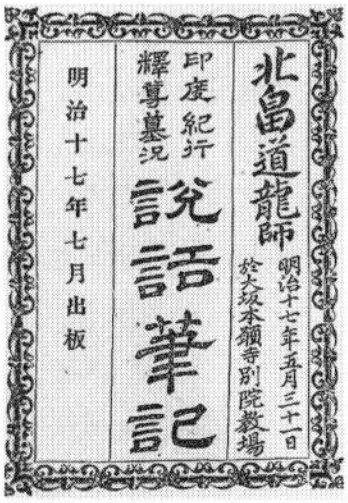
北畠道龍師
明治十七年五月三十一日 於大坂本願寺別院教場
印度紀行 釋尊墓況
説話筆記
明治十七年七月出板

図10-4　北畠道龍『印度紀行釈尊墓況　説話筆記』（著者架蔵）

これらによれば、講演、演説、講釈、落語などの速記録や筆記本、聞書きの類に「説話」の用例が頻出し、「説話」の内実が口頭の語りを指し、しかもそれらが文字化される局面に顕現することが分かる。まさに口頭言語と文字言語の接点、交差のあわいに「説話」があるといってよい。これらの速記本や口述筆記本の類をあらたに〈説話本〉と呼ぶことを提起したいと思う。

特に明治期にこうした現象が突出するのは、あらたな市民社会の時代

が到来して、寄席や演芸場、講演や演説会場をはじめ、多くの聴衆を集めて個人が語る形態、いわゆる「マス・ローグ」(川田順造、一九九二年)の場が拓かれたからで、まさに唐宋代に活発化した語りの話芸に匹敵する「説話」用語の復活と言えるのではないだろうか。

「説話」学の第一の極が昔話や伝説、世間話などの口承文芸の総称、第二の極が文字テクストとしての説話集形態、であったとすれば、話芸及び〈説話本〉は第三の極といえるであろう。これもまた今後の大きい課題である。

実に息の長い「説話」という語彙と言説の脈々たる潮流をまのあたりにするようである。

東アジア・第三極としての説話へ

以上のような論点をふまえてあらためて今までの研究状況を見直すと、主に第一の極として口承文芸(昔話、伝説、世間話)があり、柳田國男の民俗学に始まって、口頭伝承を主体とするが、柳田は神話を排除し、昔話や伝説、世間話を中心とした。第二の説話集は国文学の路線に乗って主に古代・中世文学の一環として位置づけられていく。当初は『今昔物語集』を基軸に世界文学的な指向性を持っていたが、次第に一つの文学ジャンルに枠組みが狭められていく。

これらを受けてここで提起したいのが第三極としての話芸論である。

先に見たように、「説話」は東アジアの〈漢字漢文文化圏〉における共通語であり、ここで言う第三極の話芸論とどのように切り結んでくるかが今後の課題となるだろう。ひとまず今はおおまかな見通しに止めるほかないが、まず第一段階として、十二世紀頃まで(古代)、唐宋代にさかのぼる「説話」が当初、語りの話芸の語義を持っていたことに立ち戻るべきこととともに、それが次第に東アジアに広範に広まり、展開してゆく道程が想定される。

ついで第二段階に、十六世紀前後まで（中世）、元明代に第一段階を承けて、講釈、評話（平話）、演義が活発になる。『三国志演義』『水滸伝』『西遊記』等々。それらは口頭伝承が起点ではあるにしても、同時に文字化され、話本や演義ものの読み物にも転位する。さらには出版文化に乗って、挿絵付きの本が流通し、芸能や演劇をはじめ、様々な媒体に変移していく。

そして第三段階として、十八、十九世紀前後以降（近世・近代）、近代化に伴い、第二段階の動向がより拡充されていく、という見通しである。

この見取り図を東アジアにあてはめれば、日本では第一段階は古代で、講釈説教の類、第二段階から第三段階の中世から近世にかけて講釈をはじめ、芸能や語り物が盛んになる。『平家物語』の琵琶語りや『太平記』読み、あるいは幸若舞曲、説経節、古浄瑠璃の類である。朝鮮半島でも、時代区分はややずれるが、第一段階の新羅時代から高麗時代、伝統的なムーダンなどがあり、第二段階の高麗時代から朝鮮王朝前期、第三段階の朝鮮王朝後期、十八世紀頃からパンソリが普及し、『春香伝《しゅんこうでん》』や『沈清伝《しんせいでん》』が生まれる。『三国志演義』をもとにした『赤壁歌《せきへきか》』などもあった。さらに、豊臣秀吉の朝鮮侵略による壬辰倭乱《じんしんわらん》をもとにする『壬辰録《じんしんろく》』をはじめ、新羅の武人金庾信《きむゆしん》の伝記『金庾信伝』などが生まれる。これらは軍談小説としてジャンル化されているが、その背景には語りの話芸が息づいていたのである。

日本の十八世紀には、岡島冠山《おかじまかんざん》の漢訳演義本ともいうべき『太平記演義』や『通俗忠義水滸伝』が作られており、ベトナムでも『三国志演義』の影響下に『皇越春秋』や『越南開国志伝』のような演義系の章回小説が作られる。時代が下がると、明確に語りの演義とその文字テクスト版の影響がうかがえるわけで、そのような書物となる以前の、混沌たる〈文・芸〉状況の如何がさらなる課題となるであろう。

東アジアを翔る神仙・呂洞賓

ややや、茫漠とした大まかな話になったので、視点を変えて具体的な事例からみていこう。まずは日本の十四、十五世紀、南北朝内乱を描いた歴史叙述の『太平記』にみる仙人呂洞賓《りょどうひん》の存在を取り上げてみたい。

呂洞賓（名は巌、七九四—？）は著名な唐代の神仙で、中国八仙の一人である（図10-5）。純陽真人《じゅんようしんじん》、呂祖ともいい、鍾離権《しょうりけん》に師事して天遁剣法をよくし、元代に「純陽演正警化孚佑帝君」の称号を与えられる。『純陽呂真人文集』『呂祖全書』をはじめ、後世の伝説が多く、説話、芸能、演劇など様々に登場する。それが日本にも波及している実例が『太平記』にうかがえる。巻二六「黄粱夢事」（伝本によっては巻二五）で、主人公盧生に枕を貸す人物として登場する「回道人」とは呂洞賓のことである。

ついで、巻三九「自太元攻日本事同神軍事」では、日本を攻める蒙古の武将万《まん》将軍に予言する仙人として不意に登場する。呂洞賓という仙人が西天から飛来し、万将軍に「日本全国の天神地祇三千七百余社の神々がこの悪風を発したのだから、人力の及ぶところではない。お前はすみやかに本国へ帰りなさい」と諭す。その言にしたがった将軍は、明州の津に戻り、船から下りて王城へ参上するところに、また呂洞賓が忽然と現われ、「日本で敗北したことで、天子が怒っているからお前の一族まで罪に問われる。だから逃げて蜀の国に行き、蜀王について雍州を攻めれば大功を建てられるだろう」と勧め、はなむけに「至雍発」と書いた膏薬を与える。

万将軍はその勧めに従って蜀に行き雍州を攻める。閉じられた敵の石門にその膏薬を塗ったところ、はたして門が消えて攻略に成功するが、自分の身に癰瘡《ようそう》ができてそれがもとで亡くなる。「雍」と「癰」

は声韻が同じである。「至雍発」の膏薬は雍州の石門につけるべきだったか、癰瘡につけるべきだったか、という。

この物語に関して、すでに「宋元時代の説唱や戯曲が及ぼした感化」（増田欣、二〇〇二年）との指摘があり、具体的には不明であったが、近時、張静宇論（二〇一六年）が、万将軍ではなく、西夏との戦争での軍功で知られる北宋の狄青《てきせい》将軍に類話があることを指摘、あらたな局面が開けてきた。狄青は『狄青演義』などに物語化されるが、日本での知名度は低い。張論文では、山西省・芮城《へいじょう》県永楽鎮《えいらくちん》にある元代の道教寺院の道観《どうかん》に描かれた至正十八年（一三五八）の『純陽帝君神遊顕化図』第四二図「賜薬狄青」を指摘する。

「純陽帝君」は呂洞賓の称号で、壁画の各絵にあわせて色紙型の枠に文章が書かれる。「賜薬狄青」では、宋の仁宗の時、狄青将軍が南征の途中、永州で何仙姑《かせんこ》に拝謁すると、突然、何仙姑の師の呂洞賓が現われ、袋の中から膏薬一枚を狄青に与え、癰《よう》ができたら、これを貼れと渡す。戸の隙間に、洞庭の「芳詞」を書いた一枚の紙があった。狄青が南の雍州を攻め難攻だったが、門にその膏薬を貼ったところ、攻めることができた。狄青は凱旋して後、背中に癰ができて亡くなった、という。

図10-5　呂洞賓の肖像（大和文化館蔵，山下裕二編『別冊太陽　水墨画発見』平凡社，2003年）

これが『太平記』の叙述の原型である可能性は高いが、なお双方には隔たりが大きい。なぜ狄青が万将軍に置き換えられたのか、説明は難しい。張論文では、「『太平記』の作者は「賜薬狄青」のごとき話をふまえ、独自の創作を交えた」とするが、「独自の創作」がいかにして可能になったかの説明が必要であり、もはや作者だけの問題ではかたづかない。そのような「創作」を作家論的な個性だけに還元するのは無理があり、話芸や演劇など語りや身体芸から、より立体的、総合的に考えるべきであろう。

　中国では、呂洞賓関連の資料が網羅的に集成されているが(呉亜魁、二〇一六年)、演劇系は欠落しており、その全貌をとらえるのは容易ではない。たとえば、宋代の劉斧《りゅうふ》『青瑣高議前集《せいさこうぎぜんしゅう》』巻八「何仙姑続補」には、周廉夫《しゅうれんぷ》が何仙姑と会っていると、忽然と呂洞賓が現われる話があるし、宋代の志怪譚集『夷《い》堅志《けんし》』補・巻二〇「文思親事官」には、やはり呂洞賓が忽然と出現、瘰癧《るいれき》の治療法を教え、その通りにしたら治ったという説話がみられる。

「呂洞賓三酔岳陽楼《さんすいがくようろう》」、「呂洞賓黄粱夢《こうりょうむ》」、「呂洞賓桃柳昇仙夢《とうりゅうしょうせんむ》」、「邯鄲夢《かんたんむ》」などの演劇も多く、詳細は今後の検証を待つほかない。

『太平記』が「元末・明初の江南、明州・福州などの地域を主として述べている点、応安初期における緊張した国際的状況が反映している」「作者の国際的関心のあり方と、その情報の入手経路もおのずから想像される」(増田欣、二〇〇二年)という指摘を具体的にどう復元するかが問われるだろう。これも単一の「作者」に還元される次元のものではない。より広範な文化交流のもたらす文学運動の動態から検証されるべき問題群である。

　さらに注目すべきことに、呂洞賓の存在はベトナムにも波及しているのである。十四、十五世紀の神話伝説集『嶺南摭怪《れいなんせきかい》』の「何烏雷伝《かうらいでん》」に以下のようにみえる(ベトナム漢文を読む会・金英順氏の二〇一八年七月発表資料による。本文は『越南漢文小説集成』第一巻)。

　陳朝の裕宗の昭豊年間(一三四一―一三五七)、麻羅神《まらしん》が士瀛の妻武氏と密通して生まれた何烏雷が呂洞賓に会って「声色は得失することがあるが、名は世に残るだろう」と未来を予言され、口を開けて唾を呑まされ、それがもとで美声となり、歌で人々を魅了、帝王に対して宗室の公主と一緒になることを宣言し、策略で公主を籠絡、噂は国中に広まるが、女人達はその歌声に魅了され、私通する者多く、帝王の縁戚の明威王の娘も烏雷と関係を持ったため、明威王は烏雷を殺害する。烏雷は呂洞賓の予言通りであったことを悟った、という。

烏雷は、「皮膚、墨の如し」「色、黒しと雖も」「肌、膏の如く潤う」とあり、神の子としての黒色の異形身が強調される。帝王が寵愛し、客分となるが、ここでも呂洞賓が忽然と登場し、主人公と対話して、その将来を予言し、唾を呑ませて、美声にさせる展開になる。唾を呑まされて声が変わるという、唾の呪力も着目されるが、次々と女人を籠絡して、ついには王の縁戚にまで事が及んで殺害されるわけで、王権侵犯の危険性をはらんでいる。すべては呂洞賓の予言通り、事が進展する。

この話がどこでどのように語られて文字化されたか、ほとんど手がかりがないが、他の『嶺南摭怪』所収の話群がそうであるように、個人の単独の創作ではありえず、口頭伝承に始まり、次第に語り物などに芸能化し、さらには演劇化して多彩に語られ、演じられていたのであろう。

ついで、朝鮮半島にも呂洞賓は出てくる。十七世紀の野談集の早い作である柳夢寅《ゆもんいん》の『於于野談《おうやだん》』第八三にみえる。朝鮮時代前期の代表的な士大夫に成俔《せいけん》（一四三九―一五〇四）という人がいた。彼は『慵斎叢話《ようさいそうわ》』という随筆集（説話集とみるべき）の著で知られるが、彼の逸話に呂洞賓がまたしても出てくるのである。

成俔が若い頃、郊外に遊びに行き、途中で馬を留めて渓《たに》沿いの木陰で休んでいると、忽然と驢馬《ろば》に乗った「客」が現われ、やはり休憩する。見ると、容貌奇偉で挨拶を交わすと、やおら朝餉を始める。おつきの童が裓《かいまき》から二つの器を出すと、何と一つは赤い血に浮く蝌蚪《おたまじゃくし》、一つは小児の煮物であった。

成倪は奨められるが断り、童にこっそりどういう人かを聞くが知らないと言い、いつから遊歴しているか聞くと、天宝十四年からで、どれだけ時が経ったか分からないと言う。食事の中身を尋ねると、一つは紫芝《しし》(霊芝)で、一つは人参だと答える。成倪は驚き、後悔して残りを尋ねると、童が食べてしまったと答える。その人物はすでに立ち去っており、後を追ったが、どこへ行ったか分からなかった。成倪は呆然と家に戻り、後でその人物が「呂真人」即ち呂洞賓だったことを知る。

天宝十四年とはまさに呂洞賓が生まれた時に当たっていた、という。天宝十四年は唐の年号で、七五五年に当たり、成倪が呂洞賓に会ったのはまさに七百年後のことになる。

ここでも呂洞賓は忽然と現われ、食事の中身が一見、気味悪いものに思わせて、実は仙薬だったことを後から気付かせ、またいずこへともなく姿を消す。相手の成倪を煙に巻くだけで、先の万将軍や烏雷のように直接影響を受けることはないが、不意に現われ、不意に消えて攪乱させる点では一致する。何故、呂洞賓が成倪の前に現われたかは不明だが、成倪もまた神仙的なイメージを持っていたのであろうか。神話化された呂洞賓との出会いがまた成倪その人を聖化することにもつながる。

十五世紀の成倪をめぐる説話を語る『於于野談』は十七世紀の成立だから、ここも二百年もの時差がある。前代の文人の伝説的な話題に相当し、『於于野談』に継ぐ『青丘野談《せいきゅうやだん》』にも類話があるから、よく知られた話題であったのだろう。

『於于野談』の万宗斎本では、前話も朝鮮半島で名高い智異山《ちりさん》をめぐる神仙の話譚で、話末で葛洪《かっこう》が八十二で屍解《しかい》し、呂洞賓が六十四で飛行したとあるから、その連想で配置されていることが分かるが、『於于野談』の伝本は数が多い上に、明確な構成がないため、諸本によって説話の配列はばらばらであり、一概には言えない面もある。

まさに呂洞賓は日本、ベトナム、朝鮮半島と東アジアをまたにかけて縦横に出没し、いずこからともなく不意に出現し、人々を攪乱してまた姿を消す謎多き神仙であり、東アジア文学圏の象徴的存在となっている。

『嶺南摭怪』と『太平記』とは十四、十五世紀という成立時代でほぼ共通し、『於于野談』に登場する成俔も十五世紀の人物である。トリックスターともいうべき呂洞賓をめぐる東アジアの説話のひろがりにあらためて驚かされる。

これも、個々の作り手の個性に還元できる問題ではなく、演義、評話、評書といった話芸や講釈など、語りの世界から追跡すべき課題であろう。金文京論(二〇一〇年)では、『三国志演義』の担い手である羅《ら》貫中《かんちゅう》が「湖海散人」と言われ、雑劇小説類の担い手や作者達が相撲から曲芸にいたる各種様々な芸人集団の一員として活躍していたことを指摘、具体的な場の「書会」ネットワークを提起する。示唆深い提言で、芸人としての作り手の拠って立つ〈場〉の問題を考えるべきであろう。

東アジア世界をまたぐ――『崔陟伝』と『趙完璧伝』の世界

これまでは呂洞賓という仙人の、東アジアをまたにかけた神出鬼没の様相をみたが、次に一般には名も知られていない人物が東アジアを心ならずも行き来する物語をみよう。

豊臣秀吉の朝鮮侵略(壬辰倭乱・丁酉再乱《ていゆうさいらん》、文禄・慶長の役、壬辰朝鮮戦争)は、一五九二年から一五九八年の間、講和交渉の休戦をはさんで二次にわたり、秀吉の死による撤退で収束する。日本と明・朝鮮連合軍との国際戦争であり、十六世紀以前の東アジア最大の戦争といえ、戦場と化した半島はもとより、中国の明清交替にもつらなる甚大な被害をもたらした。おびただしい人々が戦場に駆り出され、巻き込まれ、死傷し、拉致、連行され、流浪し、異域での同化をよぎなくされた。

拉致された陶工による薩摩や有田の陶磁器文化はよく知られているが、たとえば、イタリアのカルレッティの『東方旅行記』(『世界周遊記』)には、壬辰倭乱後、長崎で朝鮮の子ども五人を買ってインドのゴアまで連行して四人は解放し、一人だけイタリアまで連れて行き、一六〇六年にローマに着いてアントニオ・コレオという名で生涯を終えた、とある。ルーベンスが描いた「韓国の人」(アメリカ、ポール・ゲティ美術館蔵)という有名な肖像画はこの人物とされる。壬辰倭乱がもたらした影響はそこまで及んでいた。アントニオ・コレオと呼ばれうる人は決して一人だけではなかったであろう。

壬辰倭乱について、日本では長らく文学史からは等閑視されてきたが、近年ようやく近世期の朝鮮軍記の分野が注目されるようになった。朝鮮・日本双方ともに膨大な記録、軍記、文学、伝説が残り、中国における研究も近年、活発化しつつあるが、まだ今後の課題が多く残されている。

とりわけ朝鮮古典では『壬辰録』をはじめ、この戦争を契機とする多くの文学があるが、ここでは、東アジア地域にまたがる作として『崔陟伝《さいちょくでん》』を挙げておこう。

本作は一六二一年閏二月、趙緯韓《ちょういかん》(玄谷)が朝鮮半島南部の南原《なむおん》の周浦《しゅうほ》で流寓中、崔陟なる人物が時折訪れてその体験を語り、その顚末を記録して欲しいと頼まれて書いたとする(巻末)。体験談をもとにする筆録という体裁をとる。

物語の概要は、一五九二年、朝鮮半島の南原にいた崔陟が壬辰倭乱で京城から避難してきた玉英と出合い、一緒になって子の夢釈が生まれる。しかし、一五九七年、講和が決裂して第二次の丁酉再乱が起き、半島南部の智異山《ちりさん》の燕谷に避難。明軍の撤退に伴って崔陟は中国の紹興へ赴き、玉英は日本の捕虜となって九州の名護屋へ連行され、夢釈ははぐれて行方不明となり、一家は離散する。

崔陟は遊歴後、宋祐《そうゆう》と出合い、杭州へ行き、一六〇〇年、商船で安南へ赴く。一方、玉英は商人頓宇と商船で安南に来て、二人は停泊中の船で再会、その後一緒に杭州に戻り、夢仙が誕生する。成長した夢仙は紅桃と結婚するが、一六一九年、後金（後の清）が東北部の遼陽を侵略。明軍とともに崔陟は遼陽に出征し、捕虜となり、収容所で行方知れずだった長男の夢釈と再会、二人は逃亡して朝鮮へ戻り、南原に帰還する。一方、玉英は子の夢仙夫婦と杭州から朝鮮へ向かい、順天から南原に戻り、家族は再会した、という（『校勘本韓国漢文小説』高麗大学校民族文化研究院、二〇〇七年）。

以下、本書の詳細な研究である朴知恵論（二〇一八年）に拠るが、ここでは、超人的な英雄ではなく、一介の民が中心であり、時の戦乱に巻き込まれ、流浪をよぎなくされ、離別と再会を繰り返し、やがてもとに戻る、さだめなき宿業ともいうべき顚末が描かれる。

主人公の崔陟は、朝鮮―中国―安南―中国―朝鮮とめぐり、妻の玉英は、朝鮮―日本―安南―中国―朝鮮とさすらう。朝鮮、中国、日本、ベトナムを往還する、まさに東アジア交流圏の文芸そのものといえる作で、『三国奇逢』（ギメ美術館蔵）をはじめ、多くの異本がある。

また、先にも出てきた同時代の柳夢寅の野談集『於于野談』にも同話が記されていて、巷間にひろまった物語であったことをうかがわせる。ただし、『於于野談』では、ベトナムは出てこないし、逆に玉英ら帰国の地が可佳島と明記されるなど、いくつかの相違点もみられる。双方の先後関係や影響をめぐって論争もあるようだが、それほど様々に語られ、読まれ、異伝が生じていたことを示しており、『於于野談』も含めた〈崔陟伝〉総体でとらえるべきであろう。

ここで出てくる地域についてみると、中国では江南が中心で杭州や紹興が舞台となり、後に明を滅ぼす後金（清）に関わる東北部の遼陽も出てくる。日本では玉英が捕虜として連行されるのが、秀吉の侵略の拠点となった名護屋城である。ベトナムは、おそらく中部の日本人街のあったホイアンを指すのであろう。朱印船の往来をはじめ、交易の中心であった。崔陟は杭州から商船で安南へ、玉英は日本からやはり商船(朱印船)で安南へ行く。

二人の再会場面は劇的だ。玉英は一度は海に身を投げて死のうとするが、夢で丈六仏《じょうろくぶつ》に止められ、安南に赴く。停泊中の船で念仏を唱えていると、同じく停泊中の船で崔陟が洞簫《どうしょう》を吹く。すると玉英は念仏をはたと止め、朝鮮音で「王子簫を吹き月低からんと欲す、碧天海の如く露凄凄たり」云々と七言絶句を詠むと、崔陟にそれと分かり、二人は再会をはたす。読者や聴衆の感涙を誘ったに相違ない。

十六世紀末期の動乱、運命の波に翻弄される人々の軌跡を描いた文芸として、東アジアに共有されるべきものであろう。一家離散と再会という「愛情伝奇小説」に位置づけられるだけでなく、戦乱、出兵、拉致、捕虜、交易、流浪等々の織りなす、東アジアの〈異文化交流文学〉の典型として読まれるべき作である。

この『崔陟伝』は十七世紀の小説として遇されるが、体験談を聞いて筆録する体裁になっている。その根底には『於于野談』にも同話が筆録されているように、語りの世界が脈々と息づいている。語りと筆記の交差する、「説話」の第三極としての話芸論を東アジアレベルでも広範に見通していくべき方策がもとめられよう。

さらには、本書の原拠とも見なされる『趙完璧伝《ちょうかんぺきでん》』なる述作も知られており、東アジアの文化交流の観点からも見のがせない。こちらは一五九七年、丁酉再乱で日本の捕虜となった完璧がベトナムまで連れて行かれて、十年後に帰還する、という伝記である。

趙完璧は晋州出身の士人で、生没年不詳。「弱冠」で丁酉再乱に遭い、捕虜になって日本の京都まで連行され、服役するが、文字を解したため、日本の商船に乗って、漳州や広東を経由して安南の興元県まで行く。当時のベトナムは安南と交趾《こうち》とに分かれて戦っていた。宦官の文理侯鄭勦《ていそう》の下に高官数十人が集う宴席に招かれるが、完璧が朝鮮人と知って、朝鮮の文人として知られる李芝峯《いしほう》の詩集を見せる。儒生《じゅせい》達は抄録を暗誦しており、百歳を過ぎた黄髪児歯の老人が書を読み、児童は『蒙求』や『陽節潘氏論《ようせつはんしろん》』を暗誦し、詩文を習っていた。字音は朝鮮語のそれに似ており、書物はすべて唐本であった。倭国も朝鮮の書籍を重んじ宝蔵が多かったことが連想され、安南の人もまたこぞって本を求めていた、という。

また、ベトナムの自然や風俗にも筆を費やし、西瓜《すいか》や水田耕作、檳榔《びんろう》、水牛、象などに言及。ついで帰還の途次であろうか、呂宋（フィリピン）、琉球、硫黄島にも及び、京都で見た徐福《じょふく》祠に合わせて、徐福の末裔がここにいるとする。さらに航海の様子も語り、倭船は小さいので唐船を購入し、乗員百八十余名、航路に馴れた唐人が船主となったという。龍（鯨のことか）との遭遇で活きた鶏や鉄砲で撃退したと言い、そうして十年後の一六〇七年に回答使と共に朝鮮に帰ることができた、というもので、まさに末尾にいう「完璧」の名に負けない通りであった。

作中に登場する日本の「主倭」とは、有名な角倉了以《すみのくらりょうい》かとされる。『趙完璧伝』は東アジア各地を経巡った直接体験の話題として衆目を集め、文人達の残した文集類などに多く引用されている。片倉穣論（二〇〇八年）によれば、八種類もの伝本があり、本文にも登場する李《い》睟光《すいこう》（芝峯）の『芝峯先生集』に引用されるものが定本化している（ほかに鄭士信『梅窓集』、安鼎福筆写本他）。

この『趙完璧伝』は当人が金充安なる人物に語ったのをもとにしているようで、体験談の聞き取りによる点、先の『崔陟伝』の成立と似かよう。成立事情もそれ以上よく分かっていないが、このような作が語られること自体が大きな意義を持つ。何より朝鮮の人が壬申・丁酉倭乱を契機に日本に連行され、さらにはベトナムまで行き、つぶさにその地の文化を見聞する、という数奇な運命をたどる。〈異文化交流文学〉の典型例となっている。

しかも、それだけではなく、ベトナムの知識人が老いも若きも漢文に親しんでいるさまを、日本のことも連想しつつ、朝鮮の人物がかいま見ている——まさに東アジアの〈漢字漢文文化圏〉の縮図そのものがここに描かれているのである。まぎれもなく十六世紀末期から十七世紀初期の東アジアの文化状況が写し取られていることに注目したいと思う。

以上、ここでは「説話」という語誌をたどりながら、話芸への視座を提起し、具体例としてトリックスター的な神仙・呂洞賓の後を追い、他方、東アジア地域にまたがって流浪漂泊を余儀なくされた崔陟及び趙完璧の物語について検討してみた。事例として直接的には人物の伝記に相当するが、内容はまさに異文化を語る〈語り〉の芸にかなっているだろう。

これらの人物は実在か否かを措いて、歴史的にたしかに存在し、活きた人物として描かれる。それまで知られていなかったものや見えなかったものをありありと映し出し、あるいはすでに見えていたものをあらためて見直したり、まったく別の角度から見直すことを可能にする。説話と歴史の叙述との浅からぬ縁があることがあらためて浮き彫りにされてくる。序章でも述べたように、見えないものを見えるようにするのが、「説話」であった。

まさに、説話は歴史を、人間の生と死を、甦らせ、活性化させるに欠かせない媒体であり、拠り所なのであった。知的興奮を呼び覚まし、挑発し続ける、めくるめく「説話」の旅は尽きることがないようだ。

附記　前稿（二〇一九年）では、国会図書館の説話書目一覧で、竹野長次著『説話文学』（学燈文庫・学燈社）、及び近代説話刊行会『近代説話』（近代説話刊行会）のいずれをも一九〇〇年刊行としたが、国会図書館の目録をそのまま使ったための誤認であったので、削除する。前者は、一九五二年、後者は一九五〇年の刊行である。また、小杉榲邨、井上頼圀、好古社編として挙げた「諸家説話」も書名ではなく、『好古類纂 第一編』（好古社、一九〇一年）以降にみる章内容の「諸家説話」であったので、これも削除するが、参考例にはなるだろう。

参考文献一覧

序章

荒野泰典『近世日本と東アジア』東京大学出版会、一九八八年
長尾雅人・井筒俊彦・上山春平他編『岩波講座 東洋思想』岩波書店、一九八八―九〇年
村井章介『中世倭人伝』岩波新書、一九九三年
――『東アジア往還――漢詩と外交』朝日新聞社、一九九五年
高崎直道・木村清孝編『東アジア仏教』全五巻、春秋社、一九九五―九七年
村井章介『国境を超えて――アジア海域世界の中世』校倉書房、一九九七年
西嶋定雄『古代東アジア世界と日本』李成市編、岩波現代文庫、二〇〇〇年
李成市『東アジアの文化圏の形成』山川出版社、二〇〇〇年
石川九楊『漢字がつくった東アジア』筑摩書房、二〇〇七年
金文京『漢文と東アジア――訓読の文化圏』岩波新書、二〇一〇年
小島毅監修『東アジア海域叢書』全二〇巻、汲古書院、二〇一〇年―
奈良康明・末木文美士他編『新アジア仏教史』全一四巻、佼成出版社、二〇一〇―一一年
深谷克己『東アジア法文明圏の中の日本史』岩波書店、二〇一二年
村井章介『中世日本の内と外』増補版、ちくま学芸文庫、二〇一三年
小島毅監修『東アジア海域に漕ぎだす』全六巻、東京大学出版会、二〇一三―一四年
石井公成『東アジアの仏教』岩波新書、二〇一九年
高陽『説話の東アジア――『今昔物語集』を中心に』勉誠出版、二〇二一年
小峯和明『説話の森――天狗・盗賊・異形の道化』大修館書店、一九九一年［岩波現代文庫、二〇〇一年］
――『中世説話の世界を読む』岩波書店、一九九八年

――――『説話の声』新曜社、二〇〇〇年
――――『説話の言説――中世の表現と歴史叙述』森話社、二〇〇一年
――――「東アジアと中世文学」『國文學 解釈と鑑賞』第七五巻第一二号、至文堂、二〇一〇年
――――『遣唐使と外交神話――『吉備大臣入唐絵巻』を読む』集英社新書、二〇一八年
――――「東アジア文学圏と中世文学」『中世文学』第六四号、二〇一九年
小峯和明編『今昔物語集 宇治拾遺物語』(週刊朝日百科 世界の文学83)朝日新聞社、二〇〇一年
――――『漢文文化圏の説話世界』(中世文学と隣接諸学1)竹林舎、二〇一〇年
――――『東アジアの今昔物語集』勉誠出版、二〇一二年
――――『日本文学史』吉川弘文館、二〇一四年
――――『東アジアの仏伝文学』勉誠出版、二〇一七年
小峯和明監修、金英順・出口久徳・原克昭・宮腰直人・目黒将史編『日本文学の展望を拓く』全五巻、笠間書院、二〇一七年
染谷智幸、金文京、小峯和明、ハルオ・シラネ編『東アジア文化講座』全四巻、文学通信、二〇二一年

I 1

禿氏祐祥編『須弥山図譜』龍谷大学出版部、一九三一年
定方晟『須弥山と極楽』講談社現代新書、一九七三年
猪熊兼勝「飛鳥・藤原の園池遺跡」『仏教芸術』一〇九、一九七六年
杉浦康平・岩田慶治編『アジアのコスモス+マンダラ』講談社、一九八二年
大橋俊雄『仏教の宇宙』東京美術選書、一九八六年
岩田慶治・杉浦康平編『アジアの宇宙観』講談社、一九八九年
伊藤聡「第六天魔王説の成立――特に『中臣祓訓解』の所説を中心として」『中世天照大神信仰の研究』法藏館、二〇一一年[初出一九九五年]
杉浦康平『かたち誕生・図像のコスモロジー』NHK出版、一九九七年
黒田日出男『龍の棲む日本』岩波新書、二〇〇三年

川村博忠『近世日本の世界像』ぺりかん社、二〇〇三年
荒川紘『東と西の宇宙観』紀伊國屋書店、二〇〇五年
海野一隆『日本人の大地像』大修館書店、二〇〇六年
江上琢成『日本中世の宗教的世界観』法藏館、二〇〇七年
外村中「飛鳥の須弥山石」『日本庭園学会誌』二一、二〇〇九年
岡田正彦『忘れられた仏教天文学――十九世紀における仏教世界像』ブイツーソリューション、二〇一〇年［法藏館文庫、二〇二四年］
村井章介「日本の自画像」『内と外・対外観と自己像の形成』（岩波講座日本の思想 第三巻）岩波書店、二〇一四年
原口志津子『富山・本法寺蔵法華経曼荼羅図の研究』法藏館、二〇一六年
高陽『説話の東アジア――『今昔物語集』を中心に』勉誠出版、二〇二一年
小峯和明『今昔物語集の形成と構造』笠間書院、一九八五年［補訂版一九九三年］
――『中世説話の世界を読む』岩波書店、一九九八年
――「キリシタン文学と仏伝――異文化交流の表現史」『文学』岩波書店、二〇〇一年九・一〇月号
――「須弥山世界の図像と言説を読む」国文学研究資料館編、国際シンポジウム『日本文学の創造物――書籍・写本・絵巻』二〇〇九年
――「須弥山世界の言説と図像をめぐる」『アジア新時代の南アジアにおける日本像――インド・SAARC諸国における日本研究の現状と必要性』国際日本文化研究センター、二〇一一年
――「須弥山の頂上を往く」（連載・イメージの回廊4）『図書』岩波書店、二〇一二年四月号
小峯和明編『今昔物語集　宇治拾遺物語』（新潮古典文学アルバム）新潮社、一九九一年

2

君島久子「浦島説話の原郷に関する一考察」『昔話研究入門』三弥井書店、一九七六年
三浦佑之『浦島太郎の文学史』五柳書院、一九八九年
項青「浦島説話と柳毅伝」『国際日本文学研究集会会議録』第一七回、一九九四年
渡辺匡一「蛇神キンマモン――浄土僧袋中の見た琉球の神々」『季刊 文学』岩波書店、一九九八年夏号

高階絵里加『異界の海――芳翠・清輝・天心における西洋』三好企画、二〇〇〇年
林晃平『浦島伝説の研究』おうふう、二〇〇一年
高橋大輔『浦島太郎はどこへ行ったのか』新潮社、二〇〇五年
『よこはまの浦島太郎』(特別展図録)横浜市歴史博物館、二〇〇五年
金英珠「中世神話の生成――「ヒルコ」を中心に」『立教大学日本文学』第一〇三号、二〇〇九年
三舟隆之『浦島太郎の日本史』吉川弘文館、二〇〇九年
張龍妹「東アジアにおける『剪燈新話』の受容」小峯和明編『漢文文化圏の説話世界』(中世文学と隣接諸学1)竹林舎、二〇一〇年
楊静芳「お伽草子『浦島太郎』における異郷の転換――中国文献との関わりを中心に」『学芸古典文学』第四号、二〇一一年
小南一郎「中国の龍と龍宮」『説話・伝承学』第二〇号、二〇一二年
金英珠「絵巻『かみよ物語』の成立をめぐって――謡曲『玉井』との影響関係を中心に」『説話文学研究』第四八号、二〇一三年
――「海幸山幸の中世神話考――絵巻『かみよ物語』を中心に」『立教大学日本文学』第一〇九号、二〇一三年
小林健二「能から物語草子へ――《玉井》と『かみよ物語』絵巻」『國學院雑誌』第一一四巻第一一号、二〇一三年
西川貴子「明治の浦島物語――幸田露伴「新浦島」試論」『同志社国文学』第七八号、二〇一三年
阿部龍一「龍女と仏陀――「平家納経」提婆品見返絵の解明をめざして」小峯和明編『東アジアの仏伝文学』勉誠出版、二〇一七年
――「「平家納経」と女性の仏教実践」張龍妹・小峯和明編『東アジアの女性と仏教と文学』(アジア遊学第二〇七号)勉誠出版、二〇一七年
林晃平『浦島伝説の展開』おうふう、二〇一八年
渡辺秀夫『かぐや姫と浦島――物語文学の誕生と神仙ワールド』塙選書、二〇一八年
太田昌子『志度寺縁起絵――瀬戸内の寺を巡る愛と死と信仰と』平凡社、二〇一九年
森正人『龍蛇と菩薩――伝承文学論』和泉書院、二〇一九年
椎野晃史「再考　山本芳翠筆《浦島》――帰郷する群像表現を起点として」佐野みどり先生古稀論集刊行会編『造形のポ

エティカ――日本美術史を巡る新たな地平』青簡舎、二〇二一年
三木雅博『日本古典文学と中国の古伝承物語形成の比較文学的考察』勉誠社、二〇二四年
金文京「『万葉集』の「竹取翁の歌」と「詠水江浦嶋子」について――中国文学の視点から」『万葉古代学研究年報』二二号、二〇二四年
小峯和明「『琉球神道記』の龍宮世界」『立教大学日本文学』第九六号、二〇〇六年
――「龍宮と冥界」『別冊太陽　妖怪絵巻　日本の異界をのぞく』平凡社、二〇一〇年
――「須弥山世界の言説と図像をめぐる」『アジア新時代の南アジアにおける日本像――インド・SAARC諸国における日本研究の現状と必要性』国際日本文化研究センター、二〇一一年
――「中世日本紀の物語世界――〈海〉の中世神話」新川登亀男・早川万年編『史料としての『日本書紀』――津田左右吉を読みなおす』勉誠出版、二〇一一年
――「龍宮への招待」『図書』岩波書店、二〇一二年三月号
――「龍宮の塔」『図書』岩波書店、二〇一二年四月号
――「龍宮をさぐる――異界の形象」国文学研究資料館編『アメリカに渡った物語絵』ぺりかん社、二〇一三年

3

ミルチャ・エリアーデ「植物――再生の象徴と儀礼」『豊饒と再生』(久米博訳、エリアーデ著作集2)せりか書房、一九七四年
司馬遼太郎他『樹霊』人文書院、一九七六年
足田輝一『樹の文化誌』朝日選書、一九八五年
筒井迪夫『童話と樹木の世界――林学との接点を求めて』朝日選書、一九八六年
牧野和春『巨樹の民俗学』恒文社、一九八六年
環境庁編『日本の巨樹・巨木』全八巻、大蔵省印刷局、一九九一年
靳之新『生命之樹』中国社会科学出版社、一九九四年〔岡田陽一訳『中国の生命の樹』言叢社、一九九八年〕
マンフレート・ルルカー『シンボルとしての樹木――ボッスを例として』(林捷訳)法政大学出版局、一九九四年
ジャック・ブロス『世界樹木神話』(藤井史郎他訳)八坂書房、一九九五年

杉浦康平『生命の樹・花宇宙』NHK出版、二〇〇〇年
瀬田勝哉『木の語る中世』朝日選書、二〇〇〇年
荻原秀三郎『神樹』小学館、二〇〇一年
高橋弘『日本の巨樹・巨木』新日本出版社、二〇〇一年
増尾伸一郎・工藤健一・北條勝貴編『環境と心性の文化史』上・下巻、勉誠出版、二〇〇三年
佐藤洋一郎『クスノキと日本人――知られざる古代巨樹信仰』八坂書房、二〇〇四年
J・Gフレイザー「樹木崇拝」『金枝篇　呪術と宗教の研究』(神成利男訳、石塚正英監修)国書刊行会、二〇〇四年
三中信宏『系統樹思考の世界』講談社現代新書、二〇〇六年
コリン・タッジ『樹木と文明』(度会圭子訳)アスペクト、二〇〇八年
山下紘一郎『神樹と巫女と天皇』梟社、二〇〇九年
岡本不二明『唐宋伝奇戯劇考』汲古書院、二〇一一年
北條勝貴「負債の表現」渡辺憲司、野田研一、小峯和明、ハルオ・シラネ編『環境という視座――日本文学とエコクリティシズム』(アジア遊学第一四三号)勉誠出版、二〇一一年
三中信宏著、杉山久仁彦図『系統樹曼荼羅――チェイン・ツリー・ネットワーク』NTT出版、二〇一二年
飯倉照平『南方熊楠の説話学』勉誠出版、二〇一三年
張哲俊『韓国壇君神話研究』北京大学出版社、二〇一三年
張黎明「魏晋志怪故事《樹神黄祖》的民俗文化闡釈」『哈尒浜工業大学学報』社会科学版第一六巻第一期、二〇一四年
高国藩「敦煌唐人樹神崇拝的非物質文化遺産伝播」『西夏研究』二〇一五年三月号
フランシス・ケアリー『樹木の文化史』(小川昭子訳)柊風舎、二〇一六年
野田研一『失われるのは、ぼくらのほうだ――自然・沈黙・他者』水声社、二〇一六年
張聡他「中国仏教美術中心的樹神図像」『学院文萃』第一一九号、二〇一七年
野田研一・山本洋平・森田系太郎編『環境人文学Ⅰ　文化のなかの自然』、『環境人文学Ⅱ　他者としての自然』勉誠出版、二〇一七年
小峯和明『院政期文学論』笠間書院、二〇〇六年
――『中世日本の予言書――〈未来記〉を読む』岩波新書、二〇〇七年

——「〈環境文学〉構想論」小峯和明監修、宮腰直人編『文学史の時空』（シリーズ日本文学の展望を拓く4）笠間書院、二〇一七年
——「巨樹と樹神——〈環境文学〉の道程」山口博・正道寺康子編『ユーラシアのなかの宇宙樹——生命の樹の文化史』（アジア遊学第二二八号）勉誠出版、二〇一八年

Ⅱ 4

黒部通善『日本仏伝文学の研究』和泉書院、一九八九年
後藤昭雄「教児伝——一天台僧の書いた仏伝」『比叡山の和歌と説話』世界思想社、一九九一年
金正凡「釈迦八相図と中世仏伝」『説話文学研究』第三二号、一九九七年
崔ヨンシク「朝鮮後期『釈氏源流』の受容と仏教界に及んだ影響」『九山論集』第G1・1号、補助思想研究院、一九九八年
辻英子『在外日本絵巻の研究と資料』及び同『続編』笠間書院、一九九九、二〇〇六年
国文学研究資料館編『中世仏伝集』（真福寺善本叢刊第五巻、小峯和明解題）臨川書店、二〇〇〇年
林雅彦『絵解きの東漸』笠間書院、二〇〇〇年
リチャード・ジャフィ「釈尊を探して——近代日本仏教の誕生と世界旅行」『思想』岩波書店、二〇〇二年一一月号
ケオリッティデート・ラッダー「『釈迦如来誕生会』——浄瑠璃的趣向による釈迦伝記の変容」『国語国文』二〇〇三年二月号
趙恩馤「韓国における仏伝文学——調査と研究の現状」『共生する神・人・仏——日本とフランスの学術交流』（アジア遊学第七九号）勉誠出版、二〇〇五年
——「韓日の「鹿女夫人」説話の展開に関する考察」『日語日文学研究』第八五輯・別冊、二〇一三年
——「仏典と記紀神話——耶輸陀羅と「火中出生」を中心に」『立教大学日本文学』第一一一号、二〇一四年
——「韓日における「仏伝文学」の展開——釈迦と耶輸陀羅の物語を中心に」『日本文化研究』第五〇号、二〇一四年
ヤンスンキ「通度寺 八相図と『釈氏源流』」『仏教美術史学』第三集、二〇〇五年
渡辺雅子「日本中世仏伝図の変容——四門出遊を中心にして」『仏教美術と歴史文化』法藏館、二〇〇五年
パクスンヨン「朝鮮後期 八相図の特徴」『仏教美術史学』第四集、二〇〇六年

河野訓『漢訳仏伝研究』皇學館大学出版部、二〇〇七年
刑莉莉『明代仏伝故事画研究』綫装局、二〇一〇年
凌玉萱「建構神聖者伝奇——従《釈氏源流》到《聖蹟図》的伝奇孕生図像発展過程」『議芸份子』第八期
Suey-ling Tsai(蔡穂玲), *The Life of the Budha Woodblock Illustrated Books in China and Korea*, Harrassowitz Verlag, Wiesbaden, 2012.
渡辺里志『仏伝図論考』中央公論美術出版、二〇一二年
陳爍『敦煌文学——雅俗文化交組中的儀式呈現』中国社会科学出版社、二〇一三年
本井牧子「『釈迦の本地』とその淵源——『法華経』の仙人給仕をめぐる」石川透編『中世の物語と絵』(中世文学と隣接諸学9)竹林舎、二〇一三年
——「東アジアの唱導における『金蔵論』——朝鮮版『釈氏源流』にみられる書入を端緒として」荒見泰史・桂弘編『第二回 東アジア宗教文献研究会報告書』広島大学敦煌学プロジェクト研究センター、二〇一三年
山口周子『〈仏の物語〉の伝承と変容——草原の国と日出ずる国へ』京都大学学術出版会、二〇一三年
佐藤かつら「『釈迦八相倭文庫』の劇化をめぐって」『国語と国文学』第九一巻第五号、二〇一四年
末木文美士他編『ブッダの変貌——交錯する近代仏教最後のブッダ』法藏館、二〇一四年
孫小武『仏教文学十講』中華書局、二〇一四年
本井牧子「『釈迦の本地』とその基盤」神戸説話研究会編『論集 中世近世説話と説話集』和泉書院、二〇一四年
本田義憲『今昔物語集仏伝の研究』勉誠出版、二〇一六年
土屋真紀『初期狩野派絵巻の研究』青簡舎、二〇一九年
金文京「朝鮮翻刻明伊王府刊『釈迦仏十地修行記』の金牛太子説話について」説話文学会編『説話文学研究の最前線——説話文学会五五周年記念・北京特別大会の記録』文学通信、二〇二〇年
金英順「東アジアにみる動物とすり替えられた太子の説話——金牛太子譚を中心に」『日本文学研究ジャーナル』第二九号、古典ライブラリー、二〇二四年
小峯和明「仏伝と絵解き」林雅彦編『絵解き——研究と資料』三弥井書店、一九八九年
——「仏伝と絵解きⅡ」『絵解き研究』第九号、一九九一年
——「釈迦如来八相次第について——中世仏伝の新資料」『国文学研究資料館紀要』第一七号、一九九一年

——「キリシタン文学と仏伝——異文化交流の表現史」『文学』岩波書店、二〇〇一年九・一〇月号

——「『釈迦の本地』の絵巻を読む——仏伝の世界」『心』武蔵野大学日曜講演集、二〇〇四年

——「東アジアの仏伝をたどる——比較説話学の起点」『文学』岩波書店、二〇〇五年一一・一二月号

——「仏伝の物語と絵」『CAHIERS』第二号、二〇〇五年

——「絵巻のことばとイメージ——『釈迦の本地』をめぐる」石川透編『魅力の奈良絵本・絵巻』三弥井書店、二〇〇六年

——「『釈迦の本地』と仏伝の世界」小林保治編『中世文学の回廊』勉誠出版、二〇〇八年

——「山階寺涅槃会と本生譚をめぐる——仏伝と〈法会文芸〉」小島孝之・小林真由美・小峯和明編『三宝絵を読む』吉川弘文館、二〇〇八年

——「東アジアの仏伝をたどる 補説」説話・伝承学会『説話・伝承の脱領域』岩田書院、二〇〇八年

——「『釈迦の本地』の絵と物語を読む」『絵を読む 文字を見る——日本文学とその媒体』(アジア遊学第一〇九号)勉誠出版、二〇〇八年

——「『釈迦の本地』の物語と図像——ボドメール本の提婆達多像から」『文学』岩波書店、二〇〇九年九・一〇月号

——「東アジアの仏伝文学・ブッダの物語と絵画を読む——日本の『釈迦の本地』と中国の『釈氏源流』を中心に」『論叢 国語教育学』復刊第三号、二〇一二年

——「釈氏源流を読む」『図書』岩波書店、二〇一二年六月号

——「摩耶とマリアの授乳」『図書』岩波書店、二〇一二年七月号

——「『釈迦の本地』の涅槃図」『図書』岩波書店、二〇一二年一〇月号

——「東アジアの文学圏をもとめて」『文学』岩波書店、二〇一三年五・六月号

——「天竺をめざした人々——異文化交流の文学史・求法と巡礼」『日語学習与研究』二〇一三年一〇月号

——「日本と東アジアの〈仏伝文学〉——『釈氏源流』を中心に」『仏教文学』第三九号、二〇一四年

——「釈迦の涅槃と涅槃図を読む」佐藤道生・高田信敬・中川博夫編『これからの国文学研究のために』笠間書院、二〇一四年

——「天竺をめざした人々——異文化交流の文学史・求法と巡礼」王成・小峯和明編『東アジアにおける旅の表象——異文化交流の文学史』(アジア遊学第一八二号)勉誠出版、二〇一五年

――――「日本と東アジアの〈仏伝文学〉(講演)」『駒澤大学仏教文学研究』第一八号、二〇一五年
小峯和明・吉橋さやか・長谷川奈央・塩川和広・粂汐里「慶應大学図書館蔵『釈迦如来八相次第』解題と翻刻」『立教大学大学院日本文学論叢』第一五号、二〇一五年
小峯和明編『東アジアの仏伝文学』勉誠出版、二〇一七年
小峯和明・金英順・目黒将史編『奈良絵本 釈迦の本地 ボドメール美術館所蔵』勉誠出版、二〇一八年

5

地方史研究所編『伊豆河津郷――下河津』一九五八年
鷲塚泰光「伊豆南禅寺の平安仏」『三浦古文化』二九号、一九八一年
山本ひろ子「迷宮としての伊勢神宮」『思想』岩波書店、一九九四年一〇月号
金沢文庫展観図録『金沢文庫の中世神道資料』一九九六年
松本信道「宝誌像の日本請来の背景について」『駒澤大学文学部研究紀要』第六三号、二〇〇五年
荒木浩『日本文学 二重の顔〈成る〉ことへの詩学』大阪大学出版会、二〇〇七年
蔵持重裕『声と顔の中世史』吉川弘文館、二〇〇七年
牧野和夫『日本中世の説話・書物のネットワーク』和泉書院、二〇〇九年
白承鐘『鄭鑑録 朝鮮王朝を揺るがす予言の書』(松本真輔訳)勉誠出版、二〇一一年
金英珠「韓国の偽書をめぐって」千本英史編『「偽」なるものの「射程」――漢字文化圏の神仏とその周辺』(アジア遊学第一六一号)勉誠出版、二〇一三年
神野祐太「大安寺戒明請来の宝誌和尚像について」津田徹英編『組織論――制作した人々』(仏教美術論集六)竹林舎、二〇一六年
金文京「李白「誌公画讃」について」『新釈漢文大系 詩人編李白 上』月報、明治書院、二〇一九年
田島整「静岡県河津町・南禅寺の平安時代仏像群について――尊像構成から見たその性格」『鹿島美術財団年報』三七号別冊、二〇一九年
野村卓実「李白作「誌公画讃」成立時期の検討――南京・霊谷寺「三絶碑」成立説話を手掛かりに」説話文学会編『説話文学の最前線――説話文学会五五周年記念・北京特別大会の記録』文学通信、二〇二一年

小峯和明『野馬台詩の謎——歴史叙述としての未来記』岩波書店、二〇〇三年
——『中世日本の予言書——〈未来記〉を読む』岩波新書、二〇〇七年
——『遣唐使と外交神話——『吉備大臣入唐絵巻』を読む』集英社新書、二〇一八年
——『予言文学の語る中世——聖徳太子と野馬台詩』吉川弘文館、二〇一九年

6

ベルナール・フランク「超自然的判決例集——『今昔物語集』霊鬼ノ巻についての覚書」(梅原成四訳)『文学』岩波書店、一九五五年四月号
大日方大乗『仏教医学の研究』風間書房、一九六五年
服部敏良『釈迦の医学』黎明書房、一九六八年
福永勝美『仏教医学詳説』雄山閣、一九七二年
近藤喜博『日本の鬼——日本文化探究の視角』講談社学術文庫、二〇一〇年[初版一九七五年]
川田洋一編『仏教思想と医学』東洋哲学研究所、一九七六年
澤田瑞穂『鬼趣談義——中国幽鬼の世界』中公文庫、一九九八年[初版一九七六年]
森正人『今昔物語集の生成』和泉書院、一九八六年
文彦生編『中国鬼話』上海文芸出版社、一九九一年
徐華龍『中国鬼文化』上海文芸出版社、一九九二年
二本柳賢司『仏教医学概要』法藏館、一九九四年
鈴木博訳『中国の鬼』青土社、一九九五年
廣田律子『鬼の来た道——中国の仮面と祭り』玉川大学出版部、一九九七年
文彦生編、鈴木博訳『鬼の話』上・下巻、青土社、一九九七年
ベルナール・フランク『風流と鬼——平安の光と闇』(仏蘭久淳子他訳)平凡社、一九九八年
徐華龍『鬼学全書』中国華僑出版社、一九九八年
難波恒雄・小松かつ子編『仏教医学の道を探る』東方出版、二〇〇〇年
松岡心平編『鬼と芸能——東アジアの演劇形成』森話社、二〇〇〇年

陳明『殊方異薬』北京大学出版社、二〇〇五年
――『敦煌出土胡語医典《耆婆書》研究』台北：新文豊出版公司、二〇〇五年
呉怡潔「行病之災――唐宋之際的行病鬼王信仰」『唐研究』第一二巻、二〇〇六年
丁莉「「心の鬼」をめぐって――『源氏物語』の女君たちの情念」『日本語言文化研究』第七輯、二〇〇七年
王琬『仏医我心――祛除病苦的仏家医方』中西書局、二〇一一年
グエン・ティ・オワイン「ベトナムの漢文説話における鬼神について――『今昔物語集』『捜神記』との比較」小峯和明編『東アジアの今昔物語集』勉誠出版、二〇一二年
富永一登『中国古小説の研究』研文出版、二〇一三年
北條勝貴「野生の論理／治病の論理――〈瘧〉治療の一呪符から」『日本文学』二〇一三年五月号
美濃部重克『美濃部重克著作集』全二巻、三弥井書店、二〇一三年
山口敦史『日本霊異記と東アジアの仏教』笠間書院、二〇一三年
顧加棟『仏教医学思想研究』（人文医学与衛生管理叢書）北京：科学出版社、二〇一四年
李良松・郭洪涛・蕭紅艶編『仏医観止』（中華仏医文化叢書）北京：学苑出版社、二〇一四年
朴美暻『韓国の「鬼」――ドッケビの視覚表象』京都大学学術出版会、二〇一五年
河野貴美子「「鬼」を語り記すことの意味――『日本霊異記』の「鬼」および内典・外典」『説話文学研究』第五一号、二〇一六年
陳明「雪山薬樹華千：仏教神話中的薬物使用与神異治療」『印度仏教神話：書写与流伝』中国大百科全書出版社、二〇一六年
山口敦史「『日本霊異記』と「鬼」の説話――中国仏教説話との比較」『説話文学研究』第五一号、二〇一六年
山口健治『ヲニ考――コトバでたどる民間信仰』辺境社、二〇一六年
吉田一彦「アジア東部における日本の鬼神――『日本霊異記』の鬼神の位置」『説話文学研究』第五一号、二〇一六年
崔鵬偉「『今昔物語集』にみる疫神・疫鬼――百鬼夜行説話を中心に」『説話文学研究』第五四号、二〇一九年
森正人『古代心性表現の研究』岩波書店、二〇一九年
高橋昌明『定本酒呑童子の誕生――もうひとつの日本文化』岩波現代文庫、二〇二〇年［中公新書、初版一九九二年］
梅沢恵「鬼神を主題とする中世絵巻――「辟邪絵」・「勘当の鬼」・詞書断簡」『美術研究』四三六号、二〇二二年

小峯和明『今昔物語集の形成と構造』笠間書院、一九八五年
――「病の発見――四大不調から鬼病へ・〈仏教医学〉の視界」『日本文学』二〇二一年五月号

Ⅲ 7

福田和彦『乳房の歴史』河出書房新社、一九六三年
植田重雄『聖母マリヤ』岩波新書、一九八七年
石井美樹子『母マリアの謎』白水社、一九八八年
E・モントルマン・ヴェンデル、H・キュング、J・モントルマン編『マリアとは誰だったのか――その今日的意義』（内藤道雄訳）新教出版社、一九九三年
ロミ『乳房の神話学』（高遠弘美訳）青土社、一九九七年
竹下節子『聖母マリア――異端から女王へ』講談社選書メチエ、一九九八年
ヤロスラフ・ペリカン『聖母マリア』（関口篤訳）青土社、一九九八年
内藤道雄『母マリアの系譜』八坂書房、二〇〇〇年
クラウス・シュライナー『マリア――処女・母親・女主人』（内藤道雄訳）法政大学出版局、二〇〇〇年
シルヴィ・バルネイ『聖母マリア』（遠藤ゆかり訳）創元社、二〇〇一年
横田隆志「百石讃歎と『三宝絵』」池上洵一編『論集 説話と説話集』和泉書院、二〇〇一年
石井美樹子『聖母のルネサンス――マリアはどう描かれたか』岩波書店、二〇〇四年
マリリン・ヤーロム『乳房論』（平石律子訳）ちくま学芸文庫、二〇〇五年
若桑みどり『聖母像の到来』青土社、二〇〇八年
Gabriel Hammer. *Bernhard von Clairvaux in der Buchmalerei: Darstellungen des Zisterzienserabtes in Handschriften von 1135-1630.* Schnell & Steiner, 2009.
山形孝夫『母マリア崇拝の謎――見えない宗教の人類学』河出書房新社、二〇一〇年
張龍妹「『聖母行実』における「天啓」の表現構造」小峯和明編『東アジアの今昔物語集――翻訳・変成・予言』勉誠出版、二〇一二年
趙恩馤「韓日の「鹿女夫人」説話の展開に関する考察」『日語日文学研究』第八五輯別冊、韓国日語日文学会、二〇一

三年
増尾伸一郎「『日本霊異記』の〈母の甜き乳〉と『雑宝蔵経』――南方熊楠「月下氷人」に導かれて」大正大学綜合仏教研究所編『時空を超える生命――〈いのち〉の意味を問いなおす』勉誠出版、二〇一三年
小林真由美「百石讃嘆と灌仏会」『日本霊異記の仏教思想』青簡舎、二〇一四年
乳房文化研究会編『乳房の文化論』淡交社、二〇一四年
恋田知子「「卵生」と「授乳」の説話――千字文説草「般遮羅王五百卵事」をめぐって」『仏教説話の世界 展観図録』金沢文庫、二〇一五年
吉山登『マリア』(人と思想)清水書院、二〇一六年
宇野瑞木「紫の上の乳くくめ考――仏教報恩思想との関わりから」岡田貴憲・桜井宏徳・須藤圭編『ひらかれる源氏物語』勉誠出版、二〇一七年
武田雅哉編『ゆれるおっぱい、ふくらむおっぱい』岩波書店、二〇一八年
宮下規久朗『聖母の美術全史――信仰を育んだイメージ』ちくま新書、二〇二一年
小峯和明「東アジアの〈東西交流文学〉の可能性――キリシタン・天主教文学を中心に」『東アジアの文学圏――比較から共有へ』(アジア遊学第一一四号)勉誠出版、二〇〇八年
――『中世法会文芸論』笠間書院、二〇〇九年
――「摩耶とマリアの授乳」(イメージの回廊7)『図書』岩波書店、二〇一二年七月号
――「聖母マリヤの霊験記『聖母奇蹟物語』――「バレト写本」と漢訳『聖母行実』」『説話文学研究』五九号、二〇二四年

8

新村出『新村出全集』第七巻、筑摩書房、一九七三年
司馬江漢著、菅野陽校注『訓蒙画解集・無言道人筆記』東洋文庫、平凡社、一九七七年
小堀桂一郎『イソップ寓話――その伝承と変容』中公新書、一九七八年[講談社学術文庫、二〇〇一年]
遠藤潤一『邦訳二種伊蘇保物語の原典的研究 続』風間書房、一九八三年
野村純一『昔話伝承の研究』同朋舎、一九八四年

遠藤潤一『邦訳二種伊蘇保物語の原典的研究 総説』風間書房、一九八七年
樋口桂子『イソップのレトリック――メタファーからメトニミーへ』勁草書房、一九九五年
中務哲郎『イソップ寓話の世界』ちくま新書、一九九六年
武藤禎夫『絵入り伊曽保物語を読む』東京堂出版、一九九七年
米井力也『キリシタンの文学――殉教をうながす声』平凡社、一九九八年
中務哲郎訳『イソップ寓話集』岩波文庫、一九九九年
武藤禎夫校注『万治絵入本 伊曽保物語』解説、岩波文庫、二〇〇〇年
内田慶市『近代における東西言語文化接触の研究』関西大学出版部、二〇〇一年
渡辺温訳、谷川恵一解説『通俗伊蘇普物語』東洋文庫、平凡社、二〇〇一年
ニューヨーク・パブリック・ライブラリー・スペンサー・コレクション編『メディチ家のイソップ』ニューヨーク・パブリック・ライブラリー、二〇〇五年［初版一九八九年］、日本語版・安田火災海上保険、一九九二年
李奭学『中国晩明与欧州文学：明末耶蘇会古典型証道故事考証』中央研究院、二〇〇五年
渡辺憲司「『伊曽保物語』の周辺」『東アジアの文学圏』（アジア遊学第一一四号）勉誠出版、二〇〇八年
増尾伸一郎「「亀と鷲の事」流伝考――キリシタン版『エソポのハブラス』を起点として」小峯和明編『キリシタン文化と日欧交流』（アジア遊学第一二七号）勉誠出版、二〇〇九年
ホギョンジン、ピョオンボク、リュウチュンドン『近代啓蒙期朝鮮のイソップ寓話』（ハングル版）図書出版社、二〇〇九年
米井力也『キリシタンと翻訳――異文化接触の十字路』平凡社、二〇〇九年
内田慶市編『漢訳イソップ集』（文化交渉と言語接触研究・資料叢刊3）ユニウス、二〇一四年
府川源一郎『ウサギとカメの読書文化史――イソップ寓話の受容と「競争」』勉誠出版、二〇一七年
加藤康子・三宅興子・高岡厚子『イソップ絵本はどこからきたのか――日英仏文化の環流』三弥井書店、二〇二〇年
Ivo Smits, "A Forgotten Aesop: Shiba Kō kan, European Emblems, and Aesopian Fable Reception in Late Edo Japan". *Studies in Japanese Literature and Culture* 3, National Institute of Japanese Literature, 2020.
ローレンス・マルソー編『絵入巻子本 伊曽保物語』臨川書店、二〇二一年
小峯和明『説話の森――中世の天狗からイソップまで』岩波現代文庫、二〇〇一年［大修館書店、初版一九九一年］

9

村岡典嗣『続日本思想史研究』岩波書店、一九三九年
松原秀一『中世ヨーロッパの説話』東京書籍、一九七九年［中公文庫、一九九二年］
蔡志忠作画、和田武司訳、野末陳平監修『マンガ 禅の思想』講談社+アルファ文庫、一九九八年
Lulu Hansen, "Parable of the Strawberry," *Fishing for the Moon and other Zen Stories*, Universe Publishing, 2004.
杉田英明「中東世界における「二鼠譬喩譚」――仏教説話の西方伝播」『比較文学研究』第八九号、二〇〇六年
――「仏教説話「井戸のなかの男」の西方伝播――ペルシア文学の貢献を中心に」井本英一編『東西交渉とイラン文化』（アジア遊学第一三七号）勉誠出版、二〇一〇年
ラルカ・ニコラエ「バルラームとヨアサフ」立教大学日本学研究所、例会口頭発表、二〇一二年
杉田英明「動く島の秘密――巨魚伝説の東西伝播」山中由里子編『〈驚異〉の文化史――中東とヨーロッパを中心に』名古屋大学出版会、二〇一五年
陳明「佛教譬喩〝二鼠侵藤〟在古代欧亚的文本源流」（上・下）『世界宗教研究』二〇一八年第六期、二〇一九年第一期
――「〝二鼠侵藤〟譬喩在古代亚欧的図像流変――以非揷図本史料為中心」『東方学術』第一輯、二〇二三年
――「〝二鼠侵藤〟譬喩在古代亚欧的図像流変――以多語種揷図本為中心」『跨文化美術史年鑑四 走向芸術史的〝芸術〟』山東美術出版社、二〇二三年
小峯和明『説話の声』新曜社、二〇〇〇年［論文初出、一九八〇年］
――「その後の「月のねずみ」考――二鼠譬喩譚・東アジアへの視界」『共生する神・人・仏――日本とフランスの学術交流』（アジア遊学第七九号）勉誠出版、二〇〇五年
――『中世法会文芸論』笠間書院、二〇〇九年

結章

岩生成一「安南国渡航朝鮮人趙完璧伝について」『朝鮮学報』第六号、一九五四年
川田順造『口頭伝承論』河出書房新社、一九九二年［平凡社ライブラリー、二〇〇一年］
渋谷誉一郎「唐代の講唱文学――「説話」と「百戯」の関係を中心にして」『藝文研究』第六一号、一九九二年

竹村信治「説話体作家の登場」『國文學 解釈と教材の研究』第四六巻第一〇号、学燈社、二〇〇一年
――「E. Starling 著・宮崎嘉国訳『西洋列女伝』」(上・下)『プロブレマティーク』第一・二号、二〇〇〇、二〇〇一年
張兵『宋遼金元小説史』後旦大学出版社、二〇〇一年
増田欣『中世文芸比較文学論考』汲古書院、二〇〇二年
竹村信治『言術論 for 説話集論』笠間書院、二〇〇三年
片倉穣『朝鮮とベトナム 日本とアジア――ひと・もの・情報の接触・交流と対外観』福村出版、二〇〇八年
中野等『文禄・慶長の役』吉川弘文館、二〇〇八年
金文京『三国志演義の世界』増補版、東方書店、二〇一〇年
山田恭子「『崔陟伝』」(上・下)『近畿大学教養・外国語教育センター紀要(外国語編)』第一・二号、二〇一〇、二〇一一年
何剣平「〝唐人説話〟略説」『古典文学知識』第一五九号、二〇一一年
竹村信治「説話の場としてのテキスト――「修身科」教室の「説話」」『福岡大学研究部論集(人文科学編)』第一二巻第六号、二〇一三年
金文京『水戸黄門漫遊考』講談社学術文庫、二〇一四年
今成元昭『説話と仏教』(『今成元昭仏教文学論纂』第三巻)法藏館、二〇一五年
愈弘濬『日本の中の朝鮮をゆく 九州編――光は朝鮮半島から』(橋本繁訳)岩波書店、二〇一五年
呉亜魁『呂洞賓学案』斎魯書社、二〇一六年
張静宇「『太平記』と呂洞賓の物語」『軍記と語り物』第五二号、二〇一六年
金甲受『評書与戯曲』北京出版社、二〇一七年
本田義憲『今昔物語集仏伝の研究』勉誠出版、二〇一七年[初出『今昔物語集一』解説、新潮古典集成]
朴知恵「『崔陟伝』紹介――韓国における先行研究を踏まえて」『古代学研究所紀要』第二六号、二〇一八年
野崎充彦『慵斎叢話』――一五世紀朝鮮奇譚の世界』集英社新書、二〇二〇年
小峯和明「〈遺老伝〉から『遺老説伝』へ」『季刊 文学』岩波書店、一九九八年夏号
――「説話学の輪郭――説話学の階梯・その揺籃期をめぐる」『文学』岩波書店、二〇〇〇年七・八月号

――「説話と説話文学の本質――東アジアの比較説話へ」『國文學 解釈と鑑賞』第七二巻第八号、至文堂、二〇〇七年
――「東アジアの説話世界」小峯和明編『漢文文化圏の説話世界』(中世文学と隣接諸学1)竹林舎、二〇一〇年
――「東アジアと中世文学」『國文學 解釈と鑑賞』第七五巻第一二号、至文堂、二〇一〇年
――「東アジアの漢文文化圏と日本の文学史」小峯和明編『日本文学史』吉川弘文館、二〇一四年
――「東アジア・〈漢字漢文文化圏〉論」小峯和明監修、金英順編『東アジアの文学圏』(日本文学の展望を拓く 第一巻)笠間書院、二〇一七年
――「〈説話本〉小考――『印度紀行釈尊墓況 説話筆記』から」小峯和明監修、目黒将史編『資料学の現在』(シリーズ日本文学の展望を拓く5)笠間書院、二〇一七年
――「東アジア文学圏と中世文学」『中世文学』第六四号、二〇一九年
――「歴史叙述としての説話」倉本一宏編『説話研究を拓く――説話文学と歴史史料の間に』思文閣出版、二〇一九年
――「説話の第三極・話芸論へ――〈説話本〉の提唱」倉本一宏・小峯和明・古橋信孝編『説話の形成と周縁 中近世篇』臨川書店、二〇一九年
――「東アジアの文化と文学」染谷智幸編『はじめに交流ありき――東アジアの文学と異文化交流』文学通信、二〇二一年
――「東アジアの文学圏」小峯和明編『東アジアに共有される文学世界――東アジアの文学圏』文学通信、二〇二一年
――「説話の第三極論――声と文字の往還」野田研一編『耳のために書く――反散文論の試み』水声社、二〇二四年
池宮正治・小峯和明編『古琉球をめぐる文学言説と資料学――東アジアからのまなざし』三弥井書店、二〇一〇年
小峯和明・増尾伸一郎『新羅殊異伝――散逸した朝鮮逸話集』東洋文庫、平凡社、二〇一一年
小峯和明・金英順編『海東高僧伝』東洋文庫、平凡社、二〇一六年
座談会「説話研究の未来――一〇〇年後の研究はありうるか?」渡辺麻里子、陸晩霞、趙恩馤、ハルオ・シラネ、河野貴美子、司会・小峯和明、説話文学会編『説話文学研究の海図 説話文学会六〇周年記念論集』文学通信、二〇二四年

あとがき

本書は、日本の説話から導かれる様々な課題をめぐって、さらに対象を東アジアの〈漢字漢文文化圏〉にひろげ、世界観、群像、東西交流の三軸から追究したものである。今日の国際化の時代状況や地球規模に及ぶ環境問題などを目の前にして、日本の文化・文学を追究するのに日本を見ているだけでいいのか、とりわけ長い歴史にわたって融和と緊迫のはざまを揺れ続ける近隣の東アジアとの連関を無視してよいのか、という思いに強くとらわれるようになった。

そもそも東アジアに向かう私の起点は沖縄にあった。前近代では琉球王国として日本と別の歴史を歩みながら、同じ日本語圏にあった文化・文学をどうとらえるかが課題となった。沖縄と言えば、一九六〇年代から七〇年代の学生時代に逢着した米軍基地問題や沖縄返還闘争など、いまだに解決されない現実の深刻な問題が根底にあり、一方では柳田國男や折口信夫に代表される民俗学の南島論全盛の時代に対して、失われた古代を沖縄から幻視するような発想になじめないでいた。

一九九〇年に琉球大学の集中講義に招かれたことを契機に、以後、国文学研究資料館の資料調査を沖縄で行うようになり、古代ではなく中世・近世の琉球文学を資料学から再構築する方策で自らの方位が定まった。しかしながら、琉球文学の世界に踏み込んではみたものの、ヤマトと沖縄との関係を一対一対応で考えると、どうにも出口が見えない袋小路に陥った。そんな折り、沖縄を取り巻くアジアの地図をながめていて、那覇を中心に見れば北京もソウルも東京も同心円の圏内に入ることに気づき、東アジアの視野が豁然と拓けてきた。琉球文学を日本だけでなく、東アジア全体との関連からとらえ返す共有圏の問題として位置づけることで、ようやく袋小路から脱却できたように思う。少人数で始めた「琉球の会」で、琉球説話集の『遺老説伝』や琉球に赴いた浄土僧袋中の『琉球神道記』を読み進めた。最近は韓国やベトナムに行く機会が増えて、沖縄からはやや足が遠のいており、コロナ禍前に発足した「近世日本の琉球資料を読む会」との関わりで何とかつないでいる状態である。

ついで、二〇〇〇年代、韓国の留学生達が続けて立教の大学院の私のゼミに入って来たことを縁に、資料調査と実地踏査を兼ねて韓国に頻繁に行くようになった。「二鼠譬喩譚」の章で述べたごとく、全羅道の聖地、馬耳山のお堂の壁画を見て、朝鮮半島の歴史文化にそれまで全く無知であったことに気づかされ、以来、朝鮮古典への眼も拓かれた。二〇〇三年辺りから「朝鮮漢文を読む会」を立ち上げ、朝鮮古典の始発とされる『新羅殊異伝』の逸文を読み、ついで高麗時代の『海東高僧伝』を読了、いずれも注解をまとめ、平凡社・東洋文庫で公刊できた。今は引き続き、朝鮮時代の野談集『於于野談』を読んでいる。

当時はやっていた、「チャングム(大長今)」や「ホジュン(許浚)」、「龍の涙」など韓国の歴史ドラマに入れ込んで、手当たり次第に見ては座右の年表と地図と首っ引きで知識を吸収した。東日本大震災後の無気力に陥った空白の時期、レンタルビデオで高麗建国の英雄「ワンゴン(王建)」のドラマをひたすら見ていた。文字だけでは分からないイメージの世界をテレビの歴史ドラマで学んだ。周囲で韓国歴史ドラママニアを名乗ると冷笑されることが多いが、歴史ドラマは一種の歴史物語として重要な対象だと確信している。

さらには、二〇〇〇年、立教大学の日本学研究所開設を契機に対外関係史の研究者との交流も大きな刺激となり、二〇〇一年に研究所の調査旅行でベトナムにも初めて行くことができた。ベトナムと言えば、一般にはベトナム戦争やベトナム料理など限られたイメージしか持ちにくいが、中国との関わりによる〈漢字漢文文化圏〉の南限であり、仏教は北伝と南伝の交差する地域で、寺院には今も漢字が残り、一方でサンスクリット語の碑文も伝わる。漢字漢文によるベトナム古典も少なからず伝わっている。以後、ハノイ大学の集中講義や私立のタンロン大学の学会や講演会をはじめ、漢字喃字資料センターの漢喃研究院の資料調査や実地踏査などで、ほぼ毎年のように出かけている。

二〇一〇年に『越南漢文小説集成』が刊行されて、主要作品が読みやすくなったことも大きい。立教大学の定年を契機に「ベトナム漢文を読む会」にも参加し、ベトナムの歴史や文学の専門家も交えて、今は神話伝説集の『嶺南摭怪』を読んでいる。本書でも可能な範囲でベトナム世界にふれるようにはしたが、まだ事始めの次元に留まる。

中国に関しては、起点は一九九九年の国際交流基金による北京日本学研究センターへの出講にあり、以後ほぼ毎年のように学会や講演、実地踏査などに赴き、二〇一二年の中国人民大学での学会を機縁に、北京在住の日本古典研究者を中心に、「東アジア古典研究会」が発足。翌年から人民大学に毎月出講するのに合わせて、明代の仏伝と僧伝による挿絵付きの仏法伝来史の一大集成『釈氏源流』を読書会で読み進め、現在はオンラインで続行している。

こうして、中国はもとより韓国やベトナムとのつながりもできて、中国古典、朝鮮古典、ベトナム古典への視界が開かれ、各分野の専門家との交流をもとに、それぞれの研究会を通して、読解作業を進めている。このような東アジアをフィールドとした資料調査や実地踏査が可能になったのも、ほぼ続けて科研費の支給を受けられたことが大きく、日本や東アジア各地で学会やワークショップを種々開くこともできるようになった。関係各位に感謝申し上げたい。

この間、今は休刊となった雑誌『文学』での対談と座談会(二〇一三―一五年)をふまえた、ハルオ・シラネ、金文京、染谷智幸各氏と編集した『東アジア文化講座』全四巻(文学通信、二〇二一年)も刊行でき、東アジア研究の大きな道標となった。

説話という分野がおのずと東アジアへの視野を拓かせたともいえ、日本だけに閉塞している既存の内向きの国文学路線とは一線を画する研究の地平に至ったように思う。多くの人と多くの資料とに出会い、導かれるまま歩んでいるうちに、気がついたらそういう世界にさまよい込んでいた、というのが実情である。しかし、方法は相変わらず旧態依然とした漢文訓読法に拠っている。言い換えれば、漢文でさえあればどこの国や地域のものであっても、訓読によって何とか読むことができる、得がたい「技」でもある。それこそが、まさに〈漢字漢文文化圏〉たるゆえんでもあろう。

このような東アジア研究に踏み出すことができたのも、お名前を逐一挙げきれないが、東アジア古典研究会、朝鮮漢文を読む会、ベトナム漢文を読む会、近世日本の琉球資料を読む会等々、それぞれの分野での方々とのつながりのお蔭であり、深く感謝したい。

本書がなる機縁は、もう十年以上も前に編集の吉田裕氏から新しい岩波現代全書のシリーズの一書として、旧著『説話の森』(大修館書店、一九九一年→岩波現代文庫、二〇〇一年)の東アジア版のようなものを、と依頼されたのが始まりであった。ちょうど二〇一三年に立教大学を定年後すぐに北京の中国人民大学の客員教授(中国では講座教授・高端外国専家)を委嘱され、大学院の講座を担当する頃で、早速本書の構想を講義のテーマとし、内外の大学や学会の講演などでも、本書の各章のテーマを繰り返し取り上げ、その都度改訂を重ねてまとめたものである。二〇一二年、岩波書店の『図書』に一年間連載した「イメージの回廊」なども元になっている。

旧著『説話の森』では、たとえばキリシタン文学は取り上げたものの、ほとんど日本の内側でしか見ていなかった。鬼やイソップや二鼠譬喩譚の論に典型的なように、同じテーマでも東アジアを視野に入れることでまたあらたな地平が開けてくることに目を見開かされ続けている。〈説話の森〉は日本から東アジアにひろがり、ますますその〈森〉は深くなり、道は幾重にもひろがっていき、果てのない旅をさまよい続けている感が深い。

吉田氏の依頼を受けてから、次々と資料が出てきたり、多くの方々から示教をいただき、その都度視点が変わったり、紆余曲折の試行錯誤が続き、結局、岩波現代全書のシリーズには間に合わず、通常の単行本として刊行して頂くことになった。

二〇二〇年のコロナ禍で海外に行けなくなり、自宅で逼塞をよぎなくされたことを機縁に、思い切って最初からまとめ直した。人民大学の講座もオンラインに切り替わり、都合十年間に及び、二〇二三年に一区切りついた。諸般の事情で刊行が遅れたが、北京に毎月通った日々とコロナ禍の逼塞の日々とが本書には埋め込まれている。再び往来が自由になり、東アジアを体感できる時間を取り戻せた現在から振り返れば、コロナ禍の日々も決して無駄な停滞ではなかったと思える。まだまだ途上の中間報告的なものでしかないが、今後の東アジア研究の一里塚ともなれば幸いである。

本書刊行の機縁を作って頂いた吉田裕氏、地道な編集の労を執って頂いた福井幸氏に篤く御礼申し上げる。

二〇二四年十一月十日　　喜寿の年　北京にて　小峯和明

小峯和明

1947年生. 日本古典文学, 東アジア比較説話専攻. 立教大学名誉教授. 1977年早稲田大学大学院博士課程単位取得満期退学. 文学博士.

著書に『予言文学の語る中世——聖徳太子未来記と野馬台詩』(吉川弘文館, 2019年), 『中世日本の予言書——〈未来記〉を読む』(岩波新書, 2007年), 『『野馬台詩』の謎——歴史叙述としての未来記』(岩波書店, 2003年), 『説話の森——中世の天狗からイソップまで』(岩波現代文庫, 2001年), 『中世説話の世界を読む』(岩波セミナーブックス, 1998年), 編著に『日本と東アジアの〈環境文学〉』(勉誠出版, 2023年), 『日本文学史』(吉川弘文館, 2014年), 校注に『日本往生極楽記・続本朝往生伝』(岩波文庫, 2024年), 『新日本古典文学大系 今昔物語集二・四』(岩波書店, 1999, 94年)などがある.

世界は説話にみちている 東アジア説話文学論

2024年12月17日 第1刷発行

著 者 小峯和明《こみねかずあき》

発行者 坂本政謙

発行所 株式会社 岩波書店
〒101-8002 東京都千代田区一ツ橋2-5-5
電話案内 03-5210-4000
https://www.iwanami.co.jp/

印刷・法令印刷 カバー・半七印刷 製本・牧製本

ISBN 978-4-00-061667-6 Printed in Japan

日本往生極楽記・続本朝往生伝
大曾根章介
小峯和明 校注
岩波文庫
定価一〇〇一円

〈作者〉とは何か
――継承・占有・共同性
ハルオ・シラネ、鈴木登美
小峯和明、十重田裕一 編
A5判五一二頁
定価七三七〇円

京都古典文学めぐり
――都人の四季と暮らし
荒木浩
四六判二七八頁
定価二五三〇円

古代心性表現の研究
森正人
A5判四四〇頁
定価一三二〇〇円

文学は地球を想像する
――エコクリティシズムの挑戦
結城正美
岩波新書
定価一〇五六円

岩波書店刊
定価は消費税10% 込です
2024年12月現在